W. A. Meier

CORONA

Lasst sie sterben,

wo sie sind!

Buch

Sommer 2020: die Corona-Lockerungen spalten die Gesellschaft. Die Kanzlerin ärgert sich intern voller Sorge über den Virus-Irrsinn, den Donald täglich aus dem Weißen Haus über den Globus twittert. Während ihre geheimnisumwitterte Vertraute M. wegen der konstanten Beliebtheit des bayerischen Ministerpräsidenten finster drauf ist. Im Provinzkaff Heiligbrück hadert der abgehalfterte Reporter Sepp Teufel mit seinen Gefühlen zur ruppigen Kriminalkommissarin Karola Honigmann. Da spuckt der Fluss eine Mädchenleiche ins Morgengrauen. Im hauchzarten Negligé. Erfüllt sich der Fluch der Weißen Frau nach der alten Legende? Oder ist eine makabre Geistersexorgie hinter einer Biedermannfassade im Villenviertel aus dem Ruder gelaufen? Der Oberbürgermeister und seine Amigos sind nervös. Derweil in Heiligbrück Mordlust ausbricht. Nur dem Pathologen fehlen Leichen im Keller. Spuren führen Teufel und Honigmann im gegenseitigen Wettkampf ins Rathaus und zur Beautyklinik Elysion, in ein Labyrinth von kleinstädtischen Machtspielen, Eifersüchteleien, Drogen- und Jugendwahn. Im Kanzleramt geht Verrat in eigenen Reihen um. M sieht ihre Stunde gekommen, die drohende Kandidatur des Bayern zu hintertreiben. Die letzte Botschaft einer sterbenden alten Frau lässt Teufel das politische Ausmaß des Wespennests ahnen, in dem er stochert. Im unguten Gefühl, dass er benutzt wird.

Ort, Personen und Handlung sind frei erfunden. Sind Personen nicht frei erfunden, sind es ihre Handlungen. Eigentlich.

Impressum

© Copyright 2020 Werner Meier

Verlag und Druck: tredition GmbH, Halenreihe 40-44, 22359 Hamburg

ISBN
978-3-347-11232-2 (Paperback)
978-3-347-11233-9 (Hardcover)
978-3-347-11234-6 (e-book)

Mit den Sommernebeln in den Auen steigt die Weiße Frau aus dem Fluss und bringt das Böse über Heiligbrück.

Sagt die Legende.

1

Tanzende Lichter hatten ihn aufgeschreckt. Sie kamen den Burgfelsen herunter. Schemen in der vollmondklaren Nacht. Hinter ihnen reckte sich die mächtige Silhouette des Berings. Sie kratzte an der Scheibe des Erdtrabanten, als wollte sie das blassgelbe Licht am Himmel ausknipsen und das gespenstische Treiben unter sich in schwarze Nacht hüllen.

Er konnte seine Atemstöße nicht beruhigen, und seine Herzschläge klopften an die Totenstille um ihn herum, so laut, dass er befürchtete sie würden ihn gleich verraten, weil die sie auch hören mussten. Er sah die Lichter hin und her tanzen, und in deren Schein sah er sie, weiße Gestalten! Geister mussten sie sein, die aus dem Turm gekommen waren, wo der Fluch seinen Anfang genommen hatte. Jetzt, auf halbem Weg zur unteren alten Ruine blieben sie stehen, standen unbeweglich mit gesenkten Köpfen da. Stimmen wehten als dumpfes Murmeln ins stockfinstere Unterholz zu ihm runter. Als würden sie beschwören was zu ihren Füßen lag. Er konnte nicht erkennen was es war, bis sie es aufhoben. Ein lebloser Körper tauchte im Schein der tanzenden Lichter auf, als sie ihn zum Turm hinauftrugen. Langes offenes Haar berührte fast den Boden.

Hastig machte er sich auf den Weg abwärts, leuchtete mit seiner Taschenlampe vor sich her. Er kannte hier jeden Stein. Als er endlich die Lichtung mit seiner Behausung erreicht hatte, beruhigte sich langsam sein Herzschlag. Früher waren hier unten auf dem Campingplatz weiter hinten über dem Fluss viele andere Menschen gewesen. Einige hatten ihn besucht, für Beeren, Kräuter, Schwammerl gespendet. Er hatte sie zu selbstgebranntem Obstler eingeladen und ihnen von der alten Legende erzählt. Sie hatten gelacht, gemeint sie hätten das Schauspiel oben auf der Ruine und den vorletzten Akt mit der Ertränkungsszene unten am Fluss schon gesehen. Sie hielten den Fluch der Weißen Frau nur für eine unterhaltsame Laienaufführung. Die Camper waren längst verschwunden, danach andere Menschen angekommen. Man hatte sie in Bussen gebracht und einen Drahtzaun um sie herumgezogen. Von denen hatte ihn niemand mehr besucht. Er hatte beobachtet, dass sie sich außerhalb des Zauns nicht frei bewegen durften. Wer sich entfernte wurde zurückgeholt und wieder hinter den Zaun gebracht. Sie hatten friedlich, nur verängstigt gewirkt. Aber warum waren sie dann eingesperrt? Menschen, die Schlimmes getan hatten wurden eingesperrt. Dann waren sie nach und nach alle weggebracht worden. Dort unten in den Auen war seitdem nur noch er. Bis auf die Woche alljährlich im Juli. Er verabscheute und fürchtete den Frevel, mit dem dumme Menschen aus der Stadt die Weiße Frau verhöhnten, sie ihren Zorn noch anstacheln mussten. Erst recht, seit sie die blutjunge Darstellerin in aufreizender Nachtwäsche schamlos durch die Ruine geistern ließen. Vergangenes Jahr hatte die Weiße Frau ihr eine Warnung geschickt, aber alle hatten sie in den Wind geschlagen. Polizisten hatten ihn vernommen, weil sie ihn verdächtigten. Auch sie verstanden nichts. Dieses Jahr hatte die Weiße Frau eine Seuche über Stadt und Land geschickt, und die Städter hatten ihr dummes Volksfest nicht aufführen können. Aber immer noch nicht wollten sie die Zeichen verstehen und damit aufhören.

In dieser Nacht stieg die Weiße Frau aus dem Fluss und suchte ihn in einem Albtraum heim.

Am Nachmittag kamen die drei Hexen und verkosteten seinen neuen magenfreundlichen Kräuterschnaps. Er erzählte ihnen, was er gesehen und geträumt hatte. Sie beruhigten ihn. Sie könnten die Geister bannen. Die Nacht brach ein Unwetter über die Auen herein, und er dachte die Hexen wären am Werk und würden die Geister aus-

treiben. Er hörte die Auen leiden, und den Fluss sich auf-
bäumen. Er hatte keine Angst vor Unwettern. Nur vor
Sommernebeln, wenn sie aus dem Fluss krochen. Die
Weiße Frau erschien ihm nicht diese Nacht. Die Hexen
hatten Wort gehalten. Am Morgen war er früh um fünf
wach wie immer und lauschte der Ruhe nach dem Sturm.
Der hatte aufgehört, Bäume und Fluss zu quälen. Wie gewohnt machte er sich auf den Weg, um sich zu waschen.
Das kalte fließende Wasser machte frisch. Aus den Bäumen war kein Vogel zu hören. Er trat aus der Totenstille
an den Rand der Böschung…

Nebel war unten aus dem Fluss gestiegen und waberte über die breite Flutmulde und etwas, das dort unten
ausgebreitet im Kies lag. Der anbrechende Tag holte seinen Albtraum fleischgeworden aus der gnädigen Nacht
ins Morgengrauen, während die Sonne über dem Fluss
aufstieg. Wie bleiche Finger griffen Nebelfetzen nach der
Weißen Frau dort unten, als wollten sie die in ihr nasses
Grab zurückholen. Auf dreckigbraunen Wellen tanzten
Schaumkronen. Mehr Nebelschwaden krochen aus den
kalten Fluten und folgten lautlos den anderen...

Durch mein gekipptes Badezimmerfenster linste halb
neun ein Fetzen blauer Himmel und versprach mir für
diesen 18. Juli einen schönen Samstag. Wie sollte ich ahnen, dass der Himmel mich verarschte? Wäre ich abergläubisch, hätte ich die sich auskotzende Nacht als düste-
res Omen sehen können. Am Abend waren finstere Wol-
ken in Bewegung geraten und auf meine Terrasse zuge-
zogen. Vereinzelt waren Vögel unter ihnen weggesaust.
Wer konnte, war auf der Flucht. Eine gewaltige finstere

Wolke hatte über mir angehalten, drohend wie das Mutterschiff der Aliens in Independence Day. Ich hatte mein halbvolles Weißbierglas gepackt, mich nach drinnen gerettet und von meiner butterblumengelben Couch durchs große Schaufenster verfolgt wie Sturmtief Isolde meiner kleinen Welt draußen den schwarzen Mantel anzog. Großes Heimkino. Dem Himmel war die finstere Wolke zur Sintflut gebrochen. Der Gulli auf meiner Terrasse war am Ersaufen gewesen und hatte am Limit gegurgelt. Ich hatte die Bäume weinen gehört, als Böen ihr Geäst vergewaltigten, der Sturm seine Wut ausließ, die Baumwipfel krumm geißelte, sie kurz aufstehen ließ und wieder zuschlug, sie sich ihm immer wieder ächzend beugten, im vom Sturm gepeitschten Regen verzweifelt um ihr Leben kämpfend.

That long black cloud is comin' down. I feel like I'm knockin' on heaven's door. Knock, knock, knockin' on heaven's door. Knock, knock, knockin' on heaven's door.

Als ich früh aufgewacht war, war der Spuk vorbei. Die Regionalnachrichten hatten mir gesagt, dass im Umland Feuerwehren noch im Einsatz gegen entwurzelte Bäume waren, gegen auf Straßen gewirbelte Äste und Dachziegel. Die Bäume auf der grünen Oase vor meiner Terrasse hatten mehr oder weniger gerupft überlebt.

Ich ließ Prinzessin Leia mit meinen Boxershorts auf die Knöchel sinken und pflanzte mich mit einem wohligen Seufzer auf Villeroy & Boch. Während ich es mir gemütlich machte, schüttelte ich die lose eingelegte Werbung aus der Wochenendausgabe der Heiligbrücker Zeitung auf den auf eigene Kosten wie die Wände anthrazit gefliesten Boden. Meine Farbgebung wirkte zwar edel, ließ

9

das Bad aber noch kleiner erscheinen, und wie ein Krematorium, wenn ich schlecht drauf war. An diesem Morgen war ich so schlecht nicht drauf, nicht mal bei dem Gedanken, dass das Haus um mich rum rosa gestrichen war, und nachhaltig so bleiben würde.

„Ein Puff, oder wohnen da die Teletubbies, was meinst?"

Hatte ich bei meinem Einzug einen Möbelpacker dem anderen zuraunen hören und sie angegrinst. Weil ich ins Paradies einzog. 73 Quadratmeter Wohnung für 698 Euro warm, dazu an der Rückseite eine Terrasse mit Blick auf eine von Büschen und Bäumen eingesäumte Wiese, groß wie ein Fußballfeld. Die nicht bebaut werden durfte. Unter der Bedingung hatte Witwe Amelia Lohrengel das Grundstück mit ihrem Vermögen der Stadt vermacht. Achtzehn Millionen Mark, wofür sie noch darauf bestanden hatte, dass die Sackgasse von der Hauptstraße zu ihrem Haus posthum nach ihr benannt werden musste. Ich hatte nicht mal Nachbarn am Amelia Lohrengel Weg 1. Nummer 2 gab es nicht. Die Hauptstraße lief um das gesamte Grundstück weitläufig herum, war hinten jenseits der großen Wiese mehr zu ahnen als zu sehen und zu hören. In der Hauptstadt hätte ich das alles nicht fürs Dreifache gekriegt. Weshalb ich den rosa Anstrich verkraften konnte. Er war die Rache des Juniors an seiner verstorbenen Mutter, die ihn nur mit dem Pflichtteil bedacht hatte, wozu auch die Immobilie gehörte. Vom Großteil des Millionenvermögens hatte die Mutter den Sohn enterbt, weil er sich gegen seine, nach ihrer Überzeugung widernatürliche Veranlagung nicht behandeln lassen wollte. Da dankte ich wem auch immer für meine Mutter. Sein Erbe reiche dem Sohn, sich mit 39 nur noch nach Lust und Laune als Immobilienmakler beruflich zu betätigen. Als erstes hatte er sein ererbtes Haus rosa eingetüncht und seinen Mietern klargemacht das würde so bleiben. Georg, sein Liebster wohnte über mir. Seine klammernde Nähe hatte Jens Lohrengel, der sich gern J. Lo. abkürzte aus dessen Wohnung im eigenen Haus getrieben. Weshalb das Erdgeschossschnäppchen im Vierparteienhaus für mich frei geworden war. In einer der zwei kleineren Wohnungen über mir und Georg Brunnhuber trieb Hans Todtenhaupt sein Unwesen, auf die 70 zugehend und getrieben von überschwenglicher sexueller Lust, erst ausgebremst von Covid-19-Kontaktsperre. Der abgetakelte Seemann befand sich in Dauerfehde mit seiner jungen streitbaren Wohnungsnachbarin, der leicht ordinären muslimischen Studentin. Ayala Remircan schaute alte PussyTerror TV-Folgen aus der Mediathek und lebte, Allah sei uns allen gnädig, mit einer hundsgemeinen Psychokatze zusammen.

Eines der losen Werbeblätter zu meinen Füßen lockte mit einem Energydrink, womit ich mich wie neu geboren fühlen würde. So gut war ich nun auch wieder nicht drauf. Meine Lebenslust war ein zartes Pflänzchen und wuchs nicht in den Himmel. Ich wollte nicht neu geboren werden. Nicht in dieser Zeit in dieser Welt. Die verlockte mich zwischendurch eher dazu sie hinter mich zu bringen. Ich erwischte mich wieder dabei, dass ich Issis Attacken auf meine morgendliche Zuflucht vermisste. Klopfen, dreimal, zwanghaft wie Sheldon Cooper in the big bang theory.

„Meiner, was treibst du wieder ewig da drin?"

11

„Ich geb eine Morgenteegesellschaft!"

Sie hatte nie verstanden warum Mann mit nackertem Arsch gern auf einer Schüssel hockte und in einsamer Ruhe friedlich erledigen wollte was früh so anstand. Zeitung durchlesen. Und Entscheidungen für den Tag treffen wie: „Meine Zehennägel kann ich auch morgen noch schneiden." Was vorher sorgfältige Betrachtung erforderte. Ein falscher Entschluss bohrte Löcher in Socken. Ich hatte Issi mal zu erklären versucht, dass ich in der Früh durch Nichtreden auf dem Klo Zeit rausholen musste, weil ich die am Tag zum Nachdenken brauchte. Sie hatte die linke Augenbraue hochgezogen, und ich ihr ansehen können, dass sie an meinem Verstand zweifelte. Was sie mir verbal bestätigt hatte.

„Du sagst Sätze, die machen überhaupt keinen Sinn. Manchmal denke ich du wirst irre."

„She came to me one morning…"

Ich duschte mit Lady in Black und erledigte nebenbei lustlos, aber routiniert aufkommende Morgengeilheit, drehte danach entspannt zwei sanfte Runden am Schuffelbaum. Den hatte ich mir letzten November zu meinem 55. Geburtstag schreinern lassen. Aus harter Buche, gut zwei Meter hoch, ummantelt mit grünen Gumminoppen und auf der filzgepolsterten Stahlplatte verankert, damit er nicht umfiel und den Teufel Sepp erschlug.

„Hältst du dir einen Tiger, min Jung?"

Hans hatte mich erwischt, als ich den Kratzbaum aus dem Auto gehievt hatte. Der Tiger war ich. Niemand kratzte eine Beziehungsleiche an unzugänglichen Stellen, wenn´s juckte. Ich hatte es mit handelsüblicher Plastikhand versucht. Als würde ich mein Kreuz mit meiner eigenen Prothese häuten.

Aus dem Spiegel schaute ein anderer raus als rein. Mein wahres Ich. Nicht das Bild, das ich noch von Sepp Teufel sehen wollte und gesehen hatte, bis meine Konturen zur schwammigen Masse verblassten. Auch Figur hatte sich unter Hüft- und Bauchspeck verkrochen. An ihre 170 Zentimeter drängelten sich gut 90 Kilo. Die Erfolgsspur verlief neben mir. Ich kam nicht mehr drauf, mir fehlte was zählte: Die Hochglanzverpackung. Nicht jung, nicht schön, ein Asozialer in Heidi Klumworld. Wo nicht mehr bloß jeder Arsch sexy zu sein hatte, auch das Scheißpapier, das dann durch Corona auch noch Sammlerwert und Kultstatus erhielt. Ich erinnerte mich an eine Deowerbung für Männer, an ausrastende Weiber, die einem nach Benutzung auf offener Straße die Klamotten runter zu reißen drohten. Dabei zeterten wie eine Horde geiler Paviane. Was mich anging war die Gefahr inzwischen überschaubar.

„Ich kenn dich nicht, aber ich rasier dich trotzdem."

Ich war schon origineller gewesen. Mein Grinsen kam schlaff zurück. Wie ich meine dünnen dunkelblonden Haare kämmte war egal. Vorne wand sich ein Wirbel, der meinen Scheitel mittig bestimmte. Der kleine Sepp hatte seiner Mama geglaubt, dass ihm der Teufel über der Stirn raus wuchs.

Die Kaffeemaschine in der Küche röchelte kalkig, und ich sprach sie gehässig darauf an.

13

„Gut. Besorg´s dir selber. Muss ich auch.“

Ich frühstückte eine Schinkensemmel und zwei gewollt weichgekochte Eier, die ich hart nehmen musste. Nach einem Haferl Kaffee dazu trieb mich wieder die unbändige Lust auf eine Zigarette um. Gottseidank erfolglos durchsuchte ich die Wohnung, ob nicht doch noch ein paar versteckte Sargnägel rumlagen. Ich war seit über drei Monaten clean. Online hatten sie warum auch immer coronabedingt keine Zigaretten mehr geliefert, dann fand ich gar kein freies Lieferfenster mehr für irgendwas. Im Supermarkt waren die Zigarettenautomaten dauernd leer, kleine Tabakwarenläden hatten ganz dicht. Nur Tankstellen waren noch auch mit Zigaretten bestückt. Mir wurde es zu deppert, sodass ich von einem Tag auf den anderen ganz aufhörte. Und immer noch gegen die Sucht kämpfte.

Schließlich hatte ich mich für die Welt da draußen fertig gemacht, mit schwarzen Jeans über den Boxershorts mit Obiwan Kenobi und gelbem T-Shirt über nackter Haut. Für alle Fälle zog ich drüber meine dünne grüne wasserabweisende Polyesterjacke.

Die gottweißwievielte Eiszeit in der Beziehungskiste zwischen Georg und Tschälo war gerade wieder aufgetaut. Sagte mir draußen der braune Jaguar neben dem roten Porsche. Wenn´s über mir drinnen in der Kiste abgegangen war, dann ohne Gedöns. Das rosa Haus war hellhörig.

In Vorfreude auf Schwammerl, Schnaps und Schwätzchen mit Heiligbrücks letztem Freigeist steuerte ich den Frosch knapp zwei Kilometer stadtauswärts, durch die geteerte Schlucht zwischen den Reihen vierstöckiger alter

14

Wohnblöcke. In grindige Ockerfarbe getaucht, mit grünen Fensterläden, endlos scheinend, nur unterbrochen durch schmale Seitenstraßen. Früher die Eisenbahnersiedlung. In den Sechzigern hatte die Deutsche Bundesbahn die Häuser für ihre Bediensteten bauen lassen. Jetzt brauchte man einen Berechtigungsschein vom Wohnungsamt für die lang gestreckten Wohnbatterien. Hinter dem Fassadendünnschiss war ein Haufen Armut fernab der polierten City ausgelagert. Von einem Supermarkt leuchtete ein rotbäckiger Apfel als Smilie durch die Trostlosigkeit. Armsein war lustig. Auch der Schriftzug um den feixenden Apfel: HKl I für ALG II. Heiligbrücks erster AsO-Markt. Die Betreiber hatten das Kürzel für Langzeitarbeitslose und Obdachlose von ihrer PR-Agentur kreieren lassen, einprägsam, genial und hinterhältig in seiner Schlichtheit. Die Assoziation zu asozial drängte sich buchstäblich auf. Der Stadtrat hatte mit schwarzer Mehrheit den ansässigen Discounterbossen den AsO-Markt als gemeinsames Pilotprojekt genehmigt, und damit machten jetzt alle ein Geschäft mit der Armut außer die Armen. Die Supermärkte verramschten ihren gesamten Ausschuss über die AsO-Tochter und setzten ihn als Minusgeschäft auch noch von der Steuer ab. Lebensmittel mit abgelaufenem Mindesthaltbarkeitsdatum, die an AsOs verramscht wurden, Fleisch-, Wurst- und Schinkenpakete zu einem Euro das Kilo aus der »Salmonellenkiste«, wie die Kundschaft das Angebot in den Kühltruhen mit bitterer Dankbarkeit auszeichnete. Hämer sprachen von gezielter Ausrottung der Armut durch legalisiertes Gammelfleisch. Die Discounterketten sparten jeden Monat fünfstellige Summen an Abfallgebühren, und als Gesellschafter des AsO-Markts kassierten sie nochmal Zigtausende an Subventionen aus dem Sozialtopf. Als

15

Einkaufsberechtigung galt ein ALGII-Ausweis mit digitalem Fingerabdruck, der an der Kasse gescannt und sofort über ein Register des Amtes für soziale Sicherung auf Berechtigung geprüft wurde. Ein Pilotprojekt zur möglichen bundesweiten Einführung. Datenschutzbeauftragte begrüßten es, dass die Ärmsten vorrangig mit Hightech bedient wurden, und so garantiert wurde, dass auch nur beglaubigte Bedürftige einkauften, sich keine Gutverdiener einschleichen konnten, oder gar gelangweilte Schickerias AsOprodukte als hippen neuen Partytrend entdeckten und die Armenmärkte der Schicki-Micki-Szene einverleibten. Am Ende der Schlucht reckte sich links vor mir Heiligbrücks einziges Hochhaus. Damit ließ ich die geballte Armut hinter mir.

Am Fluss angekommen musste ich ihn noch einen Kilometer begleiten, bis ich mit ihm in den alteingesessenen Wohlstand des Villenviertels einbog, wo man Hartz IV partiell noch für den Spross einer Dynastie in vierter Generation hielt. Geld fühlte sich traditionell zu Flussnähe hingezogen, während die Ärmeren und Ärmsten sich auf beiden Seiten stetig von seinen Ufern entfernten. Das war immer so. Doch der Tod schlich durch Heiligbrücks sich abschirmende heile Welt. >Zum Verkauf. For sale<. Ein halbes Dutzend Schilder zählte ich nur im Vorbeifahren. Das Flüchtlingscamp gegenüber in den Auen hatte nur ein Jahr als Sündenbock für die Wertminderung der Ladenhüter hergehalten. Der gewachsene Wohlstand lag schon vorher unter künstlicher Beatmung. Globale Finanzkrise, Eurokrise, und auch der Generationswechsel funktionierte nicht so, wie ihn sich die Alten vorstellten. Die Jungen wollten die klotzigen alten Villen und die immensen Unterhaltskosten nicht nachhaltig erben. Ich bog auf die Brücke zu den Flussauen rüber ab. Schon im frühen Mittelalter hatte eine über den Fluss geführt, wo es seit 1904 wieder eine gab. In den letzten Kriegstagen 1945 war sie gesprengt, bis 1949 originalgetreu wiederaufgebaut worden. Inzwischen stand sie unter Denkmalschutz. Drüben führte mich die Gabelung des befahrbaren Waldwegs links zur Lichtung vom Hotzenplotz. Er war nicht da. Lichtung und Bauwagen kamen mir seltsam verlassen vor, irgendwie endgültig. Ich machte mich zu Fuss auf die Suche Richtung Fluss runter, und zum ersten Mal an diesem Tag beschlich mich ein mulmiges Gefühl…

Sie waren zur Leichenschau über die Brücke gekommen, zuerst die Polizeimeister Sarah Dillinger und Lorenz Diewald im Streifenwagen von der Polizeiinspektion 14, zehn Minuten danach im schwarzen Audi A 6 Hauptkommissarin Karola Honigmann, Leiterin vom K 11 in der Polizeidirektion, gefolgt von vier Spusis im kultigen blauen Bulli, dem ältesten Hobel der Heiligbrücker Tatort-Ermittler, zuletzt wie der Silberstreifen am Horizont Heiligbrücks forensischer Chefpathologe Dr. Mark Forster im metallic glänzenden Mercedes SUV. Er hieß tatsächlich wie der berühmtere deutsche Barde. Ob er seinen Leichen ein Aurevoir sang, war nicht bekannt. Aber, dass er in seinem Keller eine schräge Leidenschaft für tote Mägen entwickelt hatte, weswegen KHK Honigmann ihn schon mal gerne eine perverse Kellerassel schimpfte.

Dillinger und Diewald als Vortrupp hatten zweimal aussteigen müssen, den sonst gut befahrbaren Waldweg von Geäst und einem umgestürzten Baum freiräumen.

17

Am ehemaligen Campingplatz hatten sie alle nacheinander ihre Wagen geparkt, waren zu Fuß weiter. Das Ende des Waldwegs verengte sich zu einem schmalen Schluf und schnitt nach unten tief in die Böschung ein, mehr flach als steil abfallend bis runter zur Flutmulde, aber rutschig von nassem Laub. In der Nacht vorher hatte eine gewaltige schwarze Wolkenfront wie aus dem Nichts den Himmel überfallen, seine Sterne gefressen und sich über Heiligbrück und Umland ausgekotzt, als gäb´s kein morgen mehr. Einem der Spusis war ein lautes „Kreizkruzefix" ausgekommen, als er sich mitten im Schluf mit seinem Utensilienkoffer an der Hand auf den Arsch gesetzt hatte.

KHK Honigmann hatte die schwarze Bucketmütze über der schwarzen Schutzmaske abgenommen, wie sie es immer tat im Angesicht des Todes. Der lederne Anglerhut war ihr Markenzeichen geworden. Ihren pechschwarzen Pagenschnitt darunter trug sie frisiert wie Prinz Eisenherz aus dem Comic. Ihre Augen waren von einem so saftigen Wiesengrün, dass man gesunde Kühe drin weiden lassen wollte. Aber KHK Honigmann vermittelte weder Idylle, Harmonie, oder gar Liebreiz. Sie war nicht darum bemüht, als Darling wahrgenommen zu werden. Einige unterstellten ihr sie ließe ihren Männerfrust seit ihrer Scheidung vor vier Jahren an ihnen aus. Ihre Töchter sah sie nur selten. Die eine lebte in Paris, die andere in Dublin. Geblieben war ihr der irische Wolfshund. Mit dem war sie aus der Stadt raus in einen umgebauten Pferdestall gezogen. Der Hund hieß Hund. Das rauhaarige schwarze Riesenvieh begleitete Frauchen auch ins Büro, musste nur Tatorten fern und im Auto bleiben. Niemand in der PD hatte Hund je knurren oder gar

18

bellen gehört. Einige Kollegen flüsterten grinsend Hund könnte nicht knurren und bellen, weil er ein Rabe war. Der Frauchen zuhause in ihrem Pferdestall auf der Schulter hockte, während die finster in einem großen befeuerten Kessel rührte und die Männerwelt fluchte. Und den Raben nur in Hund verwandelte, wenn sie in die Stadt und zur Arbeit fuhr. Ein Entenhausenfreak unter den Kollegen hängte ihr den seitdem hinter vorgehaltener Hand getuschelten Spitznamen Gundel Gaukeley an. Statur, Figur, Haarfarbe und weiter hergeholt sogar Outfit der Disneyhexe passten auf die Kommissarin. Wie Gundel war auch die gerne wie heute ganz in Schwarz unterwegs. Das Lederholster mit dem daraus ragenden Pistolengriff an ihrer rechten Hüfte wirkte an Honigmanns zierlicher Erscheinung auf martialische Art überdimensional. Jetzt frei sichtbar, weil sie ihre Jacke im Wagen gelassen hatte und im kurzärmeligen schwarzen Top über dem schwarzen Sport-BH dastand. Die P 7 am schwarzen Gürtel ihrer leichten schwarzen Stoffhose mit großen Taschen auf den Oberschenkeln schienen ihre Bewegungen nicht als Fremdkörper wahrzunehmen, und auch wer sie noch nicht beim Schießtraining gesehen hatte ahnte, dass sie damit so selbstverständlich umgehen konnte wie mit einem Essbesteck. Wie alle um sie herum trug auch Honigmann jetzt Latex-Handschuhe, die sie wie Schutzmaske zu anderen Zeiten an einem Fund- oder Tatort im Freien schon mal vernachlässigte, wo erstmal andere Ermittlungsarbeit machten. Die Mütze in der Rechten wischte sie sich mit dem Handrücken der Linken Schweiß von der Stirn. In ihren schwarzen Sneakers, auch im Außeneinsatz praktisch denkend wie immer hatte sie relativ festen Halt auf dem schwammigen Kies und senkte den Blick wieder auf die Leiche, auf die jetzt heitere Mittagssonne strahlte. Zynisch und pietätlos angesichts der mit Pappe, Blech- und Plastikzeug wie Müll angeschwemmten Toten. Das Spitzennegligé über hauchzarten Dessous hatte sich bis auf die Schenkel hochgeschoben. Die nackten Beine waren von den Hüften abwärts seltsam verdreht, als hätten sie weiter vom Fluss weglaufen wollen, nachdem sie das Ufer erreicht hatten.

An der Leiche kniend hatte Forster seine Arbeit aufgenommen und anhand der Waschhaut seine erste Schätzung zur Zeitspanne der Toten im Wasser abgegeben.

„Nun ja, vierundzwanzig Stunden plus minus…"

Danach hatte er die Körpertemperatur gemessen, dazu eine Lebersonde genommen, auf rektales Instrument verzichtet, um keine wenn auch unwahrscheinlich noch vorhandene analen Eindringungsspuren endgültig zu zerstören. Noch hatte es keiner direkt ausgesprochen. Die augenscheinlichen Umstände schrien nach dem Verdacht auf eine ganz schräge Nummer mit dem Mädel.

Die Totenstarre zeigte erste Anzeichen von Auflösung. Bei Zimmertemperatur setzte sie an Augenlidern und Kaumuskeln schon nach ein bis zwei Stunden zuerst ein, wanderte über Hals und Nacken abwärts und war nach sechs bis zwölf Stunden voll ausgeprägt. Nach 24 bis spätestens 48 Stunden löste sie sich auf, alles abhängig auch von Wärme, Kälte, vorheriger Belastung der Muskeln, und, und… Körpertemperatur und Totenflecke lieferten weitere Hinweise zum Todeszeitpunkt. Mit einer Standardformel ließ er sich zurück rechnen: normale Körpertemperatur minus gemessener geteilt durch eineinhalb.

Totenflecke sagten dazu noch, ob die Leiche bewegt worden war. Wurde ihre Position innerhalb der ersten sechs Stunden verändert, verlagerten sich auch die Totenflecke noch nach den Regeln der Schwerkraft. Bis zu zwölf Stunden nach Todeseintritt waren sie noch teilweise wegdrückbar, da Blut innerhalb der Adern noch beweglich war. Drückte man auf den Totenfleck, wurde die Haut wieder hell. Später war bereits so viel Wasser aus dem Gefäßsystem entwichen, dass das Blut eingedickt war und die Totenflecke unveränderbar blieben.

Plötzlicher Tod, gewaltsam oder nicht überfiel seine Klientel selten unter Laborbedingungen. Im Fall der vorliegenden Leiche ganz und gar nicht.

„Nun ja, in Anbetracht aller Gegebenheiten...Exitus vor dreißig Stunden plus minus…"

Mit eingerechnet einige Stunden, die das Mädel schon am Flussufer lag. Honigmann hatte grimmig zurückgerechnet.

„In aller Herrgottsfrüh ersäuft."

Als gäbe es eine humanere Zeit so zu enden.

Forster hatte die Leiche hin und her gewendet, Schädel und Körper in Blick genommen. Risse durch aufgeweichte Haut an Armen und Beinen vorne und hinten erzählten, dass starke Unterströmungen die Leiche übers Flussbett gewälzt und geschleift hatten. Spuren von Gewalt durch andere Fremdeinwirkung waren davon oberflächlich nicht zu unterscheiden, falls vorhanden. Forster klappte seinen silbern glänzenden Metallkoffer zu. Er

21

hatte seine vorläufige Arbeit an der Leiche beendet, richtete sich zu voller Größe auf und wischte die Kapuze vom Kopf, behielt aber Schutzmaske über Nase und Mund und Handschuhe an. Mit seinen zwei Metern Länge und dem dottergelben Bürstenhaarschnitt ragte Forster aus jeder Menge wie ein Leuchtturm. Die Nickelbrille ließ ihn altersweise wirken, obwohl er erst 43 war. Mit ihren knapp über Einssechzig wirkte die Kommissarin kindlich neben dem langen Pathologen.

Beide schauten stumm auf die Tote, ein paar Schritte Abstand zwischen sich haltend. Ein Automatismus, der sich seit Corona bei Vernünftigen eingebürgert hatte. Nicht, dass der Pathologe und die Mordermittlerin sich sonst menschlich nähergekommen wären. Der Zug war abgefahren.

Wasserleichen tauchten nie appetitlich auf. Trotzdem war die zarte feingliedrige Schönheit des Mädels mit dem auffallend langen Haar immer noch zu erahnen. Forster brach das Schweigen.

„Nun ja…Ein gefallener Engel."

Honigmann reagierte barsch, ohne den Kopf zu Forster zu heben. Sie mochte nicht zu anderen aufschauen, schon gar nicht zu dem Pathologen.

„Das Mädel ist nicht vom Himmel ins Wasser gfalln. Und auch nicht bei einem Waldspaziergang in scharfer Bettwäsch."

Forster hatte sich noch nicht festgelegt, ob das Mädel ertrunken war. Aber keine Zweifel daran gelassen, dass der Fluss es ausgespuckt hatte. Auch wenn der sich inzwischen zurückgezogen und jetzt dahin plätschernd seine Unschuld beteuerte, mit der strahlenden Sonne am heiteren Himmel als Zeugin. Kein wasserdichtes Alibi. Die Gewitterböen der Nacht hatten den Fluss durchwühlt. Normalerweise trieben Verwesungsgase Tote frühestens nach Tagen hoch, sofern Sauerstoffmangel in großer Tiefe und Kälte sie nicht als Leichenwachsfiguren konservierte. Aber der Fluss war nicht die Tiefsee und wälzte sich zwischen den Flutmulden unter den Auen höchstens drei Meter hoch dahin. Alle Indizien deuteten darauf hin, dass das Unwetter das Mädel frühzeitig aus seinem Totenbett geholt hatte und Sturmflut es an den Puppenstrand geworfen, wie Heiligbrücker die Landzunge hier an der Flussbiegung nannten. Wegen des Freiluftspektakels, das der Förderkreis Weiße Frau Heiligbrück e. V. jedes Jahr in der ersten Juliwoche um die alte Legende aufführte. Die beschrieb eine schöne junge Herzogin, zum Übel aller untreu. Mit einem jungen Ritter setzte sie dem alten Herzog Hörner auf. Als der ihnen draufkam, ließ er den Ritter aufs Rad spannen, die Herzogin ins höchste Turmzimmer sperren, lud die ahnungslosen Schwiegereltern zu einem Festmahl und ließ sie und ihr kleines Gefolge kurzerhand abstechen. Nachdem er selber ein paar Tage nach dem Massaker eine tödliche Herzattacke erlitten hatte, machten die Ratsherren der Stadt die Ehebrecherin für die ganze Tragödie verantwortlich, unterwarfen sie einem Gottesurteil und übergaben sie von der Brücke den Fluten.

>Übergeben wir sie Gottes allmächtigem heiligen Urteil, in ihrem Gott lästernden weißen Hochzeitsgewande<.

Es war nicht Sinn der Sache, einem Gottesurteil Unterworfene überleben zu lassen. Sollte der unwahrscheinliche Fall eintreten lieferten sie nur den Vorwand, sie als vom Teufel Besessene erst recht umzubringen. Da konnte Gott Zeichen geben, wie er wollte. Bevor sie den Fluten überlassen wurde und darin, Gott hin, Gott her, alternativlos ersoff, weil Hände auf dem Rücken zusammengebunden und Füße gefesselt, verdammte die Herzogin Heiligbrück mitsamt der ganzen Bagage.

„Geflucht bin ich, und geflucht seid ihr!"

Kaum war sie untergegangen zuckten Blitze aus heiterem Himmel, und Nebelschwaden krochen aus dem Fluss.

So viel Realitätsnähe am Untertauchen des Stadtgespensts hätte dem Freiluftschauspiel eher geschadet, Blitz und Donner Publikum vertrieben, das sich gerne gruselte, aber bittschön bei sonnigem Grill-Wetter. Ausgerechnet zum 50jährigen Jubiläum hatte das Spektakel dieses Jahr ausfallen müssen, inklusive schaurigem Höhepunkt unten am Fluss, bei Schweinenacken, Würschtl und Bier. Wobei man aus nicht allen immer nachvollziehbaren Gründen statt der aktuellen Darstellerin nur eine Strohpuppe von der Brücke ins Wasser schmiss. Mit Wollperücke und Leinenhemd statt Hochzeitskleid. Aus Kostengründen. Und frisch gewaschen und gebügelt sogar wiederverwendbar. Weil es die strohigen Weißen Frauen immer auf der gleichen Landzunge anschwemmte. Die deshalb bald volksmundig „Puppenstrand" getauft wurde.

Zwei Spusis in bei ihrem Job sowieso üblicher Vermummung suchten in weißen Überschuhen, Kapuzenoveralls, Schutzmasken und Handschuhen am Ufer entlang noch nach Verwertbarem. Ihre Körpersprache drückte wenig Hoffnung aus, relevante Spuren aus dem ganzen Müll, losem Laub und Zweigen filtern und dem mit ihm angeschwemmten Tod zuordnen zu können. Einer der Spusis gesellte sich ungebeten und achselzuckend zur Kommissarin.

„Unklare Spurenlage, mehr wird unterm Strich nicht rausspringen."

„Und? Wollens jetzt neben mir Wurzeln schlagen und ein Seuchenbaum werden?"

Fuhr Honigmann dem Spusi übers maskierte Maul, worauf der sich trollte.

„Nun ja, das sieht mir nach unangenehmen Ermittlungen für denjenigen aus, der die Fragen stellen muss. Ich würde sagen Sie stehen bereits auf einem Minenfeld, Frau Kommissarin."

Orakelte Forster bei der Vorstellung gut gelaunt mit einem schrägen Blinzeln von oben herab auf Honigmann. Die geradeaus über die dreckigen Wellen auf die sauberen Fassaden des Villenviertels am gegenüberliegenden Ufer starrte. Honigmann spürte den Hauch von Todsünde herüberwehen und eine Menge Ärger auf sich zu rauschen.

„Klugscheißerns mit ihrem Nunja in Ihrem Kellerloch, Leichenschänder."

Forster hob seinen Koffer auf und verabschiedete sich unbeeindruckt.

„Seien Sie dankbar, Frau Kommissarin. In meinem Kellerloch reden die Toten mit mir. Oder haben Sie auch nur einen lebenden Zeugen?"

„Ich hab die zwei nicht zum Fischerlzähln raufgschickt."

Raunzte Honigmann grob und meinte Diewald und Dillinger gut 50 Meter flussabwärts auf der Brücke, die Verbindung zwischen Villenviertel und Flussauen. Schon im frühen Mittelalter hatte dort eine über den Fluss geführt, wo es seit 1904 wieder eine gab. In den letzten Kriegstagen 1945 war sie gesprengt, bis 1949 originalgetreu wiederaufgebaut worden. Inzwischen stand sie unter Denkmalschutz.

Doppelde, wie Diewald und Dillinger auf der PI 14 genannt wurden hatten die Leiche gesichert, bis die Todesermittler eintrafen und Honigmann das Duo zum Einfangen von Waldspaziergängern als potentielle Zeugen wofür auch immer auf die Brücke geschickt hatte. Zusammen mit mir.

„Lassens den Teufel nicht aus den Augen! Und lassens Hund aus meinem Wagen."

Hatte Honigmann dem Uniformpärchen eingeimpft, das jetzt links und rechts von mir respektvollen Sicherheitsabstand hielt. Aus Respekt vor dem Virus, nicht vor mir. Nach uns allen dreien war Covid-19 noch auf der

Jagd. Aber hier oben hatten wir einvernehmlich die Masken abgenommen, hielten uns fern voneinander und atmeten frei Waldluft von den Auen herüber, unter der Sonne feucht dampfend vom Unwetter der Nacht. Hund lag mit dem Schädel zwischen den Vorderpfoten zwischen Diewald und mir.

Die Leiche unten konnte man auch von hier oben sehen! Bis jetzt hatte sich niemand bei uns blicken lassen. Man hätte inzwischen Schaulustige erwarten können. Aber das hier war ein diskretes Viertel mit Mauern um die Grundstücke. Man schützte sich vor Neugierigen und entblößte auch die eigene Neugier nicht, schon gar nicht wollte man sich in polizeiliche Befragungen reinziehen lassen, die dann nicht vor eigenem Privaten haltmachten. Hinter piekfeinen Fassaden alteingesessenen Wohlstands war gerne auch mal ein finsteres Familiengeheimnis verborgen, vielleicht sogar im Vorgarten unter die Blumenerde gebracht. Eifersucht, Gier und alle anderen niederen Beweggründe für Mordgelüste fühlten sich auch in besseren Kreisen zuhause. Oder gerade dort pudelwohl. Wobei ich nicht glaubte, das Geld den Charakter verdarb. Es machte ihn nur transparent. Auch Arme hätten die Sau rausgelassen, hätten sie es sich leisten können. Mein Glaube an das Gute im Menschen war längst auf der Flucht, wie jetzt der Hotzenplotz. Vermutlich tauschte man sich hinter den Mauern der Villen schon per Handy untereinander aus, ob wer wusste was da drüben am Fluss los war. Ob dort was im Busch sein konnte, das Kreise bis herüber ziehen und die eigenen stören könnte.

PM Diewald warf einen schrägen Blick auf mich.

27

„Eigentlich sind Leichenfinder die ersten Hauptverdächtigen, Teufel."

Das war hinterfotzig.

„Eigentlich ist die Hintertür des Bayern ins Gegenteil, Herr Polizeimeister. Ergo bin ich unverdächtig."

Ich war überzeugt der Hotzenplotz hatte die Leiche vor mir gefunden und war nach dem Schreck in der Morgenstunde in den Auen untergetaucht. Bekanntermaßen hatte er Heidenangst vor der Weißen Frau und musste geglaubt haben, der Fluss hätte sie ihm leibhaftig hingespuckt. Ich hatte mir beim Hotzenplotz bloß eingelegte Schwammerl für eine Rahmsoße holen und mich nebenbei zu einem Zwetschgnstamperl einladen wollen. Er war nicht dagewesen, sein Bauwagen abgesperrt und durchs Fenster nix von ihm zu sehen. Ich war zum Fluss runter nach ihm schauen, war auf die Tote gestoßen und hatte in der PI 14 angerufen. Punkt. Ende der Geschichte.

PM Dillinger spuckte einen Bogen ins Wasser. Hund gab einen leisen Ton von sich, was unser aller Aufmerksamkeit erregte.

„Er ist irgendwie noch melancholischer als sonst. Er vermisst seinen Leidensgenossen."

Meinte Diewald. Dillinger wusste mehr.

„Die Kommissarin erwartet ihn morgen wieder zum Dienst. Ist wohl in der Quarantäne inzwischen negativ testet worden."

Sie meinten Kriminalmeister Felix Burger. Frau Kommissarin siezte den wie alle anderen, nannte ihn dabei aber mit Vornamen, was man bei ihr als sowas wie Zuneigung deuten konnte. Felix hieß übersetzt der Glückliche. Seine scheinbar unbewegliche Mimik ließ nicht erkennen, ob oder wann er glücklich war, oder nicht, oder in einer Stimmungslage irgendwo dazwischen. Er redete auch nicht viel. Über seine Chefin konnten ihm neugierige Kollegen nichts rauslocken, selbst zu deren Anweisungen nickte er meist nur. Heute musste Frau Kommissarin noch auf ihren zweiten Schatten verzichten. Der Glückliche war zusammen mit 49 anderen Teilnehmern in Hotelquarantäne in Wiesbaden kaserniert worden. Während der Fortbildung beim BKA über den Umgang mit Corona im Polizeidienst- und Außendienst waren zwei Zuhörer positiv getestet worden. Hund musste heute noch allein mit Frauchen klarkommen. Hund war ein cooler Hund. Er nahm Frauchen zur Kenntnis, suchte nicht ihre körperliche Nähe für Zärtlichkeiten und hatte selbst nicht den Drang ihr welche zu erteilen wie zum Beispiel, ihr Gesicht oder Hände zu lecken. Was er bei Felix tat. Der blonde Zweibeiner und der schwarze Vierbeiner waren sowas wie Kollegen und Freunde geworden, Leidensgenossen, spöttelten manche. Felix und Hund trotteten neben Frauchen her, wenn sie sich bewegte, Hund legte sich zu ihren Füßen hin, wenn nicht. Felix würde sich irgendwann dazulegen, lästerten Kollegen, weil seine Chefin ihn sich im Grunde hielte wie ihren zweiten Hund. Hund eins hielt sich unaufgeregt an der Seite seines schon öfter mal sich aufregenden Frauchens. Als würde er denken: Was soll's, sie ist wie sie ist. Ich hab keine andere, und sie füttert mich anständig. Wahrscheinlich hätte Hund sich freilaufend selbst ernähren können. Aber wildernd im Wald wäre

29

Hund bald von einem Jäger erschossen worden. Seine Lebenserwartung als folgsamer und schweigsamer Rüde an Frauchens Seite durfte Hund optimistischer sehen. Hund schien zufrieden mit seinem Schicksal. Sanftmütig ließ er sich auch von anderen als Felix streicheln, wenn wer sich traute. Bei Frauchen traute sich keiner auch nur daran zu denken.

Dillinger kam wieder auf die Leiche unter uns.

„Zwei Nummern zu groß hat sich das Mädel Banini bestimmt nicht selber kauft."

Diewald und ich hatten Fragezeichen im Blick. Dillinger setzte nach.

„Sagt bloß, ihr habt das nicht checkt?"

„Wie denn? Die ganze Wäsch pappt ihr am Körper."

Wehrte ich mich.

„Eben drum hätt´s euch mindestens am BH gleich auffallen müssen. Kleine Brüste, große Körbchen."

Diewald war auf meiner Seite.

„Große Brüste, kleine Körbchen wären mir aufgfallen. Hab durch den Dreck grad noch sehen können, dass das Nachthemd über der Unterwäsch mal weiß gwesen ist."

Dillinger hatte inzwischen weiter gedacht.

„Ein Gschenk von einem Stammlover oder Sugardaddy ist´s auch nicht. Da hätt sich keiner beim BH gleich um gut eine Handvoll vertan. Außer euch zwei Blinden vielleicht."

Dillinger machte nicht bloß in Uniform eine gute Figur. Im Nebenjob eine noch bessere als Dessousmodel für den online-Katalog einer Klamottenkette. Weshalb sie an der Leiche auch sofort das Nightset Kurtisane aus Baninis Kollektion in Liebesweiß erkannt hatte.

„Da hat wer Kurtisane im Fundus ghabt, bevor ihm das Mädel über den Weg glaufen ist."

„Ihm, oder Ihr."

Ergänzte PM Diewald und spuckte einen Bogen ins Wasser.

„Nicht mal Lederstrumpf würd den Hotzenplotz finden, wenn er nicht gfunden werden will."

Diewald war Schifahrer, kein Waldläufer. Die meisten hielten Heiligbrücks Waldschrat für gaga. Er hörte mehr Stimmen im Kopf, als die Fischerchöre zu ihren Glanzzeiten zusammenbrachten. Aber er war ein gefragter Kräuter- und Schwammerlflüsterer, versorgte sogar den örtlichen Hexenzirkel. Und sein Obstler brannte himmlisch Zunge und Gaumen entlang die Kehle runter, ließ das Auge des Gesetzes übers Schwarzbrennen hinweg zwinkern, weil der Hotzenplotz kein Verkaufsgeschäft daraus machte, dafür gerne einen Zehner oder Zwanziger als Spende zum Lebensunterhalt annahm.

Unten hatte Diewald sich neben mir an der Leiche bekreuzigt und schaudernd die Legende zitiert.

„Wie Höllenfeuer bis an ihre sündigen Lenden lodernd."

Auch ich hatte ihr ewig langes Haar gesehen, wo es breit gefächert ihr wachsbleiches Gesicht umrahmte, rot durch die Nässe schimmernd, wo die Sonne einzelne Strähnen während der letzten Stunden schon abgetrocknet hatte. Die Augenlider mit den langen Wimpern waren wie in friedlichem Schlaf geschlossen, nicht weit aufgerissen den blauen Himmel anklagend. Wobei in totes Mienenspiel rein interpretiertes Entsetzen als Hinweis auf grausames Ableben eine Mär war. Weil auch Gesichtsmuskeln nach Todeseintritt natürlich erschlafften. Gequält drein schauten Tote aus der Glotze. Wahrscheinlich wegen der schauspielerisch unergiebigen Rolle als sprachlose Leiche.

„Die Kommissarin glaubt auch nicht, dass der Hotzenplotz was mit der Toten zu tun hat. Sie hat nicht gerade zur Jagd auf ihn blasen."

Sagte Diewald.

Ich spuckte einen Bogen ins Wasser.

„Was die Kommissarin blast, oder nicht blast geht mir am Arsch vorbei."

Diewald und Dillinger wechselten hinter meinem Rücken Blicke, bis Diewald sich grinsend wieder mir zuwandte.

„Gibt´s was zwischen euch, was an uns vorbeilaufen ist?"

„Zermarter dir nicht dein Hirn drüber was alles an dir vorbeiläuft, Polizeimeister. Da kommst nie ans End. Denk lieber drüber nach warum wer ein Mädel als unser scharfes Stadtgspenst doubelt hat. Und warum das jetzt tot da unten liegt."

Wie alle in Heiligbrück erinnerten wir uns noch an den Anschlag auf Poppy, die letzte Darstellerin der Weißen Frau, im Banini Nightset Kurtisane in Liebesweiß. Im Juli vergangenes Jahr nach der letzten Aufführung der Schauspielwoche. Unter den für Poppy abgegebenen Blumen war das Grünzeug in einem Rosenstrauß mit Riesenbärenklau kontaminiert gewesen. Giftig war das ganze Gewächs, besonders aber der Saft. Wer es an dem sonnigen Sommernachmittag backstage Poppy untergejubelt hatte, hatte gewusst, was er tat. Riesenbärenklau entwickelte Phototoxine. Die brauchten Tageslicht und verbanden sich nach Kontakt mit körpereigenem Eiweiß. Die Folge waren schmerzhafte äußerliche Verbrennungen. Die konnten noch bis 48 Stunden danach auftreten. Poppy hatte ihre Nase in die Rosen gesteckt und bald hatte ihr Gesicht einer überglühten gerissenen Herdplatte geähnelt. Die Heilung von den scheußlichen Quaddeln war langwierig. Poppy war wochenlang untergetaucht. Normalerweise wuchs die Staude drei bis vier Meter hoch. Der Doldenblütler stammte aus dem Kaukasus. Schon Berührungen konnten bei Menschen Verbrennungserscheinungen auslösen. Das Kraut fühlte sich überall wohl: in Gärten und Parks, an Straßenrändern, in Bach- und Flusstälern, auf fetten Wiesen, Brachland und Weiden. Pflanzenkundler hatten die Staude 2008 zur Giftpflanze des Jahres gewählt. Botaniker waren schräg drauf. Die Giftstaude konnte sonst wo wuchern, verbreitete ihre Samen mit dem Wind, oder durch Wildwechsel, sie hängten sich an landwirtschaftliche Fahrzeuge und schwammen sogar in fließenden Gewässern mit. Wer eine Staude in freier Natur sichtete, musste es melden, wegen fachmännischer Beseitigung. Dabei war Schutzkleidung mit Gesichtsschutz dringend angesagt.

Das saugiftige Gewächs pflanzte man nicht im Vorgärtchen. Und es war kein Geheimnis, dass der Hotzenplotz vor dem Fluch die Hosen voll hatte, er das alljährliche Schauspiel und Poppys sextriefende letzte Darstellung der Weißen Frau verdammte. Der alte Zausel hauste schon länger in den Auen, als dort mancher Baum und Strauch wuchsen, und nach dem Anschlag auf Poppy hatten Doppelde ihn befragt, ob er eine Stelle mit Riesenbärenklau wusste.

Der Hotzenplotz hatte erschrocken den Kopf geschüttelt. Kein Riesenbärenklau in seinem Gäu, hatte er versichert. Aber die Weiße Frau sei sehr zornig, weil die aus der Stadt nicht aufhörten sie zu reizen.

Der Leichenwagen der Städtischen Bestattung war hin-und zurück eng an uns vorbei über die Brücke gefahren, die Tote auf dem Weg in den Keller des Kreiskrankenhauses, Forsters kühles Reich. Die Spusi war inzwischen auch von der Lichtung abgezogen, wo mein Frosch stand. Der kleine runde Tisch und die zwei Gartenstühle lagen noch da, wie Sturmböen sie umgeweht hatten, Zweigwerk und Laub auf die Lichtung geblasen und die schwarze Abdeckplane von der Destille Marke Eigenbau

vor dem blauen ausrangierten Bauwagen. Das zuge-
sperrte Vorhängeschloss war unbeschädigt. Honigmann
hatte es ohne Durchsuchungsbeschluss nicht knacken lassen. Keine Spur vom Hotzenplotz. Ich latschte noch mal
runter zum Fluss, bis zu der Stelle, wo er Jane Doe hinge-
rotzt hatte.

Wind frischte auf. Er spielte mir das Lied vom Tod
über den Fluss. Oder ich hatte die Mundharmonika nur
im Kopf. Weil Ennio Morricones Western-Soundtrack
vergangenes Jahr zur Flussszene im Freiluftschauspiel
vom anderen Ufer über Lautsprecher eingespielt worden
war, als würden Wind und Wellen ihn herübertragen. Die
blödsinnige Idee der Regie. Morricone hätte sich wahrscheinlich im Grab umgedreht, hätte er schon drin gelegen. Vielleicht würde er das jetzt nachholen. Anfang des
Monats war der Unsterbliche der Filmmusik gestorben.

Die Schaumkronen auf den dreckigen Wellen tanzten
schneller, der Wind flüsterte mir jetzt von abgefahrenen
Geistersexorgien, drüben hinter den sauberen Fassaden
alteingesessenen Wohlstands, wo honorige Herren, womöglich unter Beihilfe ihrer Gattinnen krude Sex-Fanta-
sien auslebten. Mit irgendwo aufgeklaubtem Jungfleisch,
Straßenkids, die niemand vermisste. Wobei möglicherweise was schiefgelaufen war, man danach ein Mädel im
nahen Fluss entsorgt hatte. Wo ich vorher unter der Mittagssonne in meiner Polyesterjacke gedampft hatte, frös-
telte ich jetzt. Während ich hinüber schaute auf Heiligbrücks seit Generationen ehrenwerte Gesellschaft, die so
gerne unter sich blieb. In sauberen Gründerzeit- und Ju-
gendstil-Villen, die sich wie eine Wagenburg um die des
Oberbürgermeisters scharten. Ich fing an zu spinnen und

holte mein Handy aus der Hosentasche. Ich hatte die Handynummer von Doppeldes Chefin auf Kurzwahl. Unser erstes gemeinsames Kneipenbier hatten Polizeihauptkommissarin Henriette Peter und ich zu Zeiten des Flüchtlingscamps in den Flussauen gezischt, während wir ins Visier von rechtsradikalem Gesocks geraten waren. Morddrohungen können verbinden. Es war nicht bei einem Bier geblieben und danach war ich in ihrem Bett gelandet. Ihre Töchter hatten das Wochenende beim Papa und dessen Neuer in der Hauptstadt verbracht. Jetzt redeten wir über eine Leiche im Alter von Henriettes Zwillingen.

„Jessas, Teifi, ein totes Mädel in scharfer Bettwäsch. Nix, womit Eltern ihre behüteten Teenietöchter schlafen schicken."

Ich stellte mir vor wie sie die großen Zähne bleckte. PHK Peter hatte ein Gebiss wie ein Gaul und ein Gemüt wie ein Fleischerhund. Und ich keine Ahnung womit Eltern heutzutage ihre Teenietöchter schlafen schickten.

„Jessas, Teifi. Meine schlafen in T-Shirts mit Lewis Capaldi, Alec Benjamin oder Alli Naumann.

Wer immer die waren. Bilder in meinem Kopf zeigten mir plötzlich wieder Henriettes Unterwäsche, womit sie ihre pralle Weiblichkeit im Zaum hielt. Ich konnte meine Zunge nicht im Zaum halten.

„Ich stell mir dich grad in Banini vor."

„Kein Grund zur Heiterkeit, Teifi. Deine Jedibuxen taugen auch nicht für shades of grey. Immerhin hast du mir einen einzigartigen Orgasmus beschert."

„Dankschön, das hört Mann gern."

„Meiner war nicht der Rede wert, ich mein deinen. Ich hab noch keinen ghabt, der gschrien hat Scheiße was tu ich da, als es ihm kommen ist."

Zusammen mit meinem schlechten Gewissen Issi gegenüber, das sich lauthals Luft gemacht hatte. Ein peinlicher Höhepunkt in meiner Orgasmusvita.

Von Henriette kam nichts mehr, und ich ging nicht davon aus, dass sie eingeschlafen war.

„Soll ich mir während der Werbepause einen Kaffee holen?"

Polizeihauptkommissarin Henriette Peter bewegten ähnliche Fantasien wie mich.

„Teifi, ich möchte mir gar nicht vorstellen müssen, was da hinter frommen Mauern unserer Villen abgeht. Jessas."

Ich deutete ihr vorheriges Schweigen so, dass sie genau das gerade getan hatte. Sie vermied es immer noch, im Zusammenhang mit dem toten Mädel am Puppenstrand die Weiße Frau in den Mund zu nehmen. Mir war klar warum.

„Dein Arsch hockt wieder mal auf einem Pulverfassl, Dirty Harriette."

Den internen Kriegsnamen hatte sie, seit sie Polizeidirektor Dr. Hubertus Schwammerl zu dessen Sechzigstem eine Knarre an die Eier gehalten hatte. Weil der Schwammerl auf ihren Vorbau gestarrt und andern schmierige Zoten zugeflüstert hatte. Nicht leise genug. Die Knarre war nur eine Wasserpistole gewesen. Aber vollgeladen, und POK Peter hatte abgedrückt. Dem Schwammerl war´s für alle sichtbar feucht im Schritt geworden. Dirty Harriette und ihr Polizeichef hatten sich danach auf „Schwamm drüber" und eine Beförderung von POK Peter zur PHK und Inspektionsleiterin im Villenviertel verständigt. Womit sie einem Verweis in ihrer Dienstakte, er einer Anzeige und öffentlicher Untersuchung wegen sexueller Belästigung entkam. Im Villenviertel sollte Sie auf kommodem Abstellgleis eine ruhige Kugel schieben. Anständige Bürger, tote Hose. Bis im Frühjahr 2016 das Flüchtlingscamp an die heile Welt angedockt hatte, 163 Flüchtlinge, von Bundesmutti Angela rein gelassen, vom noch bayerischen Landesvati Horst nicht gewollt. Flüchtlinge hatten keinen Einfluss darauf, wo Politbürokratie sie parkte, wurden normalerweise aber nicht nahe feiner Viertel gesammelt. Doch die dafür vorgesehene leerstehende Grundschule war vor dem Einzug in Brand gesteckt worden. Täter bis heute unbekannt. Flüchtlinge plötzlich in ihrer Sichtweite brachten böses Blut auch bei den Wohlstandsbürgern in Wallung. Der Oberbürgermeister war einer von ihnen, als Villenviertler und oberster Amigo im gewachsenen Filz im und ums Rathaus. Sie machten ihn verantwortlich, obwohl er ausnahmsweise unschuldig war. Die Flussauen, auch dort, wo sie sich noch innerhalb der Stadtgrenze befanden waren bayerisches Hoheitsgebiet im Besitz des Freistaats. Der hatte kurzerhand den Campingplatz über dem Fluss vom Pächterehepaar beschlagnahmt und ihn Heiligbrück als Ausweichquartier aufs Auge gedrückt. Schon bei Ankunft der Busse hatte es wütenden Auflauf und Blockadeversuche vor der Brücke gegeben. Worauf die gerade erst beförderte Inspektionsleiterin PHK Henriette Peter rund um die Uhr Streifen postierte, um das Camp vor treudeutschen Einheimischen zu schützen. Während die Villenviertler Revolvermänner einer privaten Securityfirma die sauberen Trottoirs entlang patrouillieren ließen. Aus Hüftholstern ragten Griffe von 45er Colts. Bei Fuß trotteten Rottweiler an kurzer Leine nebenher. Schwarze 60 Kilo-Muskelpakete mit mächtigen Schädeln, zum Schutz besorgter Bürger und Bürgerinnen. Seit die erzählten, dass sich nachts Männer aus dem Camp schlichen und deutsche Frauen jagten. Es lagen keine konkreten Anzeigen vor, dafür kriegte der Bürgermeister eine Liste mit 117 Unterschriften gegen das Camp, weil sich Frauen nach Einbruch der Dunkelheit nicht mehr auf die Straße trauten. „Die Ängste" waren als >offener Brief< auch der Zeitung zugeschickt worden, aber Redaktionsleiter Helge Hinrichs hatte die „Hetze ohne jede Faktengrundlage" nicht drucken lassen. Dann war am 19. Dezember der LKW-Mordanschlag auf dem Weihnachtsmarkt in Berlin passiert. In Heiligbrück nahmen die Revolvermänner den Rotties die Maulkörbe ab. Die Nacht zum 2. Weihnachtstag fackelten Kapuzengestalten am Flussufer auf der Villenseite gegenüber dem Camp ein Holzkreuz ab. Henriette rüstete ihre kleine Truppe vor der Brücke mit Gummigeschosswaffen auf. Das Villenviertel kochte über. Dass Volksverräterpolizei Waffen gegen deutsche

Bürger richtete, um Flüchtlingspack zu schützen waren noch die gemäßigten Angriffe. Leitender Oberstaatsanwalt Dr. Rigobert de Mille„mahnte „angemessene, sensible Ermittlungsarbeit" an, die „nicht im Übereifer zur Diffamierung und Belästigung unbescholtener Bürger ausarten darf." Hieß im Klartext Polizei sollte die Füße still halten. Polizeidirektor Dr. Hubertus Schwammerl entschuldigte sich für den „von einer übereifrigen Dienststellenleiterin angeordneten martialischen Aufmarsch gegen unsere besorgten Bürger" und ließ den Polizeischutz für die Flüchtlinge von der Brücke abziehen. Augenscheinlich war die KuKluxKlannummer aus dem Villenviertel gekommen, Epizentrum der Stammwähler vom Oberbürgermeister. Sprengstoff für Polizei, die mit peinlichen Fragen da rein schnüffeln wollte. Als dort zuständige Inspektionsleiterin und ihrer renitenten Vorgeschichte gegen die Obrigkeit war PHK Henriette Peter als Sündenbock für die Oberen jederzeit ein Geschenk mit Schleifchen drumrum.

„Jessas, Teifi. Sobald ich mich aus dem Fenster lehn, haben sie mich am Arsch. Und wenn ich nix tu auch."

„Kannst das bescheuerte Jessas lassen? Du bist nicht die Polizeichefin in Fargo."

„Ist mein Jessas."

The Fog! Nebelfetzen, wie plötzlich aus dem Flussbett gestiegen krochen übers Wasser auf mich zu und machten mir Beine. Wenn sie mich jetzt für einen abergläubischen Schisser halten, sind Sie schief gewickelt. Ich bin Niederbayer. Wir fürchten nichts, außer der Himmel könnt uns auf den Kopf fallen, wie die gallischen Dörfler

40

in Aremorica. Mein Zaubertrank ist Weißbier. Schütt ich es in mich rein, schüttet mein Hirn Glückshormone aus. Ich bin als Kind nicht rein gfallen, darum darf ich es immer noch saufen. Ich hatte in diesem Moment keines bei mir, weshalb ich auf Nummer sicher ging und flink abgehetzt oben an der Böschung war. Beim Verschnaufen schaute ich weit rechts auf einen der drei gemauerten Wasch- und Toilettenräume des ehemaligen Campingplatzes und sah Flüchtlinge im Geiste wieder in der Schlange anstehen, oder vor Wohncontainern zum Warten verdammt, worauf auch immer. In Heiligbrück hatten die Zwischengelagerten durch Maschendraht über den Fluss auf Schöner Wohnen geschaut. Ich hielt mich nicht lange mit Betrachtungen auf, machte, dass ich zur Lichtung kam und stieg in den Frosch. Weit hinter mir ganz oben kippte der Burgfelsen wie eine Riesenbeule aus den Latschen. Dort oben nahm die schaurige Mär um Betrug, Eifersucht, Tod und Fluch ihren Anfang. Irgendwo zwischen dort oben und hier unten hatte sich der Hotzenplotz verkrochen.

2

Auf dem Rückweg vom Fluss wieder nahe der City quälte der Verkehr sich zähflüssig dahin wie meine Integration im Hinterland, seit ich vor fünf Jahren aus der vom roten Reiter regierten lebensbunten Hauptstadt in ein schwarzes Loch gefallen war. Das Misstrauen hockte auf meinem Beifahrersitz, wenn ich durch die Stadt fuhr. Nicht erst seit Corona, aber seitdem war mit jedem Tag mehr fühlbar, wie das Virus biedere Fassaden zerbröselte, als Brandbeschleuniger bis dahin dahinter verborgene Konflikte anfachte, die sich irgendwann auch nach außen Bahn brechen mussten. Klammheimlich hinter der Fassade deutscher Lockdowndisziplin tobte der häusliche Showdown. Schon vor Corona starb in Deutschland jeden dritten Tag ein anderes Kind, meist durch Papa oder Mama. Soziologen sahen ein weiteres Ansteigen solch häuslicher Gewalt als Kollateralschaden durch Ausgeh-Beschränkungen. Nach meinem Gefühl machten nur noch mehr Eltern die erschütternde Erfahrung, dass sie es nicht ertragen konnten, mit ihren Kindern zusammen zu sein, weil nur Kita und Schule Familie am Funktionieren hielten, wo Papa und Mama ihre lieben Kleinen plötzlich nicht mehr hatten auslagern dürfen. Sogar nur Zweisamkeit war kaum auszuhalten. Noch mehr Paare erkannten, dass sie sich Tag und Nacht nicht ertrugen. Plötzlich empfanden nicht wenige das Zusammensein mit ihren vermeintlichen Wunschkindern und frei gewählten Lebenspartnern als notgedrungen, während sie sich schon nach ein paar Wochen Coronabeschränkungen darüber beschwerten, dass sie nicht mit anderen zusammen sein durften. Wo sie es unter einem Dach nicht mit denen aushielten, die angeblich ihre Liebsten waren.

Bis spätestens Weihnachten würde Corona die tatsächlichen Verlierer aus dem Milliardenkonjunkturprogramm der Regierung herausgeschält haben. Es würde wie immer die Schwächsten treffen, die ohne Lobby. Wenn die sich auch noch von Spinnern, Populisten und Radikalen einfangen ließen, dann gute Nacht Deutschland.

Ich traute auch der Stadt mit dem geheiligten Namen nicht. Hinter ihrer frommen Maske und scheinbar lethargischen Langweiligkeit steckten auch Biedermänner, die Brandstifter wählten, mit denen sympathisierten, die auch in Heiligbrück Frauen mit Kopftüchern angespuckt und „Corona" geschrien hatten.

Sei vorsichtig, Teufel!

In der Stadt gärte der Hass.

Mitte April hatten weiß vermummte Kapuzentypen mit Atemmasken mir meinen schwarzen Golf abgefackelt, einer mit einem Hammer eine Scheibe eingeschlagen, der andere einen Molotow rein geschmissen. Mitten an einem Samstagnachmittag auf einem Supermarkt-Parkplatz in der Innenstadt. Es hatte Zeugen gegeben, Menschen die harmlos einkaufen waren wie ich. Die Brandstifter waren mühelos entkommen. Wegen der Versicherung hatte ich mir die Mühe einer Anzeige bei der PI 1 gemacht.

„Es waren zwei. Und ihr Mummenschanz hat eine verdammte Ähnlichkeit mit dem der Schläger ghabt, die den Laden von meinem Freund Serdar überfallen haben."

Die junge Uniform vom Nebenschreibtisch hatte sich eingemischt.

„Das ist der Teufel mit seinem Schmierblattl. Der unsern Oberbürgermeister dauernd anpisst."

Der Grauhaarige hatte mir die Anzeige zur Unterschrift rübergeschoben.

„Glaub nicht, dass wir die erwischen."

Ich hatte mühsam zwei Beamtenbeleidigungen runtergeschluckt und draußen tief Luft geholt. **Er ist wieder da** war mir eingefallen. Ein paar Wochen vorher hatte ich die Wiederholung in der Glotze gesehen, Hitler als Wiederkehrer, der zum Medienstar aufstieg. Weil alle ihn für einen Comedian hielten. Der ihn am Ende als Monster durchschaute landete in der Psychiatrie, nach dem Versuch das Monster zu erschießen. Ich brachte es nicht mehr wörtlich zusammen, sinngemäß hatte der Wiederkehrer gesagt man könnte ihn nicht töten, weil er das Monster in uns allen war. Er wäre nicht einfach aufgetaucht und hätte die Macht an sich gerissen, wir das deutsche Volk hätten ihn demokratisch gewählt. Längst hatten wir wieder demokratisch gewählte Nazis und ihre Mitläufer im Bundestag und allen Landesparlamenten. Chronisch Unzufriedene, Selbstmitleidige und ewig Gestrige hatten Haufen gemacht, seit Pegida in blinder Wut geifernd und volksverhetzend durch Städte zog, von Polizei und Justiz begleitet, nicht gestört, als „besorgte Bürger" verniedlicht. Die AfD pappte ihr Parteimarkerl aufs Klo und brachte die Scheiße richtig zum Dampfen und sammelte neben den ewig Gestrigen auch die Weinerlichen ein. Schluchz, niemand hat uns lieb. Brauchte ich Streicheleinheiten umarmte ich ein Weißbier, nicht Grattleropa Gauland oder die Giftweidel. Machte ich bei schneidenden Reden der Weidelschen die Augen zu, hörte ich Adolf nach einer Geschlechtsumwandlung. Unsere schwarzen Kreuzritter mit dem großen C im Parteinamen ließen sich von Brüllaffen in Geiselhaft nehmen und kriegten schnell das Stockholmsyndrom. Sie liefen mit der Paranoia, statt dagegen anzugehen und jaulten mit den Angstbeißern über totalen Kontrollverlust des Staates. Mich nervten die Dummenfängerei und Unterstellung der selbsternannten

Hüter des deutschen Volkes allen anderen wäre egal wer ins Land kam. Jeder wollte das wissen. Ich auch. Die meisten Flüchtlinge auch. Kaum jemand unserer Polit- und Mediengranden erinnerte daran, dass islamistischer Terror nicht nur auch, sondern global vorwiegend Muslime traf. Am unwohlsten bei einem Kontrollverlust ihres Schutzstaates mussten sich die Schutzbedürftigen fühlen. Sie hatten das geringste Interesse daran, das System der neuen Heimat zu destabilisieren, waren selber Kanonenfutter für Islamisten, und jetzt auch noch für rechten Terror, und für Politik, weil sie nicht wählen durften. Unsere TV-Edelplaudertaschen transportierten den gefühlten Untergang des Abendlandes in die Mitte der Gesellschaft, zeichneten ein Horrorszenario, als wären Massen von Flüchtlingen mit finsteren Absichten ins Land geströmt und jetzt alle im Untergrund am Bombenbauen. Ich war nicht naiv. Wo viele Menschen unterwegs waren, egal woher und wohin, waren zwangsläufig schlimme Finger dabei, immer und überall. Mochten manche Flüchtlingsbewegungen nutzen, um ans Ziel zu kommen. Entschlossene Kriminelle schafften das so oder so. Jeder unterbelichtete Kleinganove kam im freien Europa hin wo er wollte. Die Masse der Flüchtlinge suchte ein sicheres menschenwürdiges Leben, wollte legal arbeiten, die Familie ernähren, war nicht auf der Flucht aus der Heimat, um sich im neuen Land vor den Behörden verstecken zu müssen. Maischberger und Plasberg stellten unverblümt die Frage „Merkels Tote?", nach der Ermordung einer Studentin durch einen Afghanen in Freiburg, und nach Anis Amri. Der Afghane mit falscher Altersangabe war nicht unkontrolliert ins Land gekommen, lebte sogar bei einer Pflegefamilie, und Anis Amri war früh als Schwerkrimineller mit Terrorabsichten enttarnt unter Beobachtung gewesen. Nicht die Kanzlerin hatte ihn an der langen Leine ungehindert durch die Republik reisen lassen und dabei schließlich aus den Augen verloren. Die Löcher klafften in der europäischen und inländischen Kommunikationsbereitschaft der Sicherheitsbehörden untereinander. Trotzdem gab es kaum einen TV-Talk, wo nicht demokratisch gewählte Undemokraten der AfD ungehemmt aufhetzen durften. Noch Hilfsbereite fanden sich auf einmal im Alltag und in den Medien als Feindbild unserer ehrenwerten Gesellschaft wieder. Die Hetzer, die Kaputtmacher, die Nörgler gaben den Ton an, machten Stimmung, bauten aus den Begriffen „gut" und „Mensch" ein Schimpfwort, unsere TV-Talker transportierten willig auch das und zementierten es im Bürgertum. Markus Lanz ließ gerne die „Moralkeule" als lästig die Runde machen, als wäre Moral die Geißel der Gesellschaft. Aus Seenotrettung wurde plötzlich eine Ja- oder Nein-Frage. Ich fragte mich was es da zu diskutieren gab. Waren Menschen am Ersaufen holte man sie raus und fragte sie nicht warum sie im Wasser waren. Meinte ich. Wer sich davon moralisch belästigt und in die Ecke gedrängt fühlte, dessen Problem war nicht ich, der hatte ein substanzielles. Dachte ich. Hochintellektuelle Politwissenschaftler schwadronierten Moral und Empathie hätten in Politik nichts zu suchen. Ich fragte mich wo denn sonst. Wenn unsere gewählten Volksvertreter sich offiziell von Moral und Empathie verabschiedeten, wieso sollte Volk sie noch hochhalten? Vor jeder Fernsehkamera machten Vertreter aller demokratischen Parteien sich penetrant Sorgen um die Wähler der Volksverhetzer, pamperten die weiter hartnäckig als „Protestwähler", um sie zurückzuholen. Für mich fatale Signale an die bundesweit noch fast

90 Prozent Nicht-AfD-Wähler. Dass Aufmerksamkeit und politische Fürsorge der demokratischen Parteien primär denen galten, die AfD wählten. Von mir aus konnten die bleiben wo sie waren, ohne Solidarität der Gesellschaft, aus der sie sich mit der AfD verabschiedet hatten. Aber statt geächtet fühlten Nazimitläufer und Hassschreier sich immer mehr aufgefordert. Seit dem NSU war ich weiter entfernt denn je, rechtsradikale Typen für nur Spinner am Rand zu halten. Unser Webdesigner Fritz hatte mir die Augen noch erschreckend weiter geöffnet. Die Szene war inzwischen weltweit bestens im Netz organisiert und hochgradig gewaltbereit, schaukelte sich mit ihren Verschwörungstheorien in ihren Hassblasen hoch. Schuld an allem waren die Juden, an der Weltverschwörung gegen die weiße Rasse, am Feminismus, der weiße Frauen immer weniger Kinder gebären ließ, was wiederum zur rasanten Überbevölkerung minderwertiger Rassen führte und zur Umvolkung ganzer stolzer Nationen wie Deutschland. Ihre Hassblasen waren für jedermann zugänglich. Man musste in Suchmaschinen nur mit völkischen Begriffen spielen. Der Schwachsinn fand Zulauf.

„Teufel, der braune Sumpf blubbert längst in die Mitte unserer Gesellschaft. Auf die nächsten Morde a la NSU und noch schlimmere können wir warten, die kommen so sicher wie das Amen in der Kirche."

Hatte Fritz mir prophezeit. Dann passierte Christchurch. Weit weg in Neuseeland, beruhigten sich viele, und sogar nach dem Mord an Lübcke mitten unter uns immer noch mit einem rechtsradikalen Einzeltäter. Dann passierten Halle und Hanau. Unsere beiden selbsternannten Christparteien vergaßen, dass sie das Wuchern des Unkrauts mit gedüngt hatten. Flugs stellten sie die Pilatusbecken auf und wuschen ihre Hände in Unschuld.

Meine Tante Martha war auf ihrem alten Gaul Moses als Heiligbrücks Gespensterfrau nur mit weißem Nachthemd bekleidet vors Rathaus geritten, hatte durch ein Megafon lautstark das Böse dort drinnen geflucht. Max-Josef Bärlochhauser. Den Sie einen gewissenlosen Hetzer schimpfte, dem man das große C im Namen seiner Partei um die Ohren hauen sollte. Eine Polizeistreife hatte sie vom Ross geholt und Tantchen zwei Stunden in der PD verbringen müssen. Seit er sie bis vors Rathaus getragen hatte war auch der alte Warauchmalhengst eine lokale Berühmtheit. Inzwischen war Moses in den Pferdehimmel getrabt. Ich war froh, dass Tantchen nicht auf einem Besen vors Rathaus geritten war. Als eine der drei Oberhexen von Heiligbrück. Ich hatte ich sie damit aufgezogen.

„Du tanzt also mit deinen Hexenschwestern im Mondlicht und Morgentau nackert über feuchte Wiesen, reißt Unkraut aus und murmelst Beschwörungsformeln."

„Neffe, bremse deine Fantasien. Wir reißen kein Unkraut aus, wir murmeln keine Beschwörungsformeln und tanzen nicht nackt übers feuchte Gras, weder im Mondlicht noch im Morgentau. Jedenfalls nicht miteinander."

Ein Bußgeld von 800 Euro wegen Störung der öffentlichen Ordnung war Tantchens Ritt hinterhergekommen. Die sie an eine gemeinnützige Organisation überweisen durfte, weswegen sie die Buße klaglos hingenommen hatte und das Geld an Unicef überwiesen. Bärlochhauser hatte sie als „Heiligbrücks verrückte alte Hexe" bezeichnet und der Kasperl das fett in einer Schlagzeile verbraten. Wäre ich noch bei der Zeitung gewesen, hätte ich spätestens da den Watschenbaum auf den Kasperl fallen lassen. Aber das hatte ich bereits erledigt. Nachdem er sich frisch zum Redaktionsleiter berufen in einer Konferenz dazu herausgefordert gefühlt hatte, vor allen anderen meine Sippe zu verunglimpfen.

„Es ist kein Geheimnis, wie Sie zu unserem Oberbürgermeister stehen. Der Apfel fällt nicht weit vom Stamm Ihrer linksradikalen Tante."

Oha.

„Es ist auch kein Geheimnis, dass Sie der Kasperl im Arschloch vom Oberbürgermeister sind. Und meine linksradikale Tante ist sechsundsiebzig, mischt Teekräuter und kocht Marmelad ein. Wie kriegens das hin, dass Ihr Darm sich durchs Maul entleert?"

„Zum Chef, sofort!"

Hatte mich Chefsekretärin Rosel Ranzinger zwei Minuten danach per Telefon barsch aufgefordert und mich oben wortlos durch die offene Tür gewinkt, wo der Kasper mir meine Kündigung ansagte. Worauf ich ihm die Füße vom Schreibtisch gewischt hatte. Worauf mir sein Gesicht entgegengekommen war. Eine Einladung, die ich nicht hatte ausschlagen können. Eine Verkettung glücklicher Umstände. Ich hatte ihm eine aufgestrichen, die Ranzinger als Zeugin in der offenen Tür gestanden, ich beim Rausgehen einen Zwischenstopp vor ihr eingelegt.

„Sie sollten an Ihrem Charme arbeiten, bevor Sie Leute hochzitieren."

Eine Minute später ließ der Kasperl mich per Telefon von ihr auffordern, umgehend das Haus zu verlassen. Zwei Tage danach folgte mir per Einschreiben die fristlose Kündigung durch die Verlegerin persönlich, und ein Richter verdonnerte mich zu 40 Tagessätzen plus Aggressionstherapie.

Ja, ich fuhr argwöhnisch durch die Stadt.

The Moody Blues schmolzen jetzt aus meinem Autoradio.

„Nights in white satin, never reaching the end..."

Der Flachleger aus meinen glorreichen Zeiten spülte jetzt bloß eine Heiligbrückdepression in mir hoch.

„Hübsch hässlich habt ihr´s hier."

War mir nach meinem Umzug Rühmanns alter running Gag als Pater Brown eingefallen. Keine großen Seen, oder Berge verkitschten Heiligbrück und sein ödes Umland zur Postkartenlandschaft. Die weltumarmenden Willkommensplakate des Fremdenverkehrsamts hatten auf mich eher trotzig aufgestellt gewirkt. Das Elend war von den Stadtgranden jedenfalls nicht gemeint gewesen, aber im Frühjahr 2016 auf einmal da und kratzte den Lack von der krachledernen Idylle. Plötzlich brachte der Ausländer nicht mehr bloß sein Geld, oder im Wirtshaus das Bier an den Tisch. Und von weit unten an der Basis durften Eingeborene plötzlich ins Fernsehen.

Hoppala, hatte ich gedacht, Pegida im Trachtenlook.

Mit unserem Ding ist jede Nummer geil!

Lockte jetzt die großflächige Werbung auf einer grauen Hauswand rechts von mir. Ich sollte dem Handy einen runterholen. Als wäre ich mit mir selber nicht schon ausgelastet. Die Hupe des Dieseldaimlers hinter mir schreckte mich in den anträpfelnden Verkehr vor mir. Im Rückspiegel sah ich den Hut über dem breiten roten Gesicht des Dränglers. Ich spürte Hitzewallung. Der Hut hockte auf einem Mittelfingergesicht. Ich verzichtete darauf, ihm einen zu zeigen. Mein Magen knurrte. Ich stellte den Frosch in der Tiefgarage vom Kaufhof an der Fußgängerzone ab.

Draußen achteten Ordner auf Einhaltung der Abstandspflicht. Der Maskenzwang an Fressbuden ließ es danach in Müllkörben und sogar am Boden drumrum nach gebrauchtem Material ausschauen, als wäre damit an Ort und Stelle notoperiert worden. Weil viele Ersatzmasken im Täschchen hatten, wie hygienisch geschulte Frau sonst Zweithöschen für aushäusige Schäferstündchen und Mund- und Nasenschutz mit schwer rauswaschbaren Senf-, oder Ketchupflecken achtlos wegwarfen. Die Öffnung war immer noch ein Testlauf, der stündlich wieder gestoppt werden konnte.

„Teufel, das Leben iss herrlich, wa!"

Sagte der dunkelgrün geschürzte Riese in Schulzes Grillbüdchen durch seine Maske und wollte mein bewölktes Gemüt unter heiterem Himmel in die Irre führen.

Ich ließ Pascal Schulze aus Sachsen-Anhalt einen Blick in mein Leben werfen.

„Das Leben ist nicht herrlich, Schulze. Bloß Dasein, ein Hamsterrad in dem wir uns abstrampeln und nie irgendwo ankommen. Wir müssen hoffen, dass wir in den Himmel dürfen. Und dann ist´s immer noch ein mieses Geschäft. Weil uns der das Leben kost. Und wenn sich rausstellt, dass es den Himmel nicht gibt, hat uns die Ewigkeit ins Arschloch zwickt."

„Mich zwickt nichts, Teufel. Ich gloobe nich an Gott."

Die Gottfreien hatten´s gut.

„Unn das Leben iss nich nur Dasein, Teufel. Es macht Sinn.“

„Und was ist der Sinn des Lebens, Schulze?“

„Der Sinn des Lebens iss über ihn nachzudenken, Teufel.“

Zwei pausbäckige laufende Meter in sportlichen Designerklamotten mit ihrer sichtlich vom Shoppen gestressten Mama waren vor mir dran. Der Bub knallte Schulze einen zerknüllten Zwanziger aus seiner Jack Wolfskinjacke hin.

„Zwei Kanakenschalen mit alles."

Schulze schaute verdutzt. Die Schwester übersetzte eifrig.

„Pommes mit Majo und Ketchup."

Der Würschtlriese wischte sich die Hände an der Schürze ab und wandte sich an die gehetzte elegante Kostüm-Mama, ihre Hände voll mit Swarovski- und Douglastüten.

„Aus Ihren Kleenen werden mal richtig große Arschlöcher, wa. Ich fütter die nich. Gewinnense Land mit Ihren Plagen!"

Ich schaute Mama nach wie sie ihre verzogene Brut vor sich herschob und Land gewann, und dachte daran wie arm Kids geldgespickter Eltern dran sein konnten. Schulze zeigte mit dem Kopf auf das Schlagzeilenplakat am stummen Zeitungsverkäufer vorm Kaufhof.

Klartext vom OB:

„Ich bin Heiligbrücks Bollwerk gegen Corona!"

Der Satz hätte auch vom verrückten Donald sein können, wenn ich Heiligbrück durch Amerika ersetzte. Jeden zweiten Samstag ließ der Kasperl unseren Rathausdonald „Klartext" reden. Schulze war nicht amüsiert.

„Wieso druckt deine Zeitung jeden Mist vom OB, Teufel?"

„Ich bin nicht mehr dabei, und es war nie meine Zeitung."

Erinnerte ich Schulze, und ich mich an eine Konferenz, als Politchef Agathon Kasper sich über die Burka in Rage zu geredet hatte, ich ihn unterbrochen und für ein Männerhutverbot hinterm Steuer plädiert, spontan auch eine große Abneigung gegen Elefanten gespürt, die einem ins Wohnzimmer schissen. Meiner Meinung nach mindestens ein gleichermaßen verbreitetes Problem wie Burka. Es hatte eine Weile gedauert, bis der Tumult sich gelegt hatte. Nach menschlichem Ermessen musste niemand einen Elefanten im trauten Heim fürchten, aber die Dickhäuter beschäftigen alle, sobald man sie ansprach. Man konnte Menschen wütend auf Elefanten machen, die einem ins Wohnzimmer schissen.

Auf Seite 5, hatte ich schon auf meinem Klo gelesen, hatte der Oberbürgermeister fertig mit seinem Klartext und verkündete noch fromm, dass der Förderkreis Weiße Frau Heiligbrück e. V. mit einem Brief an den Vatikan um eine Privataudienz bei Franziskus angeklopft hatte, als gemeinnütziger Verein, der sich mit ihm Max-Josef Bärlochhauser an der Spitze auch Wohltätigkeit an die Fahnen geheftet hatte. Schulze war schon weiter in seinem Text.

„Wirst sehen, Teufel. Was wegen Corona noch schieflaufen wird, werden sie Mutti anhängen, voran die Brutusse in den eigenen Reihen."

„Welche Brutusse? Nicht alles was hinkt ist ein Vergleich, Schulze. Mutti ist Kanzlerin, nicht Caesar."

„Unn der Russe dreht ooch bei immer mit, was da abgeht."

Schulze wechselte abrupt zu seinem Lieblingsthema, weil Caesar ihm wurscht, aber der Russe als solcher ihm zuwider war.

„Gloobste nich ooch, Teufel?"

„Mmh. Der Russe hat sogar einen Vollidioten übers amerikanische Wahlvolk ins Weiße Haus ghievt. Putin hätt sicher genug dreckiges Material, um ihn zu stürzen. Aber der will ihn solang als möglich halten. Einen solchen Deppen kriegt er nie wieder ins oval office. Will sagen ich trau dem Russen alles zu, womöglich steckt er auch dahinter, dass Senf aus einer Bratwurschtsemmel spritzt, wurscht wo man reinbeißt."

Ich rieb mit der Papierserviette am Batzen auf meiner Jacke und kriegte ein Senflogo, dünnschissgelb auf grünem Grund.

„Iss nich zum Lachen, Teufel. Der Russe hat ooch schon Mutti abgelauscht."

„Das waren unsere Freunde von der NSA, Schulze. Und während der Operation Rubikon hat unser BND mit der CIA jahrelang Staaten rund um den Globus mit verwanzter Technik beliefert, Freunde eingeschlossen. Putin hat uns Russlanddeutsche gschickt, damits Pegida und die AfD pushen."

Schulze sah plötzlich das große Ganze.

„Erst der Reichstag, dann das deutsche Volk. Der Russe übernimmt, Teufel, erst lässt er Höcke eene neue Stasi uffstellen dann den Gauland unn die Weidel eene

Mauer um die Republik. Dann haben wir die großdeutsche DDR."

„Klingt logisch. Wennst John le Carré bist. Ich seh bloß, dass nach dem Mauerfall sechzehn Millionen aus einem andern Kulturkreis unkontrolliert zu uns rein kommen sind. Unser größtes Integrationsproblem. Und das nicht, weils bei euch gern nackert rumlaufen."

„Mir sinn keen anderer Kulturkreis, Teufel."

„Frag meine Mutter, Schulze. Ihr habt unsere heiligen Weihnachtsengel als geflügelte Jahresendzeitfiguren diffamiert."

„Teufel, du bist bleede."

„Sagt meine Ex Issi auch. Eine von euch. Sie hat mich in die Wüste gschickt."

„Teufel, das hätte jede andere ooch."

„Dankschön, Schulze. Ich mein ja bloß, dass eure Weibsbilder stark drauf sind. Nicht so weinerlich wie die Kerle."

„Biste nu uff eemol Frauenversteher, Teufel?"

„Nur Frauen an der Spitze von Politik und globalen Großunternehmen könnten die Welt anständiger machen, Schulze."

„Das hat nich mal Mutti geschafft, Teufel. Unn Mutti iss bestimmt grundanständig."

„Eigentlich, Schulze, eigentlich. In der Weltgschicht ist Mutti oft anders unterwegs."

„Weilse muss, Teufel, weilse muss. Sie hat´s mit Typen wie Orban, Erdogan, Trump und Putin zu tun."

„Eben, Schulze. Vom Testosteron zum Größenwahn aufblasene Egomanen mit der Persönlichkeitsstruktur von Mafiapaten. Stell dir an deren Stelle gescheite Weibsbilder vor wie zum Beispiel die neuseeländische Regierungschefin."

„Oder Flintenweiber wie die Weidel, die Störchin, oder Le Pen?"

„Schulze, auch die Evolution hat mal Scheißlaune."

Ich erinnerte mich dagegen an Charakterfrauen wie Hildegard Hamm-Brücher, Annemarie Renger, Rita Süßmuth, Heide Simonis.

„Kenn ich nich, Teufel."

Mir wurde bewusst, was ich schon für ein alter Sack war. Außerdem warf Corona mein progressives Frauenmodell gerade komplett über den Haufen und wieder in die Dr. Oetker-Werbung der 50er zurück, weil Heim, Herd und Kinder wieder voll an ihnen hängen blieben, als wär das selbstverständlich. Corona würde gewaltige Jobverluste nach sich ziehen. Für Frauen wurde es noch enger als vorher. Gerne berufstätige würden als erste über die Klinge springen müssen. Ihr jahrhundertelanger mühseliger Kampf, aus der Haus und Herd-Nummer rauszukommen war quasi über Nacht umsonst. Wahrscheinlich ein Langzeitschaden über die nächsten Jahrzehnte.

„An Arbeitsplätzen mit Karriereaussicht werden wieder wie früher bloß noch Männer hocken, Schulze."

„Frauenversteher und jetzt ooch noch Frauenrechtler. Teufel, ist dir ein Engel erschienen?"

„Schulze, denk mit. Dahoam werden uns bloß noch unzufriedene Weibsbilder erwarten. Die Hölle, Schulze."

„Ich gloob ooch nich an die Hölle, Teufel. Und dich wird heeme gor keene mehr erwarten. Du bist verbrannte Erde."

Das war hart. Sogar Schulze kam ich als Frauenfeind rüber. Dabei hatte ich Alice Schwarzer schon gut verstanden, als selbst Freunde noch an der Theke von mir abrückten, wenn ich ihr verbal den Rücken stärkte. Nach einem TV-Duell Alice gegen Verona Feldbusch hatte ich mich derart über Veronas Weibchengetue geärgert, dass ich einen Brief an Emma geschrieben hatte. Und Antwort von Alice gekriegt. Mit einer Menge Humor gewürzt. Alice war kein verbitterter nur feuerspeiender Drachen. Aber Gott im Himmel würde es bereuen, Eva die Erbsünde angehängt zu haben, sollte Alice bei ihm einziehen. Der Höllenfürst unten war sicher auch nicht scharf auf sie.

Auch wenn er nicht daran glaubte, Würschtlmann Schulze würde spätestens wissen was Hölle war, wenn er eine Unzufriedene an der Backe hatte. Wogegen eine glückliche Frau an der Seite Gottes Paradies weit in den

Schatten stellte. Erfahrungswerte eines schon über ein halbes Jahrhundert dauernden Teufel-Lebens. Auch wenn das Glück sich als endlich herausgestellt hatte, ich hatte es erleben dürfen, sogar mehrmals. In letzter Zeit allerdings bloß noch ins Klo gegriffen. Honigmann kam mir wieder hoch wie Sodbrennen. Frau Kommissarin hatte mich angelockt, genüsslich, fast zärtlich zerlegt, durchgekaut und dann ausgespuckt. Ein Stoff zum Zungeschnalzen für die Romanfigur einer männerhassenden Serienkillerin. Aber ich war kein Schriftsteller, und für die sadistische Ader von Frau Kommissarin fehlte mir das masochistische Gegenstück.

„Ich krieg Zwoachtzig, Teufel."

 Sagte Schulze. Mir war nach einem großen Nudelhafer. Fragen Sie nicht irritiert warum. Plötzlich aufwallende Gefühle sind selten logisch.

„Modell Amor."

Sagte die Kassiererin im Kaufhof, als sie die Schlange vor mir erledigt hatte und hinter mir eine neue ran wuchs. In ihren freundlichen Augen las ich, dass sie hinter ihrer Maske ein Lächeln ausatmete.

„Der ist doch sexy, oder?"

„Ich möcht den Tiegel nicht vögeln. Bloß lange Spaghetti drin kochen. Pasta! Basta!"

Ich sah keine erotische Notwendigkeit beim Kauf eines Nudelhafers. Welche Schwachmaten dachten sich Amor für einen Tiegel aus? Und glaubten uns damit locken zu können? Waren wir alle bloß noch bescheuert? Die maskierte Schlange in meinem Rücken zischelte.

„Was hat der für ein Problem? Schmeißens das Arschloch raus!"

Ich machte, dass ich weiterkam. Ohne Nudelhafer. Ich schaute bei Tchibo für Kaffee rein, was sich auch als schwierig herausstellte. Italienische Woche, Coronahilfe für unsere schwer angeschlagenen südlichen Nachbarn. Da ich keine Espressomaschine für 199 Euro wollte, bot mir die junge Frau einen Hut für 59,99 an, den ich eigentlich auch nicht wollte.

„Der ist auch sehr italienisch."

Ein dachsfarbener Borsalinoverschnitt. Ich konnte mir keinen Italiener vorstellen, der ihn aufsetzen würde. Ich kaufte ihn ihr ab, mit schlechtem Gewissen, weil ich vorhin die andere Verkäuferin verstört hatte. Logisch war das nicht.

„Darf es sonst noch was sein?"

Ich war nicht in einen Kaffeeladen, weil ich mir einen Hut kaufen wollte.

„Wenns zufällig auch Kaffä dahaben. Ein halbes Pfund. Peruanisch, wenn´s keine Umständ macht."

Wieder draußen dachte ich an die Tote am Fluss.

Das Mädel war nicht einfach so ertrunken.

Heute hatte die Stadt mir ihre mörderische Seite gezeigt.

Ich kämpfte weiter gegen das heiße Verlangen nach einer Zigarette. Ich brauchte Süßstoff und hatte noch Zeit bei Serdar reinzuschauen.

„Pack mir bittschön ein halbes Pfund Pralinen ein."

Ich schaute Serdar beim Schaufeln und Wiegen zu und berechnete im Kopf zwei Obsttage als notwendiges Gegengewicht, wollte ich meine Hosen weiterhin zu kriegen.

„Teufel, wenn du willst, verkaufe ich euer Magazin in meinem Geschäft."

Wiederholte Serdar wie immer sein Angebot.

„Ich habe keine Angst, Teufel."

„Aber schon genug Gschwerl am Hals."

Wiegelte ich wieder ab. Innerhalb der vergangenen zwei Jahre hatten halbstarke Türken Serdar zusammengeschlagen, weil er mit Erdogan nichts am Hut hatte, kurdische Fanatiker seinen Laden verwüstet, weil sie ihn ihm einen Erdogantürken sahen. Eines Nachts vor drei Monaten waren Hasser eingebrochen, hatten seinen Laden geplündert und verwüstet und mit schwarzer Farbe nur ein Wort an die eingeschlagene Glastür gesprüht: CORONA! Die Überwachungskamera im Laden zeigte drei weiß vermummte stämmige Vandalen mit Baseballschlägern. Das

Gewerbeamt hatte Serdar danach einen Stand in der Fußgängerzone abgelehnt, weil der den sozialen Frieden gefährde. Serdar, seit siebenundzwanzig Jahren deutscher Staatsbürger, hatte nur einen Stand für türkischen Süßkram beantragt. Seine Pralinen schmeckten himmlisch. Von mir aus hätte Heiligbrücks scheintoter grau zubetonierter Flaniermeile ein kompletter orientalischer Bazar gutgetan. Aber es ging nicht nach mir.

„Mein Angebot steht, Teufel."

Serdar blieb hartnäckig, während er die letzte Praline in Zellophan eindrehte.

„Ich denk mit der Redaktion drüber nach."

Log ich.

„Das kann keine große Sache sein, Teufel. Ihr seid nur drei."

Ich zahlte Siebzehnachtzig für die süßen Träume, und mir fiel ein, dass ich unser Hausküken für morgen Sonntag halb elf zum Weißwurstfrühstück eingeladen hatte.

„Du weißt, ich esse nichts mit Schwein."

Weißwürscht bestanden aus Kalbfleisch, mochten aber auch Schwein drin sein und Abfälle aller Art. Wer wusste das schon bei dem Saustall in Schlachthöfen, die wie organisierter Menschenhandel gemanagt wurden. Und der Billig-Fleischindustrie insgesamt.

Zwischen zwei SUVs fand ich einen Parkplatz vor dem nächsten Supermarkt.

„Alter ey."

Grüßte Nena, die verhuschte Popomi mich zuhause aus der Glotze. Sie tauschte gerade Songs mit ein paar anderen. Ich verstand die Sendung nicht. Da ließen Leute ihre Lieder von anderen singen. Danach waren alle gerührt über sich selber und weinten. Was mich zum Lachen brachte. Wahrscheinlich war ich gefühlskalt. Ich zappte durch und landete auf TV1 bei Heiligbrücks einzigen A-Promis.

Menschen live dahoam in Bayern.

In dieser Folge die Kohns in ihrem Domizil in Flussnähe, der dort beruhigt in seinem gemachten Bett durch den Stadtpark schlenderte, als natürliche Grenze zu Professor Dr. Barnabas Kohns Privatpark mit Biotop, zypressenartigen Bäumen und Chalet. Die Kamera war Kohns von dort in ihre häusliche Badelandschaft ins Souterrain des Chalets gefolgt, wie feine Leute ihre Keller nannten. Türkisfarbenem Wasser entstieg Eva. Im goldfarbenen Tanga, feuchte weiße Haut wie Meißner Porzellan. Während Eva sich nach vorne gebeugt das lange schwarze Haar auswrang, fuhr die Kamera gierig an die überfüllte Auslage ihres Bikinioberteils. Eva richtete sich auf, warf ihre Haare mit einem lässig eleganten Schwung nach hinten, türmte sie mit nur zwei geübten Handgriffen nach oben und präsentierte Vollweibfigur. Kohns Geschöpf, der aus Eva Aphrodite modelliert, sich seine Göttin geschaffen hatte. Als nackerte Marmorstatue grüßte sie wie

Kohn sie schuf in der Eingangshalle Elysions, der mondänen Beautyklinik oben auf dem Burgberg. Wenn man auf Fleischersatz stand, war Eva ein feuchter Männertraum.

Ihr Schöpfer war ein sonnenbankgebräunter, trotz schlanker Figur leicht schwammiger Typ in blauer Badehose unter einem offenen schwarzen Seidenmantel. Auch der gab dem Schönheitspapst nichts Charismatisches.

An der Wand am Kopfende des stiegen gealterte Menschen auf der einen Seite ins Freibad und kamen auf der anderen jung wieder raus. Der Jungbrunnen von Lucas Cranach dem Älteren von 1546. Der Garten der Lüste von Hieronymus Bosch bedeckte die Wand gegenüber und weckte bei mir Erinnerungen. Als Schüler hatte ich das Gemälde so interpretiert, dass Muttern zum Direx bestellt worden war.

„Der Bosch ist eine perverse Sau."

Hatte Schüler Teufel gemeint und sich geweigert, sich in abartige Gehirne rein zu versetzen. Mir hingen in Boschis Werken zu viel scheußliches Getier und Dämonen rum. Im Lustgarten tummelten sich welche an einem Teich, der aus einer großen Walderdbeere kam. Er sollte den Lebensbrunnen darstellen, soviel ich noch wusste, und die nackerten Weiber mit vorne kahl rasierten Schädeln versinnbildlichten Nonnen, die sich vergnügten.

Kohns Interpretation war eine andere.

„Das Gemälde wurde lange Zeit fälschlicherweise als Warnung gegen die Todsünde Wollust interpretiert. In Wahrheit zeigt es ein friedvolles Zusammensein von

Mensch und Tier. Der Garten der Lüste trägt seinen Titel zu Unrecht, es ist ein Garten der Liebe."

Scheinbar hatte Boschi sein Gemälde beim Malen selber falsch verstanden, das Postmortemlos vieler Künstler, sobald Klugscheißer sich über deren Werke hermachten und Botschaften rein dichteten. Während ich daran dachte der Künstler mochte vielleicht bloß stinkbesoffen gewesen sein, oder sonstwie vollgedröhnt.

Ich gab mir eine volle Dröhnung mein Humor und zog mir auf DVD zum x-tenmal Ein Fisch namens Wanda rein. Noch bis zum Einschlafen kamen mir unkontrollierbare Spätzünder-Lacher aus.

3

Über dem Spreebogen und dem Regierungsviertel war gerade der Sonntag aufgegangen. Er legte sich sanft auf Büroflügel mit verglasten Wintergärten, die das Machtzentrum flankierten, den Kubus des Kanzleramtes, mit verglasten Sichtbetonfassaden auf der Eingangsseite und zum Kanzlergarten hin. Ein Baldachin aus weißem Sichtbeton hing im unteren Bereich der vorderen Fassade. Im Foyer mit wellenförmigen Decken führten raumgreifende Treppen weiter durch das Gebäude. Dort hauste auch Muttis Hausdrachen. Wie sie andere nannten. Flüsternd, hinter vorgehaltener Hand. Der weiche Mund tarnte ihr Durchsetzungsvermögen. Ein ausgeprägtes Grübchen am Kinn gab einen Hinweis darauf. Ihr graues Haar saß wie ein Helm auf ihrem schmalen Kopf. Die dicken Brillengläser vermittelten fälschlicherweise altjüngferliche Naivität, die strahlend blauen Augen vertrauensseliges Entgegenkommen, ihre blütenweiße Kragenbluse mit Rüschenknopfleiste unter dem dunkelblauen Blazer wirkte bieder. Dazu trug sie einen dunkelgrauen glatten knielangen Rock und schwarze Pumps mit niedrigen breiten Absätzen. Sie war 53, nur einsvierundfünfzig. Ihr Ego hatte es nicht nötig, sich sichtbar größer zu machen. Die sie wegen ihrer zierlichen Erscheinung nicht ernst genommen hatten, hatten meist keine Zeit bekommen, ihre Fehleinschätzung zu korrigieren.

M lehnte sich in ihrem schwarzen Ledersessel mit flexibler Lehne zurück, die Augen geschlossen, beide Hände vorne fest auf den Armlehnen. Sie dachte über das Vieraugen-Gespräch mit der Kanzlerin nach, das sie zum gemeinsamen Morgenkaffee mit ihr bis eben in deren Büro über die Corona-Lage geführt hatte. Die Chefin war besorgt über die Lockerungen, ärgerte sich maßlos über Sorglose im Land und noch mehr über die Seuche, die über den großen Teich herüber schwappte.

Der Wahnsinnige im Weißen Haus hatte die Büchse der Pandora geöffnet.

Nicht mal ihr gegenüber würde die Chefin den US-Präsidenten so nennen. Aber M stellte sich gerne vor, wie sie in ein Kissen biss, um nicht laut loszuschreiben, nachdem sie wieder mal mit ihm zu gehabt hatte. Inzwischen hatte der Irre Corona in den Focus seiner immer grotesker werdenden Botschaften gestellt. Mit seinen verharmlosenden wie wirren Äußerungen und Twittern zu Covid-19 schickte er täglich eine neue hochgiftige Mixtur aus

Fake und Irrsinn auf die Reise um den Globus, gegen die es kein Eindämmungsmittel gab. Das Gaga-Virus erwies sich als auch hochansteckend. Rasend schnell fraß es sich global bis ganz nach oben. Und das Gaga-Virus sprach täglich aus dem Weißen Haus an die Welt. Warum Infizierte nicht Desinfektionsmittel trinken könnten, hatte der irre Donald sinniert. Was äußerlich wirkte, müsste es schließlich auch von innen. Jüngst im Juni hatte er bei einer Wahlkampfveranstaltung gemeint, je mehr getestet würden, umso mehr Infizierte würde man natürlich finden. Man sollte einfach langsamer testen. Gegen die Hirnseuche schützte kein 2-Meter-Abstand, keine Maske, und es war kein Impfstoff zu erwarten. Und der Vatikan hatte bis jetzt keinen wirksamen Exorzismus gegen das Gaga-Virus in eigenen Reihen. Der frühere Päpstliche Botschafter in den USA hatte ein Pamphlet verzapft, als wäre Donalds wahnsinniger Geist in seine Erzbischof-Klamotten geschlüpft. Noch schlimmer: zu den Unterzeichnern gehörten deutsche Bischöfe und ein Kardinal. Nach ihrer Überzeugung diente Corona als Vorwand für die Errichtung einer Weltregierung, um alle Menschen unter Kontrolle zu bringen. Dabei hatte das Christentum genau darum blutige Kriege geführt. Die aus Raum und Zeit gefallenen klerikalen Wirrköpfe schienen jetzt Konkurrenz zu wittern, die ihnen mit Corona- statt Gottesfurcht ihre Gläubigen abspenstig machen wollte. Pegida und AfD witterten im Virus-Wirrwarr fette Jagdgründe und dockten massiv an. Sogar ein Mitarbeiter im Bundesinnenministerium hatte die Coronamaßnahmen als unnötig angeprangert und das unter dem Briefkopf des Ministeriums verbreitet. Was bei Verschwörungsfans die Überzeugung festigte, das Papier beweise die Nichtexistenz des Virus und das Wissen der Regierung darum. Das wäre der wahre Grund warum der Whistleblower geschasst worden war. Der kein Whistleblower war, sondern ein Irrläufer. Die Spinner der Welt waren dabei, sich um Donald zu vereinen und sich zu radikalisieren.

Vielleicht würde es dem Irren das Maul stopfen, wenn er sich das Virus selbst einfangen würde, hatte M. gedacht, es nicht ausgesprochen. Die Chefin hätte das nicht gebilligt.

M hatte Mühe gehabt, das Gespräch auf ihre aktuellen Bauchschmerzen zu lenken. Auch im politischen Inland war Gefahr von einem Großmaul im Verzug. Corona hatte die bundesweiten Umfragewerte für Bayernkönig Markus besorgniserregend in die Höhe schießen lassen. Und er hielt sich hartnäckig mit vorne. Wobei es passte, dass der Bayer von einer Seuche hoch geschwemmt worden war, dachte M böse. Die Chefin war darüber nicht glücklich. Das war nicht ihre Vorstellung davon wem sie die Republik übergeben wollte. Hatte M jedenfalls bis jetzt geglaubt. Sie war entsetzt, als die Chefin eine Einladung des Bayern nach Herrenchiemsee angenommen hatte. Von nicht wenigen eigenen Parteimitgliedern verärgert zur Kenntnis genommen, weil mitten in der Coronakrise als öffentlicher Ritterschlag für ihre Nachfolge verstanden. Gegen Armin in Nordrhein-Westfalen. Sie hatte nochmal versucht ihr wenigstens die Kutsch- und Dampferfahrt mit Markus in letzter Minute auszureden. Ganz gegen ihre Natur hatte die Chefin sich vergnügt die Hände gerieben.

„Das wird ein Mordsspaß."

M fragte sich jetzt ob die Chefin noch wusste was sie tat und verstand, dass der Bayer mit kaltem Kalkül in ihrem Kielwasser schwamm. Sie war immer noch ganz oben in der bundesweiten Beliebtheitsskala des Politbarometers. Und er demonstrierte den Schulterschluss mit ihr, schmuste sich bei jeder Gelegenheit als ihr Nachfolger an. Vielen war schon jetzt nicht mehr klar folgte der Bayer dem Corona-Kurs der Kanzlerin, oder sie schon seinem.

Keinem der Maßkrugpolitiker dort unten im Süden konnte man trauen. Für M regierte dort immer schon Mafia. Dem Bayern war sonnenklar, dass er den bundesweiten Hype um sich nur Corona zu verdanken hatte, für ihn ein Wettlauf mit der Zeit. Weil der Hype mit Corona verfliegen würde. Noch klopfte die Katastrophe ans hohe Haus. Ein möglicher nächster Kanzler aus den Reihen der intriganten Schwester.

Nicht, wenn M das verhindern konnte.

„Morgen, Blödmann."

Grüßte mich Ayala an diesem Sonntagvormittag. „Blödmann" war ihre Pauschale für Y-Chromosomträger, seit ihr Lover einen Dozentenjob in Atlanta an- und seine Ehe mit über den großen Teich genommen hatte. Ayala hatte ihn andersrum verstanden.

„Allah und dir auch guten Morgen, Wüstenprinzessin. Kriegen wir Sandsturm?"

Treffer registrierte ich grinsend am Blick, den sie mir zufunkelte.

Ich verabschiedete mich in die Küche. Als ich raus kam hatte ich die Weißwürscht aus zwei getrennten Töpfen auf den Tellern, um Verwechslungen auszuschließen. Der hinter der Wurschttheke im Supermarkt hatte mich stirnrunzelnd an die Regale mit Eingeschweißtem verwiesen. Schon beim Lesen der Zutaten auf der Dreierpackung für 2, 59 Euro von Vegan Wonderland war mir anders geworden. Kein Kalbskopf, kein Sauspeck, kein Häutelwerk. Bloß Wasser, Weizeneiweiß, Kokosfett, Weizenstärke, Hefeextrakt, Sonnenblumenöl, Zwiebeln, Zitronenschale.

„Bittschön, Weißwürscht ohne Wurscht. Was du nicht isst, schmeiß ich weg!"

Immerhin nahm sie süßen Senf und ein Weißbier dazu. Es gab noch Hoffnung. Ich hatte meine Terrasse als meinen persönlichen Biergarten möbliert. Wir hockten auf groben Bänken im Paradies. Das Weiß der Wildkirsche auf der großen Wiese war zwar schon vergangen. Die anderen aber trieben's voll im Saft, als gäb's kein Morgen mehr. Die Jahreszeiten waren in Panik, wussten nicht mehr so richtig, wann sie dran waren, ob sie überhaupt noch drankommen würden. Frühling und Sommer wussten von Jahr zu Jahr weniger wer von ihnen wer war. Der Winter musste längst befürchten, bald ganz übersprungen zu werden.

Was wegen Corona gerade verboten oder erlaubt war, wusste von Tag zu Tag niemand mehr so genau. Ayala und ich verzichteten seit ihrer Genesung bei unseren Begegnungen auf Masken, hielten aber Abstand. Nasen- und Mundschutz war anfangs dringend empfohlen, aber nicht verfügbar. Dann waren sie Pflicht und genügend da, aber die Nullachtfuffzehn-Ausgaben von den meisten Experten nicht mehr empfohlen. Weil sie angeblich kaum schützten, Träger eher zur Sorglosigkeit beim Abstandhalten verführten. Bis jetzt wusste niemand genau wo überall im Körper Covid-19 was mit welchen möglichen Folgeschäden anstellen konnte. Nach heutigem Kenntnisstand war nicht sicher, ob Genesene noch ansteckend waren, immun gegen mich war Ayala in jeder Beziehung. Feine blaue Seide fiel locker auf den Ausschnitt ihres grauen T-Shirts, führte als Kompromiss zur Maske durchsichtig über Mund und Nase und endete oben als Kopftuch. Ich hatte sie noch nie ohne gesehen und rätselte wieder ob sie kurzgeschoren oder Mähne darunter trug, blond, schwarz, brünett, oder kirschrot wie ihre Lippen? Ich mochte ihre schmucken Kopftücher, sogar den „Blödmann". Beides sagte mir, dass sie sich noch nicht zur Grüßgottdeutschen hatte assimilieren lassen. Mir graute vor dem Morgen, an dem Ayala mich nach Leitkultur begrüßen würde.

„Guten Morgen, Josef, wie geht es dir heute?"

Eine vor was oder wem auch immer kuschende Ayala war allerdings nicht zu befürchten. Selbstverständlich wie Kopftuch, weil sie es wollte trug Ayala auch Bikini, wenn sie sich auf ihrem Balkon sonnte, oder an einem öffentlichen Badesee lag. Sie lebte ihren muslimischen Glauben, ließ sich aber vom Islam nicht gängeln, geschweige denn unterdrücken. Sie forderte ihre verfassungsmäßig garantierte Freiheit als gleichberechtigte Frau ein, lebte ihren Alltag deutsch im 21. Jahrhundert, ließ sich dabei von muffiger Deutschtümelei so wenig

71

vereinnahmen, wie von altpatriarchalischen Religionsfantasien.

Zwei Biergartenbänke am Tisch erlaubten uns locker zwei Meter Abstand. Ayala schob die Seide von Mund und Nase unters Kinn und ich versuchte, über den Rand meiner Lesebrille Rückschlüsse auf ihre Laune zu ziehen. Brille hatte ich aufgesetzt, weil ich damit seriöser ausschaute, fand ich. Sie hatte über mein Angebot von vor einer Woche nachgedacht.

„Ich gebe nicht die Quotenmuslima für dein Underground-Blättchen."

„Schiss vor Shitstorm hast. Wegen dem Kopftuch, gib´s zu."

„Wegen des Kopftuchs, Genetiv wenn schon, Blödmann. Und ich hab keinen Schiss vor Arschlöchern."

„Dann schreib uns eine Kolumne über Studieren in Bayern in Zeiten von Corona! Gern witzig anghaucht."

„Witzig angehaucht. Hörst du dir selber noch zu? Eure erste gedruckte Ausgabe ist beschlagnahmt worden, bevor ihr ein einziges Exemplar verkauft habt. Du stehst ständig mit einem Bein auf dem Index."

Der Start war holprig gewesen. Die Titelseite der ersten Kuh mit zwei Ärschen hatte einen Shitstorm entfesselt, vom üblichen Hassmob inklusive AfDlern, von Parteichristlichen und Berufsbayern. Obwohl noch gar nicht erschienen. Die Zeitung hatte sogar eine Anzeige zum geplanten Verkaufsstart abgelehnt. Wegen des Titels. Der

Ministerpräsident als schwarzer Kreuzritter im Staub liegend, neben dem bayerischen Löwen, der ihn abgeworfen hatte und ihn anfauchte.

„Ich trag keine AfD-Laufburschen."

Die Auslieferung der ersten gedruckten Auflage von 800 Exemplaren hatte dann die lokale Staatsgewalt verhindert, wegen Verunglimpfung des Freistaats und seines obersten Repräsentanten. Nach einer vom Oberbürgermeister persönlich erwirkten einstweiligen Verfügung hatte Polizeidirektor Schwammerl die Ausgabe noch in der Druckerei einkassieren lassen. Der bei der Zeitung frisch zum Redaktionsleiter berufene Kasperl war mit persönlicher Autoren- und Schlagzeile gekommen.

Unser OB stoppt Teufelswerk gegen unsere bayerische Heimat und unseren Ministerpräsidenten!

Was schon egal war. Kein Kiosk in Heiligbrück hatte die Kuh verkaufen wollen. Mein Anwalt hatte mir von einer Klage gegen die einstweilige Verfügung abgeraten. „Faktisch haben Sie Majestätsbeleidigung begangen." Faktisch gab´s den Paragraphen nach Böhmermann nicht mehr, hatte ich eingewandt und mein Anwalt ein Totschlagargument gebracht.

„Wir leben in Bayern."

„Schlampenschorsch schreibt Horoskope für uns."

Versuchte ich Ayala zur Mitarbeit zu bewegen.

„Er heißt Georg, nicht Schlampenschorsch."

Korrigierte mich Ayala, was ich übersprang. Mit Schlampenschorsch. ärgerte ich Georg, seit ich ihn an einem Sonntag in seinen Porsche hatte steigen sehen. In heißen Höschen, Netzstrumpfhosen und Stöcklpumps auf dem Weg zu einem Slutwalk in der Hauptstadt. Über seinen Horoskopen fürs online-Magazin erschien natürlich sein richtiger Name Georg Brunnhuber. Anderen ihre Sterne zu deuten empfand er als Berufung, hatte das freiberuflich für ein Taschengeld, aber mit Leidenschaft für die Leser der Heiligbrücker Zeitung getan, bis Kasper Redaktionsleiter wurde und ihn von einem Tag auf den anderen feuerte. Er misstraute Georgs Nähe zu mir, weil wir in einem Haus wohnten. Finanziell hatte Georg die Horoskopschreiberei nicht nötig. Mit Sci-Fi-Groschenromanen unter dem Pseudonym Burt Logan machte er Kohle wie's Böse. Mit Titeln wie >Das Grauen kam von XMY12<. Menschen standen sprach- und willenlos auf Laufbändern, die sie in einem Lichttunnel verschwinden ließen. Anfangs hatte ich mich gefragt, ob der geneigte Leser das als Wiedergeburt der Menschheit verstehen sollte, oder als ihr Ende. Letzteres, wusste ich inzwischen. In Brunnhuber-Logans Zukunftsvisionen gingen Zivilisationen dauernd und zwangsläufig den Bach runter. Jetzt mit Blick auf Corona erschien Schlampenschorsch mir tatsächlich unheimlich visionär, und ich überflog zwischendurch seine Horoskope. So ganz nebenbei. Ich warf Ayala noch einen Köder hin.

„Ich kann dir vierhundertfünfzig pro monatliche Kolumne anbieten. Das wär deine Nettomiete an Tschälo."

Das Hausküken biss nicht an.

„Ich gehe jetzt."

74

Sie hatte alle drei Veganer verputzt. Mein Blick folgte ihren festen Apfelbacken im roten Hosenboden. Ein Reflex ohne einen Hinterngedanken auf mehr. Die jungen Äpfel hingen längst zu hoch für mich alten Sack. In Ayalas knappen Einssechzig steckte eine Menge mehr Power als in meinen träge überfüllten Einssiebzig. Sie strampelte früh auf ihrem feuerroten Drahtesel zum Bahnhof, fuhr dann eineinhalb Stunden mit Bahn und U-Bahn zur Uni in der Hauptstadt. Dort eine bezahlbare Wohnung finden war schwieriger als am Südpol einem FKK-Klub beitreten.

Sonntag hin oder her. Forster würde an Jane Doe zugange sein, und ich hatte seine Handynummer auf Kurzwahl und einen guten Draht zu ihm, siezte ihn beim Vornamen, seit er sein Faible fürs mehr oder weniger Verdaute literarisch austobte. In >Forsters Leichenschmausküche<. Garniert mit Episödchen aus seinem Totenreich. Nouvelle Cuisine mit verkaufsträchtigem Ekelfaktor. Ich hatte die Story unserer Societykolumnistin Fanny Weyer unterjubeln wollen, aber der damalige Redaktionsleiter Helge Hinrichs dagegen entschieden.

„Sie sind unser Kriminalreporter, Kollege Teufel. Ihr Job, wenn ein Forensiker unter die Buchautoren gegangen ist. Vertiefen Sie Ihre Kontakte."

Mein Artikel war in der Gesamtausgabe erschienen und mir bewusst geworden, dass auch die Chefredaktion einen Hang zum Abartigen hatte. Ein Freiexemplar mit Dankeswidmung von Forster stand in meinem Bücherregal neben zwei Bänden über forensische Sexualforschung. Ein Geschenk von Tantchen zu meinem Einstand bei der Zeitung. Keine Ahnung, wieso sie glaubte ich könnte es spannend finden, dass sich gestörte Typen kopfüber an den Eiern aufhängten.

Tatsächlich erreichte ich Forster in seinem Keller.

„Was schreit das Weib so, Mark? Ist Ihnen eine Scheintote aufgwacht?"

„Die Netrebko schreit nicht, sie gibt Aida, die versklavte Königstochter, die sich in den feindlichen Heerführer Radames verliebt."

Er war gerade dabei, Jane Does Gesicht für ein druckbares Foto herzurichten und erwartete gleich Twiggy zur rechtzeitigen Freigabe noch für die Montagausgabe der Zeitung.

Xenia Minkin, Heiligbrücks jüngste ehrgeizige Staatsanwältin hatte sich schon als Herrin des Verfahrens eingeklinkt. Sie brachten schon ihre Soldaten in Stellung. Von Minkin wusste ich nur, dass sie vor einem Jahr aus Bielefeld ins bayerische Hinterland versetzt worden war. Ihren Spitznamen Twiggy hatte sie mitgebracht. Das dürre Kultmodel der 60er war lange vor ihrer Zeit, und vermutlich hatte sie selber googeln müssen, um rauszufinden, wer hinter Twiggy steckte. Ihr Spitzname machte auch in Heiligbrück die Insider-Runde und darüber hinaus. Ich fand Twiggy nicht sehr weit hergeholt. An Minkin hingen Klamotten wie noch an der Stange, und eine pinky Haarsträhne in die Stirn bis übers rechte hellblaue Auge versuchte verzweifelt, Pfiff in ihr käsiges Totenkopfgesicht zu bringen. Sie galt schon als Protegé des Behördenchefs. Natürlich ging damit das Gerücht, dass Leitender Oberstaatsanwalt Dr. Rigobert de Mille sie vögelte.

Oder sie ihn. Ich fragte mich wer dann wen mehr benutzte. Er mit seiner Chefstellung ihre Karriereabhängigkeit von ihm, oder machte sie ihn sich als femme fatale gefügig? De Mille führte eine Ehe auf Papier, getrennt von seiner Frau Karin. Die war in einem Maschinenbaukonzern durchgestartet, nachdem die drei Kinder aus dem Haus waren, und managte mittlerweile das Werk in Istanbul. De Milles Ego ertrug ihren Erfolg schlecht.

Mir fiel ein, dass Leichen bundesweit schon routinemäßig auch schnell auf Corona getestet wurden.

„Nun ja, Jane Doe ist Covid-19 negativ."

Jane Doe war zweifellos im Fluss ertrunken, konnte Forster inzwischen auch schon bestätigen, allerdings mit kaum Wasser in der Lunge.

„Nun ja, Ertrinkungslunge kann sogar trocken sein, wenn eingeatmetes Wasser sofort in die Blutbahn resorbiert wird."

„Jane Doe hat die Augen zughabt, Mark!"

„Nun ja…"

Eine pauschal gültige forensische Regel für Augenlider gab es nicht, nur den wahrscheinlichen Normalfall, wobei die Lider sich im normalen Sterben bis auf wenige Millimeter schlossen. Jane Does am Puppenstrand hätte ich weit aufgerissen erwartet, noch vom Todeskampf gegen das Ertrinken, danach von Strömungen und einsetzender Totenstarre am Schließen gehindert. Ich hatte meine eigene These, warum das nicht der Fall war.

„Das Mädel hat wenig Wasser gschluckt, weil´s bewusstlos war, als es im Fluss glandet ist, Mark. Dem Tod schon so nah, dass es im Wasser nicht mehr aufgwacht ist. Drum waren die Augen zu."

„Nun ja."

„Kommens, das war kein Badeunfall in Reizwäsch, und das scharfe Outfit von unserm letzten Stadtgspenst hat das Mädel auch nicht zufällig anghabt. Und ich weiß, dass Twiggy das Verfahren gleich an sich grissen hat, bei der Geschwindigkeit entweder in vorauseilendem Gehorsam, oder schon auf Anweisung. Mir kommt´s jedenfalls panisch vor. Und von Twiggy über den Oberstaatsanwalt bis ins Rathaus ist´s bloß ein Katzensprung. Die Amigos sind nervös, Mark."

„Nun ja…"

Was Obrigkeit anging, hielt Forster sich mit Kommentaren gerne bedeckt, besonders mir gegenüber. Weil unsere Meinungen über Gehorsam weit auseinander gingen.

Jane Does Körper war zerschunden, von Strömung über auch felsiges Flussbett geschleift. Verletzungen vom Sturz einen Abhang runter wie in der Erzählung vom Hotzenplotz konnten sich darunter leicht verstecken. Falls vorhanden, enttarnte man die nicht einfach durch Handauflegen. Wie Forster mir ironisch bestätigte.

„Nun ja, ich bin forensischer Pathololloge, kein Magier."

„Könnt Sex im Spiel sein, Mark?"

„Nun ja, Jane Doe ist nicht von einer Matratze bei mir gelandet, sondern aus einem Flussbett, und das erst gestern. Und sie hat kein Hinweisschild für mich um den Hals getragen."

Tatsächlich nagten neben natürlicher Zersetzung und Abschleifungen in fließenden Gewässern auch deren Bewohner am Tod. Bilder, die ich nicht unbedingt auch noch in meinem Kopf haben musste. Ich war Forster fast dankbar dafür, dass er sich nicht festlegen konnte oder wollte, ob Jane Doe vaginal, anal angegriffen, oder sogar noch jungfräulich ertrunken war. Was nebenbei auch heißen hätte können, dass es zur Penetration nur nicht mehr gekommen, weil vorher schon was schiefgelaufen war.

„Vielleicht mit einer Vergewaltigungsdroge, und man hat sich mit der Dosis vertan."

„Nun ja, ich arbeite nicht mit Vielleichts."

Hieß die Toxis waren noch nicht so weit.

Fesselspuren verneinte Forster definitiv. Wenn wer die Weiße Frau der Legende hätte nachstellen wollen, war er nicht bis ins kleinste Detail gegangen. Außerdem hatte der Stadtschreiberling die ertränkte Herzogin nie körperlich wieder auftauchen lassen. Die Flussdämonen hielten sie gefangen, ließen sie als Weiße Frau mit den Nebeln nur als Rachegeist aufsteigen.

Jetzt war das Böse in Fleisch und Blut über Heiligbrück gekommen. Wenn wer sie ins Wasser geworfen hatte, hatte er nicht versucht die Leiche zu beschweren, damit rechnen müssen, oder gewollt damit gerechnet, dass sie früher oder später am Puppenstrand angeschwemmt würde. Weil quasi alles von flussabwärts dort landete. Vielleicht doch keine schiefgelaufene Sexnummer. Die gewollte Inszenierung eines gut organisierten Mörders? Der sich mit seinem Plan im Kopf ein Banini-Nightset besorgte, erst danach einem Mädel auflauerte. Weshalb Kurtisane dem nicht genau passten. Weil es ihm primär darauf nicht ankam? Schon gar nicht auf die Nachstellung der Legende. Sondern auf die Weiße Frau in gleicher scharfer Bettwäsche gedoubelt, womit der Oberbürgermeister und sein honoriger Geistervereinsvorstand zuletzt auch ihre Hauptdarstellerin hatten geil durch die Ruine geistern lassen. Was in erster Reihe männlichem Publikum die Mühe wert war, zum Finale nochmal vom Fluss zur Ruine hochzusteigen.

„In ihren Magen habens bestimmt schon reinglurt, Mark."

Das machte ihm Laune. Tote Mägen lockten Forster wie Honigtöpfe Yogi Bär. Jane Does hatte noch einiges hergegeben, Teigreste, Käse aus Pflanzenmilch, Waldpilze und Pepperoni. Ich tippte auf vegane Pizza und wusste, wo die ein Renner war. Nicht, dass ich vegane Pizza mochte. Ich mochte überhaupt keine Pizza.

Draußen vorm Rialto am Kaiserplatz war Gästen maskenlos erlaubt, allerdings höchstens zwei Leute an einem Tisch, mit verordnetem Abstand. Zwei Tische von dem Dutzend waren noch frei. Ich hockte mich an einen und ließ mir einen Kaffee von Toni bringen, Salvatores Kellner. Salvatore hieß gebürtig Bertram, Toni immer schon Toni.

80

Am übernächsten Tisch, der neben mir war auch unbesetzt, löffelten scheinbar zwei aus der Truppe der Golden Girls dunkelbraune Masse aus Glasschalen. Ich wandte mich an Toni.

„Ist dir in den letzten paar Tagen ein zierliches Mädel aufgefallen, mit feuerroten Haaren bis über die Hüften? Die vegane Pizza bstellt hat?"

„Teufel, du bist heut schon der zweite, der mich danach löchert."

Ein junger Kripomann im Safarilook mit einem großen schwarzen Hund war mit der gleichen Frage schon zwei Stunden vor mir dagewesen. Herrchen hatte dem Hund zwei Kugeln Vanille gekauft. Toni fand´s komisch, dass Herrchen Hund zu Hund sagte, als hätte er den Namen vergessen. Ich klärte Toni auf.

„Er ist nicht sein Herrchen, bloß sein Seelenverwandter, und Hund heißt Hund."

Wie auch immer, Toni bedauerte. Dem Kriponesen hätte er auch nichts anderes sagen können als mir jetzt. Solch feuerrote Haarpracht wär ihm natürlich aufgefallen. Oder dem Chef. War aber nix. Wie gesagt, die vegane Pizza war ein Renner. Viele bestellten sie, und es gab sie auch zum Mitnehmen.

„Vielleicht hat´s wer anderer gholt, Teufel, und sie habens zusammen ganz woanders verputzt."

Ich machte mich im Frosch stadtauswärts zum Rest des Nachmittags in süßer Teufelscher Sonntagstradition:

Apfelstrudel bei Tante Martha. Nur dass wir uns inzwischen maskiert und mit Abstand trafen, weil wir beide zur stark gefährdeten Risikogruppe gehörten.

4

Vor knapp fünf Jahren hatte ich wie jetzt zum ersten Mal in der gemütlichen Bauernküche gehockt und Tantchen mir die Leviten gelesen.

„Du landest in der Gosse, Neffe, wenn du dich nicht wieder nach einer Festanstellung umschaust. Du kannst nicht mit Geld umgehen."

Dabei verdiente ich als Freiberufler das Dreifache. Brutto, was ich leger vernachlässigt und Geldeintreiber des Fiskus als humorlos kennen gelernt hatte. Ich erinnerte mich aber auch an einen freundlichen Gerichtsvollzieher, der nur seinen Job tat. Er hatte mich gefragt wie viele Zimmer meine Wohnung hätte und ich ihm geantwortet ich hätte keine Ahnung, weil ich früh kein Indoorjogging machte und auch danach dahoam nicht so weit rumkam. Er machte eine Besichtigung und notierte danach in seinem Protokoll fünf Zimmer, Küche, Bad, Wintergarten. Da wusste auch ich wie schön ich wohnte. Danach soffen wir zusammen in meiner 30qm-Küche mit Herd mittig meinen letzten peruanischen Hochlandkaffee weg. Geld kam, Geld ging. Ich hatte darin nie einen anderen Sinn gesehen, als es auszugeben. Als Freiberufler hatte ich mich immer wohl gefühlt, dagegen in festen Arbeitsverhältnissen immer schnell eingesperrt. Dazu kam mein Problem mit Autoritäten über mir, denen ich auch gerne mal sagte, dass ich sie für Arschlöcher hielt.

„Du lebst seit deiner Pubertät in einer permanenten Trotzphase, Neffe."

Tantchen meinte ich hätte einen Hang zur Selbstzerstörung. Ich dagegen war längst davon überzeugt, dass ich am Burnout litt seit ich sechzehn war, der Erfindung von Diagnose und Namensgebung um Jahrzehnte voraus. Weshalb ahnungslose Pädagogen am Gymnasium geglaubt hatten ich wäre ein stinkfauler Hund, der bloß das Nötigste tat, um nicht durchzurasseln. Was sie in einem Zeugnis noch nett umschrieben.

„Der Schüler setzt seine Intelligenz gezielt ein."

Sie scherten sich nicht um meine existenziellen Zweifel an ihrer Lehre vom Universum, die sich auf einen wie Einstein berief. Der nach Meinung des Gymnasialschülers Teufel von den unendlichen Weiten da draußen nicht viel begriffen hatte. Ich las Perry Rhodan, worin die Welt oft am Abgrund stand, aber von Aktivatorträger Perry und seiner Crew immer gerettet wurde. Mein Favorit war Gucky der Mausbiber, telepathischer Telekinese-Teleporter. Der konnte, wovon der junge Teufel träumte. Physiklehrer schikanierten mich weiter mit Hebelgesetzen und dem Faradayschen Käfig, Und benoteten meine Arbeiten nach kleinkarierten Maßstäben ihnen bekannter physikalischer Gesetze. Mit der Schulphysik sank mein Stern, und meine bohrenden Zweifel am Wissen meiner Lehrer schlugen auch meine Noten in anderen Fächern nieder.

Ich legte mich mit den Germanisten an, lehnte ihre Gedicht- und Romaninterpretationen ab. Weil ich ihnen nicht abnahm sie wüssten, dass ein Dichter sich beim Schreiben Gedanken gemacht hatte, die ich beim Lesen nie finden konnte. Den man nicht mehr fragen konnte, weil er schon seit hundert Jahren oder mehr seine Verwesung hinter sich hatte. Sollte er tatsächlich andere Gedanken hatte mitteilen wollen, als die es aus seinen Hirnknoten aufs Papier schafften, ging mir das am Arsch vorbei. Er hätte einfach schreiben sollen was er meinte. Und wenn er sich selber nicht verstand, musste ich das schon gar nicht. Schönen Gruß an James Joyce, der mir einen Deutschfünfer reindrückte. Ich hatte dem Kerl nix getan. Muttern steckte meine Zeugnisse nicht mehr hinter die Glasscheibe im Küchenschrank, damit alle sehen konnten welch schlauen Buben sie hatte. Dafür wurde sie öfter zum Direx gebeten. Ich persönlich erst, als Oberstudiendirektor Schwarzer mir eine halbe Stunde vor den offiziellen Feierlichkeiten mein Abizeugnis aushändigte.

„Es wäre schön, wenn Sie der Aula fernblieben. In Ihrem Fall gibt es Lehrkräfte mit Gewaltbereitschaft."

Die Gosse hatte weiter auf mich warten müssen. Ich hatte auch gerade Lust drauf wieder mal Geld zu verdienen.

Hatte ich lässig zu Tantchen gemeint.

„Keine Ahnung warum."

„Weil du gern mehr hättest?"

Kurz und trocken hatte sie meinen mir selbst gebastelten Mythos zerbröselt. Vom Gesellschaftsverweigerer, was die rein monitäre Definition von Erfolg anging.

Ich war vorerst bei der Heiligbrücker Zeitung gestrandet, immerhin mit Vertrag als leitender Redakteur. Unterm Strich hatte ich nichts zu leiten. Die Planstelle als Chef vom Dienst, für die Hinrichs mich eingekauft hatte, war drei Monate später bei meinem Dienstantritt schon wieder gekippt. Sollte sie je existiert haben.

„Wir können Ihre Vertragsbedingungen im Wesentlichen beibehalten. Aber in der Praxis bräuchte ich Sie als erfahrenen Polizeireporter."

Wozu, fragte ich mich bald danach. Ein öder Job, mordsmäßig tote Hose. Tantchen erinnerte mich daran, dass sich das geändert hatte.

„Keine Angehörigen, Neffe, keine Freunde, keine Schule, keine Arbeitskollegen. Niemand, der das tote Mädel vermisst?"

„Scheinbar nicht."

„Dann ist sie von außerhalb gekommen, und ich frage mich, was sie ausgerechnet in Heiligbrück gewollt hat."

„Keine Ahnung."

„Keine Ahnung ist nicht viel. Du bist eingerostet, Neffe."

„Hu, wie soll ich im Jenseits der Geisterwelt recherchieren, Tantchen?"

Eine Frau Jadwiga hatte sich auf unserer Magazinwebsite als Medium geoutet. Die Weiße Frau wäre den Flussdämonen entwischt und aus den Fluten gestiegen, hätte sie aus dem Jenseits erfahren.

„Sie geht jetzt als leibhaftige Untote um und bringt das Böse über uns."

Frau Jadwiga war schnell. Unsere Leserbetreuerin Franzi hatte erst bei mir nachfragen müssen wovon Frau Jadwiga redete und ihr dann gechattet die Untote läge als leibhaftige Leiche in der Rechtsmedizin und würde nirgendwo mehr umgehen. Wie auch immer, offenbar war die Tote am Fluss zumindest in spiritistischen Kreisen schon rum in Heiligbrück. Ich ging trotzdem nicht davon aus die hätte sich aus dem Jenseits Frau Jadwiga oder anderen Geistersehern mitgeteilt, eher von der natürlichen Erklärung, dass Frau Jadwiga Verwandte oder nahe Bekannte eines Tatortermittlers vor Ort war.

Ich konzentrierte mich auf die Lebenden.

„Ich hab den Hotzenplotz gsucht, aber nicht gfunden."

Tantchen mochte es nicht, wenn man ihn Hotzenplotz nannte.

„Der arme Rudolf. Wahrscheinlich hat er die Tote gesehen und sich vor Angst völlig durch den Wind verkrochen."

Das hielt ich auch für wahrscheinlich.

„Und wir haben ihm am Tag davor noch versprochen, dass wir die bösen Geister bannen."

Kam wie nebenbei nach und stoppte mich abrupt dabei, mir den Rest vom Apfelstrudel hinter die Maske zu schieben.

„Wir haben seinen neuen Kräuterschnaps verkostet. Aber wir können ihn nicht in unser Sortiment aufnehmen, solange Rudolf keine Lizenz zum Verkauf hat."

Mit wir meinte sie Oberhexe Frieda, Hexenschwester Ilse und sich selber.

„Welche bösen Geister, Tantchen?"

„Rudolf will gesehen haben wie Sie am Berg jemanden aufgeklaubt und in ihre Zwischenwelt in die Burg geholt haben. Wahrscheinlich eine Frau, weil die langen Haare den Boden berührt haben, als sie sie aufgehoben haben."

„Nach Silikohn Castle?"

„Ja. Neffe, ist das jetzt ein Verhör?"

„Eine Klinik, Tantchen, dort treiben Weißkittel ihr Unwesen. Und der Hotzenplotz hat in der Nacht Geister gsehen, wie sie wen den Hang hochtragen haben. Mit langen Haaren. Am übernächsten Morgen flackt eine Leiche unten am Fluss. Mit Haaren bis zum Arsch. Wie schaut das für dich aus, Miss Marple?"

„Du denkst doch nicht an einen Zusammenhang? Was sollte ein so junges Mädel in einer Schönheitsklinik?"

„Das ist jetzt naiv, Tantchen."

Wo schon Teenies an Arsch oder Titten rummetzgern ließen, von Eltern nicht bloß abgesegnet, sondern sogar hingeschleift, für irgendeine Model-Castingshow oder sonstige Showkarriere.

„Vielleicht hat das Mädel dort oben auch bloß garbeitet, als Praktikantin, oder was weiß ich."

„So, oder so, Neffe. Eltern würden ihre Tochter als vermisst melden. Und das da oben ist keine Mafiaklinik, in der, oder aus der man Menschen einfach mal verschwinden lässt, oder lassen kann."

Zu viele Mitwisser. Tantchens Zweifel konnte man teilen. Zumindest einige vom Personal würden sich an das Mädel erinnern. Die lasen auch Zeitung und wären sicher nicht alle Mitverschwörer. Ich stellte mir Jane Doe vor, unter der Burg, vor dem VIP-Turm abgestürzt, vielleicht sogar auf der Flucht. Wie man sie verletzt wieder rauftrug. Vielleicht schon im Koma, und nicht mehr aufgewacht. Um einen Skandal zu vertuschen noch in der Nacht im Fluss entsorgt und mit der Weißen Frau eine falsche Spur gelegt. Ich fragte mich ob Aphrodite Banini trug.

„Wie läuft es mit Ismene?"

Sie hatte sich überraschend widerstandslos breitschlagen lassen mit ihrer kleinen feinen Hauptstadtkanzlei Buchhaltung und Steuerbearbeitung fürs Magazin zu übernehmen. Seit vergangenem Februar lieferte sie auch eine Kolumne mit Steuertipps für Menschen mit nur einem Konto und hielt sichtbar gedruckt Kopf und Namen dafür hin.

„Wir brauchen einen interessanten seriösen Serviceteil für normal Sterbliche ohne Chance auf ein irdisches Steuerparadies."

Hatte ich ihr gemailt.

„Es kann mich andere Klienten kosten, aber ich vermisse deine grenzsenilen Verrücktheiten."

Hatte Issi geantwortet.

„Da läuft gar nix!"

Stellte ich jetzt Tantchen gegenüber klar. Hartnäckig brachte sie immer wieder Issi ins Spiel. Ihre erste Wahl. Tantchen mochte Issi, sogar Muttern hatte mich kürzlich nach ihr gefragt. Meine letzte Chance, hatte sie gemeint.

„In deim Alter, mit deiner Figur und bei deiner Sauferei kriagst koa andere Frau mehr, a gscheide sowieso ned."

Eine gscheite meinte gebärfähig und -willig, katholisch und eingeboren. Aber in der Not frisst der Teufel Fliegen, und Muttern hatte die gottlose Ossi Ismene als weitere Prüfung fürs ewige Paradies hingenommen. Als letzte Hoffnung, der Bub könnte sich noch fortpflanzen und sie Enkel kriegen.

„Wo sie inzwischen für dein Magazin schreibt, wäre das eine Chance, ihr auch so wieder näherzukommen. Soviel ich weiß hat sie sich erst von deinem viel jüngeren Nachfolger getrennt."

Ließ Tantchen nicht locker und belauerte mich über ihre Brillengläser hinweg. Sie war erschreckend gut informiert, hatte mich durch die Hintertür gleichzeitig daran erinnert, dass ich ein alter Sack war, aber sich Issis Tür nochmal für mich geöffnet hätte. Hätten meine Gedankengänge damals tiefer gelegen, hätten sie mich schon bei den Anfängen warnen können. Bei der Hochzeit eines Kollegen, wo ich die langbeinige Brünette mit der Bobtailfrisur kennengelernt hatte. Eine Freundin der Braut, der sie in ihrer gerade eröffneten Kanzlei die Steuer machte.

„Ich will einen Mann ernst nehmen können und daran glauben können, dass er Herz und Verstand hat. Ich möchte meine Zeit weder mit einem emotionalen noch mit einem geistlosen Schwachkopf verschwenden."

Wenn sonst nix ist…Das krieg ich im Sitzen hin, hatte ich mich bierselig überschätzt, glücklich darüber, dass sie nicht ankündigte, einen über Stock und Stein durch die Natur zu hetzen und an Wochenenden früh um sieben sinnlos auf einen Berg, bloß weil er da war. Sie hatte noch den ersten Schoppen Südtiroler Roten und bei meinem dritten Weißbier eine Augenbraue hochgezogen. Der Bobtail hieß Ismene, und Weibsbildern gegenüber war der Teufel Sepp gegen Selbstzweifel noch resistent, und schon zu kurzsichtig um Ismenes hoch gehängte Latte zu sehen. Ich stolperte in meine eigene routiniert aufgestellte Falle, weil Ismene dann noch planmäßig funktioniert hatte und darüber gelacht, dass ich neugierig aufs Kind wäre, wenn Johnny Depp Alexis Bledel schwängern würde. Einer von meinen trocken abgeschossenen Brüllern. Gesetzt mit perfektem Timing zu ihrem zweiten Schoppen. Womit ich die für mich unverständliche Was-erwartet-Frau-von-Mann-Konversation gekillt hatte. Ich ersoff in ihren kaffeebohnenbraunen Samtaugen. Beim fünften Weißbier hatten meine Hormone Kasatschok getanzt. Wir verabredeten uns am nächsten Wochenende, und am übernächsten. Ich beließ es bei einem Weißbier und versuchte geistreich zu wirken. Beides anstrengend. Am dritten Wochenende mordete ein knackiger Dialog die Romantik.

„Ich werde mit dir schlafen."

„Ich bin noch nicht müde."

Mein spontaner Brüller hatte ihre linke Augenbraue hochsteigen lassen bis unter den Bobtailpony. Hastig, und doch zu spät hatte ich meinen erotischen Killer als saublöden Scherz entschuldigt. Es wäre so leicht gewesen wie in einer amerikanischen Soap, wo sie den Geschlechtsverkehr fürs dritte Date als Pflicht mitnahmen. Was mir als verdammt technokratisch aufstieß. Ich war überzeugter Romantiker, was bei anderen so nicht ankam. Immerhin schenkte Ismene mir nach zwei zerknirschten Anrufen als letzte Chance ein viertes Treffen. In einem Restaurant, in dem man wenig Futter, aber viel Besteck dazu kriegte, das man von außen nach innen abarbeitete. Danach nahmen sie einem einen im Vergleich zur Futterration unverhältnismäßig großen Haufen Geld ab. Ich trank Apfelschorle, sagte wenig, hörte ihr zu und nickte oft. Ismene nahm mich mit nach Hause.

„Beim ersten Mal habe ich gerne ein Heimspiel."

Hatte sie gesagt, und ich verstanden, dass ich schneller wieder draußen vor der Tür sein konnte, als ich meinen nächsten blöden Spruch hätte zu Ende bringen können. Ich hielt den Mund, bestand alle Prüfungen mit befriedigend, und ich durfte sie Issi nennen.

„Komme mir nicht mit Schatzi, oder Tierkosenamen."

Hatte sie mich in die Beziehung eingeschult. Sie nannte mich fortan „Meiner", damit ich nicht vergaß wo ich hingehörte. Mir gefiel das. Auch, dass sie Einssechsundsiebzig war und dazu gern auch mal hochhackig mit mir unterwegs. Wenn mir ein Grinsen begegnete, grinste ich zurück und dachte: Soviel Frau und alles meins. In flachen Schuhen, oder wenn sie zuhause barfuß rumlief bewunderte ich ihr Bewegungsgefühl, als würde sie schweben. Manchmal stelle sie sich vor mich auf ein Bein, wickelte das andere um eines von meinen und ließ ihre Augen in meine tauchen, bevor sie mich küsste. Noch bei der Erinnerung an diese schweigsame Liebesgeste schmolz ich. Nach und nach brachte sie Klamotten für mich nach Hause, Hosen, Hemden, Pullover, Sakkos. Alles passte wie angegossen. Issi nickte hochzufrieden dazu, und ich tat so, als würde ich nicht merken wie sie mich schon mal äußerlich zu dem Mann umbaute, den sie haben wollte. Sportlich elegant nannte sie meinen neuen Look. Ich bestand nur auf meinen Star Wars-Shorts drunter. Ansonsten musste ich selber in keinen Klamottenladen mehr. Ich fand dazu einen sicheren Weg, geistreich rüber zu kommen. Ich neigte zu Issis Ausführungen, zu welchem Thema auch immer nachdenklich mein Haupt und fasste mich kurz.

„Mmh, ja, sehe ich auch so."

So hatte unsere Beziehung immerhin über sechs Jahre gehalten. Bis Pfingstsonntag vor drei Jahren. Ich hatte einige der letzten 41 Flüchtlinge interviewt, bevor sie mit dem Bus abtransportiert und gottweißwohin verteilt wurden. Danach war ich im RundumdieUhr auf einen Absacker, um alles sacken zu lassen. Und war versackt. Während Issi in meiner Wohnung auf mich wartete. Ein langes Wochenende, das wir in trauter Zweisamkeit bei mir hatten verbringen wollen. Aber wieder hatte der Heilige Geist um Sepp Teufel einen Bogen gemacht. Sonst hätte ich eine bessere Eingebung gehabt, als mich in Heiligbrücks Säufertempel festzusaugen.

Früh halb zwei und nach sieben Weißbier hatte ich mein Schatzerl wach geschmust und war auf keine Gegenliebe gestoßen.

„Mache dich weg von mir. Du stinkst, du schielst, und du grinst blöde."

Meine Männlichkeit fiel von eh erst Halbmast wieder ganz nach unten, als ich das Elend registrierte.

„Himmelarsch, du hast den Bären rasiert! Willst eine Villa Hügel aufs planierte Grundstück bauen?"

Ich verdächtigte naheliegend eines ihrer Frauenmagazine der Anstiftung zum Intimkahlschlag. Ein Service für Kinderschänder, wie ich das schockernüchtert sah. Sie sah das anders.

„Es geht um Hygiene."

„Zefix. Gib´s kein Shampoo mehr?"

„Du hast keine Ahnung was Frausein für ein Gefühl ist."

„Ein blödes!"

Hatte ich angefressen vermutet. Ich war keine Frau. Meine war deppert worden.

„Du solltest dich unten auch rasieren! Ich will mir keine Haare mehr aus dem Mund fusseln müssen."

„Und ich pussier nicht die blanke Landebahn. Ich bin nicht der Papst auf Reisen."

„Aha."

Das war bei Issi kein Zeichen des Verstehens oder gar Einverständnisses. Nach „aha" ließ sie Gehörtes sacken, dachte nach und teilte danach das Ergebnis mit. Manchmal Tage danach, wenn ich nicht mehr wusste worum´s ging. Ich hatte ihr angesehen, dass ich die Kurve schnell kriegen sollte und mich richtig reingelegt.

„Weißt, warum Männer überhaupt noch und immer wieder mit Frauen zusammen gehen, obwohl's gar keinen Sinn macht?"

Ihr Schweigen hatte ich als Aufforderung zur näheren Erklärung verstanden.

„Kannst deine Feinde nicht besiegen, verbünde dich mit ihnen."

„Aha. Ich bin also dein Feind. Gut zu wissen."

Sie hatte diesmal nur Sekunden gebraucht, um das Gehörte sacken zu lassen und ich ihr zugeschaut, wie sie die Klamotten, die sie bei mir hängen hatte demonstrativ vor mir auf dem Bett in ihre rotlederne Reisetasche packte, dann ihr Toilettenzeug aus dem Bad dazu.

„Wasn los?"

„Dass du das noch fragst."

Ich hatte in der Antwort keine Information gefunden, die mich weiterbrachte. Ich hatte ihr durchs Badezimmerfenster nach geschaut, wie sie draußen unter dem Lichtkegel der Straßenlaterne die grünen High Heels abstreifte, in die rote Corvette stieg und barfuß den Stempel durchdrückte, dass die Reifen durch die Stille des grauenden Morgens pfiffen. Danach hatte ich das Frauenmagazin durchgeblättert, das sie mir neben dem Bett hinterlassen hatte, und eine fette Überschrift hatte mich angeschrien.

Wasn los? Warum wir Frauen die ultimative Männerfrage hassen!

Weil sie Frau sagte, dass Mann nichts verstanden hatte und nie was verstehen würde. Was Mann nicht verstanden hatte und nie verstehen würde, hatte ich nicht herauslesen können. Weil Frauen für Frauen schrieben. Frauen sandten Signale aus. Die ich auch nicht verstand. Aber eine Tabelle, die Plus- und Minuspunkte an Manntypen vergab. Auch an den ewigen Klohocker. Ich, Sepp Teufel war ein Minusmann.

Jetzt war Issi weg, sie würde nicht zurückkommen und ich wusste nicht, ob ich das überhaupt wollen würde. Wenn ich bloß an unseren letzten gemeinsamen Urlaub dachte. Issi und ich auf Island. Vor dem Unaussprechlichen hatte ich mystische Schwingungen inhaliert. Die Erdfee hatte Jahre zuvor einmal den schlafenden Riesen geweckt, und der Feuer und Asche gespuckt. Seine Wolke trieb über Europa und ließ keine Flugzeuge mehr fliegen. Und es gab keine Blumen mehr aus Kenia. Und kein Kokain aus Afghanistan. Und es gab einen Engpass bei Wasa Mjölk aus Schweden. Was Issis Nahrungskette empfindlich knickte.

„Außer Eingeborenen kann ihn niemand aussprechen. Direkt unheimlich."

Ich hatte wohliges Gruseln im Land der Elfen und Trolle gespürt. Issi hatte gar nix gespürt.

„Er heißt Eyjafjallajökull."

Mit drei Worten hatte Frau Siebengscheit meine zauberhafte Stimmung zertrümmert. Da war sie voller Zweifel aus mir rausgeplatzt, die Weicheifrage, nicht mehr einzufangen.

„Sag mal, liebst du mich eigentlich?"

„Meiner, das ist eine blöde Frage. Ich esse deine Semmelknödel."

Ihr Scherzlächeln war rüber gekommen wie von einer Zitrone geschickt. Ich sollte mir also keine Sorgen machen, weil sie meine Knödel aß, ich dafür Semmeln alt werden ließ, zerrupfte, mit warmer Milch und Eiern wieder aufweichte und Kugeln daraus drehte. Nur so machten unsere Semmeln überhaupt Sinn, meinte Issi. Weil sie mit Pressluft statt mit Teig gefüllt wären, und sie beim Aufschneiden explodierten wie Splitterbomben.

„In Bayern braucht ihr zum Frühstücken einen Staubsauger."

„Bei uns macht alles Sinn, auch Granatensemmeln."

Verteidigte ich unsere Semmeln jederzeit und überall. Und die Frage, ob sie mich liebte war keine blöde gewesen, eine notwendige, hatte ich ihr erklärt. Mann musste das wissen. Weil Mann sich kannte und Bestätigung brauchte, dass eine wie sie einen wie ihn lieben konnte. In dem Fall eine wie sie einen wie mich.

„Meiner, seit wann erlaubt dir dein Ego Selbstzweifel?"

Das Weib hatte nichts gerafft. Mann war bei Frau allgemein und immer über deren Liebesfähigkeit im Zweifel. Für ihn setzte Liebe voraus, von ihr nichts zu erwarten, außer dass sie war wie sie war. Das machte Liebe aushaltbar, weil bequem, und Mann mochte es bequem. Frau nicht. Frau erwartete alles von ihm, die Erfüllung all ihrer Träume vom Prinzen auf dem weißen Pferd. Das schaff ich nicht, ein Gefühl, dass mir seit Island öfter hochkam.

„Ich leb gern allein."

Zurrte ich es für Tantchen noch mal fest.

„Das wirst du auch bleiben, wie es ausschaut. Ist dir schon mal der Gedanke gekommen, dass Ismene nach sechs Jahren mit dir über heiraten und Kinder nachgedacht hat. Es gibt Frauen, die wollen das, Neffe! Und ein bisschen Sicherheit und Verlässlichkeit. Du vermittelst weder das eine noch das andere. Du bist ein alter Kindskopf."

Meine Hausärztin hatte es damals weniger freundlich ausgedrückt.

„Ich kann ihnen galoppierenden Irrsinn attestieren."

Dabei hatte ich von Frau Doktor Regina Reisinger nach Issis Abgang nur wissen wollen, ob mein Hangover meine Zukunft eingeläutet hatte, oder es bloß temporäre paradoxe Impotenz war, angesichts eines blank gerodeten Venushügels das Wollen vor dem Können gegangen. Bei Frau Doktors Geschlecht der biologisch gesegnete Normalfall, weshalb ich mich an kompetenter Adresse geglaubt hatte. Mann war in der Regel mit der umgekehrten Reihenfolge verflucht. Mir hatte schnell gedämmert, dass es keine gute Idee gewesen war, Frau Doktor mit solchem Anliegen zu konsultieren. Mann stand schnell mit runter gelassenen Hosen da.

„Tut das weh?"

„Es tut weh!"

Ich hatte es Frau Doktor ehrlich bestätigt, weil sie gerade meine Männlichkeit vom Rohr zum Blech quetschte. Die alte Weißkopfeule hatte mächtig Kraft in den knochigen Krallen. Ich dankte allen Göttern, als sie meinen Friedwart wieder frei hängen ließ.

„Sie suhlen sich in Selbstmitleid. Ein Männerding. Sie lieben Ihre Ex nicht, Sie steigern sich nur in Besessenheit vom jetzt Unerreichbaren."

Ich konnte auch meine Zehen nicht mehr erreichen, wenn ich mich bückte. Ich war trotzdem nicht von meinen Zehen besessen. Ich liebte sie auch nicht. Ich fühlte keinerlei emotionale Bindung zu meinen Zehen, außer ich geriet mit einem von ihnen unter einen Türrahmen.

„Streichen Sie die Ex. Sie hat Sie lange gestrichen, bevor sie endgültig gegangen ist. Frauen denken nach, bevor sie Entscheidungen treffen. Akzeptieren Sie das."

Dauerhaftes Zusammenleben erforderte hohe Kompetenz im Umgang mit Meinungsverschiedenheiten und die Fähigkeit sich miteinander auseinanderzusetzen. Männer wie ich taugten dafür nicht. Hatte Frau Doktor mich mir erklärt.

„Haben Sie ein grundsätzliches Problem mit Frauen?"

„Bloß mit denen, die ich kenn."

Hatte ich ein paar Milliarden ausgeschlossen und Frau Doktor satanisch gelächelt.

„Bei Ihrer Ex-Freundin geht die Libido erst richtig nach oben ab durch die Decke. Bei unserem Geschlecht mit zunehmendem Alter der biologisch gesegnete Normalfall. Ihre Manneskraft schleicht seit dreißig Jahren hangabwärts. Nicht, dass das in Ihrem Fall noch eine Rolle spielt. Schätze viel Gelegenheiten zu ordentlichem Sex werden sie nicht mehr kriegen."

Frau Doktor hatte dabei einen zweiten schrägen Blick auf meine Boxershorts geworfen, während ich Meister Yoda hochzog und sie über meine funktionierende Libido aufklärte.

„Ich krieg in der Früh immer noch pünktlich meine Wasserlatte, und mit mir selber geht's auch noch."

Frau Doktor hatte nicht gelächelt.

„Dann orientieren Sie sich am besten nur noch in diese eine Richtung. Alle Geschlechter werden es Ihnen danken, Ihre Unterhosen nicht sehen zu müssen."

„Ich trag keine Unterhosen. Ich trag Shorts."

Frau Doktor hatte mir noch ein Schmankerl fürs Ego mitgegeben.

„Halten Sie Wechseljahre bei Männern nicht für ein Gerücht, Witzbold. Und länger ohne Sex werden Kerle seltsam. Sie drehen jetzt schon am Rad."

Frau Doktor hatte mir mein Mannsein erklärt. Unterm Strich war ein fetter Idiot übriggeblieben, der totale Impotenz und Vereinsamung ansteuerte. In welcher Reihenfolge spielte da auch keine Rolle mehr. Und sie hatte mir die fortschreitende Nutzlosigkeit von Kerlen erklärt.

„Ihr wollt saufen, essen, vögeln, schlafen und ansonsten eure Ruhe haben. Als Versorger könnt ihr uns nicht mehr an euch zwingen, zum miteinander Reden seid ihr zu faul, oder zu dumm, und für unseren Orgasmus gibt es Effektiveres im Spielzeugladen. Mann ist überflüssig."

Nach der Diagnose hatte ich mich tagelang besoffen. Trotz literweise Weißbier schüttete mein Körper keine Glückshormone aus. Ich kam drauf, dass mein Zaubertrank einfach nur schon vorhandene Gefühlslagen verstärkte, auch die miesen. Dass ich mich in den Nächten dazu noch der Kelly Family ergab, mir Angel als Endlosschleife einwarf, brachte mich gefühlt dem Himmel gefährlich zu nah.

Tantchen brach in meine finsteren Erinnerungen ein.

„Erde an Neffe. Du schaust drein, als hättest du deine Darth Vader-Unterhosen an."

„Jabba the Hutt. Und ich trag keine Unterhosen, sondern Shorts. Und kein Weib macht mehr aus Sepp einen Josef."

Inzwischen hatte ich eine Menge Energie damit verbraucht 55 zu werden. Der Rest würde dafür drauf gehen drüber hinaus am Leben zu bleiben. Da blieb nix übrig, dazu noch Mannwunschzettel von Weibsbildern abzuarbeiten, wie sie mich denn gerne hätten.

„Lieber bleib ich Singlesexer. Ich fang an wann ich kann und will, kann´s kommen lassen wann´s will und muss im Kopf nicht mehr mein Gulaschrezept durchgehen, um die Sach raus zu zögern."

„Ein armseliges Liebesleben, Neffe. Du wirst einsam sterben. Als grantiger spinnerter Sonderling."

Meinte eine, die mit 76 Jahren im Nachthemd vors Rathaus geritten war.

„Sepp Teufel lebte in den Tag hinein und starb am Abend. Mehr wird deine Grabinschrift nicht hergeben."

Tantchen rührte weiter gnadenlos in meinem Seelenquark, bis mich die Türglocke erlöste.

„Das ist Gottlieb. Er holt Kräutertee ab."

Gottlieb Vorndran, Heiligbrücks dürrer Promihaarschneider auf dem Esotrip, weil das bei seiner überspannten Damenkundschaft schick ankam. Den musste ich nicht haben.

„Mein Tee würde dir auch guttun, Neffe. Er entschlackt Körper und Seele. Nur nebenbei, Ismene lässt sich regelmäßig welchen schicken."

Abgründe taten sich auf.

„Neffe, ich sage dir das, damit du drüber nachdenkst, dass Ismene eure Trennung auch nicht so einfach wegsteckt. Sie sucht nach ihrer inneren Mitte."

Ich hatte von außen auf Issis kahle Mitte geschaut.

„Ich nehm ein Glasl von deiner Stachelbeermarmelad."

„Drei Euro für Unicef, Neffe."

Die Türklingel meldete sich zum zweiten Mal.

Gottlieb hielt seinen Salon bis Donnerstag geschlossen, erzählte Tantchen mir auf dem Weg zur Tür. Weil er ein spektakuläres Enthüllungsevent vorbereitete. Die Einladungen wären verschickt, aber niemand wusste, worum es ging. Ich warf dem Haarschneider an der Tür ein schnelles „servus" hin und machte, dass ich weiterkam.

Zuhause vertiefte ich mich in die Website von Elysion und ging auf Shoppingtour im Schönheitswahnsinn. Augenlid-, Ohrmuschel-, Nasen- und Kinnkorrektur; Facelifting, Brustvergrößerung, Bauchdeckenplasti, Oberarm- und Oberschenkelstraffung; Faltenglättung mit Laser, Botulinum; Unterspritzung mit Hyaluronsäure, Kollagen oder Eigenfett. Beim Fett ging es ans Eingemachte. Liposculpturing, Liposuktion und Aspirationslipektomie. Pro Sitzung sollten nicht mehr als fünf Liter abgesaugt werden, sonst konnte der Organismus kollabieren. Davor zeichnete der Chirurg die Stellen an, wo Fett abgesaugt werden sollte. Sie wurden desinfiziert, steril abgedeckt, und an unauffälligen Stellen wurden kleine Hauteinschnitte gesetzt und dünne Kanülen eingeschoben. Durch Vor- und Zurückschieben lösten sich Fettzellen. Eine Vakuumpumpe saugte die ab. Zum Schluss wurden die Hautschnitte vernäht und ein straffer Verband gegen postoperative Schwellungen angelegt. Dazu wurden Drainagen gelegt, damit Blut und Serum abfließen konnten. Mit den Fettzellen verlor der Körper auch Flüssigkeit, die durch intravenöse Infusionen während und nach der Operation ersetzt wurde. Die Neuerschaffung des Menschen hatte doch mächtige Tücken. Wer genau hinschaute konnte sie herauslesen, wurde aber sofort wieder mit der absoluten Notwendigkeit von Schönheit bombardiert. Schönheit war alternativlos, wollte der Mensch vor sich und anderen bestehen. Und Schönheit musste eben auch leiden. Aber nur kurz und nur ein bisschen. Mein Gesicht entsprach dem Schönheitsideal eines Bernhardiners. Nach der mathematischen Beauty-Formel eines Humanoiden hätten meine Stirn-, Nasen- und Kinnpartie exakt dieselbe Höhe haben müssen. Sein Mund bildete auch kein angedeutetes Dreieck mit geschwungener Ober- und voller Unterlippe. Mein Arsch war sowieso eine Katastrophe, höchstens noch gut dafür, unter Ausschluss der Öffentlichkeit auf einer Schüssel zu hocken. Ein Hinterteil von Welt, das seine Bestimmung nicht darin erschöpfte in der Kneipe und auf dem Scheißhaus zu hocken, hatte oben prall zu sein und wurde nach unten hin flacher. Nicht umgekehrt. Wahrscheinlich gab es in absehbarer Zeit Gesichter, Titten und Ärsche zum Mitnehmen von der Stange. Ich könnte mir dann ein Hinterteil zum Draufhocken holen, und eines zum Wackeln, überlegte ich. Die Beautymetzger machten sich längst auch über Genitalien her. Damen hatten sie gerne kleiner und enger, während Herren ihn gerne größer wollten. Irgendwann würde unten rum nichts mehr ineinanderpassen.

Das war´s dann mit der natürlichen Fortpflanzung. Vermutlich gut so, dachte ich.

5

Der riesige Raumer glitt lautlos durch die unendlichen Weiten des Alls. Nur das Geräusch von seltsam hohlen Atemzügen wie durch einen Strohhalm. Darth Vader starrte hinaus in die totenstille Finsternis. Auf der Suche nach Skywalker…Plötzlich war da der Fluss, und zwischen den Nebelschwaden tauchte die Weiße Frau aus seinen aufschäumenden Wellen auf. Irgendwo spielte eine Mundharmonika mir das Lied vom Tod…Mit einem Schlag war nur noch stockdunkle Nacht, Instrument und Musik wechselten laut…

Smoke on the water. Mein Handy.

Die Stimme schnappte nach mir, noch schmerzhaft hörbar, weil knapp unter der Tonhöhe einer Hundepfeife. Die Klum. Was wollte die Klum von mir?

„Es geht wieder los! Du stellst den verfickten alten Marabu ab!"

„Mhch."

„Sag was, Blödmann! Hier ist Ayala. Du stellst den Saubären ruhig! Georg ist ein konfliktscheues Weichei, und ich würde dem altersgeilen Saubären eine Trompete in den Arsch stecken und ihm einen blasen bis ihm vorne der Schwanz wegfliegt."

Ordinär wie sie drauf war, hatte die Kebekus sie frisch aufgeladen. Sie holte Luft, und ich ging milde dazwischen.

„Mit siebenundsechzig freut Mann sich halt, wenn´s noch so hinhaut."

Dabei schluckte der Blanke Hans mehr Viagra, als ich Weißbier. Hans war wundersamerweise von Covid-19 nicht angegriffen worden, obwohl er mit diversen Damen die Kopfkissen zerwühlte, bevor Kontaktverbot ihn dabei stoppte, nächtens lauthals die Sau rauszulassen. Coronaseidank musste Ayala allein in ihrem Bett nicht mehr schlaflos die Höhepunkte nebenan mitzählen. Wir hatten Damen selten kommen und nie gehen sehen. Sie blieben nicht bis Tageslicht, und wir rätselten wieso Hans sich mit ihnen nicht bei denen zu Hause austobte, statt in seiner engen Kemenate. Des Rätsels Lösung vermuteten wir darin, dass die Damen dahoam nicht solo waren, wobei wir ihnen nicht pauschal Lebenspartner unterstellten, die sie mit dem altersgeilen abgemusterten Seebären beschissen. Es konnten auch nur störende Kinder sein.

Wie auch immer, Heiligbrücks Sexmaschine war wieder angesprungen und hatte die unbeteiligte Nachbarin von der Matratze gehoben.

„Gerade schreit sie wieder, als würde er sie aufspießen."

„Pflanz mir keine Bilder in den Kopf. Lass mich pennen."

„Jaja. Penn du nur, Blödmann!"

Halb acht früh fühlte ich mich gerädert, als hätte ich gerade selber Geschlechtsverkehr hinter mir. Der Wunsch als Vater des Gedankens. In meiner Wohlfühlzone machte ich mich in Erwartung einer fetten Schlagzeile über die Montagszeitung her und musste die Tote am Fluss stattdessen suchen. Der Kasperl, als Redaktionsleiter Herr über Größe und Platzierung lokaler Artikel hatte sie mit bloß zwanzig Zeilen auf Seite 5 versteckt.

Ich duschte heiß, bis ich aus allen Poren dampfte, dann kalt, bis meine Eier zu Walnüssen geschrumpft waren. Danach drehte ich vier intensive Runden am Schuffelbaum, bis meine Haut glühte.

Ich dachte an meinen Besuch bei Tantchen, und mein Bauchgefühl sagte mir ich sollte mich oben auf dem Burgberg mal umschauen. In kompetenter Begleitung. Das rosa Haus hatte keinen Lift, aber auch nur zwei Stockwerke über meiner Wohnung im Erdgeschoß. Wobei mein marodes Kreuz das „nur" relativierte. Mein Ischiasnerv zwickte und zog gerne mal in die Leiste um. Von dort meldete er sich ohne Vorwarnung, was mich dann einknicken ließ. Was für Außenstehende komisch ausschaute, für mich nicht lustig war. Ich war ein wandelnder Generationenkonflikt. Mein lahmes Kreuz gratulierte mir fast täglich zum Hundertsten, während mein Hirn mich mahnte werd erwachsen Teufel. Schnaubend folgte ich meinem Bauchgefühl hoch zu Ayala. Sie öffnete in knöchellanger blutroter Seide, ein Handtuch um den Kopf geschlungen. Ich registrierte kirschrote Zehennägel an den nackigen Füßen.

„Kommst aus der Dusche?"

„Nein, aus der Mikrowelle, Blödmann."

Ich linste an ihr vorbei.

„Wo ist die Katz?"

„Klößchen ist auf seinem Katzenklo."

Ja, das macht den Teufel froh. Klößchen war die Verniedlichung eines gelbhaarigen Zehnkilomonsters, das früh und abends auf seinem Sitzpfahl am Balkon hockte und Sonnenauf- und -untergang anmaunzte. An einem Sonntagvormittag im Corona-Hardcoremonat März hatte das Monster mich an Ayalas Wohnungstür eifersüchtig angefaucht, als ich mir eine Rolle Klopapier erbetteln musste. Weder bei Aldi, Penny und Rewe hatte ich tags zuvor welches gekriegt, und die online-Liefertermine bei allen Discountern waren ständig auf Wochen im Voraus ausgebucht. Ich hatte meine Konsumgewohnheiten nicht geändert und kaufte nur ein, was ich gerade akut brauchte. Und war plötzlich der Depp gewesen. Ich verstand bis heute nicht wieso Leute Klopapier hamsterten. Oder Seife. Als wären denen plötzlich paarweise Ärsche und Hände nachgewachsen. Einmal hatte ich aus einem Supermarktregal die letzte Flüssigseife ergattert, mit Limette und Koriander, vegan. Himmel, vegane Seife, vorher hatte ich nicht mal gewusst, dass es sowas gab. Zwei Tage zuvor hatte ich gerade noch eine Viererpackung Klopapier erwischt, für Ayala. Zu der Zeit kaufte ich für sie und Schlampenschorsch ein. Beide hatten sich angesteckt. Ayala wahrscheinlich an der Uni, bevor die den Betrieb einstellte. Schlampenschorsch beim après Schi in Ischgl mit seinem auch infizierten Liebsten, der es vorzog die Quarantäne solo in seiner Hauptstadtwohnung zu verbringen. Was Schlampenschorsch noch mehr kränkte. Die Einkäufe für ihn und Ayala waren an mir hängen geblieben, weil Hans sich weigerte Landfahrzeuge zu steuern. Im Klartext: Er hatte keinen Führerschein, nie einen gehabt. Ayala hatte mir zum blauen Kopftuch noch mit einem Hauch von Gesichtsschleier aus Pinkseide die Tür geöffnet, ihre türkisfarbenen Augen meine Fantasien in Tausendundeinenacht getaucht, verloren in Sheherazades Zauber, als sie verführerisch lockend eine Hand nach mir ausstreckte…

„Komme mir nicht zu nahe, Blödmann."

Filmriss! Sheherazade hatte sich nicht nach mir verzehrt und mich ins Paradies orientalischer Liebesfreuden locken wollen, mir an ausgestreckter Hand bloß eine Rolle Scheißpapier hingehalten.

Jetzt war ich sicher, dass Klößchen auf seinem Katzen-Scheißhaus gerade finstere Pläne ausbrütete. Könnte der fette Kater Feuer legen, würde er es ohne Zögern tun. Kastration würde jeden narrisch machen, sah ich auch mildernde Umstände.

„Was willst du, Blödmann?"

Hinterfragte Ayala mit ihrer natürlichen Freundlichkeit mein Anläuten. Ich lockte sie.

„Hast Lust, nachher mit mir durch die Ruine auf dem Burgberg zu geistern?"

Draußen war Schlampenschorsch gerade am Einsteigen.

„Auch schlecht geschlafen, Josef? Es geht wieder los. Das Viagra wird Hans noch umbringen."

„Wenn Ayala ihm nicht vorher eine Tröte in den Arsch steckt."

„Ui. Ich besichtige heute die Sternwarte der Hauptstadtuni."

Ich hätte vermutet er wollte zu einem Vampirtreffen. Ganz in Schwarz, bis auf das rotseidene Innenfutter im offenen Sommermantel und den langen blutroten Seidenschal, den er locker um seinen Hals geworfen hatte. Er belehrte mich indigniert.

„Du solltest dich in Sachen Mode nicht äußern, Josef. Ich trage Sommernachtschatten von Titus Stadlbauer."

„Dann solltest den Nachtschatten von unserm spinnerten Modezaren auch bloß im Finstern spazieren tragen, Schlampenschorsch."

„Ich mag den Schlampenschorsch nicht, Josef. Ich glaube ich muss meine Mitarbeit für dein Magazin überdenken."

Mein wunder Punkt. Außer ihm bediente noch meine Tante Martha die abergläubisch und esoterisch angehauchte Leserschaft. Mit Kräuterteerezepturen fürs Gleichgewicht von Yin und Yang, zur geistigen Erleuchtung und Entschlackung von negativen Energien. Tantchen und Georg mit ihrem Hokuspokus zogen die meisten unserer schon fast achttausend zahlenden online-Abonnenten an, das war Fakt.

110

Er war zu leidenschaftlich bei der Sterndeuterei, als dass er sie mir aufgekündigt hätte, dachte ich. Und ich konnte es nicht lassen.

„Ich mag den Josef nicht, Schlampenschorsch. Übrigens hab ich den Jaguar vorm Haus gsehen, aber keine Glocken läuten ghört, weilst laut Gesetz jetzt sogar hochzeiten darfst. Ist der Besuch vom Liebsten wieder mal schlecht glaufen?"

„Ich lasse dich jetzt allein, Josef. Du bist ein Grattler."

„Du solltest dich zum Urbayerischen nicht äußern, Schlampenschorsch. Ein Grattler ist ein Fertiger mit der Welt. Ich werd bei dir höchstens mal zum Grantler. Ein Grantler sieht die Welt wie sie ist, kann sie aber anschauen und aushalten."

„Und wie ist die Welt, Josef?"

„Wie meine Mutter. Alt und giftig."

Ich schaute Schlampenschorsch nach wie er im Porsche Sternegucken fuhr.

„Skorpion, Josef, der leidenschaftlich Spontane."

Hatte er mir November zu meinem Geburtstag an der Haustür verraten. Ungefragt.

„Deine Sterne erlauben dir ausgedehnte Liebesakte, Josef."

Die Sterne logen nicht. Also musste es der Sterndeuter sein.

Hans kam mir mit einer Bäckertüte entgegen.

„Dicke Suppe heute, min Jung. Erinnert mich an den blanken Hans."

Ich hatte nicht die Nordsee, nur diesige Morgenluft gewittert, und über unsere kahle Wiese hinter dem Haus war bloß leichter Bodennebel gezogen.

„Wenn Nebel über die Wiesen steigt, die Fledermaus das Wiesel geigt. Sagt Kuno van Oyten."

„Ein Seemann?"

„Ein Kuhmann. Dein Wiesel hat das Haus aufgweckt."

„Ay. Die Post ist abgegangen."

„Probier´s mit stiller Post. Bevor Ayala dir Il Silenzio in den Arsch blast."

Todtenhaupts Augen unter der Helgoländer Lotsenmütze strahlten weiter in einem unverschämten Blau, das keine pessimistische Sicht auf die Welt zuließ und zwinkerte mir zu.

„Eine lauschige Sommernacht vor dem Kamin lädt alte Flinten wieder scharf."

„Du hast keinen Kamin. Und alte Flinten zerreißt´s gern. Deine hat eine gewaltige Streuung. Ayala wird ihre

Psychokatz auf dich hetzen, wennst wieder anfängst wild rumzuballern."

„Ay. Die Nachbarin und der fette Kater sind finster drauf. Aber Hans Todtenhaupt hat auf allen Weltmeeren auch dem Klabautermann getrotzt."

Klößchen würde seinen Klabautermann in Stücke reißen.

„Du warst Kellner auf einem Butterdampfer und hast bloß ein Meer gesehen, und das nie weit hinter Helgoland."

„Für die Insubordination hätte ich dich früher über die Planke geschickt, min Jung."

Der Strahleblick umwölkte sich.

„In nächster Zeit wird kein Salut geschossen. Muss ins Hospital mir eine Senkniere hochbinden lassen."

Ich hatte von Wandernieren gehört.

„Wo dein Arsch wieder Oberwasser hat geht deine Niere unter?"

Hans erweiterte meinen Horizont.

„Eine Senkniere schlägt auf die Zirbeldrüse. Die schlägt zurück und stürzt die Hormone ins Chaos. Das erzeugt Stimmungen und unberechenbare sexuelle Störungen. Unberechenbar, du verstehst?"

Meine sexuellen Störungen waren berechenbar. Jetzt musste ich erst mal zu Honigmann. Sie hatte mich am Fluss für halb zehn zum Protokoll bestellt.

„Pünktlich. Sonst lass ich dich mit Tatütata holen."

„Zu Befehl. Brauch ich einen Anwalt?"

„Sag du´s mir."

Die PD war ein roter Backsteinbau. Ich zog brav meine Maske auf.

Sie kam mit Hund bei Fuß, hochhackig und in schwarzen hautengen Lederhosen. Ich mochte kein Leder an Frauen. Andere machte es an, mich törnte es ab. Es hatte was von Domina, und ich stand nicht auf Domina. Drüber trug sie ein ärmelloses Seidentop, keinen BH. Ihr kleinen Brüste starrten mich durch die Seide spitz an, oder ich sie, das kam auf den Standpunkt an. Schwarze Maske, schwarze Haare, sogar den schwarzen Lederhut hatte sie auf, er machte Lady Finsternis vollkommen. Immerhin hatte sie ihre Neunmillimeter nicht am Gürtel. Sie hatte also nicht vor, mich in den Arsch zu schießen, oder in noch empfindlichere Gegenden, wenn ich nicht spurte. Oder sie hatte Angst davor sie könnte es tun, wenn sie ihr Schießeisen mitnahm. Hund bückte sich und legte sich unter den Tisch.

„Habens dir Schränk und Fenster aus dem Etat gstrichen?"

Kommentierte ich den dunkelgrün gestrichenen Raum mit dem alten Holztisch und zwei Stühlen, in dem sie mich hatte warten lassen. Auf einen pflanzte sie sich und schaltete ein Aufnahmegerät ein. Im relativ sicheren Gefühl ihrer Schusswaffenlosigkeit hatte ich meiner Aussage vom Fundort nichts hinzuzufügen.

„Ich hab an der Leich nix angrührt. Aber wennst mir den Mord anpappen willst, unser unabhängiges überparteiliches Heimatblattl hast bestimmt auf deiner Seite."

Frisch gedruckt konnte jeder schon in der Zeitung lesen, dass Sepp Teufel das Mädel gefunden hatte und heute verhört werden sollte. Das hatte Deutschwadel mal einfach so nebenbei im Raum stehen lassen. Was dem Leser sagen sollte, dass ich verdächtig war, welcher Schweinerei auch immer. Honigmanns ausdrucksloses Gesicht sagte mir nix dazu, außer, dass es ein schönes Gesicht mit einem ausgeprägten Grübchen am Kinn war, die grasgrünen Augen schienen ihr jeden Moment zuzufallen. Sie sagten mir, dass ich sie gleich in ein Schläfchen rein langweilte. Ihr Seufzer bestätigte das.

„Die Zeitung kriegt von mir nichts, nicht mal über dich, Teufel."

Hund kam halb unter dem Tisch raus und legte seine Schnauze auf mein linkes Knie. Ich kraulte ihn hinter den Ohren und machte ihm ein Angebot.

„Wennst von ihr wegwillst, kannst jederzeit bei mir wohnen."

Hund beendete sein Rendezvous mit meinem Knie, kam ganz unter dem Tisch raus, trottete um ihn herum und legte sich neben Frauchens Stuhl zu ihren Füßen. Ein enttäuschendes Statement gegen mich. Frauchen hatte nicht mit einer Wimper gezuckt, als ich von Mord geredet hatte. Sie selbst nahm das böse Wort nicht in den Mund.

Weißt was alle Todesermittlungen gemeinsam haben?"

„Dass um Tote geht?"

„Dass mich alle anlügen, als wär die Polizei der Feind, nicht der Täter."

„Willst dich bei mir ausweinen? Vielleicht liegt's ja nicht an der Polizei, sondern an dir."

Ihre klaren edlen Gesichtszüge entgleisten ein bisschen ins Gewöhnliche, und ihre vollen roten Lippen zogen sich in die Breite, als hätte sie gerade in eine unsichtbare Zitrone gebissen.

„Zeugenvernehmung Josef Teufel beendet Neunuhrdreiundfünfzig."

Sie schaltete die Aufnahme ab. Ich stand auf.

„Ich kann nix dafür, dass der Deine dir mit einer Jungschen abghaut ist."

Rutschte mir gegen meinen Willen raus. Sie musterte mich eher enttäuscht als böse.

Ich war genauso ein Arsch wie viele ihrer Kollegen, meinte sie, weil auch mein engstirniges Frauenbild jede als Männerhasserin etikettierte, die nicht schmachtend mit den Augen kullerte. Dabei betrachtete sie schon als nur kollegiale Frau jeder Idiot als Freiwild. Sich offene sexistische Sprüche und Dumpfbackenanmache im Dienst vom Hals halten funktionierte bloß mit Drauftreten. Frauen hätten gemerkt, dass sie böse werden müssten. Von denen sie Respekt so oder so nicht kriegen könnten, die müssten wenigstens Schiss vor ihnen kriegen.

116

„Wir geben nicht mehr eure Lämmchen, Plüschtier-chen und Opferweibchen, Teufel"

Ich konnte mich nicht erinnern, je mit einem Lämm-chen, Plüschtierchen oder Opferweibchen zusammen ge-wesen zu sein. Das waren alle selbstbewusste gestandene Weibsbilder. Wie ich hatten sie ihre Stimmungen, aber keine von ihnen war dauergrantig gewesen.

Ich hockte mich wieder hin.

„Ich war nicht hinter dir her, sondern umkehrt, Frau Kommissarin."

Sie hatte mich beim Schaffler zum Essen eingeladen. Gutes Essen, gute Unterhaltung. Umarmung danach. Wir schickten uns SMS die folgenden Tage, telefonierten. Wir sollten unser Treffen wiederholen, sagte sie. Wir wieder-holten es, verbrachten einen sonnigen Tag am Baggersee. Sie verabschiedete mich mit Küsschen. Drittes Date, ich revanchierte mich mit einem Essen beim Chinesen. Am Parkplatz Verabschiedung mit inniger Umarmung. Tags darauf eine SMS.

„Ich fürchte ich hab zu hohe Erwartungen in dir ge-weckt. Alles Gute! Karo."

Danach Funkstille!

Sie hatte sich abgewandt, kam mir jetzt eine biblische Formulierung, abrupt, auf miese Tour. Über die grüne Wiese in ihren Augen zog jetzt leichter Bodennebel.

„Ich wollt nicht, dass du dich verrennst, und ich wollt dich nicht verletzen."

Die Frau war plemplem, ich kein liebeskranker Teenie, den sie vor seinen Gefühlen schützen musste, indem sie sich vom Acker machte. Per SMS. Ich sah auch im Niveau Luft nach oben. Das sollte sie noch üben, einen nicht verletzen zu wollen. Küsschen, Umarmungen, hatte sich alles gut angefühlt, hatte Frau Kommissarin gemeint. Wenn das keine Signale vor meiner Retoureinladung zum dritten Treffen waren. Und dann, aus heiterem Himmel…

„Als wär ich auf einmal ansteckend gwesen. Ich hab nix angstellt, außer dich interessant zu finden."

„Du hast mich mit Beziehungsgefühlen voll gesülzt. Mir hat immer gfallen wie du gegen den OB und seine Saubande vorgangen bist. Darum hab ich dich interessant gfunden. Gott, ich hätt dich nur gern mal in der Kiste gehabt und dann vielleicht schaumermal."

„Achso. Einen zwischendurch vernaschen zum Hormonausgleich. Das nennt Karrierefrau also Selbstverwirklichung."

Jetzt wurde sie böse.

„So haben wir das von Kerlen gelernt. Wer Gefühle in euch investiert kriegt Verletzungen zurück."

„Kommt mir andersrum bekannt vor."

Sie hatte mich waidwund geschossen, mir den Fang-schuss gegeben und mein Innerstes aufgebrochen wie einem erlegten Hirschen. Leichte Beute, abgenutzt im dauernden Geschlechterkampf. Aber wollte ich als Alternative die Welt zurück, wofür ich unseren alten Pfarrer in meiner Geburtspfarrei in Zeiten von Corona schon die vergilbte Hochzeitsformel für die Braut wieder einüben sah?

„Willst du deinen Mann lieben und ehren und ihm untertan sein…"

Zur Hölle damit.

„Du kannst jetzt gehen, aber wir sehen uns, Teufel."

„Verzichte. Was du für deine Pausensnacks brauchst findest bei Amoreliepunktde."

Auf die grüne Wiese in ihren Augen legte sich jetzt Raureif. Mir wurde ein bisschen kalt.

„Du versuchst nicht mal mich zu verstehen."

Der Satz wehte mir zur Tür hinaus nach.

Da hatte sie verdammt Recht. Genauso sinnlos konnte ich darüber nachdenken warum Frauen sich hundert Paar Schuhe kauften, obwohl sie auch bloß zwei Füße hatten.

„Du versuchst nicht mal mich zu verstehen."

Der Satz holte mich wieder ein, als ich fast schon an der Tram war.

Ich lachte laut und schaute mich hastig um, als es mir bewusst wurde. Aber niemand nahm Notiz von meinem lauthalsen Anfall. Fast alle um mich rum hatten wen im

Ohr und plapperten scheinbar blödsinnig vor sich hin. Leben in der Matrix. Mein Lachen ging unauffällig im Mainstream digitaler Idiotie unter.

Mit einem Streifzug durch die Ruine hatte ich sie locken können. Ayala kannte sich in Heiligbrücks alten Gemäuern aus, hatte über die Burg eine Examensarbeit geschrieben. Reines Bauchgefühl, das mich auf den Burgberg trieb. Dort oben nahm die Legende von der Weißen ihren Anfang, war Poppy zuletzt in Banini durch die Ruine gegeistert und jetzt ein Mädel in gleich scharfem Outfit am Flussufer angeschwemmt worden. Und da war noch die gespenstische Story vom Hotzenplotz.

Mein erster Gedanke plädierte für Vollverschleierung, als Ayala sich im Frosch in weitestmöglichem Corona-Sicherheitsabstand schräg hinter mich zwängte.

„Das ist kein Auto, das ist ein Käfig."

„Du kannst gern mit dem Radl hinterherstrampeln. Aber im Käfig kriegt dein Allah von oben dein grantiges Gschau unter deinem Kopftuch nicht ab. Sogar der würd sich fürchten."

„Kümmere dich um deinen Gott, Blödmann."

„Tu ich. Deiner hat´s eh gut. Ihm ist Jesus bloß ein Prophet, meinem haben wir den als Sohn untergejubelt und ihm Alimente aufs gottväterliche Auge drückt. Dabei war Jesus strenggläubiger Jude. Nie im Leben wär der zum Christentum übergelaufen. Wär er noch drin, würd er sich im Grab umdrehen. Wir haben ihn zwangskonvertiert, als

Gottes Sohn neu erfunden und werfen bis heute den Juden vor sie hätten ihn umgebracht. Die bösartigste globale Intrige der Menschheitsgeschichte in Gottes Namen."

„Glaube was du willst, Blödmann."

„Tu ich. Ich denk übrigens, dass ein Islam mit weltreligiösen Eroberungsfantasien bei uns in Deutschland nix zu suchen hat."

„Ich will nichts erobern, Blödmann. Hältst du mir gerade einen Vortrag zum Deutschsein?"

„Mitnichten, Wüstenprinzessin."

Nichts lag mir ferner. Mich nervte, dass mindestens zweimal im Jahr ein schwarzer Parteimoses mit zehn Geboten zur Deutschtümelei wie Kai aus der Mottenkiste kam. Wie in einer Star Trek-Folge mit Borg. Sie werden assimiliert! Widerstand ist zwecklos! Bei inzwischen mehr als zweihundert toten Opfern rechter Mörder fand ich es kühn, von deutschen Banden Bedrohten durch die Hintertür zu sagen sie wären nicht deutsch genug. Was die gefühlt auch so verstehen konnten, als wären sie selber mit schuld, wenn sie verfolgt und umgebracht wurden. Wo war er hin, der schöne alte Leitsatz „Leben und leben lassen"? Ich wusste nicht was das sein sollte, das Deutschsein. Im Morgengrauen Handtücher auf Liegestühle legen, die einem nicht gehörten, Komasaufen, Klopapier hamstern, Pünktlichkeit? Nicht mal die Deutsche Bahn brachte die hin. Und verordnetes Händeschütteln hatte das Coronavirus ins Reich des Irrsinns geführt. Ich fand nichts am Deutschsein so vorbildlich über allem anderen stehen, dass auch jeder mit ausländischen Wurzeln im Land deutsch und deutscher werden sollte. Und es war nie genug. Dabei kannten Eingebürgerte und wer es werden wollte unser Grundgesetz zwangsläufig besser als die meisten Eingeborenen, einschließlich mir selber. Ich wäre an einem Einbürgerungstest und als performender Berufsdeutscher sowieso kläglich gescheitert.

„Wollt nur sagen unser Grundgesetz steht über allen Religionen. Ansonsten mir wurscht wer zwischendurch nach Mekka hadscht, nach Jerusalem pilgert, oder nach Vatikanstadt."

„Oder wie du nur in das nächste Wirtshaus."

„Inch Allah. Wo ich irdischen Frieden find."

„Kein Wunder, dass du Single bist, Blödmann."

„Du bist auch Single, Wüstenprinzessin."

Erinnerte ich sie, was ihre Laune nicht besserte. Ich grinste sie im Spiegel an.

„Wozu in die Ferne schweifen, wenn das Gute ist so nah. Wir könnten uns zusammentun."

„Jetzt bist du völlig irre."

Es folgte eine lange Pause. Bis sie die unterbrach.

Siehst du in mir eigentlich die Türkin, oder die Deutsche?"

„Mmh, mir wurscht, beschäftigt mich nicht."

„Was beschäftigt dich dann?"

„Weißbier geht aus. Muss nachkaufen. Übrigens möcht ich oben auch die Lage in Silikohn Castle peilen."

Vor acht Jahren war Professor Dr. Barnabas Kohn aufgetaucht und hatte die obere Hälfte der Burgruine für eine schlappe halbe Mio vom Freistaat gekauft und seine Beauty-Klinik draufgesetzt. Auferstanden aus der Ruine war Elysion. Wo früher mal Raubritter gehaust hatten, ließen sich jetzt nicht altern wollende Weiber und Kerle runderneuern wie abgefahrene Reifen. Nur umgekehrt. Sie ließen sich das Profil entfernen.

„Was heißt Lage peilen?"

„Ich möcht mir einen Termin zum Fettabsaugen geben lassen."

Warf ich ihr scherzhaft meine überernährte Figur zum Fraß vor, um sie aufzuheitern. Das ging in die Hose.

„Was guckst du mich an, Blödmann? Bin ich f e t t?"

„Himmelarsch, nein!"

Jetzt war sie noch mieser drauf. Meine humorigen Einlagen erzeugten bei Weibsbildern bloß noch Verbissenheit. Inzwischen sahen sie mich als die Inkarnation des männlichen Urschweins. Beim Umgang mit busentragenden Zweibeinern traf ich auf immer mehr Bereitschaft, uns Sackträger grob in die Eier zu treten. Was war bloß los mit unseren Weibsbildern?

Die geteerte Neue Burgstraße war gut in Schuss. Nebel kroch hinter uns her den Berg hoch…

Die Schlösserverwaltung des Finanzministeriums hatte Kohns Fantasien nicht an die Leine genommen, der seinen Architekten die Zügel schießen lassen. Die Beauty-Akropolis war zweistöckig auf die Burgmauern gebaut. Am altgriechisch getrimmten Tempelgiebel prangte in riesigen goldenen Lettern ELYSION. Ein Wunder, dass der in seiner mittelalterlichen Bausubstanz gerettete Bering nicht vor Schreck über die wild wuchernde architektonische Geschmacklosigkeit zusammengefallen war. Schadlos war auch er äußerlich nicht davon gekommen. Sie hatten sie ihm neue Fenster eingesetzt. Jetzt diente er Elysion als VIP-Turm mit separatem Eingang und Parkplatz. Eine Chipkarte öffnete dazu die Schranke. Wir mussten den Wagen vor der Schranke stehen lassen.

„Ich klopf da drinnen im Schönheitstempel mal auf den Busch. Mach du dich unauffällig zur Ruine runter. Ich komm dann nach."

Ich setzte mein Borsalinofake auf und zog die Maske über, dachte so würden sie mich auf dem Olymp nicht erkennen. Unten im Tal war ich bekannt wie ein bunter Hund, worauf ich gern verzichtet hätte. Die doppelflügelige Glastüre war hoch und breit wie ein Burgtor. Auf Klingeln glitt sie auseinander, und ich kriegte ein Nahtoderlebnis, als ich in gleißendes Licht trat. Der weiß geflieste Boden, die weißen hohen Wände, die weiße Decke und die weiße Rezeption strahlten mich an. So musste es sich anfühlen schneeblind zu werden. In meinen Hosenbeinen fühlte ich aufsteigende Wärme von einer Fußbodenheizung. Eine Empfangsdame hinter der Rezeption, wie die anderen zwei auch in Weiß hieß Lorelei Bauer, wie ihr Namensschildchen über der Brust verriet. Ob Selbige hier auch schon aufgepeppt worden war, verriet nichts unter der gestärkten Bluse. Lorelei mochte zwanzig oder fünfzig sein, wer konnte das heutzutage schon einschätzen, trug das hellblonde Haar streng zurückgekämmt und am Hinterkopf brav zu einem Kranz geflochten. Ihre Klonin nahm einen Anruf entgegen.

„Beautyklinik Elysion. Was kann ich für Sie tun?"

Lorelei schenkte mir ein perlendes Lächeln, dachte ich mir hinter ihre Maske rein. Ich nuschelte hinter meiner Maske einen erfundenen Namen und interessierte mich für Fettabsaugen. Lorelei war gut ausgebildete Fachverkäuferin in Sachen Beauty.

„Im Gegensatz zur Diät, wo die Fettzellen nur schrumpfen, werden bei der operativen Entfernung die Stammzellen aus dem Gewebe gelöst. Mit unserem Bodyforming geben wir Ihrem Körper eine harmonische Silhouette."

Bodyforming hörte sich viel kuscheliger an, als das böse Wort Fettabsaugen. Bodyforming klang nach Massage von wissenden Händen zu sanfter Musik bei betörend duftenden Räucherstäbchen.

„So eine harmonische Silhouette könnt ich gut brauchen. Ich bin Typberater und mein expandierender Körper, wie soll ich sagen, kommt inzwischen etwas unglaubwürdig daher. Er disharmoniert mit heute geforderten optischen Standards. Es mangelt ihm an überzeugender Attraktivität. Meiner Klientel erschein ich selbst als

125

schwer vermittelbarer Notsingle. Das reduziert das Vertrauen in meine Kompetenz."

Lorelei ging konform mit meiner geschwollenen Selbstgeißelung.

„Gutes Aussehen ist eine notwendige Voraussetzung für Erfolg. Es gibt keine Alternative zur Schönheit."

Nicht unbedingt eine Nachricht, die Kerlen wie mir Hoffnung machen konnte, fand ich.

„Neulich sollen unter dem VIP-Turm Geister ihr Unwesen trieben und einen zu sich gholt haben. Vielleicht ist die Weiße Frau hinter Ihren Very Important Persons her."

„Bei uns gehen eine Menge weißer Frauen um. Wir nennen sie Schwestern."

Sie hatte Humor.

„Ich wollt mir eigentlich auch Aphrodite anschauen. Die Göttin soll in der Empfangshalle stehen. Ich hab sie aber nicht gsehen."

„Aphrodite wird restauriert. Auch Marmorgöttinnen benötigen Nachbesserungen ihrer Schönheit."

Ich schenkte Lorelei mein bezauberndstes Lächeln, das sie nicht sehen konnte und sowieso nicht an ihres heranreichen würde. Ich konnte die Räucherstäbchen schon riechen, sehen, wie Lorelei ihr Haar öffnete und spüren, wie ihre warmen Hände mir fünf Kilo Speck von den Hüften strichen.

„Kommen viele Männer zu Ihnen? Wissens, mir ist´s schon ein bisserl peinlich."

„Männer in der Beautyklinik, das ist heute völlig normal. Sie würden sich wundern, wie viele zu uns kommen."

„Bestimmt auch wegen Aphrodite. Schad, dass sie restauriert wird. Ich hätt sie mir gern angschaut."

Das brachte mir Loreleis Tadel ein.

„Wir sind hier nicht in einer Peepshow."

Ihr Klon kam ran und flüsterte ihr was ins Ohr. Beim Weggehen ließ sie mich noch einen Fetzen mithören, der eigentlich auch nur für Lorelei bestimmt war.

„Hundertpro."

Loreleis bisherige Langmut mit mir machte Feierabend.

„Was soll diese Maskerade, Herr Teufel? Wir sind hier auf einem Berg, nicht hinter dem Mond."

Draußen schlenderte ich harmlos bis zur Schranke, warf den Hut in den Frosch, bückte mich unter der Schranke durch und kam unbehelligt am Bering vorbei bis zum Hang. Unten winkte Ayala. Vor mir fiel das Gelände schräg ab, relativ sanft gut dreißig Höhenmeter runter zum ehemals unteren Burgteil, längst ohne befestigte Außenverbindung zum oberen. Trotzdem schaute der Weg nach unten harmlos drein. Aber ich war keine Bergziege, meine ungelenke Masse, einmal in Bewegung abwärts schwer einzubremsen. Ich rutschte, ruderte mit den Armen ums Gleichgewicht. Unten fehlte mir die Luft zum Fluchen. Ayala ließ mir nicht viel Zeit zum Luftschnappen.

„Komm schon. Ich habe was gefunden."

Drinnen an der gewundenen Steintreppe angekommen teilte die sich rauf und runter tief rein ins modrige alte Gemäuer. Auf einem breiten Absatz lag Aphrodite rum. In Trümmern, vom Sockel gebrochen. Der war weiter oben liegen geblieben. Über Knöcheln und an der Taille hatte Aphrodite sich nochmal geteilt, dazu den Kopf vom Hals verloren. Er war halb auf das Gesicht gekullert. Die göttlichen Brüste richteten sich anklagend gen Himmel. Normalerweise stand Aphrodite wie Kohn sie geschaffen hatte in Marmor gehauen in der Eingangshalle von Elysion. Nach Restaurierung schaute das hier nicht aus. Götterdämmerung war über den Beautyolymp gekommen. Der Herrscher über Elysion hatte seine Aphrodite demontieren, durch den Tempel schleppen und zur Ruine runter schmeißen lassen, mitsamt Sockel. Las ich aus den Trümmern. Wie hätten die sonst hierherkommen sollen. Der alte Treppengang von der unteren in die obere Burghälfte war leidlich begehbar erhalten geblieben, aber Kohn hatte zur Klinikeröffnung am oberen Ende der Ruinentreppe eine massive Stahltür mit Zahlenschloss innen und außen installieren lassen. Sie versperrte den Weg aus dem Bering runter zur Ruine und umgekehrt von dort hinein in den VIP-Turm, von wo ein langer Gang weiter zur Empfangshalle von Elysion führte, ebenfalls noch mit einer Zwischentür und Zahlencode gesichert.

Ich machte Fotos mit meinem Smartphone und Ayala sich auf den Weg weiter nach unten.

„Ich mache noch ein paar Innenaufnahmen, bevor Kohn Heiligbrücks mittelalterliche Geschichte endgültig zu Klump umbaut."

Mitte Mai hatte die Weyer in ihrer Kolumne Kohns geheime Ruinenpläne seiner Venustherme Aquae Vitae auffliegen lassen, in allen Details beschrieben, und ich mich darüber geärgert, dass die Klatschtante mich um Längen abgehängt hatte. Sie war gut, hatte ich mir wieder mal widerwillig eingestehen müssen.

Nachdem Kohn sich die ganze obere Burghälfte unter den Nagel gerissen hatte, war fürs Schauspiel nur die Ruine unterhalb geblieben. Der Förderkreis hatte Kohn per einstweiliger Verfügung zwingen wollen, für die Aufführungen durch Elysion Zugang zur Ruine zu ermöglichen. Das war in einem Schnellgerichtsverfahren abgeschmettert worden. Nicht vereinbar mit Patientenruhe und Schutz ihrer Privatsphäre in einer Klinik. Darsteller und Publikum mussten zu Fuß über den Wanderweg von den Flussauen hinter dem ehemaligen Campingplatz hoch.

Fanny Weyers Enthüllungen hatten wie eine Bombe eingeschlagen und eine Menge böses Blut angerichtet. Kohn hatte eine Option gezogen, wonach er Vorkaufsrecht für die Ruine hatte, sollte der Förderkreis sie eine Spielzeit nicht nutzen. Und die Jubiläumsaufführung Anfang Juli war wegen Corona von höchster Stelle abgesagt. Bärlochhauser als Oberbürgermeister und Förderkreisvorsitzender ging wütend gegen das Innenministerium an. Dann mischten die Denkmalschützer sich ein. Die hatten die Hand auf der Ruine, was ihre Nutzung betraf und meinten das unwürdige Schauspiel müsste endlich ganz unterbunden werden, da es auf keiner historischen Basis stünde, eine reine Schmierenkomödie wäre. Tatsächlich war die ganze Legende ein Fake. Erstmals urkundlich erwähnt war die Burg im 13. Jahrhundert. Im Dreißigjährigen Krieg diente sie als Pulvermagazin, bis zum 18. Jahrhundert als Gefängnis. Herzogsitz war sie nachweisbar nie gewesen. Die alten Chroniken belegten, dass die Burgherren durch die Bank üble Strolche unedlen Geblüts gewesen waren. Ein Stadtschreiber hatte die mittelalterliche Gruselmär um die blutjunge, bildschöne und untreue Herzogin angeblich 1792 entdeckt. In Wahrheit erfunden, um Fremdenverkehr und Handel im unbedeutenden Heiligbrück anzukurbeln. Der Schwindel war damals schon gefloppt, weil abergläubische Reisende um eine verfluchte Stadt erst recht einen Bogen machten. Aufgeklärtere Tourischaren hatte das neuzeitliche Freilichtdrama seit 1970 auch nie angelockt. Wie auch immer, den meisten Heiligbrückern gefiel ihre gruselige Geschichte. Dem männlichen Publikum vor allem das neue Geisteroutfit. Völlig wurscht, dass im geschichtlichen Rückblick ein mittelalterliches Gespenst in Spitzendessous allein schon postfaktisch daherkam.

Neunundvierzig Jahre lang hatte keine Obrigkeit sich an Heiligbrücks Ruinenspektakel gestört, egal, ob historisch haltbar oder nicht. Die Jubiläumsaufführung blieb verboten, was einem normalen Verstand nicht nachvollziehbar war, wo anderswo Theateraufführungen und Konzerte stattfanden. Es stank bis zum Himmel, dass

Kohn einfach die besseren Beziehungen zu höheren Ebenen in der Hauptstadt hatte.

Es herrschte kalter Krieg zwischen den Sterblichen unten im Tal und den Göttern auf dem Olymp. Der Kampf um die Ruine hatte skurrile Züge angenommen. Nach Fannys Enthüllung war der komplette Förderkreis-Vorstand zur Ruine rauf geklettert und hatte dort eine Vorstandssitzung abgehalten. Um wenigstens Kohns Option auszuhebeln. Seitdem liefen Klage und Gegenklage. Nicht nur nach meiner Einschätzung mit besseren Karten für Kohn. Auch, weil die Vorstandssitzung eine illegale Versammlung gegen Corona-Bestimmungen gewesen war.

Das Schauspiel war wahrscheinlich für immer gestorben, trotz neuen ambitionierten Konzepts mit mittelalterlichen Singspielen, Tanzaufführungen und Ritterspielen.

Ayala und ich hockten uns zu Aphrodites Trümmern.

„Hör auf die Steintitten anzuglotzen!"

„Ich glotz nicht, ich denk."

Lange lag Aphrodite noch nicht hier unten in Trümmern. Die Teile hatten kaum Staub angesetzt. Die Götterdämmerung musste erst kürzlich über Elysion hereingebrochen sein. Ich schätzte vor ein, zwei Tagen.

„Sind meine Titten zu klein? Sei ehrlich."

Nach meinen Erfahrungen hieß das übersetzt tu es, und du bist tot. Ich entschied mich für eine Gegenfrage.

„Zu klein für was?"

„Also sind sie zu klein!"

Giftpfeile aus ihren Augen zielten auf mich. Sie würde mich jetzt gerne töten und neben Aphrodites Trümmern verrotten lassen! Die Stufen waren kalt, würden bei mir Hämorrhoiden fördern, und bei Ayala eine Blasenentzündung. Was mich tröstete.

Ayala machte oben am Hang noch Fotos aus der Vogelperspektive. Während ich mit den Händen auf den Oberschenkeln verschnaufte bemerkte sie nebenbei hellwach, dass sich oben im Turm der Vorhang bewegte.

„Jemand beobachtet uns heimlich. Das ist gruselig."

Dort oben residierte Kohns zur Göttin Aphrodite umgemodelte Gattin Eva in ihrem Appartement, wenn sie sich von Nachbesserungen erholte. Und schaute schräg auf die alte Ruine runter, die auf natürliche Weise verfiel.

„Und wenn er sie dort oben eingesperrt hat? Wie der alte Herzog in der Legende die Herzogin, bevor sie ertränkt wurde und als Weiße Frau zum Geistern verdammt."

„Du siehst Gespenster, Wüstenprinzessin."

Aber auf die Frage was Kohns Raserei gegen seine Göttin ausgelöst haben könnte fehlte mir die Antwort. Dagegen hatten sich die empfindsamen VIP-Patienten im Elysion-Turm über der Ruine jedes Jahr vom Geisterspektakel unter ihnen in ihrer Regeneration und Diskretion gestört gefühlt. Aber der Anschlag war auf Ende der Schauspielwoche getimt gewesen, sinnlos, um die Aufführungen zu sabotieren. Der heimtückische Rosenkavalier war nie ermittelt worden, sofern überhaupt ernsthaft ermittelt worden war. Der Förderkreisvorstand hatte sich nicht massiv interessiert daran gezeigt, den Skandal am Köcheln zu halten.

„Was guckst du dauernd in den Rückspiegel?"

„Der Scheißnebel ist uns den Berg rauf gfolgt und schleicht jetzt runter hinter uns her."

„Der Nebel kommt aus deinem Auspuff, Blödmann. Über uns scheint die Sonne."

„Mmh."

Warum konnte ich die Auspuffgase dann plötzlich nicht mehr sehen, als wir den Burgberg hinter uns ließen?

„Ich lad uns auf ein Tiramisu ins Rialto ein."

„Danke nein, ich bin fett?"

„Himmelarschkreizkruzefix!"

„Fluche mich nicht, Blödmann!"

„Das ist ein christlicher Fluch, zefix. Du bist nicht fett. Punkt. Aus. Inch Allah!"

„Schwöre bei deinem Gott!"

„Himmelherrgott, ja!"

„Na schön, Tiramisu."

Die zwei Golden Girls löffelten schon wieder dunkelbraune Masse aus Glasschalen. Das Glibberzeug musste es in sich haben.

„Heut früh habens Riesenkisten reingschleppt."

Zeigte Toni mit dem Kopf nach drüben, als er uns servierte. Er meinte Hair&Beauty, den Salon von Gottlieb Vorndran im Stadtpalais. Bei Riesenkisten dachte ich an Vorndrans top secret Enthüllungsevent, von dem Tantchen mir erzählt hatte.

Das Tiramisu tat Ayalas Laune gut. Ich kriegte bis nach Hause keinen Blödmann mehr, und sie bedankte sich sogar für die Einladung. Das war mir ein bisschen unheimlich.

Im Wohnzimmer ging ich auf Skype mit Franzi und Fritz. Der war vorletzten Sommer bei mir im rosa Haus aufgetaucht. Sie hatten ihn in der Redaktion gestrichen. Sein Job wurde jetzt im Mutterhaus erledigt. Ich hatte mit mäßiger Empathie reagiert.

„Tja, Fritz, die Kuh scheißt keinen Pudding. Weils keine zwei Ärsche hat, bloß einen, und da kommt Scheiße raus."

Fritz war der letzte in der Reihe. Nach und nach hatte der Kasperl alle entsorgt, bei denen er Nähe zu mir argwöhnte, die nur im Verdacht standen, mit mir gut gekonnt zu haben. Schlampenschorsch als nur freien Mitarbeiter hatte er kurz und schmerzlos entfernt, ihm ohne Angaben von Gründen mitgeteilt seine Horoskope wären nicht mehr gefragt. Hinrichs war zuerst weg vom Fenster gewesen. Offiziell hatte der Redaktionsleiter gekündigt. In beiderseitigem Einvernehmen mit dem Verlag, hatte es geheißen. Mir war klar, dass Hinrichs indirekt meinetwegen hatte gehen müssen, weil er der Zeitung mich mit meinen Kommentaren zur mehr oder weniger klammheimlichen angebräunten Sympathisantenszene mitten im Heiligbrücker Bürgertum als Kuckucksei ins Nest gesetzt hatte. Hinrichs war als Chefredakteur zu einer großen TV-Zeitschrift nach Hamburg. Ich war der nächste Geschasste gewesen, kaum dass der Kasperl als Redaktionsleiter inthronisiert war. Hinrichs hatte mir ein Angebot für Hamburg gemacht, ich abgelehnt.

„Ich lass mich von dem Honoratiorengschwerl nicht aus der Stadt treiben."

Da war ich schon dabei, meine Wunden zu lecken, meinen Frust mit Weißbier und Schnäpsen zu pflegen. Bis in meinem gefluteten Schädel auftauchte, was ein kluger Mensch mal gesagt hatte: „Selbstachtung muss aus dir selber kommen. Sie wird nicht geliefert." Ich erinnerte mich daran, dass ich dieser kluge Mensch gewesen war. Ich hörte mit exzessivem Saufen auf und beschäftigte mich damit, mir was fürs Überleben einfallen zu lassen. Womit ich Bärlochhauser und seiner Bagage sagen konnte was Sache war.

„Ich bin noch da!"

Die Idee eines Stadtmagazin kreißte in meinem mehr oder weniger ausgenüchterten Hirn. Fritz hatte davon gehört.

„Du bastelst an einem Magazin. Kannst du mich brauchen?"

Fritz war mir wie ein Geschenk des Himmels erschienen. Er hatte die Online-Gesamtausgabe der Heiligbrücker Zeitung gebaut, war dazu noch zuständig für Fotobearbeitung und Layout der Regionalausgabe gewesen. Digital war seine Welt. Meine nicht. Ich war weder Youtuber, Facebooker, noch Twitterer. Mir zu geringer Informationswert, zu viel Stumpfsinn und enthemmter Hass, zu viel aufgeblasene Aufgeregtheit über jeden Scheiß. Für mich waren die sogenannten sozialen Medien asozial, dazu Auffangbecken für das pathologische Mitteilungsbedürfnis von Spinnern, einsamen Herzen und sich Wichtigmachern. Die Netzwerke brachten nach meiner Meinung nur ans Licht wie viele Gestörte und Deppen es auf der Welt gab und gaben denen ein Forum, wo sie sich jetzt austoben konnten. Warum musste verdammt nochmal immer umgesetzt werden was möglich war? Nach Entdeckung der Kernspaltung gleich die Atombombe. Eine ordentliche Kaffeemaschine hätt´s für mich auch getan.

Fürs Magazin brauchten wir dringend noch eine gute Seele, die den Laden, vor allem das Geld zusammenhielt, sollte je was reinkommen, und sich um die Leser kümmerte. Wofür Fritz auch eine Lösung hatte.

„Ich kann Franzi fragen."

Franzi hatten die Jungsmarties im Redaktions-Großraum der Heiligbrücker Zeitung Franziska Huber nennen dürfen, inzwischen auch ich. Vorher hatte sie mir gegenüber immer höflich Abstand gehalten. Und mich so davon abgehalten, ihr aufmunternde Worte zu geben, wenn sie beim Sortieren der Hassmails besorgter Bürger nasse Augen kriegte. Einsam sind die Tapferen, Huberin. Von der Flüchtlingspolitik ihrer Partei fühlte sie sich früh verstoßen, hatte im damaligen Noch-Landespapa Horst vergeblich den Staatsmann gesucht, wo bloß ein Parteipolitiker stand. Eines Tages hatte Franziska Huber sich krankgemeldet und war nicht mehr gekommen. Burnout hatte es geheißen. Mit 27.

„Franzi packt das"

War Fritz überzeugt gewesen.

„Und die Kuh mit zwei Ärschen wär ein geiler Titel fürs Magazin, Teufel. Surreal und gleichzeitig anschaulich. Da hast du gleich ein Bild im Kopf."

Dann war schon die erste Ausgabe beschlagnahmt worden.

„Verkaufen wir online!"

Hatte Franzi danach vorgeschlagen.

„Null Problemo."

Hatte Fritz gemeint. Ohne ihn und Franzi wäre aus meiner Schnapsidee kein Magazin geworden. Und ohne die ehemaligen Ressortleiter bei der Zeitung, Bamesreiter, Regionalsport, und Wimmer, Umland. Bad old Boys, wie Hinrichs sie in einem Anfall von Scherzlaune genannt hatte. Die BoBs hatten keinen Karriereknick mehr zu fürchten gehabt. Nach über 40 Jahren Heiligbrücker Zeitung auf dem Buckel durfte sie jeder am Arsch lecken. Auch der Kasperl. Vor allem der Kasperl. Sie fieberten dem Ruhestand entgegen, während sie ihre Jobs unaufgeregt erledigten, Zuarbeiten freier Mitarbeiter aus dem Umland sortierten und redigierten. Bamesreiter genoss dazu das so erfolglose wie feuchtfröhliche Vereinsleben

Heiligbrücks. Die Fußballer, Handballer und Ringer balgten sich in fünften bis sechsten Ligen. Inzwischen Rentner nutzen die BoBs mit neu entflammter journalistischer Leidenschaft ihr Netzwerk, um unsere Kuh zu beliefern. Gegen ein Taschengeld. Den Kasperl ärgern war ihnen unbezahlbar. Außerdem hätten sie von ordentlichem Verdienst nichts gehabt, weil der mit ihrer Rente verrechnet worden wäre.

Die Kuh mit zwei Ärschen erschien jetzt als bunte Mischung aus Heimatzeitung und bissiges Magazin, wo wir es für angebracht hielten mit Satire-Balken und ohne ausdrückliche Einengung auf die Stadt. Große Politik und Wirtschaft übernahmen wir mit Einverständnis, copyright-Vermerk und gegen bezahlbares Honorar von Fachautoren aus dem Netz. Alles für € 3,50 pro Ausgabe zum Lesen freigeschaltet, € 36 als Jahresabo. Es spülte uns genug Kohle zum Überleben und Leben in die Kasse.

Franzi und Fritz waren seit drei Monaten privat ein Paar und demonstrierten ihre Seelenverwandtschaft gerade mit Alice Merton auf ihren hellblauen T-Shirts. Der Name stand unter den Portraits gedruckt. Ich wollte nicht fragen, was Alice Merton so machte. Offenbar war sie ein Star.

Für die nächste Magazin-Ausgabe hatten wir noch zehn Tage, und meine Befürchtung die Tageszeitung hätte bis dahin einen uneinholbaren Vorsprung und wir könnten mit der Kuh bloß noch Brösel einsammeln, bestätigte sich bis jetzt nicht mal im Ansatz. Mickrige 20 Zeilen über eine im Fluss ertrunkene unbekannte junge Frau in Nachtwäsche. Kein Wort von der sexy Ähnlichkeit mit

der Hauptdarstellerin der letzten Weißen Frau des Förderkreises. So verblüffend ähnlich, als hätte der Fluss die
Zweitbesetzung ausgespuckt. Im Detail eine Zurückhaltung, die weder mich noch Franzi und Fritz überraschte.
Auch die beiden wussten wie´s lief. Was in der Zeitung
im Zusammenhang mit Rathaus oder Förderkreis stand
oder nicht stand lief über die Amigoschiene Bärlochhau-
ser-Kasper.

Hätte ich unseren Oberbürgermeister und seine Brut
nicht so gut gekannt, hätte ich mir vielleicht gesagt ich sah
bloß was ich sehen wollte, weil ich Bärlochhauser ans Eingemachte wollte. Dabei hatte Jane Doe mich nicht ins Rathaus, sondern auch nach Elysion geführt.

Aber wie gesagt, hätte ich unseren Oberbürgermeister
und seine Brut nicht so gut gekannt…

6

Die Moser war eine Stunde in ihrer Mittagspause. Sie waren ungestört im Büro des Bürgermeisters, an diesem Montag, den 20. Juli.

„Also haben wir den Supergau, Rigobert."

Leitender Oberstaatsanwalt Dr. Rigobert de Mille nickte.

„Xenia hat sich gestern die Leiche in der Pathologie angesehen und es hätte sie fast der Schlag getroffen.."

Sie hatte ihn noch Sonntagabend informiert. Sie hatte keine Zweifel. Jane Doe war Makulatur. De Mille hatte dementsprechend reagiert.

„Darling, dir ist klar, das ist Sprengstoff, der unser beider Karrieren in die Luft jagen kann."

Sie hatte ihn an seine Position erinnert.

„Nachdem ich dich hiermit ausführlich über die Lage informiert habe, obliegt allein dir als Leitender Oberstaatsanwalt die verantwortliche Entscheidung über das weitere Verfahren, Rigobert, Darling."

„Natürlich, Darling."

Bärlochhauser war klar was die Glocke geschlagen hatte. Ja, sie hatten den Supergau! Und Rigobert präsentierte ihm die Lösung.

„Staatsraison, Majo. Wir tun´s nochmal."

Bärlochhausers Augenbrauen schoben sich mittig zusammen. Die Selbstmörderin vorletzten Monat, die Rigobert wider besseren Wissens dem General untergejubelt hatte.

Sie wussten, dass es kein Selbstmord gewesen war.

„Scharf auf Nachschub aus unserem Leichenkeller werden die in der Hauptstadt nicht sein, Rigobert. Wir tanzen auf der Rasierklinge."

„Und wenn wir Jane Doe nicht auf Nimmerwiedersehen ad acta beerdigen, wer weiß welche Spuren Forster dann noch an ihr finden könnte, oder am Nightset, und, und und…Den Forster können wir nicht machen lassen und dabei ewig ruhigstellen, Majo. Der Mann hat Skrupel und sowas wie Berufsehre…"

Ja, das machte Forster zu einem Risiko, sah auch er so. Dazu war noch Teufel ein lästiges Dauerproblem. Er wollte nicht akzeptieren wie das System funktionierte. Selbst er als Oberbürgermeister hatte es bisher nicht geschafft, die linke Bazille aus seiner Stadt entsorgen zu lassen. De Mille macht weiter im Katastrophenszenario.

„…die Honigmann wird sich dann wie immer festbeißen, irgendwann mit Forsters Hilfe auf Jane Does Identität stoßen, auf weitere Zusammenhänge. Eins kommt zum anderen und die Lawine ist nicht mehr aufzuhalten. Dann wird´s hochpolitisch bis nach ganz oben. Köpfe werden rollen müssen. Du willst sicher nicht als Derjenige dastehen, der Markus bei seinen Ambitionen die Suppe versalzen hat. Du verstehst, Majo?"

Majo verstand. Ihm, dem unwichtigen Provinzbürgermeister würden sie das Sündenbockglöckerl umhängen, bevor sie ihn köpften. Er wurde aus eigenen ersten Parteireihen schon angezählt, weil er Hardliner geblieben war. Während der Regent plötzlich die Liebe zum Klima entdeckt hatte, Bäume umarmte und Bienenvölker streichelte. Dabei wussten alle, dass er so wandlungsfähig war, dass ein Chamäleon vor Neid bloß noch erblassen konnte. Jetzt faselte er bei jeder Gelegenheit von seinem Platz in Bayern, wo alle wussten, dass er im Geiste schon an Angelas Schreibtisch hockte. Die er diese Woche in Kutsche und Barke durch sein königliches Nochreich auf Herrenchiemsee schleimte. Majo wollte sich die Folgen nicht ausmalen, sollten die Leichen aus seinem Keller wieder hochkommen. Auch Teufel würde ihm mit seinem online-Schundmagazin wie eine Zecke im Nacken sitzen!

Rigobert forderte wieder seine Aufmerksamkeit.

„Dir ist klar, dass wir nebenbei auch unsere Pläne mit der Burgruine und Festspielen endgültig vergessen müssten. Wer weiter an Jane Doe rumstochert, gerät zwangsläufig auf unseren ureigenen Kriegsschauplatz, Majo. Unsere Weiße Frau Poppy, und deine Vorliebe für Jungfleisch."

„Nicht witzig, Rigobert."

„Ist kein Witz. Tun wir unsere Pflicht, Majo! Staatsraison. Ich hab mit dem General telefoniert. Er hat, würde ich es mal ausdrücken die politische Alternativlosigkeit verstanden. Heute abend ist Jane Doe für uns vom Tisch, Majo. Das kannst du wörtlich nehmen."

Bärlochhauser dachte nach, nachdem Rigobert draußen war. Der hatte sein Betthupferl Twiggy als Bauernopfer, falls nötig. Jetzt brauchte er selbst noch einen kooperativen Mitwisser an einem verantwortbaren Schalthebel, dem er für den Fall des Falles die Arschkarte zuschieben konnte.

„Hubertus, wir müssen reden."

Danach wäre es Polizeidirektor Dr. Hubertus Schwammerl lieber gewesen, der Oberbürgermeister hätte ihn nicht eingeweiht. Er machte sich keine Illusionen über dessen Motivlage.

„Kein Wort mehr über Jane Doe, Hubertus, auch nicht über die Weiße Frau. Und kein Foto! Bis zum Wochenende ist Jane Doe Geschichte. Bis dahin defensive Ermittlungen, Hubertus."

Ein Richter könnte es Strafvereitelung im Amt nennen, dachte Schwammerl. Er überlegte wem er den Schwarzen Peter für den Fall des Falles zuschieben sollte und rief Kriminalrat Lothar Liebling an.

„Lothar, wir müssen reden."

Eine Stunde später verstärkte sich Lieblings ungutes Gefühl, als Honigmann ihn in seinem Büro anging.

„Der Leichenschänder sagt mir der Fall Jane Doe wär für uns ad acta."

„Richtig. Jane Doe ist ausermittelt. Anweisung von der Staatsanwaltschaft."

„Ausermittelt? Sinds blödgsoffen? Das Mädel ist nicht identifiziert."

„Ich bin nicht blödgsoffen, Frau Hauptkommissarin. Sie selbst haben im Kreiskrankenhaus und auf Elysion er- mittelt und keine Hinweise darauf gefunden, dass die Tote dort bekannt war. Sie kann gottweißwo ins Wasser gefallen sein."

„Ins Wasser gfallen? Ein Mädel in Nuttenwäsch, die ihm nicht mal passt ist auf einem Waldspaziergang, stol- pert ins Wasser und ersauft. Schmarrn."

„Frau Hauptkommissarin, bis jetzt waren Sie nicht mal fähig den Waldschrat zu finden."

„Ich werd keinen harmlosen alten Mann durch die Flussauen hetzen lassen und ihm ein totes Mädel anhän- gen, bloß weil´s Ihren Amigos in den Kram passen würd. Die Kleine hat einer untertaucht und als Weiße Frau auf- tauchen lassen. Und das war nicht gottweißwo. Da hat uns ein eingeborener Psycho seine Jubiläumsaufführung vom Stadtgespenst hingelegt. Sonst hätt er die Leich be- schwert, dass unten bleibt. Davon gibt's aber keine Spu- ren."

„Wilde Spekulationen. Die bringen nur ehrbare Bürger in schiefes Gerede."

„Meinens einflussreiche Bürger, gell. Wie den Oberbürgermeister und den Oberstaatsanwalt. Wollens Polizeidirektor werden, sobald der Schwammerl in Pension geht."

„Jedenfalls werde ich eher sogar Polizeipräsident als Sie mit Ihren haltlosen Unterstellungen gegenüber Vorgesetzten noch Erste Hauptkommissarin."

„Ach was. Um meine Karriere mach ich mir keine Sorgen, solang Ihre Meschpoke mich als Alibifrau braucht. So bin ich in Ihrem Saftladen immerhin schon Kommissariatsleiterin worden, obwohl ich wie eine Polizistin denk und nicht korrupt bin."

Lieblings Teint überholte seinen buschigen Schnauzer im Rotton, und seine lichten Stellen im Haar nahmen feuchten Glanz auf, inklusive der schon sichtbaren Altersflecken. Obwohl er erst 53 war. Sie las aus seinem Gesicht was er über sie dachte, wie die meisten Kerle in der PD. Verdammte Kampflesbe. Frauen, die sich nicht wie Weibchen benahmen und dazu ihr Privatleben strikt unter dem Deckel hielten fütterten Klischeefantasien in Männerhirnen. Manchmal hatte sie sogar Spaß daran. Bei denen oben immer gern everybodies Darling, Liebling, dachte Honigmann im Hinausgehen. Scheißopportunist.

Er sah ihr nachdenklich nach. So fühlte es sich also zwischen den Stühlen an. Dabei hätte man aus Lieblings äußerer Erscheinung nicht geschlossen, dass so ein Einsfünfundachtzig-Kerl sich rumschubsen ließ. Eigentlich

145

hatte die Natur mit ihm einen Ochsen geplant, sich im letzten Moment umentschieden und aus der Masse noch einen bulligen Humanoiden mit kantigem Stacy Keach-Schädel geformt. Ein Anruf von der Pressestelle unterbrach seine Gedanken.

Teufel hatte grob nachgehakt.

„Langsam wird's Zeit für ein druckbares Foto von Jane Doe. Ich bring ein Monatsmagazin raus, nicht den hundertjährigen Kalender."

Teufel und Honigmann. Es ging das Gemunkel, die beiden hätten was miteinander gehabt, konnten sich inzwischen nicht mehr riechen. Liebling mochte nicht an die Folgen denken, sollte sich das wieder ändern. Zwei sture Seelenverwandte.

Irgendwas stimmte nicht!

In der heutigen Dienstagsausgabe der Zeitung vom 21. Juli tauchte Jane Doe überhaupt nicht mehr auf. Immer noch kein Foto mit Leseraufruf zur Identifizierungshilfe. Ich wusste von Forster er hatte Jane Does Gesicht Sonntag noch druckreif hingekriegt, locker rechtzeitig für die gestrige Montagsausgabe der Zeitung. Er wartete immer noch auf die Freigabe durch die Staatsanwältin. Er hatte mir nicht geklungen, als würde er noch damit rechnen. Dann hatte er dicht gemacht. Nicht mal mehr ein Nunja.

Ich hatte mich danach mit Franzi und Fritz über Skype verständigt. Sie sahen es so wie ich.

Twiggy hatte Forster einen Maulkorb verpasst. Und das bestimmt nicht ohne Weisung von oben.

„Wenn wir uns mit dem Oberbürgermeister und dem Leitenden Oberstaatsanwalt gleichzeitig anlegen, sollten wir das jetzt ein Stück weit wissen."

Hatte Franzi gemeint, und Fritz genickt.

„Unbedingt. Am Ende des Tages sitzen wir alle im selben Boot."

Wie mich diese hippen Phrasen nervten.

„Ende des Tages ist Mitternacht, Fritz. Ich hoff wir hocken danach auch noch im selben Boot. Und ich hab keine Ahnung was ein Stück weit sein soll, Franzi."

„Du bist mies drauf, Teufel."

Hatte Fritz säuerlich festgestellt, und Franzi bekräftigt.

„Definitiv."

Ich hatte mich definitiv ein Stück weit zum Ende des Tages verabschiedet.

Dem Himmel war fünf vor zwölf die Blase geplatzt. Meine schwarzen Jeans saugten sich klatschnass an den Sitz vom Frosch, und mein Arsch sagte quotsch.

Schubladenhaus nannten Heiligbrücker den grauen Vierzigparteienklotz, wegen der blauen Balkone, die auf der vorderen Breitseite von der Straße aus zu sehen waren. Annerose Dobmeier wohnte im fünften von sechs Stockwerken. Eine brünette Mittvierzigerin mit überfülltem Ausschnitt im himmelblauen Dirndl.

„Sie schauen aus, als könntens einen Schnaps brauchen."

Wenn ich am Mittag schon ausschaute als könnte ich einen Schnaps brauchen, sollte ich mir Sorgen machen. Eigentlich. Ich schob es dem Sauwetter draußen zu.

Annerose Dobmeier servierte in ihrer Küche.

„Prost!"

Sie kippte das Stamperl in einem Zug, ich halb.

„Schmeckt´s nicht? Das ist Birne vom Feinsten."

Ich hatte das schon an der Flasche mit dem schlichten Etikett erkannt. Stoff vom Hotzenplotz. Die Dobmeierin war sowas wie beste Freundin vom Hotzenplotz, wusste ich von Tantchen. Sie besuchte ihn regelmäßig, machte seinen Bauwagen sauber, bekochte ihn und half bei Zubereitung von Obst fürs Schnapsbrennen. Wenn wer was über Rudolf weiß, dann sie, hatte Tantchen gemeint. Vielleicht würde sie mir was sagen. Die Hexen mochte die Dobmeierin nicht. Sie hielt sie für überspannte spinnerte Weiber. Ich durfte das wegen Tantchen nicht.

„Hab Sie übrigens gleich erkannt. Sie sind der Teufel mit der Kuh, der unserm Oberbürgermeister Eselsohrn aufgesetzt hat, als er wieder mal unsern Freitagskindern droht hat."

Eine Abonnentin. Schnapsdrossel hin oder her, gute Frau, die Dobmeierin.

„Unser Herr Oberbürgermeister und seine Rathausbanditen hetzen ständig gegen die Freitagskinder. Er ist ein hinterfotziger Sauhund, und was die Kinder machen ist kein Schulschwänzen. Das ist Notwehr."

148

Ich gab ihr Recht, der Dobmeierin. Fridays for Future hatte nur das Pech, dass noch zu wenige viel Angst vor dem Klimawandel hatten, zu wenig Angst, um Einschränkungen eigener Bequemlichkeit und eigenen Wohlstandlebens in Kauf zu nehmen. Erst die Angst vor Corona hatte es geschafft, Kreuzfahrten zu ächten, den Himmel von Flugzeugen, die Straßen von Autos halbleer zu fegen. Das Zeitfenster war plötzlich offen, angestrengt über eine alternative Gesellschaft nachzudenken, eine alternative Arbeitswelt, ein alternatives Leben zur vorherigen Normalität des Wahnsinns. Schneller, höher, weiter. Ich wollte nicht zurück in diese Normalität, vermisste sie nicht. Aber ging die Angst vor Corona, würde sich das Zeitfenster des Umdenkens sofort wieder schließen.

Wir waren Seelenverwandte und ich traute mich nach dem Hotzenplotz fragen.

„Ich möcht bloß wissen ob´s ihm gutgeht. Und ob er wen gsehn hat unten am Fluss. Bei der Leich von dem Mädel."

Sie musterte mich ein paar Sekunden.

„Sie schreiben nix drüber?"

„Kein Wort."

Rudolf, sie betonte Rudolf hatte niemanden gesehen. Bloß das tote Mädel als Weiße Frau. Er hatte es mit der Angst gekriegt, sich in den Auen verkrochen und später sie angerufen. Sie hatte ihn abgeholt und zu seiner Schwester gefahren. Und wann immer er wollte, würd sie ihn wieder abholen und ihn hoam bringen. Es ging ihm soweit gut.

„Er hat eine Schwester?"

149

Wieso sollte Rudolf keine Schwester haben?

„Mehr müssens nicht wissen. Was er Ihnen nicht selber über sich erzählt hörens auch nicht von mir."

Die Dobmeierin schenkte sich solo nach.

„Prost!"

Ich zog nach. Sie schenkte nach, mir gnadenlos bis zum Anschlag. Es ging ihr alles flüssig von der Hand. Die Dobmeierin war geübt im Maskensaufen. Und gegen die Wirkung von Schnaps erschien sie mir immun. Ich musste noch fahren, und den meisten Polizisten in der Stadt wäre es ein innerer Vorbeimarsch gewesen, mich mit satten Promille am Steuer zu erwischen.

„Prost!"

Die Birne tat ihre Arbeit. Jetzt musste ich hoffen, keiner Streife zu begegnen.

„Sie leben allein, das seh ich."

Ihr sprunghaftes Mitteilungsbedürfnis überforderte mich.

„Ausglatschte braune Turnschuh, gelbe Socken, abgwetzte schwarze Jeans, rotes T-Shirt und grüne Plastikjacke. Eine Frau würd Sie so nicht aus dem Haus lassen. Da könnts Ihnen gleich ein Notsingleschild umhängen."

„Aha."

Meine Klamotten waren bequem. Es nach jahrelangem Gebrauch geworden. Dafür belohnte ich sie durch noch häufigeres Tragen. Bissen die Farben sich, kam mir das nebensächlich. Ich selbst merkte es ja nicht. Nach wie vor besaß ich auch bloß fünf Paar Schuhe. Bei höchstens vier

Jahreszeiten, eher bloß noch drei mehr als genug. Ich hatte mein Leben lang nur ein Paar Füße. Eine simple Rechnung, deren Logik sich Frauen nicht erschloss.

„Ich bin Mitglied bei Glückliche Liebe."

Mir erschloss sich kein Zusammenhang von mir mit dem Liebesportal von Heiligbrücks schillernder Gräfin. Edeltrudis Walburga Gräfin Falckenfels-Bernburg, hier geborene Trudi Hornacher. Trudi hatte einen Diplomaten geheiratet, nach Scheidung adelig in ein Schloss nach Sachsen-Anhalt und war diesmal recht schnell vom Tod geschieden worden. Es hieß der alte Graf wäre damals buchstäblich unter ihr gestorben, die Gräfin hätte den Alten totgeritten. Titel und Namen hatte die Witwe behalten, die Bank Schloss samt Inventar. Später hatte Trudi die Villa ihrer Eltern in Heiligbrück geerbt und widmete sich dort seit vier Jahren dem Liebesglück anderer mit ihrem online-Datingportal und war Vorstandsmitglied im Förderkreis.

Ich kippte das dritte Stamperl und dachte an meine jüngsten Erfahrungen mit online-Dating. Die Dobmeierin war allerdings echt und körperlich prall präsent.

„Sie sind ein saubers Weibsbild, Dobmeierin Aber ich brauch kein gschlamperts Verhältnis, oder ein festes Gschpusi."

Die Dobmeierin lachte herzhaft. Ihr Busen im Dirndlausschnitt lachte mit.

„Ich red von einem Hunni für eine Nummer. Standardprogramm."

Die Dobmeierin hatte ihr eigenes Ding gefunden, die Ressourcen von Glückliche Liebe auszuschöpfen. Meine

Vorstellung die Gräfin würde sie aus ihrer Kundendatei schmeißen käme sie ihr auf ihr Nebengeschäft brachte die Dobmeierin zum Lachen.

„Ich halt die Ladenhüter bei der Stange und ihre Hoffnungen aufrecht, damits bei der Gräfin verlängern."

Bestenfalls für 130 Euro pro Halbjahr als Premium-Mitglied.

Die Dobmeierin gab mir einen crash-Kurs in Sachen online-Liebessuche.

In etlichen Datingportalen ging es mehr oder weniger offen nur ums Vögeln. Mann und Frau wurde der Eindruck vermittelt da draußen waren außer ihnen selbst noch Unmengen von notgeil Sabbernden unterwegs. Täglich kriegten die Mitglieder/Innen vier bis fünf neue Angebote im Portal serviert. Es ging zu wie am Wühltisch der einsamen Herzen. Wer sich vergegenwärtigte, dass er/sie selbst auch reihum ging konnte sich vorkommen wie ein Wanderpokal als Lustobjekt. Feuchte Fantasien lockten miteinander in Endlos-Chats. Das Portal buchte für jeden Coins ab, umgerechnet einen Euro. Nichts anderes als Telefonsex mit anderen Mitteln. Nicht wenige, vorwiegend Herren blieben darin hängen und verwichsten locker eine Monatsmiete, manche auch einen Kleinwagen, ohne je eine der chattenden Damen real gedatet zu haben. Die waren in Diensten des Portals unterwegs, um mit Chats Kohle für die Betreiber zu scheffeln. Dagegen war die Partnervermittlung der Gräfin eine seriöse Angelegenheit. Die Fallen waren anders aufgestellt, wie mir die Dobmeierin erläuterte. Bei Glückliche Liebe trafen Mann/Frau auf wissenschaftlich erstellt wirkende Fragebögen zum Ausfüllen. Ein Computerprogramm sortierte nach Übereinstimmungen. Danach lief es allerdings schon ähnlich ab wie in den reinen Bumsportalen. Eine Vorauswahl bot Damen und Herren andere zu Ihnen passende Suchende. Partnerwahl auf Maschinenrezept. Mann und Frau schickten ein digitales Lächeln und los ging´s mit endloser Aus- und Beschreibung der Erwartungen... Während die Herren wie überall vorwiegend mit irgendeiner in die Kiste steigen wollten, bräucht´s für etliche in die besten Jahre gekommenen Damen ein ganzes Packerl Mannsbilder, um ihre Bedürfnisse abzudecken, meinte die Dobmeierin. Wanderlust hatte fast alle Kandidatinnen gepackt, in die Wälder, an die Seen und auf die Berge. Ich mochte die Natur, weshalb ich sie nicht attackierte. Ich fand auch Berge wunderschön, am imposantesten von unten. Ungezügelte Wanderlust beobachtete ich bei Weibsbildern ü 40 häufig vom Biergarten aus. Von wo Mannsingles wie ich Frausingles nachschauten, die stramm mit Skistöcken im Sommer unterwegs waren. Da war kein natürliches Zusammenkommen. Mir dämmerte warum´s in speziellen Fällen eine virtuelle Welt brauchte, um ersten Kontakt herzustellen. Online-Frauen suchten unterm Strich ständige Begleiter für ihre Hobbys. Das war keine Beziehung, das war Geiselnahme. Ab in der Früh in die Berge, abends ins Konzert. Mann sollte einfühlsam und romantisch sein, körperlich fit und ausdauernder Sachverständiger weiblicher Libido, reiselustig, wissensdurstig, intelligent, literatur-, musik- und sportbegeistert, kunst- und kulturbeflissen, Zeit für Sie haben und finanziell sicher, Nichtraucher und tolerant, was sich nach meinen Erfahrungen meist gegenseitig ausschloss. Die Ansprüche an ihn konnten Mann die Luft nehmen und sprachlos machen, schon bevor es zu einer Verabredung kam, dachte ich, und dass auch etliche

Frauen bei Glückliche Liebe als Dateileichen liegenblieben würden. Die Dobmeierin zwinkerte mir zu.

„Wer weiß. Vielleicht ist der eine oder andere wie ich, nur aus der anderen Richtung unterwegs und hält die Liegenbliebenen bei Lust und Laune."

Restevögeln war ein Minenfeld, vermutete ich. Die Dobmeierin lächelte wissend.

„Wir Frauen können´s länger aushalten. Wenn Kerle nicht vögeln dürfen, kriegens eine Prostata wie ein Fußball und werden meschugge."

Die Dobmeierin zeigte mir den Scheibenwischer und zwinkerte mir wieder zu.

„Da komm ich ins Spiel."

Sie war deutlich bereit sich hier und jetzt meiner zu erbarmen.

„Mit Masken in der Hundestellung passiert coronamäßig nix. Und ich kanns Fenster aufmachen, dass durchzieht dabei."

Die Dobmeierin ließ sich was einfallen in schweren Zeiten. Ihre Beschreibung einer untervögelten Prostata machte mir ein bisschen Angst. Ich wollte auch keine Abonnentin verlieren und meinte ich würde über ihr Angebot nachdenken. Sobald ein Impfstoff gegen Corona zur Verfügung stand. Vorher hielt ich spontane intime Nähe für unverhältnismäßig, auch als Hund. Bei kurzer Erleichterung und dem Risiko nachhaltiger Nebenwirkung, im worst case sogar tödlicher. Ihr geschäftsmäßiger Zusatz sagte mir, wie die Dobmeierin meine Libidokurve und ihren notwendigen Arbeitsaufwand einschätzte, wenn ich ihr Angebot auf die lange Bank schob.

„Einen Zwanni extra, wenn ich einen blitzsaubern Orgasmus vortäusch."

Laut Fanny hatten die Weiber mir die letzten fast vierzig Jahre in der Kiste was vorgemacht. Dass ich fürs Faken beim Ficken auch noch draufzahlen sollte erschien mir zu viel, solang´s meine Kasse nicht auf Rezept übernahm. Womit ich nicht rechnen durfte.

„Kommens, oder kommens nicht. Mir wurscht. Ihr Problem."

„Müssens nicht gleich grob werden. Ich mein´s Ihnen nur gut."

Wir tauschten Visitenkarten aus.

Annerose bringt Schwung in die Hose, versprach ihre. Ich spürte Birne im Schädel und war schon froh, dass ich ohne Polizeikontrolle gut nach Hause kam.

Draußen hatte sich die Sonne gegen den Wolkenbruch durchgesetzt. Ich ließ Nachmittag in meinem Biergarten die Seele baumeln, besprach mit Franzi und Fritz zum Abend hin über Skype die nächste Ausgabe der Kuh. Normalerweise hatten wir Mühe mit Heiligbrück, das nun mal monatlich den Hauptteil der Kuh füllen sollte. Wenig Unterhaltungswert, tote Hose. Diesmal war mordsmäßig was los. Leider wusste ich bis jetzt auch nicht viel mehr als die Heiligbrücker sowieso in ihrer Zeitung lesen konnten. Obwohl die sich bis jetzt in einer Zurückhaltung übte, die an Vertuschung grenzte.

Ich hatte keine Lust auf Stau und Parkplatzsuche in der City und nahm Mittwochvormittag trotz Maskenpflicht die Tram. Die hatte ich mir vor Corona angewöhnt, wenn ich in die Innenstadt musste. Danach war der Frosch sicherer. Es hatte sich nichts geändert. Ich war wieder in einer Zwischenwelt gelandet. Ich hatte das Gefühl, die Zombies wären seit Corona sogar noch mehr geworden. Sie hockten um mich rum, stumm auf Handys starrend, nur darüber huschende Finger zeugten von letzten Zuckungen eines Lebens. Ich versuchte rauszufinden, ob sie hinter den Masken atmeten. Sie taten es mehr oder weniger. Von mir aus gerne hätte man Handys zum Privatvergnügen in der Öffentlichkeit verbieten können, wie das Tragen von Waffen. Ein Handy-Berechtigungsschein, das wär´s. Mit jeder Haltestelle wurde die Lage grusliger. Mehr Zombies drängten herein, ohne den untoten Blick vom Handy zu heben, schon beim Einsteigen am Daddeln, einige verkabelt mit Knopf im Ohr scheinbar dement in Selbstgespräche vertieft. Ich sah eine Generation von Soziozombies heranwachsen, einige aufs Smartphone starrend immerhin vor Autos, Lastwagen und Busse latschend und sich so selbst löschend. Für mich die beruhigende Vorstellung dabei.

Vorher schon Beziehungsleiche fehlte Corona mir als Ausrede für meine sozialen Defekte. Ich hatte auch kein emotionales Problem wegen der Kontaktbeschränkungen, vorher schon kein dringendes Verlangen wen zu besuchen, oder Besuch zu empfangen. Viele hatten auch nicht den Drang, mich zu besuchen. Ich telefonierte ganz gern mal, was meine Kontaktbedürfnisse befriedigte. Vermisst hatte ich bloß die sonntäglichen Treffen zum Apfelstrudel bei Tantchen. Die hatten sich inzwischen wieder eingerenkt.

Es gab härtere Corona-Schicksale als meine. Ich hatte als Bild den verzweifelten alten Mann Ende Mai im Kopf, der vor der Kamera in Tränen ausgebrochen war, weil er seine Frau im Altenpflegeheim nicht besuchen durfte. Schon 60 Jahre verheiratet. In dem Alter hatte man noch harte Zeiten zusammen durchgestanden, die Pärchen fürs ganze Leben zu Liebespaaren zusammenschweißten. Heute brachen Beziehungen bei banalem Scheiß auseinander, der das Etikett Problem nicht verdiente.

Ich verließ die Geisterbahn am Hauptbahnhof.

Die Untoten waren auch draußen massiv unterwegs, die wenigen noch wirklich Lebenden zu rammen. Zum Glück waren Digitalzombies nur langsam in ihrer mal eingeschlagenen Richtung bewegungsfähig, sodass ich ihnen ausweichen konnte. Auf meiner Flucht musste ich an der Heiligbrücker Zeitung vorbei. Einen der grauen Bürowürfel mit jeder Menge Glas, die sie in den Achtzigern auch in die Altstadt mitten rein ins bröselnde Mittelalter geschissen hatten. Die dunkelbraunen Fensterrahmen assoziierten bei mir harten Stuhlgang. Unten führte Herr Su mit Frau, Sohn und Tochter ein Chinarestaurant. Darüber bis einschließlich 4. Stock hatten sich eine Zahnärztin, ein Kardiologe, ein HNO und eine Anlageberatungsagentur eingenistet. Das Fußvolk der Lokalredaktion besetzte die untere Etage im geteilten 5. Stock. Darüber in der Teppichetage residierte jetzt der Kasperl als Redaktionsleiter, daneben Klatschtante Fanny Weyer mit Status einer Ressortleiterin. Ganz oben im sechsten thronte die Anzeigenabteilung, sich ihrer die Redaktion überragende Bedeutung im Verlag durchaus bewusst. Ich hatte unten neben dem Großraum immerhin ein separates Büro gehabt. Bei offenem Fenster ratterte die Tram direkt durch. Bald hatte ich mitgekriegt, dass die Smarties im Großraum es den Fossilienkäfig nannten, wobei sie sich nicht auf die Marke meiner Armbanduhr bezogen. Zwei Jungredakteure, eine Jungredakteurin und vier Praktikantinnen an grauen Kunststoffschreibtischen im Großraum starrten in die 20-Zoll-Flachbildmonitore. Ich wusste sie würden sich vielsagend zu grinsen, sobald mein Arsch außer Sichtweite war. Mittendrin hatte Lokal- und Regionalpolitchef Agathon Kasper seine Vorliebe für graue glänzende Anzüge zur Schau getragen und seine glatten hellbraunen Ledersohlen auf der Schreibtischplatte präsentiert. Er wechselte die Schuhe in der Redaktion und genoss sein Hechtdasein im Zierfischteich, während ich mich in meiner Zelle eindampfte, mich nicht ums allgemeine Rauchverbot scherte. Ich schaute den Wölkchen nach, schrieb Presseberichte der Polizeidirektion um und langweilte mich zu Tode. Bis Hinrichs mir die Reportagen aus dem Flüchtlingscamp übertrug. Mir dämmerte warum er mich vorausschauend hatte haben wollen. Wissend, dass er sich keinen Linientreuen eingekauft hatte. Ich war nie schlau aus ihm geworden. Schnell wurde ich von Lesern als „linksversiphter Landesverräter" beschimpft. Ich fühlte mich in meinem Element, lebendig wie zu meinen besten Zeiten. Da hatte ich hie und da mal Drohungen aus der professionellen Unterwelt gekriegt, jetzt eben von ungehemmt durchgeknallten Mitbürgern, bis hin zu kreativen detaillierten Schilderungen meiner Ermordung. Ich stellte mir gerne vor wie die Arschlöcher blaurot vor Wut an ihren Geräten daddelten, während ich auf meiner Couch mit einem Weißbier vor mir entspannt

Ein Fisch namens Wanda schaute und mich dabei scheckig lachte.

Bei meinem Einstieg hatte die junge Frau am Sekretariats-Katzentisch neben der Milchglastür sich mir freundlich als Franziska Huber vorgestellt, ich ihre ausgestreckte Hand gedrückt.

„Ich bin der Teufel. Ich beleg hier die Abschiebezelle."

In der täglichen großen Themenkonferenz war die Huberin nur zum Mitschreiben fürs Themenprotokoll geduldet. Zum Thema Flüchtlinge war ihr naiv was rausgerutscht.

„Es geht doch um Menschen!"

Sie war eine Hilfsbereite der ersten Stunde hatte am Hauptbahnhof der Hauptstadt die erste Welle von Flüchtlingen mit empfangen, noch Bilder vom 80jährigen Norbert Blüm bei den Schlammkindern in Idomeni im Kopf, wie er den Schandfleck Europa anprangerte. Und wie eine BR-Moderatorin am selben Tag bewegt die Abendschau ansagte.

„Das sind die Bilder, die uns berühren, die uns aufwühlen."

Die Moderatorin hatte einen illegalen Hundewelpentransport aus Rumänien gemeint.

Franziska Huber fühlte sich von der Flüchtlingspolitik des eigenen Landesvaters verstoßen und suchte verzweifelt einen Staatsmann, wo bloß ein Parteipolitiker stand. Hinrichs hatte mein Grinsen registriert.

„Was erheitert Sie, Kollege Teufel."

„Dunkle Seite der Macht bei unserem Landespapa ich spür. In Scheiße nach Stimmen wer fischt, Arschlöcher er einfängt sich."

„Wie dürfen wir das verstehen?"

Der Kasperl hatte es wissen wollen, ich die Einladung angenommen und gemutmaßt, dass unser Maßkrugkini einmal zu oft der Sonne zugeprostet hatte, und die ihm gesagt sie wär nicht seine Mama, und er kein Himmlischer, der Erdling, der elendige. Ich fand unser Landeshorst war zum dunklen Lord des Christlich Sozialen Untergangs mutiert. CSU.

„Er schnauft schon wie Darth Vader, wenn er lacht."

Den anderen war das Schmunzeln geflüchtet. Allgemeines Unwohlsein hatte den Raum besetzt. Der Kasperl war blutrot angelaufen, Hinrichs hatte die Augenlider halb fallen lassen. Um seine langen Wimpern beneideten ihn bestimmt eine Menge Weibsbilder, hatte ich gedacht. Dann war er ruhig zur Tagesordnung übergegangen.

„Morgen Schlagzeile mit Seitenfoto in der Gesamtausgabe Markus mit Dackelwelpe im Arm."

Gegen Dackel konnte nichts anstinken. Dackel waren heilig. Für die Huber Franzi Hundstage. Neben Horst trampelte auch der Markus ihre christlichen Werte nieder, wie der Alexander, der sich für den Großen hielt, und der Andi, der große Töne spuckte und dabei nicht mal den Verkehr regeln konnte. Die schwarze Quadriga zog verbal marodierend durchs Land. Wobei ich am Markus schier verzweifelte, war der doch Star Wars-Fan. So einer konnte doch kein schlechter Mensch sein. Oder er hatte die dunkle Seite der Macht voll verinnerlicht. Aber sogar aus Darth Vader war am Ende aus tiefster Finsternis noch Gutes ans Licht gekommen. Und plötzlich wurde unser Darth Vader aus Franken kuschelig. Der Dackel hatte seine Schuldigkeit getan, Thronräuber Markus hatte Horst aus dem Land gejagt, war Papa der Bayern geworden und nahm sein Volk in den Arm, dazu Bienenvölker, und Bäume, wo immer er einen traf. Wäre er nicht verwurzelt gewesen, wäre manch einer jetzt auf der Flucht gewesen. Corona ließ Bienen und Bäume aufatmen. In nächster Zeit mussten sie nicht befürchten, vom Markus besucht und umarmt zu werden. Ich glaubte der musste sich inzwischen morgens verwundert den Machtrausch aus den Augen reiben. Parteiwähler oder nicht, seuchenbedingt mussten inzwischen alle nach seiner Pfeife tanzen, ganzes Volk in seinem Schwitzkasten, und Volk parierte geschlossen. Trotz, oder gerade wegen seiner majestätischen Entmündigungs-Erlasse an die Untertanen waren seine Beliebtheitswerte sogar bundesweit nach oben geschossen, wie vermutlich vorher nicht in seinen kühnsten Träumen. Mir stellte sich bei Volkes Sehnsucht nach einem starken Führer zwischendurch schon mal die Gänsehaut auf. Die Pandemie hatte unserem Regenten sein Paradies auf Erden geschenkt. Politisch gesehen. In Pressekonferenzen hatte Markus zu Angela Nähe demonstriert, als würde kein Blatt Papier zwischen sie beide passen. Aber unser Landespapa war hinterfotzig. Woran unsere Regenten sich von Generation zu Generation infizierten, ohne selbst darunter zu leiden. Der 4. Mai war globaler Star Wars-Tag und Markus hatte sich über Nacht auf die dunkle Seite der Macht geschlagen. Jedenfalls aus Perspektive der Kanzlerin. Im medialisierten Stimmungsumschwung hatte Markus sie verraten und war, weil´s ihm pressierte sogar an die Spitze der Freiheitlichen vorgeprescht. Angelas Parfum vom Schulterschluss noch in den Klamotten hatte Markus sie abgeschüttelt und marschierte im Wettstreit der Ministerpräsidenten um mehr Lockerheit auf einmal voran. Unsere um uns besorgte Krisen-Mutti sah sich plötzlich entmachtet und isoliert, als starrsinnige Alte, die uns weiter einsperren und unsere Wirtschaft ruinieren wollte. Kaum hatte er sich ihrer entledigt schaltete Markus einen Gang zurück, ließ vorsichtig schrittweise lockern, war wieder der besonnene Held in der Krise, und flugs wieder an Angelas Seite. Schließlich war sie immer noch die beliebteste Politikerin der Republik. Damit Wähler sie auch wieder liebhatten, verteilten alle Landesfürsten Bonbons. Weil selber denken auf Dauer anstrengend war, manche lieber das eigene Hirn ausschalteten und einfach glaubten, dass gut war was gerade erlaubt stürmten sie Badestrände, Biergärten, Parks, und Fitnessstudios und Baumärkte, was sich meinem Verständnis komplett entzog. Thüringens linker Regierungsbodo hob alle Verbote und Kontrollen durch Polizei und Ordnungsamt zum 6. Juni auf und baute auf die Vernunft im Volk. Dagegen war es nicht das Ding bayerischer Herrscher, einmal erlangte Macht übers Volk dem

162

Souverän locker wieder zurückzugeben. Markus kündigte Schutzmaßnahmen gegen freilaufende Nachbarn und den Covid-19-Angriff von drüben an. Plötzlich befanden sich Thüringen und Bayern im kalten Krieg. Ich erwartete täglich meine Reservisten-Einberufung zum Bau einer Mauer. Mochten die Thüringer sich unter Bodo freier fühlen, ich fühlte mich unter Markus sicherer, und ich verfluchte gleichzeitig meinen inneren Schweinehund, der mich so anders fühlen ließ, als ich immer dachte, der mir zeigte wie schnell auch ich bereit war, meine immer gern wortreich verteidigten Freiheiten schon für vermeintlich mehr Sicherheit zu opfern. Die es nicht gab. Wie verrückt es war, die von Politik hingeworfenen Bonbons gedankenlos zu lutschen, zeigten regional explodierte Infektionszahlen. Schon in der ersten Woche der Lockerungen im Mai hatte Covid-19 zugeschlagen, in einem Restaurant in Leer und in einer Kirche in Frankfurt. Bei einer Fete von drei Großfamilien mit über hundert Teilnehmern zum Ende des Ramadans in einem Göttinger Hochhauskomplex hatte Cocid-19 fette Beute gemacht. Inzwischen waren über die ganze Republik verteilt ganze Regionen wieder abgesperrt und eingesperrt. Während die einen immer mehr durften, durften andere gar nichts mehr. Der Kreis Gütersloh wurde im Juni wieder komplett abgeriegelt, nachdem es in Europas größtem Schlachtbetrieb Tönnies über 1500 Infizierte gab. Vorher hatte ich Bilder aus Berlin von einer Technoparty auf dem Wasser gesehen, und letztes Wochenende hatten Urlauber auf dem Ballermann gesoffen und hautnah gefeiert wie zu Seuchenanfängen in Ischgl. Die Dekadenz nahm weiter hirnlos ihren Lauf. Dem Virus genügten ein paar Prozent Idioten. Traf ich nur auf einen einzigen, konnte das mein Ende bedeuten. Was mir schwer gestunken hätte. Ich wollte nicht durch einen ignoranten Trottel sterben, der sich beim Komasaufen infiziert hatte.

Inzwischen war ich auf der Flucht vor den Daddelzombies heil am sicheren Haus angekommen. Schaffler, stand kurz und bündig auf dem breiten geschwungenen Kupferband über der schweren zweiflügeligen Holztüre. Von außen hätte man hinter der abblätternden Fassade ein kauziges Wirtshaus vermutet, keinen Gourmettempel, nebenbei Sitzungslokal des Förderkreisvorstands, wozu auch Boris Schaffler gehörte. Auch die Lage schräg gegenüber vom Bahnhof war nicht prominent. Mittendrin im traditionellen Türkenviertel. Viele, die in den sechziger Jahren mit Zügen angekommen waren, hatten sich auch gleich in Bahnhofsnähe angesiedelt. Von Heimweh Geplagte trafen sich dort auch gern und schauten den Zügen nach.

Die Tür war offen. Viertel nach elf war Boris Schaffler noch allein in seinem Tempel. Der öffnete schlag zwölf, schloss zwischen drei und sechs und hatte dann bis Mitternacht offen. Mit seinen grauen Locken und buschigem Schnauzer vermittelte Schaffler Gemütlichkeit, was die beinharten Stühle an den Tischen nicht schafften. Die spartanische Einrichtung zeigte den Gästen, dass der Chef es nicht nötig hatte, es ihnen bequem zu machen. Auf einen Tisch warteten Normalsterbliche ein bis zwei Monate. Wo schwer rein zu kommen war wollte jeder hin, um sich wichtig zu fühlen. Ich zählte ein Dutzend quadratische Vierer-Holztische, woran coronabedingt nur noch zwei Personen speisen durften, vier, wenn sie privat zusammenlebten. Schaffler war persönlich dabei alle frisch einzudecken. Sein Personal bestand aus der langjährigen Souschefin Auguste und Hilfsköchin Poppy. Schaffler hatte Liliane Popp nach ihrer Lehre übernommen, setzte sie hauptsächlich als Serviererin ein. Seit ihrer Rolle als Weiße Frau war Poppy eine lokale Berühmtheit, und Schafflers Kundschaft wollte sie anschauen können, die männliche sowieso. Außer einem Platz bot er mir nichts an, setzte sich auf den Stuhl mir gegenüber. Ich hatte damit gerechnet, dass er mich rausschmiss. Mein Erzfeind war schließlich auch Förderkreisvorstandsvorsitzender. Andererseits hatte ich mich in der Kuh gegen Kohn für Heiligbrücks Freiluftschauspiel stark gemacht. Corona hatte Kohns Plänen in die Hand gespielt, aber ganz offensichtlich waren sie schon von langer Hand vorbereitet, mit schon sehr seltsamer Zustimmung zuständiger Staatsdiener für einen Swingerclub für betuchte Schönheitswahnsinnige. Jedenfalls mir erschien der Venustempel so. Mit Caldarium, worin die alten Römer sich von Sklaven mit warmen Güssen hatten verwöhnen lassen. Kohn plante zwölf Heißwasserbecken mit Marmorplatten ausgelegt. Dazu ein Tepidarium mit milder Hitze, und ein Frigidarium, den Kaltbaderaum mit 80 Marmorliegen, den Boden mit Mosaiken ausgelegt, die Wände mit Fresken verziert. Große Fensterscheiben aus Glasmosaiken ließen sanftes Licht und Wärme einfallen. Durch den Tempel führten Säulengänge mit römischen Statuen zum Lustwandeln.

Schaffler schaute mich aus seinen braunen Hundeaugen traurig an.

„Furchtbar, das mit der Toten an unserem Puppenstrand. So ein junges Ding, dass sie ausgerechnet als unsere Weiße Frau auftauchen muss. Im verfluchten Jubiläumsjahr."

„Schätze, sie hat selber wenig Spaß an ihrer Rolle ghabt."

Vermutete ich und erinnerte ihn daran, dass es schon ein zweites totes Mädel gab. Was er pflichtgemäß auch furchtbar fand. Diesbezüglich nahm ich ihm seine Traurigkeit nicht ganz ab. Der Förderkreis und die Zeitung würden für die Ruine aus allen Rohren auf Kohn schießen. Auch der Gruselfaktor des Schauspiels war publikumswirksam ums vielfache gestiegen. Ich wollte gern mit Poppy reden. Ihr Dienst begann heute erst halb sechs. Ihr Chef zeigte sich hilfsbereit.

„Ich rufe sie an, dass ein Journalist kommt. Gott straft die Eitlen, Selbstsüchtigen und Wollüstigen."

Das konnte ich jetzt interpretieren wie ich wollte. Sah der überfromme Boris mich als Strafe Gottes für die Eitle, Selbstsüchtige und Wollüstige? Oder sah er mich wegen meines Kuh-Magazins als sittenlosen Strolch und Poppy als meine Strafe Gottes. Wie ich es auch drehte hatte er weder von mir, noch von ihr eine hohe Meinung.

7

Liliane Popp bewohnte nur zwei Straßen weiter ein Zimmer mit Küche und Bad im 2. Stock des Altbaus und öffnete barfuß in grauen Jeans und knielangem roten T-Shirt.

„Sie sind der vom Magazin."

Stellte sie fest und schmiss mich nicht raus. Publicity war Publicity. Es gab keine schlechte. Die Bettcouch war noch ausgezogen, bezogen und von der Nacht gebraucht. Sie hockte sich zur zerwühlten rotseidenen Bettwäsche und warf ihre Haare aus dem Gesicht nach hinten. Schulterlanges Blond. Es war Coiffeur Vorndrans Aufgabe, der jeweiligen Darstellerin wenn nötig Feuerrot und Rückenlänge zu verpassen. Ich sah nicht den Vamp vor mir, nur das Landei, das schon von zu exzessivem Genuss einer Möchtegern-Großstadt zerbröselt wurde. Der verfilzte einäugige Teddybär auf der Bettcouch, der letzte Freund aus der Kindheit. Wahrscheinlich war sie im Grunde ein nettes Mädel und hatte es nur vergessen, während sie atemlos einem Fetzen Glamour-Leben hinterher hechelte und sich dabei selber davonlief. Ich sank auf einen roten Knautschball, die einzige Sitzgelegenheit außer der Bettcouch, vor der noch ein flacher rechteckiger Tisch mit verchromten Füßen und Glasplatte stand. Gegenüber dem Regal mit dem Fernseher, einem Stapel Zeitschriften und einer grünen schlanken Glasvase mit drei verdurstenden roten Rosen drin. Durch eine halboffene Tür sah ich eine

kleine Wohnküche und gebrauchtes einzelnes Früh-
stücksgeschirr auf dem weißen Holztisch für zwei. Die
geschlossene Tür ging sicher ins Bad. Auf dem Bett zog
Poppy die Beine an und umarmte ihre Knie. Schutzsu-
chend, deutete ich ihre Körpersprache.

„Man hat ein totes Mädel am Fluss gfunden. In liebes-
weißer Kurtisane von Banini."

„Was kümmert´s mich."

Sie starrte auf ihre Füße. Der blaue Lack auf den Nä-
geln hatte eine Auffrischung nötig.

„Habens Ihr Babydoll und die scharfe Geisterunter-
wäsch noch?"

 Die Frage trieb ihr Falten auf die Stirn.

„Sinds ein Freak?"

„So ein Nightset kostet minimum an die 400 Euro."

„Majo hat´s zahlt."

Ein unmissverständlicher Hinweis darauf, dass sie Beziehungen hatte. Ich fragte mich wie tief die mit Max-Josef Bärlochhauser gingen. Seine Freunde nannten ihn
Majo. Ich gehörte nicht dazu.

Ich schoss sie an. Ein Schuss ins Blaue.

„Ihr Chef hält Sie für eine gottlose Sünderin."

Sie lachte verächtlich auf.

„Aber wenn er mich anschaut, zieht er mich nackert aus."

Die Blaupause dafür gab´s schon. Sie hing gerahmt an der Wand hinter der Bettcouch, Hochglanz, Poppy auf 80 mal 40 cm, auf der Seite liegend, den Kopf auf dem rechten angewickelten Ellenbogen, nackert hingestreckt auf einer weinroten Leder-Chaiselongue mit verchromtem Rahmen, ihre porzellanweiße Vorderfront von Kopf bis Fuß in voller natürlicher Pracht jedem Besuch präsentierend. Gschamig war das Mädel nicht, hatte es auch nicht nötig. Ich fragte mich wieder wehmütig was aus der guten alten Schambehaarung geworden war. Ansonsten war alles bio an Poppy, soweit ich das anhand des Fotos beurteilen konnte. Ich dachte an PM Dillingers Überlegungen zu den Dessous der Toten am Fluss. Poppy hätte die Körbchen gut ausgefüllt. Meine Frage zum Fotografen blieb rein rhetorisch. Poppy starrte stumm wieder auf ihre Füße.

„Inzwischen solltens Ihre Zehen kennen. Oder sinds auf die Leere in Ihrem Kopf gstoßen?"

„Wassis?"

„Ich mein hättens gern ein Hirn? Wenn ein Psycho auf die Weiße Frau abfährt, greift er sich demnächst vielleicht die letzte Hauptdarstellerin. Vielleicht hat er die andere bloß gnommen, weil er an Sie noch nicht rankommen ist."

„Bullshit!"

Trotzig setzte sie noch einen drauf.

„Boris ist ein verklemmter Heuchler wie alle anderen. Vorne fromm tun, und hintenrum gierens sich die Augen nach mir aus. Wieso glaubens schickt Boris mich im Restaurant oft aus der Küche in den Service, und wieso brummt mit mir unser Außerhaus-Catering? Weil ich gut fürs Geschäft bin. Sex sells."

Or kills.

Poppy war buchstäblich gebranntes Kind. Ich erinnerte sie daran.

„Es hat schon mal einen Anschlag auf Sie geben."

Poppy starrte wieder auf ihre Füße.

Ich hinterließ ihr meine Visitenkarte.

Zwei Tramhaltestellen weiter war ich am Anfang von Heiligbrücks Prachtmeile, die nur gut 300 Meter lang war und am Ende in den Kaiserplatz mündete. Die Schaufenster von Titus Stadlbauers Herrenboutique, wo auch Schlampenschorsch einkaufte erinnerten mich an Mantel- und Degenfilme und an Draculastreifen. Gegenüber betrat ich die geheimnisvolle Welt einer Dessousboutique.

„Carmen Fidelis, ihre neue Eroticakollektion."

Die stämmige Zopfblonde stand plötzlich neben mir, während ich an der Bügelstange rote, schwarze und fleischfarbene Seidenspitze inspizierte. Die Verkäuferin stand sicher schon gut vierzig Jahre in feiner Unterwäsche ihre Frau und füllte sie an allen Stellen üppig aus.

„Das Höschen hat ein Loch."

Stellte ich blöde fest, wo ich schon einen Finger drin hatte. Sie hielt mich für einen erotischen Hinterwäldler, ohne blassen Schimmer wozu ein Loch im Damenhöschenschritt gut war. Ich erschoss ihr hochnäsiges Mitleid.

„Führens auch Banini? Kurtisane in Liebesweiß?"

Führte sie nicht, erfuhr ich, nachdem sie ihre Verblüffung über mein Fachwissen verdaut hatte. Banini vertrieb ausschließlich online. Ich hätte mich vorher schlau machen sollen, tat mir das hier völlig sinnlos an. Ich passte hier rein wie Donald in einen Frauenbuchladen und machte mich fluchtartig aus der Damenerotik auf den Weg zu Schweinernem für den Magen.

In >Omas Küche< in der Fußgängerzone nahm ich Bratensülze mit Röstkartoffeln, dazu ein Weißbier, fuhr dann nach Hause und googelte mich durch die griechischen Götter und Heldensagen. Ein Versuch unserer Aphrodite durch ihr mythisches Vorbild näher zu kommen. Ich dachte über mögliche Zusammenhänge zwischen zwei toten Mädchen, Aphrodite und Elysion nach, kam zu keinen klaren Ergebnissen und entschied mich für mehr Weißbier als Hirnspülung. Ich nahm die Tram ins RundumdieUhr.

Im Gewölbe war zehn nach sieben tote Hose an der riesigen Hufeisentheke und den Holztischen. Es würde noch dauern, bis sie einfielen: Versicherungsmakler und Callcenter-Boys aus Bars, wo die One-Night-Beute schon an längst wieder großmäulige Anlageberater und An-

wälte verteilt war. Nach der Sperrstunde in anderen Knei-
pen kamen die Durchsäufer dazu, auf der Flucht vor der
Realität, vor sich selbst oder Gott weiß wovor, das sie
nüchtern nicht ertragen konnten. Ich erkannte ein paar
Stammgäste. Unter einem Tisch lag ein großer brauner
Hund mit dem Kopf neben den Vorderpfoten und ratzte.
Herrchen hieß Nimrod Liesegau, von allen hier unten nur
genannt „der Ossi." Weil er nach mehr 30 Jahren immer
noch „von drüben" kam. Großer brauner Hund hieß Donald.

„Trau mir im Winter nich mit den Zähnen glabbern,
weil die vom Chinesen sinn."

Erzählte Donalds Herrchen gerade seinem Tischge-
nossen, dem Sechsuhr-Jakob, der, obwohl mit 84 schon
schlecht zu Fuß, täglich pünktlich um 18 Uhr eintraf.
Würde er fünf vor oder nach kommen, würde der Häuptling die Uhr an der Wand umstellen, weil die dann hun-
dertprozentig falsch gehen würde. Jakob trank fünf Halbe
bis zehn und mischte sich nie in Gespräche ein, hörte bloß
zu und schwieg.

„Jakob hält uns alle für bescheuert."

Vermutete der Häuptling. Der Pausbäckige in dunkel-
blauer Windjacke an einem anderen Tisch war ins Han-
delsblatt vertieft.

Das Orakel.

Eigentlich hieß es Heinz und war Banker gewesen.
Weil der plötzlich den Kunden erzählte, dass Banken am

Untergang der Welt arbeiteten, hatte man ihn in den Vorruhestand geschickt. Das Orakel kam seitdem zum Biertrinken, Zeitunglesen oder Schlafen, je nach körperlicher oder Gemütsverfassung. Seine blaue Windjacke behielt es in jeder Stimmungslage an. Die war meist depressiv. Es las die Zeitung komplett durch. Solange das Orakel unten hockte, wünschte es keine Konversation. Begab es sich an die Theke, sprach das Orakel. Und man durfte es ansprechen. Als Neuankömmling hatte ich mal seine Aufmerksamkeit erregt. Das Orakel war mit seiner Halben an den Tresen gekommen, hatte sich neben mich gehockt, einen tiefen Zug genommen und mich trübe angeschaut.

„Das Kapital ist der tödlichste Virus der Welt."

„Ich hab keins, und mir geht's auch nicht gut."

Hatte ich gesagt und das Orakel sprachlos gemacht. Es hatte seine Halbe geleert, sich eine neue zapfen lassen und war versdamit wieder an seinen Tisch verschwunden.

Geronimos Schicht hinter der Theke hatte gerade begonnen, als ich mich ran hockte. Alte Brandlöcher in der blutroten Kunstlederpolsterung am Tresen zeugten von paradiesischen Raucherzeiten, wie das nikotingebeizte Holz im gesamten Keller. Nach dem legendären Apachen nannten die vom Stamm der Weltschmerzsäufer den Schankkellner wegen des tätowierten Häuptlingskopfs auf seinem rechten Oberarm. Geronimo trug sein blauschwarzes Haar offen bis auf die Schultern und Muscle-Shirt bei der Arbeit. Er hatte sich intensiv dem Bodybuilding verschrieben. Die Steroide fraßen gierig sein Resthirn, blähten aber seine Muskeln auf und ließen fast schon

Adern und die Haut darüber platzen. Die Federn auf Geronimos Tattookopfschmuck stellten sich von Woche zu Woche breiter um Trizeps und Bizeps herum auf. Einen Astronauten im Raumanzug erwartete man hier unten wie eine Zwiebel am Birnbaum. 40 Jahre Mondlandung. Seit elf Jahren klebte Armstrong hier fest. An der Wand an einem Ende des Hufeisens vergilbte er mit Andrea Berg neben Helene Fischer. Die schaute noch relativ frisch aus. Sie war nach dem Rauchverbot an die Wand gekommen, nach ihrem PR-Gassenhauer für Sauerstoffmaskenvertreiber. In Zeiten von Corona zurückblickend schon visionär. Ich hockte mich nach links außen. Der Kerl mir gegenüber hatte einen schwarzen Motorradhelm auf und eine braune Lederjacke an. Die Maske machte ihn endgültig zum Easy Rider auf staubiger endloser Straße. >Texas hold em< stand hinten auf der Lederjacke ein Pokerspiel, vorne ging ein brauner Doppelstöckiger gerade flott seinen Gang. Texas hielt die Maske unten und kippte ihn in einem Zug. Dafür fehlten ihm mehr Zähne als für die Einnahme von festen Mahlzeiten gut war. Er gab dem Häuptling ein Zeichen für den nächsten Braunen, kippte ihn und starrte dann in seine angetrunkene Halbe, als lägen auf dem Boden die Lösungen all seiner Probleme.

Der Häuptling war schlecht drauf. Die Bullen hatten ihn früh um fünf vom teuren Karbonross geholt und 1,8 Promille gemessen. Jetzt klagte er sein Schicksal an.

„Meine Marie hat einen anderen Macker. Ich check´s nicht. Der alte Sack ist fast fünfzig und greift mein Mädel ab."

Fast fünfzig. Der alte Sack tat weh. Ich zog am Weißbier und zitierte im Geiste Frank Zander.

Ich trink auf dein Wohl, Marie.

Der Häuptling grub nach dem Kriegsbeil.

„Würd ihm gern ein paar aufs Maul hauen."

„Dann mach´s."

„Dann krieg ich meine Marie wieder?"

„Schmarrn. Die Marie wird den alten Sack noch lieber haben und dich noch weniger. Aber dir tut´s wahrscheinlich gut. Vorher musst Erkundigungen für mich einziehen."

„Was für Erkundigungen?"

„Sex and Drugs. Du kennst alle schrägen Vögel der Nacht. Hör dich mal um, ob wer unsere feineren Kreise mit Jungfleisch für abgefahrene Orgien beliefert. Einer, der Ausreißerinnen einfängt."

Vereinzelt verirrten sich Thekengammler zu uns.

„Ich hab ein Pauwau mit dem da."

Machte der Häuptling jedem klar, der dazu kommen wollte. Sie verzogen sich murrend nach hinten an die Tische, wo sich Kellner und Kellnerinnen um ihren angestrebten Alkoholpegel kümmerten. Der Häuptling ging an mein Eingemachtes.

„Der Altersunterschied. Ist die Deine dir deswegen weg?"

„Nein. Aber deine ist zu einem alten Sack abghauen."

Der Häuptling schwieg einen Moment verwundet, klopfte dann trotzig auf sein Tattoo.

„Marie kommt wieder. Ich Apache!"

Geronimo machte mir wenig Hoffnung, was über abgefahrene Orgien raus finden zu können.

„Teufel, Bei mir verkehren nicht die Perversen, bloß die Verzweifelten. Für die ist Weihnachten, wenn sie mal eine andere Verzweifelte für die Nacht abstauben können."

Texas schob sich von der Bank, schlenderte zur alten Wurlitzer Jukebox, die ich schon bewundert hatte und wählte eine Scheibe. Barry Mc Guire: ...the eastern world, it is explodin'...you're old enough to kill, but not for votin´....and even the jordan river has bodies floatin'....but you tell me over and over and over again, my friend...ah, you don't believe we're on the eve of destruction.

Der musste eine schwere Maschine fahrn, vermutete ich, nachdem Texas bezahlt hatte und zur Tür raus war. Fuhr er nicht, klärte der Häuptling mich auf.

„Letzten Winter hat ihn ein Schneebrett von einem Dach erwischt. Seitdem hat er den Helm auf, weil es ihm als Fußgänger zu gefährlich ist."

Fünf Weißbier und drei doppelte Wildsau später: Der Tramfahrer weckte mich an der Endstation. Es gab kein zurück. Ich hatte in der letzten Tram gesessen. Atemlos durch die Nacht. Jetzt wusste ich was die Fischerin meinte. Diffuse Straßenbeleuchtung zeigte mir verschwommen Gegenden, die ich später nie mehr finden würde. An einem Baustellenzaun lehnte eine zerlumpte Gestalt und setzte eine Flasche an die Lippen. In der anderen Hand hielt sie eine schlaffe Deutschlandfahne. Ich machte kehrt. Irgendwann, irgendwo erwischte ich ein Taxi und nannte meine Adresse.

„Das wird nicht billig."

Sagte der Fahrer, während er den Nachtzuschlag im Kopf verdoppelte. Er freute sich über jeden Orientierungslosen. Ich zog wieder meine Maske auf. Er war Inder oder so, vermutete ich wegen des Turbans und seines Teints, soweit sichtbar. Er hatte mich so verstanden, dass er mir Heiligbrück bei Nacht zeigen sollte. Er gönnte dem Taxameter ein paar Freiheiten und machte einen großen Bogen um den Fluss, den ich dann eine Weile nicht mehr zu sehen bekam, dann wieder. Ich wohnte weit weg von ihm.

„Wissen Sie, dass im Kampf um die Weltherrschaft nur noch wir, Viren und Kakerlaken übrig sind? Im Moment haben die Viren die Kakerlaken überholt. Wir liegen mit weitem Abstand auf Platz drei. Haben Kollegen von mir herausgefunden."

Hauptsach auf dem Stockerl, dachte ich. Die Viren würden ihren Vorsprung uneinholbar ausbauen, bei den Massen, die wir durch den Umgang mit unserer Umwelt

freisetzten, die irgendwo auf Erden schon in den Startlö-
chern hockten, oder ihre Reise um den Globus schon angetreten hatten.

„Echt? Indische Taxifahrer haben das rausgfunden?"

Mein Chauffeur lachte dröhnend durchs schwarze Ge-
sichtsgestrüpp, das neben und unter seiner Maske raus
wucherte.

„Ich bin Pakistani und Evolutionsgenetiker. Kakerlaken schaffen es übrigens neun Tage und mehr ohne
Kopf."

Ich war wenig beeindruckt.

„Unter uns gibt's welche, die schaffen´s ihr Leben lang
ohne Hirn. Zurzeit rottens sich überall zamm und
schreien vor Wut, weil hohlköpfig sie so deppert macht."

Ich sah den Fluss nicht mehr und hoffte, dass wir meinem Ziel langsam näherkamen. Tatsächlich hielten wir
kurz darauf am rosa Haus.

„Interessantes Outfit ihr Heim. Sechsunddreißigacht-
zig."

Dröhnte Black Beard dumpf, aber gut gelaunt durch
Bart und Maske. Ich meckerte nicht über Piraterie. Ge-
messen am Unterhaltungswert war der Preis für die
Rundfahrt angemessen.

Bärlochhauser schaute aus dem Erkerfenster seines Rathausbüros runter auf die Demo, die sich für diesen Donnerstag 14 Uhr angemeldet hatte.

Freie Bürger, frei atmen!

Die vordere Reihe trug das Transparent. Ein Haufen von vielleicht achtzig Demonstranten hatte sich versammelt. Hundertfünfzig hatten sich angesagt, Schwammerl dreißig Polizisten geschickt.

„Freie Bürger, frei atmen!"

Schrien sie jetzt gegen das Rathaus. Einige schauten zu seinem Bürofenster hoch. Im Reflex machte der Oberbürgermeister am Fenster einen Schritt zur Seite. Unten kamen die vermummten Chaoten wie aus dem Nichts, aus drei Seitengassen, marschierten nach vorne. Transparente wurden entrollt.

Heimatschutz Heiligbrück!

„Ausländer. Seuchenschleudern! Deutsche Luft für deutsche Bürger!"

Ihr Gebrüll übertonte das der anderen. Fäuste reckten sich gegen das Rathaus. Aus den Seitengassen strömten immer mehr dazu. Auf einmal waren da unten an die dreihundert.

Dann flogen die ersten Flaschen und Steine gegen die verdutzten Polizisten.

8

Die Dämmerung legte den Tag flach, und Tantchen wartete schon vor Vorndrans hellerleuchtetem Salon, als ich aus dem Taxi stieg. Im Gegensatz zu mir hatte Tantchen eine Einladung. Die verlangte Abendgarderobe.

„Du schaust etwas gepresst aus, Neffe."

„Und du wie die Zauberin Huraxdax."

Tantchen trug ein blausilbernes Sternenkleid, ich einen Smoking vom Kostümverleih mit allem Drum und Dran. Worin ich mich fühlte wie eine Bettwurscht vor dem Platzen. Die Fliege steckte schon in der Hosentasche, weil sie mir um die Gurgel die Luft abschnürte. Dafür waren mir die schwarzen Lackschuhe eine halbe Zehenlänge zu groß.

Tantchen hatte mich überredet.

„Das ist deine Gelegenheit, deine Nase in die feine Gesellschaft von Heiligbrück zu stecken, Neffe?"

Dabei war ich früher berufsbedingt oft in weitaus feineren Kreisen unterwegs gewesen. A-Klasse. In den Häusern der Reichen und Schönen lagen die hin gemeuchelten Leichen in feinerem Ambiente als bei normal Sterblichen. Die Motive glichen sich. Es ging um Kohle oder Eifersucht. Die fixierten sich nur nicht so oft auf einzelne Nebenbuhler, sondern kreisten eher um Partnertausch und Rudelbumsen in der Moneyclique. Und niedere Beweggründe wie Gier und Heimtücke waren in höheren

Kreisen auch gerne zuhause, fühlten sich dort pudelwohl. Wobei ich nicht glaubte, dass Geld den Charakter verdarb, es machte ihn nur transparent. Auch Arme würden ihre Sau rauslassen, könnten sie es sich leisten. Geladen war ich nie zur feinen Gesellschaft, nicht mal zur C-Klasse in Heiligbrück. Was ich nicht vermisste. Ich war der Thekentyp.

„Mein Pressemann."

Sagte Tantchen mit einer Hand in meinem Rücken und schob mich zwischen den verdutzten Türsteherinnen Monique und Adele vor sich her in den Salon hinein. Friseurin Monika war als Vorndrans Hairstylistin zur französisch angehauchten Monique geworden. Kosmetikerin Adele ließ sich als Makeup-Artist und englisch mit Adäl ansprechen.

„Du kommst jetzt gut allein zurecht, Neffe."

Sagte Tantchen drinnen und tat sich mit Hexenschwester Ilse zusammen.

Ich inspizierte den Tisch mit den Geschenken, Blumen, die schon in einem Dutzend großer Vasen zusammengesteckt waren, und Päckchen, die meisten dem Anschein nach mit Saufereien. Darunter war auch eine verpackte Flasche von Vorndrans Ex Ilse, wie Tantchen mir mit einem Augenzwinkern schon verraten hatte.

„Ilses Zaubertrank für die Libido."

Die Zutaten standen auch auf der Hexenwebsite. Mir klang das Liebesrezept nach Maggifix, nicht nach Magie.

Zimt sollte Durchblutung dort anregen, wo sie gebraucht wurde, Muskat den Geist, Vanille und Zitrone Glückshormone freisetzen. Phytoöstrogene warteten im Koriander auf ihren Einsatz und brachten die Lust auf Vordermann und Frau. Oregano und Holunderbeeren entkrampften den Körper. Die Zutaten mussten einige Wochen ziehen, dabei der Sud jeden Tag ein paar Mal umgerührt werden, immer in dieselbe Richtung. Das war wichtig für den Hokuspokus. Erst hinten raus kam Power in den faden Kräuterdrink. Der Biosud wurde mit einem Liter weißen Rums auffrisiert, dazu kam ein Kilo Rohrzucker mit einem halben Liter Wasser aufgekocht. Das klang auch nicht nach Zauberei, aber nach Turbosprit, der Granatenräusche zünden konnte.

Ich las das Kärtchen am Liebestrank.

„Viel Erfolg! Ilse."

Freundlich leidenschaftslos.

Der Blickfang war die über zwei Meter hohe Noch-Verhüllung in der Mitte des Salons. Der erste Stehtisch ihr am nächsten war mit einem Schildchen für Presse freigehalten. Womit ich nicht gemeint war. Einen Moment reizte es mich, mich dorthin zu pflanzen. Aber ich wollte keine Show abliefern. Tantchen hatte mich überreden können, weil ich tatsächlich sonst keine Gelegenheit gekriegt hätte meine Nase in die feinen Kreise von Heiligbrück zu stecken. Vor allem in die momentane Befindlichkeit des Förderkreisvorstands. Den hintersten Tisch vor dem Schaufenster wollte niemand haben. Mit dem Vorteil, dass ich jetzt an meinem Standort alles vor mir und gut im Blick hatte. Niemand suchte meine Gesellschaft. Ich gab das Mauerblümchen. Nicht, dass an den anderen runden Stehtischchen großes Hallo und geselliges Halligalli herrschte. Mehr als zwei Personen durften sich an keinem ständig aufhalten. Was mir wiederum interessante Einblicke verschaffen sollte, wer mit wem Pärchen bildete. Rückschlüsse aus Mienenspiel erlaubte mir der Maskenzwang nicht.

Sechs Maskendamen, unter denen ich Schafflers Souschefin Auguste und Poppy erkannte offerierten Cocktails und Schampus. In weißen Blusen mit weinroten Fliegen und gleichfarbigen knielangen Schürzen, bedruckt mit dem Logo von Schafflers Auszeichnung durch ein renommiertes Kochmagazin: Goldener Löffel im silbernen Lorbeerkranz. Auf einen Stern wartete er immer noch. Das Buffet wartete noch in Vorndrans Büro. Einlesen konnte man sich schon. Schafflers Gourmetkarte dazu lag schon an den dunkelgrün gedeckten Stehtischchen auf.

Die geladene Presse in personae von Societyexpertin und Fotografin war noch begrüßungstechnisch von Pärchen zu Pärchen unterwegs. Die Weyer mit Fotografin Heidi. Die bewegte sich Gummi kauend im langen Schwarzen und mit weißen Turnschuhen burschikos wie in Arbeitsklamotten. Die Zeitung beschäftigte nur freie Fotograf/innen. Heidi als einzige mit monatlich garantiertem Mindestfixum, weil sie als Fannys ständige Fotografin sowieso drüber kam. Gerade kamen die beiden am Nebentisch bei Tantchen und Ilse an. Die Weyer winkte mir kurz zu. Heidi ignorierte mich. Einen persönlichen Abstecher zu mir ersparten sich beide.

Dann kam sie. Aphrodite! Die Hände an der Taille, den Kopf in den Nacken geworfen, ihr sattes schwarzes Haar hoch getürmt über dem goldenen Stirnband zum knöchellangen weißen Gewand mit breiten goldenen Säumen. An ihren Ohren und ihrer Halskette funkelten Saphire von tiefem Blau wie Evas Augen.

Ich beobachtete wie Heidi die posierende Göttin ignorierte, die sich kurz umschaute. Ein Blick streifte mich und den freien Platz an meinem Tisch. Sie entschied sich für den einzigen noch unbesetzten, von mir aus gesehen am anderen Ende, neben der Bürotür. Aphrodite schritt durch die Reihen.

Dann kam er und zog alle Aufmerksamkeit auf sich. Titus Stadlbauer zelebrierte seinen Auftritt in schwarzen Schühchen mit silbernen Schnallen, silberfarbenen Kniestrümpfen, himmelblauer Kniebundhose und silbernem Rüschenhemd mit Puffärmeln, die seine dicht behaarten Unterarme frei ließen. Sein sonst akkurat gebautes Vogelnest war obenrum leicht zerzaust, als hätte er einen Finger gerade erst aus der Steckdose gezogen. Oder der Fön hatte einen Kurzen gehabt. Prächtigster Blickfang waren der locker um die Schultern geworfene Hermelin und das Zepter in der Rechten. Stadlbauer fühlte sich Märchenkönig Ludwig II. seelenverwandt, wenn nicht noch näher. Er beendete auch seine Modenschauen in Hermelinumhang und mit Zepter. Heiligbrücks Modezar poste und Heidi ging in Position. Stadlbauers Blick fiel auf den Gastgeber. Und den schon besetzten zweiten Platz am Tisch durch Hermine Glaubtreu.

Bemerkte ich da ein kurzes unfreundliches Blickgefecht zwischen zwei besten Kumpels schon aus Klosterschulzeiten? Die auch die innige Leidenschaft fürs Schauspiel verband. Zwei Rampensäue, die deshalb zuletzt im

Clinch lagen. Im Vorfeld der bisher letzten Aufführung war Unwetter über die Rollenverteilung aufgezogen. Titus als Darsteller des alten Herzogs hatte gemeint, ein gehörnter alter Bock stünde ihm nicht, und er wäre der bessere Mime, ein Herzinfarkt gäbe beim Sterben für seine schauspielerischen Fähigkeiten auch zu wenig her. Gottlieb hatte eingelenkt, und beide hatten die Rollen getauscht. Danach überzeugte Gottlieb als alter Herzog von der traurigen Gestalt, dem seine schöne Frau mit einem jungen Ritter Hörner aufsetzte. Titus gab den Vater der jungen Herzogin, an der Seite von Edeltrudis Walburga Gräfin von Falckenfels-Bernburg als Herzoginmutter, was für die echte Gräfin per se schon ein Abstieg war. Aus seinem blutigen Sterben durch die Schergen des noch älteren Schwiegersohnes machte Titus eine Oper. Die Gräfin als mit hingemeuchelte Ehefrau durfte einmal „Liebster" hauchen und hatte ansonsten beim Sterben das Maul zu halten.

Meister Titus ließ das Fotoshooting einfrieren. Sein Blick schweifte durch den Salon, streifte interesselos mich und den freien Platz an meinem Tisch und fand dann den am Tisch der Göttin. Der erschien ihm immerhin standesgemäß. Das Haupt majestätisch erhoben und Gottlieb keines Blickes mehr würdigend machte er sich auf den Weg zur Erzfeindin der Talbewohner.

Die Pärchen hatten sich platziert. Ich suchte mir den Förderkreisvorstand zusammen. Hier hatte ich alle sieben Mitglieder auf einen Streich: Gottlieb Vorndran, Titus Stadlbauer, Max-Josef Bärlochhauser, Dr. Rigobert de Mille, Boris Schaffler, Volker Lemming und die Gräfin. Nicht überraschend bildeten der Oberbürgermeister und der Leitende Oberstaatsanwalt ein Tischduo. Bemerkenswert war dabei wer nicht erschienen war. Heiligbrücks First Lady als sicher geladene Salon-Stammkundin. Wie die Spatzen es von den Dächern pfiffen suchte Christine Bärlochhauser nicht die Nähe des Gatten, wo der auftauchte eher das Weite. Schaffler überwachte das Treiben seiner Catering-Damen in Gesellschaft der Gräfin. Ihr Blond türmte sich wie eine zusammen gerollte Python auf ihrem Kopf. Bankier Lemming hatte sich zu Claudia Schmelzer gesellt, betuchteste der Salonladies, als Herrscherin über Schmelzer Immobilien, auch über das Stadtpalais, in dem wir uns gerade befanden. Lemming war Bankhaus in fünfter Generation und in feinen Kreisen bevorzugter und oft gebrauchter Geldgeber. Frau Lemming hatte sich vor vier Jahren leidenschaftlich einem Tangolehrer auf Ibiza zugewandt, dessen Tanzstudio sie inzwischen mit ihrer Kohle aus der Scheidung finanzierte. Lemming machte seitdem zweimal im Jahr Urlaub in Thailand. Welchen Vorlieben er dort auch immer nachging, Sonnenbaden gehörte nicht dazu. Er schwitzte auch so schon übers blutleer wirkende Gesicht mit den fast fleischlosen Wangen. Den Gastgeber hatte sich Hermine Glaubtreu geschnappt, Apothekerin von St. Irmingard nebenan. Und gerade im Visier von Hexenschwester Ilse. Für mich am Nebentisch nicht zu überhören.

„Schau dir bloß den Pillenschlampen an, Martha. Praktisch nackert. Und wie sie Gottlieb anschwanzelt."

Hermine glänzte in roter Seide. Die klebte bis zu den Knöcheln über den gleichfarbigen waffenfähigen High Heels an ihr wie von einem Bodypainter aufgetragen. Die Hinterbacken zeichneten sich fein getrennt voneinander ab, vorne drückten Nippel wie Igelschnauzen gegen den edlen Stoff und wünschten einen schönen Abend. Man hätte auf der Stelle einen Akt zeichnen können, ohne dabei für intime Details viel Fantasie entwickeln zu müssen. Ich konnte nicht zeichnen und bewunderte ihren Auftritt, mit dem sie ihren Ruf als lustige Witwe herausfordernd spazieren führte. Tantchen rief ihre Hexenschwester zur Ordnung.

„Hör auf zu saufen, Ilse. Wir ziehen schon giftige Blicke auf uns."

„Giftig ist gut, Martha. Wir sind Hexen."

Tantchens Hexenschwester hatte bis jetzt kein vorbeikommendes Tablett ausgelassen und ihrer Maske vom Auf und Ab keine Ruhe gegönnt. Sie schluckte rotes Zeug, als würde das morgen auch verboten. Es gab noch blaue und grüne Drinks in Schampusschalen. In den roten vermutete ich Kirsche, in den blauen Absinth, in den grünen Minze. Ich mochte alles nicht, hatte mir eine Schale Schampus pur genommen, und entgegen meiner Natur nippte ich erst nur dran. Ich kriegte Sodbrennen vom edlen Gesöff und leerte es in einem Zug, als ich an einem der Tische meine Hausärztin und meine ehemalige Psychotherapeutin vereint bemerkte. Die eine hielt mich für einen bekloppten Frauenfeind in den Wechseljahren, die andere sah mich als tickende Zeitbombe eines Späteinsteigers zum Serienkiller ü 50. Mein Zeitfenster bis dahin hatte sie nach der letzten Sitzung noch offengelassen.

„Nach dem Sie offiziell nicht mehr zu meiner Klientel gehören, dürfen Sie mich bis zum nächsten Mal Lotti nennen."

187

Ich war schon vor der ersten Sitzung davon überzeugt gewesen, dass meine Therapeutin die Verrücktere von uns zwei war. Nachdem sie sich mir mit Camelot Lingus vorgestellt hatte.

„Wenn Sie bei meinem Namen gerade an Cunnilingus denken, sollte Sie das nicht weiter beunruhigen. Geht allen so."

Nichts lag mir ferner, als bei ihr an Cunnilingus zu denken. Bis sie mir das Bild in den Kopf gesetzt hatte. Worauf sie mir begeistert ihr Mobiliar inklusive meiner Couch nahegebracht hatte. Stahlrohrrahmen und schwarze Lederpolster.

„Le Corbusier. Wussten Sie, dass er auch einer der bedeutendsten Architekten des zwanzigsten Jahrhunderts war. Außerdem Stadtplaner, Maler, Zeichner und Bildhauer. Ein Universalgenie."

Ich war nicht gekommen, um mit kalten Sitz- und Liegemöbeln eines kreativen Tausendsassas Freundschaft zu schließen.

Sie hatte mich in allen Sitzungen ganz in Schwarz wie ihre Möbelpolster therapiert, einschließlich Pagenhaarschnitt. Jetzt kam sie daher wie eine Schachtel Gauloise. Ganz in Blau, vom Haar bis zu den Pumps. Ich hatte keine Ahnung gehabt, dass meine Hausärztin und meine Ex-Seelenklempnerin zu Vorndrans Salonweibern gehörten, oder zum Förderkreis, oder zu beiden. So heiter vertraut die sich unterhielten kamen mir Zweifel, ob sie es untereinander mit der ärztlichen Schweigepflicht ganz genau nahmen. Wenn nicht, war mein Beziehungskram inklusive gesamter Seelenkrempel in Heiligbrücks Tratschzentrale rum. Gegen die Vorstellung war Sodbrennen zu vernachlässigen.

Ich schnappte mir noch Schampus von einem vorbeikommenden Tablett und sah Bärlochhauser nicht kommen. Plötzlich war er da und baute sich an meinem Tisch auf. In seine goldene Nadel am Smoking war MJB graviert. Wie in die Manschettenknöpfe. Sogar golden vorne auf seiner Maske.

„Um es kurz zu machen, Teufel, Sie sind hier nicht erwünscht."

Ich machte es nicht so kurz.

„So wenig wie Sie im Vatikan, vermut ich. Sie haben Poppy als scharfes Jungfleisch durch die Ruine geistern lassen. Und jetzt hat´s eine Tote aus Fleisch und Blut in Banini-Reizwäsch angschwemmt. Der Papst lässt sich von Ihnen nicht mal mehr seinen Arsch küssen, geschweige denn seinen Ring. Und jetzt kehrens mit Ihrem Vorstandsamigo de Mille Ermittlungen unter Ihren dicken Rathauseppich, weils Ihren Geisterzirkel und ihr feines Wählerviertel vor peinlichen Fragen schützen wolln."

Bärlochhausers dichte schwarze Augenbrauen trafen sich mittig und sagten sich Grüß Gott.

„Das ist ungeheuerlich!"

„Eher gspenstisch."

„Sie wollen eine Schmutzkampagne gegen mich lostreten."

„Andere mit Dreck bewerfen ist Ihr Ding."

„Ich kann Sie nur warnen, Teufel."

Weg war er, und ich Depp hatte ihm gerade ohne Waffen und Munition offen den Krieg erklärt. Strategisch saublöd von mir, aber irgendwie auch befriedigend. Der Kerl war mir schon mal an die Existenz gegangen. Gut möglich, dass ich erstmal wieder unterging. Aber seine Fallhöhe war größer, und diesmal wollte ich dafür sorgen, dass er schon unter mir lag, wenn ich abstürzte.

Bei Ilse weckte das rote Zeug Kampflust gegen ein anderes Feindbild.

„Ich tret Hermine gleich in ihren Pfirsicharsch."

Ilse kippte sich den Rest aus ihrer Schampusschale hinter die Binde. Vorndran griff von hinten unter die Verhüllung und schaltete irgendwas ein, das zu pumpen anfing. Nach einer halben Minute plätscherte es unter der Verhüllung.

Vorndran bimmelte mit einem silbernen Glöckchen, wartete, bis er sich der Aufmerksamkeit aller sicher war. Dann zog er an einer Kordel. Die Verhüllung fiel. Und ließ einen Marmoradonis im Freien stehen, dann den Brunnen, den er zierte. Der nackerte Griechenjüngling, antikes Sinnbild männlicher Schönheit brunzte aus einem monströsen Dreiviertelsteifen ungeniert ins flache Becken.

Was für ein Mörderriemen!

Ilse rülpste in die andächtige Stille, und auch was von ihr folgte war deutlich vernehmbar.

„Da leck mich doch einer am Arsch! Himmel, Gottlieb, der nackerte Pisser hat deinen Schwanz."

Wer, wenn nicht Ilse sollte es wissen. Was Vorndran vorn dran hatte. Nach siebzehn Jahren Ehe. Ich war beeindruckt, hatte mich auf meinem Weg zum Manne an Dr. Sommers Versprechen klammern müssen, dass ein lustvoller Penis auf siebenfache Länge ausfahren konnte. Und das am eigenen Leib als gelogen erleben müssen, als ich zum ersten Mal mit einem nackerten Mädel vergeblich darauf wartete. Meine Enttäuschung wiederholte sich zum Déjàvu. Bis heute. Inzwischen hatte ich jede Hoffnung fahren lassen, aus meinen Möglichkeiten jeweils gemacht, was ich gerade konnte. Dr. Sommer war ein Fake. Ein ganzes Bravoteam weckte mit dem Etikettenschwindel seit Generationen bei pubertierenden Buben wie mir damals falsche Erwartungen.

Das Publikum reagierte gemischt auf Ilses Ausruf. Leicht indigniert, mit verhaltenem Lachen, lautem Gelächter. Auguste und Poppy fuhren das Buffet aus Vorndrans Büro herein. Die anderen vier Mädels nahmen ihre Arbeit wieder auf und transportierten frische bunte Getränke an die Tische. Überraschend gesellte plötzlich Aphrodite sich zu mir. Sogar in ihren goldigen flachen Ballerinas hätte sie mir auf den Scheitel spucken können. Sie ließ mich an heiße Himbeeren mit Vanillesoße denken. So dufteten also Göttinnen. Schade, dass an der hier so viel Plastik war. Auch sonst erinnerte kaum noch was daran, was die Natur Eva als Fleisch und Blut mitgegeben hatte. Göttin sein hatte seinen Preis.

„Eva Kohn. Habe ich eine Chance, dass Sie mich nicht hassen?"

„Angenehm, Teufel, auch persona non grata. Wer könnt eine Göttin hassen?"

„Eigentlich hassen sie meinen Mann. Aber mitgefangen, mitgehangen."

Trotzdem war sie eingeladen.

„Früher habe ich mir auch von Gottlieb die Haare machen lassen. Aber das ist nicht der Grund. Sehen Sie sich um."

Frisch gespritzte Botoxianer erkannte normalerweise sogar ich. Weil sie ausschauten als hätten sie ihre eigene Maske auf. Aber die hier trugen alle noch Masken drüber.

„Botox gegen Falten ist ein alter Hut, Herr Teufel."

Klärte die Göttin mich auf. Letzter Schrei gegen Faltenwurf war Kohlendioxid. Gas geben gewann eine völlig neue Bedeutung. Man konnte im Fasching als Luftballon gehen, ohne sich verkleiden zu müssen. Der Nachteil für den Konsumenten gegenüber Nervengift Botox: Mit Kohlendioxid brauchte es ein bis zwei Spritzen pro Woche. Gut fürs Geldscheffeln der Beautyindustrie. Auf dem Parkett der Eitelkeiten konnte ich bei genauem Hinschauen noch anderes sichten. Zum Beispiel Claudia Schmelzers betonfeste Halbkugeln im tiefen Dekolleté. Dort waberte kein Brustfleisch. Ich fand es mutig, die Dinger bloß mit Spaghettiträgern im bodenlangen Nachtblauen zu sichern.

„Sie haben uns kürzlich auf Elysion besucht. Ich habe gehört Ihr Auftritt war etwas irritierend."

Aha. Daher wehte der Wind.

„Ihre Trümmer auf der Ruinentreppe fand ich auch etwas irritierend."

Die Stimmung gefror leicht in meiner Retourkutsche, und ich versuchte sie mit Harmlosigkeit wieder aufzuwärmen.

„Eine Freundin von mir wollte aus rein historischem Interesse Aufnahmen von der Ruine machen. Bei der Gelegenheit hat mich die Neugier in Ihre Schönheitsklinik getrieben. Für mich Neuland."

Die Göttin ließ Gnade walten.

„Belassen wir es dabei."

Mit den Saphiren in ihrem Geschmeide lag ich richtig. Nur der in die Mitte ihrer grauen Maske eingewebte Stein war ein Lapislazuli, klärte sie mich auf.

„Der Himmelsstein, weil er mit seinen Pyriteinschlüssen im Blau den Sternenhimmel versinnbildlicht. Lapislazuli ist auch der Stein der Aphrodite."

Eva hatte die Göttin voll verinnerlicht. Aber sie suchte weiter die Nähe zu den Irdischen.

„Ich möchte mit den Leuten klarkommen. Schließlich bin ich von hier."

Ein rasanter Aufstieg von Stationsschwester Eva im Kreiskrankenhaus, vor sechs Jahren gewechselt nach Elysion, ein Jahr danach schon Aphrodite auf dem Beautyolymp.

Lemming wischte sich mit einem Taschentuch wieder übers feuchte Gesicht. Claudia Schmelzers Auslage heizte ihm mächtig ein. Bemerkenswert welche Menge Schweiß es einer Mumie noch raus treiben konnte. Bei Aphrodite kam die gelernte Krankenschwester durch.

„Hyperhydrosis, die pathologische Überproduktion von Schweißdrüsen. Antitranspirante aus der Apotheke oder schweißhemmender Salbeitee sind da nicht nachhaltig effektiv. Er könnte seine Drüsen mit Botox trockenlegen. Leider leidet er auch noch an Trypanophobie."

Sie lachte kehlig über mein dummes Gesicht.

„Angst vor Nadeln."

Ich wechselte das Thema.

„Was schenkt eine Göttin ihrem irdischen Ex-Coiffeur?"

„Ich lasse Blumen sprechen. Rote Anemonen."

Die hatten mich vorhin am Geschenketisch stutzen lassen. Ich wusste wie Anemonen aussehen, weil mir rote beim Googeln durch die Götter und Göttinnen des Olymp begegnet waren.

„Aphrodite ist übrigens auch die Göttin der Leidenschaft und sinnlichen Begierde."

„Flirten Sie mit mir, Irdischer?"

„Aphrodite hat´s auch mit Adonis trieben. Ist nicht gut für ihn ausgangen."

Ich hatte ihr Lächeln umgebracht und schaute ihr hinterher, bis sie wieder beim Stadlbauer ankam.

„Da rauscht sie hin, die Göttin im Nachthemd."

Empfing ich die Weyer, die Aphrodite an meinem Tisch ablöste. Die überraschenden Besuche nahmen kein Ende. Ich war plötzlich gefragt.

„Kein Nachthemd, sondern seidener Himation mit angenähtem Peplos."

Belehrte die Weyer mich über das Nachthemd.

„Und den Blitzen in ihren Augen nach tötet Aphrodite Sie im Geiste gerade."

Die Weyer hatte das mit den Göttern auf Elysion schon durch. Ihre Kurzhaarfrisur erinnerte an rostige Reißnägel und machte sie auf freche Art noch jünger als ihre 29. Sie hatte auf klassische Galarobe verzichtet. Im weißen Top mit blauen Querstreifen unter dem orangen Blazer kam sie daher wie frisch aus einer Strandkorbwerbung auf Sylt. In ihren weißen Turnschuhen schien sie über dem Boden zu schweben, als könnte sie problemlos auch über Wasser gehen. Frauen mit einem solchen Bewegungsgefühl konnten ihre hohen Hacken im Schuhschrank locker wegschmeißen, dachte ich. Ich verstand bis heute sowieso keine, die ihre Füße mit High Heels quälte. Für mich ein Rätsel was Frauen sich alles einreden ließen. Zellulite als behandlungsbedürftigen Defekt zu installieren, für mich bis heute der größte Coup der Pharmaindustrie. Weyers nach unten hin weite Taillenhose mit großer Schleife vorne am Bund sagte mir, dass Orange gerade eine angesagte Damenfarbe war. Schaute sogar bequem aus. An ihren Ohrläppchen hingen kirschgroße farblich passende Steine, und ihre braunen Augen waren genau so groß. Noch über die runde Tischplatte durch die Maske erreichte mich ein Hauch wilden Waldhonigs und kaperte mein Denkvermögen. Mir fiel nur eine blöde Frage ein.

„Wie komm ich zu der Ehre?"

„Bis auf Ihre Umgangsformen sind Sie immer noch ein von mir sehr geschätzter Kollege."

Sie strich mir ihren Honig ums Maul. Ich fing mich wieder.

„Und was wollens wirklich von mir?"

„Ich mache mir Sorgen um Gottlieb."

„Um den dürren Gockel, der sich für einen unwider-
stehlichen Womanizer hält? Ich hab immer glaubt Friseure sind schwul."

„Sie leben in einer Klischeeblase. Seit Sibels Tod hat er
sich verändert. Gottlieb hat sie sehr gemocht und sogar
angefangen sich für Flüchtlingsschicksale zu interessieren. Ihr plötzlicher Tod hat ihn tief getroffen."

Jetzt musste ich bloß noch verstehen wovon sie redete.

„Sibel Kamal, seine Haushaltshilfe. Sie war anerkannte
Asylantin aus Syrien und hat sich angeblich vom Dach
gestürzt, weil ihr Familiennachzug verweigert worden
war."

Verweigerter Familiennachzug war ein einleuchtendes
und persönliches Motiv für eine Verzweiflungstat, fand
ich. Die Weyer gab mir zusätzlich Stoff über ein Motiv
nachzudenken.

„Vielleicht war sie auch infiziert und ist deshalb gesprungen. Sie hat im Coronahochhaus gewohnt."

Es war Wochen her.

„Und bis heute hat es keine Beerdigung gegeben. Bei
der Städtischen Bestattung weiß man von nichts, und die
Polizei stellt sich dumm, was den Verbleib von Sibels Leiche angeht. Das ist doch merkwürdig."

„Schon bei der Rechtsmedizin versucht?"

„Bis dorthin ist der Fall gar nicht gekommen. Nicht einmal bis zu Ermittlungen der Kripo. Es wurde sofort auf Selbstmord erkannt."

„Was meint euer Polizeireporter?"

„Ihr Nachfolger ist frisch von der Journalistenschule zu uns gekommen und meint, was Kasper ihm vorsagt. Sie sind ein anderes Kaliber. Deshalb erzähle ich es Ihnen ja. Ich kann weiter nichts tun."

„Schaumermal."

Wenn sie schon mal da war konnte ich auch mal in Klatsch und Tratsch einsteigen. Aber sie hatte nicht vor dem Getuschel nachzugehen, das Ilse mit ihrem Ausruf sicher ausgelöst hatte. Hatte Gottlieb für den Monsterschwanz des Marmorjünglings selbst Modell gestanden? Ich dachte, dass die eine oder andere der Salonladies vielleicht auch schon näher dran war. Was die Weyer nicht beschäftigte.

„Ich lasse mir von Gottlieb die Haare machen, ich habe nicht vor in seine Hosen zu schauen. Wäre uns Frauen die Größe eures selbsternannten besten Stücks so wichtig wie euch Kerlen selbst, blieben die meisten von euch ihr Leben lang einsam. Außerdem ist eure Reinundraus-Sexualität für uns Frauen grundsätzlich stinklangweilig, egal, ob ihr uns einen langen Dünnen, oder einen kurzen Dicken reinsteckt. Wir reden mit euch nicht darüber, weil ihr dann unter Druck kommt und uns physisch und psychisch absäuft. Dann hätten wir nur noch total kaputte Typen zuhause rumhängen. Also schreien und stöhnen

198

wir uns einen Wolf und tun so, als würdet ihr uns befriedigen. Ihr dreht euch um und ratzt triumphierend weg, während wir hellwach vor Frust und Lust nachglühen."

Dafür, dass Frauen mit uns nicht darüber redeten war sie mir gegenüber recht ausführlich. Bei mir schien es ihr egal zu sein, wenn ich jetzt physisch und psychisch absoff. Gut, dass ich es hinter mir hatte, es mir wurscht sein konnte welche Weibsbilder wo glühten, warum auch immer. Aber sie konnten nachtragend sein. Vielleicht war das jetzt Weyers Retourkutsche auf meine Begrüßung bei ihrem Redaktions-Einstand zwei Jahre nach meinem.

„Societyexpertin, aha."

Dazu war mir noch eingefallen, dass, was mein Arsch abließ spannender war, als das Gesülze unserer überspannten Provinzbagage.

Sie hatte mir ein Mona Lisalächeln geschenkt.

„Habe schon von Ihnen gehört. Sie sind der Redaktionscharmeur. Aber Sie überschätzen Ihren Arsch. Sie sind nicht Kim Kardashian."

Ich verstand nicht worin Kims Lebensleistung bestand, aber ihr Arsch hatte mehr Follower als Professor Harald Lesch, der sich redlich abmühte ein paar Fernsehzuschauern das Universum näher zu bringen. Auch wenn Kim das vielleicht nicht glauben mochte, das war größer als ihr Arsch.

Die Gräfin hatte sich hüftsteif bewegt wie ferngesteuert, war mir noch aufgefallen. Folgen eines Sturzes auf einer kürzlichen Wanderung im Schwarzwald, hatte sie der Weyer erzählt. Die es jetzt mir erzählte und nicht glaubte.

„Die Gräfin wandert nicht. Aber auch die Folgen eines Schönheitseingriffs können schmerzhaft sein und andauern."

Die Front der Geistergemeinde gegen Elysion war ziemlich porös, fand ich. Von Meister Titus war allgemein bekannt, dass er sich regelmäßig in den VIP-Turm von Silikohn Castle begab. Immer noch. Weshalb es nicht mich nicht so ganz überraschte, dass er sich am anderen Ende des Salons angeregt mit der Göttin zu unterhalten schien. Dafür schien der Haussegen zwischen Titus und Gottlieb schief zu hängen. Auch die Weyer hatte die Unordnung in Stadlbauers schwarzem Storchennest auf dem Schädel registriert. Woraus sie schloss, dass Gottlieb Titus keinen Termin mehr vor seinem Event gegeben hatte. Ich folgerte daraus, dass Meister Titus vielleicht deshalb gerade versucht hatte dem Gastgeber mit seinem pompösen Auftritt die Show zu stehlen, bevor die überhaupt angefangen hatte.

Zuzutrauen wäre es ihm, bestätigte mir die Weyer.

„Titus ist ein feiner Mensch, aber er erinnert Gottlieb gerne daran was der ihm zu verdanken hat."

Der Aufstieg des Vorstadt-Haarschneiders hatte begonnen, als Stadlbauer sich vor elf Jahren als Rudolf Moshammers Wiedergeburt neu erfunden hatte. Bis heute durfte der Damenfriseur ihm exklusiv das Haar schwärzen und auftürmen. Titus ihn auch in den Förderkreisvorstand gehievt und so endgültig auf Promistatus. Schnell hatte Vorndran Heiligbrücks Ladies als Kundschaft, fühlte sich als Hahn im Korb der feinen Damengesellschaft, zog mit seinem Friseurladen ins Stadtpalais um und nannte sich seitdem Coiffeur. Seine Ilse hatte er im Häuschen sitzen lassen und war in eine Wohnung über dem Salon gezogen.

Woher ich das alles wusste, obwohl mich sogenannte feine Gesellschaft wo auch immer einen Scheißdreck interessierte, inklusive Befindlichkeiten der Heiligbrücker C-Promis? Ja, verdammt, ich zog mir alle Kolumnen von der Weyer rein. Was ich nie zugeben würde.

„Hat der Stadlbauer sich tatsächlich sein eigenes Konterfei mit Zepter unterlegt auf seine Maske gestickt?"

Fragte ich, weil ich es nicht genau sehen konnte. Hatte er, bestätigte sie. Auf ihrer Maske hatte Donald Duck den Schnabel weit auf.

„Meine Wurzeln sind in Entenhausen."

Scherzte sie, und ihre Augen lachten mich an.

„Wenn ich darüber nachdenke, haben Sie einiges von Donald."

Ich überlegte, ob ich mir den Todesstern auf meine Maske sticken lassen sollte.

„Was? Von einem cholerischen Losererpel?"

„Das haben jetzt Sie gesagt."

Ihre Augen schienen mir beunruhigend belustigt, und mich beschlich das ungute Gefühl, dass sie eine ganze Menge mehr über mich wusste als umgekehrt.

Morgen Abend gab Titus seine jährliche Sommer-Charity, erzählte sie mir zusammenhanglos in einem Zug. Wozu ich auch nicht eingeladen war, so oder so wäre ich dort nicht aufgeschlagen, obwohl ich der Meinung war Feste sollte man feiern wie sie fielen. Aber zwei Abende hintereinander mit der Heiligbrücker Societymeschpoke hätte ich bloß im Vollsuff überstanden. Und wie ich Titus einschätzte würde es auch bei ihm bloß farbige Plörre und Pufflimo geben, kein Bier. Plötzlich erreichte uns Getöse. Am Buffet ging´s ab. Ilse war wild drauf und voll geladen mit rotem Alk und Emotionen. Sie griff sich eine offene Flasche aus einem Eiskübel, hielt den Daumen drauf, schüttelte sie kurz aber heftig und schoss Hermine den Schampus ins Gesicht. Die haute ihrer Angreiferin auf die Nase, worauf die ihr vorne in die Seide griff und Hermine mit einem Ruck ins Freie stellte. Die kniff die Arschbacken um den Tangastring zusammen, als sie im Gesöff ausrutschte, das sich auf den Boden ergossen hatte. Hermine lag rücklings strampelnd da, und ihre frechen Titten fielen seitlich auseinander. Was zeigte, dass sie noch bio waren. Ilse konnte sich ihres Triumphs nicht erfreuen, weil Hermine sie beim Hochrappeln in die linke Wade biss. „Uuaaahh", schrie Ilse. Hermine zog sich an ihrem Kleid hoch, was das lange Eierschalenfarbene zum Zweiteiler zerriss. Ilse trug einen fleischfarbenen Schlüpfer, kam ihrerseits in Trudeln und riss im Fallen das Tischtuch vom Buffet mit. Grüne Soße, Lachs und der Rest vom gespickten Seeteufel folgten mit den Kalbsfrikadellen und dem Chicorée im Schinkenmantel. In die Schaulustigen war Bewegung gekommen. Hintere drängelten Corona hin oder her weiter nach vorne. Die Kämpferinnen sausten ineinander verkeilt unter Schafflers Gourmetbuffet, was dem endgültig den Rest gab. Es entwickelte sich ein munteres Schlammcatchen. Ilses Dutt löste sich auf. Die irischen Austern und das zerhackte Eis, auf dem sie vorher noch lagerten, ließen das Gemetzel zusätzlich glitschen. In Ilses Restkleid krallte sich der angebrochene Hummer, ein Landsmann der Austern, mit seiner noch verbliebenen Schere. Als sich die Kampfhennen im Tischtuch verhedderten, konnten Schaffler und Auguste sie auf die Beine stellen und abführen.

Die Kontrahentinnen hinkten schwer. Der bis auf den roten Tanga nackerten Hermine fehlte einer der High Heels, und Ilse litt an Hermines Wadenbiss. Der Hummer hatte sich von ihr getrennt und schwamm neben dem Seeteufel in grüner Soße. Schafflers Cateringpersonal bemühte sich darum, die Kollateralschäden zu beseitigen. Stadlbauer stand immer noch wie vom Donner gerührt an seinem Tisch, untergehakt von Eva Kohn. Als wollte sie mit ihm schunkeln.

Die Party war zu Ende, beim Hinausgehen die Lingus neben mir.

„Teufel, wie geht es Ihnen?“

„Mir geht´s gut. Ich versuch Weibern wie Ihnen aus dem Weg zu gehen. Klappt nicht immer.“

„Lassens Sie´s nur raus, Teufel. Übrigens lese ich mit Vergnügen Ihr Magazin."

„Ich nehm an zu Studienzwecken meines Profils. Aber ich hab meine Bestimmung als Serienkiller noch nicht gfunden. Racheengel könnt mir gfallen."

Ihr Lachen kam aus tiefer Kehle.

„Teufel, Teufel, Sie denken schon wie ein religiös durchgeknallter Serientäter, der glaubt er sei in Gottes Namen unterwegs. Aber Gott beschäftigt keine Racheengel. In der Bibel gibt es sie gar nicht. Gott übt Gerechtigkeit, keine Rache. Er rächt keine Sünden, er erlöst davon."

Mein ist die Rache, sprach der Herr. Glaubte ich mich dagegen an einen Bibelspruch zu erinnern. Aber aus jedem alten Religionsschinken konnte sich sowieso jeder rausziehen was ihm gerade in seinen Kram passte. Ob als selbsternannter Rächer, oder Erlöser von Sünden, ich fasste jetzt ernsthaft die Möglichkeit ins Auge, dass ein biblischer Irrläufer unterwegs war. Und ich dachte an Schaffler, fragte mich wie weit er vermeintlich im Namen Gottes in einem christlichen Feldzug gegen die Sündigen dieser Welt gehen würde. Nach dem Krebstod seiner Frau vom Oster- und Weihnachts- zum Dauerkirchgänger geworden. Schaffler Junior war weltweit als Holzeinkäufer unterwegs und lebte in Schweden. Schaffler schmorte im eigenen Saft, klammerte sich an seinen Herd und den Bibelgott. Fundamentalchristen waren mir so unheimlich wie Islamisten. Ich war ins Katholische reingeboren worden und in Gottesfurcht aufgewachsen. Als Ministrant zur heiligen Kommunion verdammt hatte ich mehr als einmal in die Hölle geschaut, wenn ich gleich nach dem

Pfarrer an die Oblaten gemusst hatte. Mit Todsünde auf dem schlechten Gewissen. In Gedanken, Worten und Werken. Da gab´s kein Entkommen. Ich hatte ständig nackerte Weiber im Kopf gehabt. Die Nackerten waren nicht durch Handauflegen wieder gegangen. Nur durch Handanlegen. Nach den Gedanken auch Todsünde in Werken. Für einen Zwölfjährigen der einzige Weg, sie wieder aus dem Kopf zu kriegen. Ich hatte auf Teufel komm raus onaniert. Sysiphosarbeit für Pubertierende. Weil die nackerten Weiber anhänglich waren und immer wieder kamen. Tagsüber hatte ich keine Gelegenheit gehabt, sie zu vertreiben, stand unter Mutterns Beobachtung oder war Fußballspielen, auf meiner Prioritätenliste knapp vor dem Onanieren. Die nackerten Weiber musste ich nachts im Bett erledigen, damit ich einschlafen konnte. Ohne Chance auf Beichte und Absolution vor der Frühmesse um sechs. Vorher war ich gerne Ministrant gewesen. Bis ich den Leib Christi in Todsünde verzehrte, was mich der Hölle jedes Mal näherbrachte. Zu groß die angehäufte Schuld, sie nachträglich zu beichten. Der Pfarrer Blümerl hätte mich in die Verbannung geschickt. Ich hatte das Alte Testament gelesen, bevor ich auf Karl May, Ritter Ivanhoe und Robin Hood umgestiegen war. Eigentlich fand ich das Gottesbuch spannend und schön zum Gruseln, wie die Generation nach mir Harry Potter gegen Lord Voldemort. Wären da nicht die Erwachsenen um mich rum gewesen, die mir einredeten Gott gäbe es in echt, und er würde alles sehen was ich so triebe. Ich nahm Gewitter persönlich und erwartete, von einem Blitz erschlagen zu werden. Im Wissen, dass Gott kein lieber war. Eigentlich war er ständig damit beschäftigt Menschen niederzumachen, die ihm gerade nicht in die dauermiese göttliche Laune passten. Einmal hatte er unseren ganzen Planeten ersaufen lassen, bloß weil ihm die Bewohner gestunken hatten. Die Furcht vor irdischer Todesstrafe und ewiger Verdammnis wäre mein ständiger Begleiter geworden, hätte ich mir nicht meine gottfreie Zone einer wunderbaren Kindheit geschaffen, ich nicht mein Viertel als einzigen Abenteuerspielplatz erkundet, inklusive eines Alteisen- und Altpapierlagers. Dort hatte ich Tarzan Nummer 1 rausgetaucht. Ein Schatz, den ich hatte verstecken müssen. Meine Heftchenhelden waren für Kirche und Muttern Schund. Inzwischen war ich seit fast 50 Jahren Muttersöhnchen, Sepp Teufel Senior als Statiker selten sicher auf den Beinen gewesen und beim Richtfest von einem Parkhaus-Rohbau zu Tode gefallen. Drei Wochen vor meiner Einschulung. Seitdem war ich auf dem Weg zum Serienkiller. So sah es jedenfalls Dr. Camelot Lingus. Bei ihr hatte ich meine sechs Sitzungen zur Aggressionsbewältigung abgesessen. Sie hatte ihre Doktorarbeit über Serienmörder im Kontext mit vom Papsttum verbreiteter Gottesfurcht und Verteufelung der Sexualität geschrieben. Für die Lingus kam ich aus dem Lehrbuch für Serienkiller und hatte mich ihrer Meinung nach schon überraschend lange im Griff, den Haufen Mist, der seit meiner Kindheit in mir dampfte schon erstaunlich lange unterdrückt.

„Schon die abstrusen Sexualregeln im Katholizismus, die kein Mensch einhalten kann, der Berg von Schuldgefühlen, der sich da in einer pubertierenden Bubenseele auftürmt. Dazu noch eine überreligiöse alleinerziehende Mutter plus ein Umfeld, das Sie mit Gottesfurcht unter Volldampf gehalten hat. Himmel, das haut rein."

Die klassische Laufbahn fing mit Tierquälen an, steigerte sich zum Feuerteufel, zum Einbrecher und Vergewaltiger bis Mörder. Ich hatte als Fünfjähriger beinahe Mutterns Küche und mich selber abgefackelt. Als ich Wiener zerstückelt und mit Papas Weinbrand flambiert hatte. Mehr war da nicht. Richtige Zündler gingen später zur Freiwilligen Feuerwehr und waren die ersten beim Löschen. Ich hatte nie eine Katze angezündet oder in Frösche reingeschaut, bevor sie tot waren. Von Vergewaltigungen hörte ich dahoam nie was. Keiner wusste was das sein sollte. Nicht mal Polizisten, oder Richter.

Es war nicht die Frage ob, nur wann der Druck mir den Deckel vom Kessel haute und ich loszog. Wie Frau Doktor das sah war ich Würger oder Ripper auf Abruf. Als Spätberufener mit Kreuzschmerzen und vielleicht mit schon künstlicher Hüfte auf mein erstes Opfer lauernd. Ich hatte Frau Doktor erklärt, wo ich herkam. In Niederbayern wurden verstörte Buben keine Serienkiller. Die machten eine Kirchenkarriere, oder eine in der Partei. Oder sie wurden Kabarettisten. Die besten überhaupt. Wer´s gar nicht aushielt haute ab wie ich.

***

Der Taxler schaute grantig über seine Maske und redete nicht. Ein Eingeborener. Er brummte, als ich ihm seine Adresse nannte und ließ mich dann ungestört über Aphrodite und Adonis nachdenken.

„Ich lasse Blumen sprechen. Rote Anemonen."

Unsere irdische Göttin hatte mich am Nasenring durch die Manege führen wollen. Und sich dann über meine Reaktion geärgert, die sie vermuten lassen musste, dass ich die Zeichen deuten konnte.

Rote Anemonen, auch Adonisröschen genannt.

Adonis hatte das Gschpusi mit Aphrodite nicht überlebt. In der irdischen Heiligbrück-Variante stellte ich mir eine gelangweilte Aphrodite vor, deren Göttergatte die Nächte mit besessener Suche nach der Unsterblichkeit verplemperte. Haarschneider Gottlieb war als Zeitvertreib nach Salonschluss bequem greifbar, als die Göttin sich noch gnädig vom Beauty-Olymp herunter unter die Salonweiber gemischt hatte. Um Anschluss an die Sterblichen unten im Tal zu halten. Nach Fannys Enthüllungen hatte Barnabas seiner Göttin Gottliebs Salon verboten, und die meisten Ladies dort wollten sie auch nicht mehr haben. Wusste ich alles aus *Fannys Leute*. Ich reimte mir einiges zusammen. Als ihren Adonis hatte unsere Aphrodite Vorndran bestimmt nicht gesehen. Er sich selber in seiner Selbstüberschätzung schon eher, wie der drauf war. Nach ihrem Abgang musste ihm bewusst geworden sein, dass er nur als Spielzeug gedient hatte, seine vermeintliche Göttin ihn mit dem Salon kalt abserviert. Als Rache hatte er den Adonis in Auftrag gegeben und sie zur Einweihung geladen. Wo er von Angesicht zu Angesicht quasi auf sie pisste. Symbol- und niederträchtig mit seinem eigenen monströsen Schwanz, wenn ich Ilses spontanen Ausruf richtig interpretierte. Die musste es immerhin genau wissen. So, oder so eine krasse Aktion von Vorndran. Entweder hatte er Aphrodites Botschaft durch die Blume gesagt nicht verstanden, oder er hatte Todessehnsucht. Derartig gedemütigte Frauen rührten gerne auch mal das Gifthaferl an. War noch die Frage, woher sie schon hatte wissen können was unter der Verhüllung steckte. Nicht mal Tantchen und die Weyer hatten eine Ahnung gehabt. Ich glaubte des Rätsels Lösung zu kennen. Der Skulpteur hatte sich auf einem Kupferschild am Brunnensockel verewigt: Severin Rauschmeier. Den hatte ich erst kürzlich auf einem anderen Sockel gelesen.

Mein Chauffeur hatte Heiligbrück nicht weiträumig erkundet, schloss ich aus dem zivilen Preis: 18, 70 Euro. Ich gab einen Zwanziger. Der Eingeborene brummte. Ich konnte nicht raushören, ob zustimmend oder unzufrieden. Es war erst halb zehn, und bei meinen Mitbewohnern im rosa Haus brannte Licht.

„Der Chilene ist leicht schwermütig im Abgang."

Beschrieb Schlampenschorsch den Roten, den er mir einschenkte. Ich konnte es dem Chilenen nachfühlen. Auf der Küchentapete schlugen die Bruchstücke von Levy-Shoemaker 9 in den Jupiter ein und setzten die verheerende Energie von 50 Millionen Hiroshimabomben frei. Jupi hatte den Kometen im Juli 94 überstanden, der Erde wäre es schlechter ergangen.

„Warum tauchst du so spät noch bei mir auf, Josef. Du warst noch nie hier. Ich weiß du magst mich nicht."

„Mal ja, mal nein."

Halbierte ich es. Ich hatte Schlampenschorsch die Wohnung zu verdanken. Rosa hin oder her. Die Oase mitten in der Stadt war unbezahlbar.

„Georg Brunnhuber, der Horoskopmann."

Hatte er sich mir in meiner Zelle in der Redaktion vorgestellt. Er hatte gehört ich suchte eine Wohnung.

„Bei mir im Haus ist gerade Parterre frei geworden. Ich kenne den Besitzer gut."

Wie gut wusste ich damals nicht. Diesbezüglich hatte der Horoskopmann mich nicht vorgewarnt. Bei der Besichtigung hatte Hausbesitzer Jens Lohrengel mir zugezwinkert.

„Nennen Sie mich Tschälo."

Zum Wohnungseinstand hatten sie Leberkiller gebracht: Georg Grappa, Ayala Cognac, Hans Küstennebel. Georg hatte mir freundlich gedroht.

„Wir sind eine Hausfamilie. Wir duzen uns alle."

Hans hatte über seine Lotsenmütze schwadroniert. Helmut Schmidt hätte ihn damit nachgeäfft, sie aber so weltweit salonfähig gemacht. Er nebelte uns mit fetten süßlichen Rauchschwaden ein, was mich zu einer Frage veranlasst hatte.

„Himmel, was verbrennst da in deiner Pfeife? Sondermüll?"

„Spice, min Jung. Eine Kräutermischung zum Beduften von Räumen, zehn Euro das Gramm. Gut zum Smoken, weil es Cannabinoide enthält."

Der Seemann ließ nichts aus, sollte ich noch feststellen. Bis auf Ayala hatten sie die Getränke zum Eigenbedarf mitgebracht, merkte ich bald. Mit unterschiedlichen Auswirkungen. Nach einer fast halben Buddel Küstennebel strahlten Todtenhaupt Augen immer noch klar. Brunnhubers Bier- und Grappakonsum hatte was von Komasaufen. Ayala, gerade erst eine Woche vor mir ins Haus gezogen hatte nur Cola Light intus und als Frischling Georgs Seelenqualen rotzfrech ausgebreitet.

„Er hat Liebeskummer. Tschälo ist aus seinem eigenen Haus wieder ganz in die Hauptstadt gezogen, weil Georg klammert."

Immerhin war sie damals noch nicht auf dem Blödmanntrip. Brunnhuber schiagelte schon in eine andere Welt, wo ihm alles wurscht war. Todtenhaupt hatte mir zwischendurch Einblicke in die Geheimnisse eines Frauenflüsterers gewährt.

„Sie wollen verstanden werden, min Jung, aber nur soweit, wie sie selbst verstanden werden wollen, keinesfalls durchschaut. Das nimmt ihnen die Mystik. Es geht um Stimmungen. Ich zeige Verständnis dafür, dass sie welche haben. Ich bin der Einfühlsame. Wer ihre Stimmungen begreifen will, wird tüddelich. Weil sein Hirn es nicht aushält. Brrzzzl. Kurzschluss. Ich schäle die Zwiebel, der Dumme zerhackt sie."

Ich war froh gewesen, dass Issi sich erst zum folgenden Wochenende angesagt hatte. Mit einer Zwiebel verglichen zu werden hätte sie nicht schweigend ausgehalten. Die anderen gingen um elf, dann wurde der Himmel gelb und das Wetter sagte Grüß Gott. Mit Hagelkörnern groß wie Taubeneier. Damit der Hauptstädter gleich wusste, was Sache war in der Provinz.

Mein Gastgeber musterte mich jetzt besorgt.

„Du siehst müde aus, Josef."

„Ich glaub mir stinkt, wie du deine Freiheit genießt und dir die mit Groschenheftchen und Sterndeuterei leisten kannst.

In Vino Veritas. Scheiß schwermütiger Chilene.

„Du steckst tief in einer Identitätskrise, Josef. In deinem Alter nennt man das Midlifecrisis."

„Schlampenschorsch, du hast Recht. Ich mag dich nicht."

„Soll ich dir ein großes Horoskop erstellen, Josef? Dein Chi ist aus dem Gleichgewicht. Du solltest es reinigen, innerlich und äußerlich. Wie Ismene."

„Himmelarsch!"

„Du hast sie damals den ganzen Pfingstsonntag alleine gelassen, Josef. Ich habe sie zum Tee eingeladen."

Das musste ich sortieren. Ich vertrug Wein schlecht.

„Du warst Pfingsten damals doch bei deinem Liebsten."

„Es geht dich zwar nichts an, aber Tschälo hat im Backside einen Jüngling angegraben. Wir haben gestritten. Ich bin Sonntagmittag nach Hause gefahren."

Ich konnte mich nicht an den Porsche vorm Haus erinnern.

„Auf meinem Platz stand Ismenes Corvette, Josef."

Das lange Pfingstwochenende. Wir hatten es bei mir verbringen wollen, weil ich für die Dienstagsausgabe noch letzte Flüchtlinge interviewen wollte, bevor sie weiter verteilt wurden. Während ich malochte, hatte die hinterfotzige Schweinebacke mit Issi Psychotee gesoffen.

„Kräutertee von deiner Tante, Josef. Ich trinke ihn regelmäßig, um mein Chi zu reinigen."

Scheiß auf sein Chi! Tantchens Kräutertee und Schlampenschorschs Gefasel hatten Issi voll auf den Esotrip und zum Frühjahrsputz radikalisiert! Sie hatte den Rasierer angesetzt. Während ich beim Häuptling versackt war und meine Interviews mit Flüchtlingen hatte sacken lassen. Schwer verdaulicher Stoff, Verzweiflung, Wut und Tränen.

Kein Frauenmagazin, Schlampenschorsch steckte hinter meinem Issi-Desaster! Der entrückte mir in unendliche Weiten.

„Man hat einen neuen Stern im Zentrum der Milch-
straße entdeckt, Josef. Er leuchtet drei Millionenmal heller
als unsere Sonne."

„Halleluja!"

„Nicht halleluja."

Widersprach Schlampenschorsch düster.

„Er wird schon in einer Million Jahren explodieren
und als Supernova alles um sich herum vernichten."

Ich sehnte mich nach einem von Tantchens Kräutersäckchen zwecks Vertreibung negativer Energien. Mordlust war auch darunter.

Ich war schwermütiger im Abgang als der Chilene und
schickte Issi eine Mail zu später Stunde.

„Waren deine Orgasmen echt?"

Die Antwort kam prompt als Gegenfrage.

„Welche Orgasmen?"

Von meiner Terrasse nickte ich der saftigen Flora zu.

I bin der Depp, und do bin i dahoam!

9

Dreizehn Polizisten verletzt!

Linke Schläger greifen unsere Demokratie an!

Von Agathon Kasper

Die Schlacht am Rathausplatz war an mir vorbeigelaufen. Bevor Verstärkung und Wasserwerfer eintrafen, waren die Polizisten vor Ort im brutalen Überraschungsangriff der Chaoten schon untergegangen. Unter der Schlagzeile der Freitagsausgabe prangte ein großes Foto von dem Getümmel, aufgenommen von oben. Ich vermutete entweder vom Oberbürgermeister selbst, oder von einem Fotografen aus dem sicheren Rathaus. Es war nichts von einem Angriff auf einen Journalisten oder eine Journalistin von der Zeitung erwähnt. Es hatte keine einzige Festnahme gegeben. Ein Desaster für den Schwammerl. Der Oberbürgermeister machte seinem Ärger über die „katastrophale Fehleinschätzung des Polizeidirektors" Luft. Aufgrund welcher Erkenntnisse er die Schläger pauschal links einordnete erschloss sich mir nicht, wunderte mich aber auch nicht.

Ich blätterte weiter zu Weyers Kolumne, die eine Schlacht beschrieb, wo ich nicht mittendrin, aber immerhin dabei gewesen war.

Da ihre Klientel mit ihren Events vorwiegend nachtaktiv war, hatte die Weyer für ihre Kolumne die letzte Deadline in der Redaktion und bis Mitternacht Zeit, *Fannys*

Leute noch für die nächste Ausgabe ins Blatt zu heben. Den Adonis hakte sie in wenigen Zeilen als Gottliebs peinliche Vorstellung ab. Mit nur einem Foto von der Enthüllung. Sie stellte keine schlüpfrigen Aphrodite-Adonis-Spekulationen an, weder irdische noch mythische. Vielleicht waren die alten Griechensagen auch nicht ihr Ding, wenn es nicht um Klamotten ging. Erinnerte ich mich daran wie treffsicher sie mir die göttliche Garderobe unserer Aphrodite beschrieben hatte. Ilses Ausruf hatte sie dokumentiert, ohne über den Wahrheitsgehalt zu schwadronieren, geschweige denn beim Brunnenbauer wenigstens telefonisch nachzuhaken, der geladen, aber krankheitsbedingt nicht erschienen war. Auch bei der Schlacht am Buffet hielt die Weyer sich keusch zurück. Drei Heidifotos zeigten weder Ilses Schlüpfer noch Hermines nackerte Bio-Titten.

Freischaffende Künstler störte man besser nach Mittag. Severin Rauschmeier vom Chiemsee erwies sich am Telefon als leutseliger Bursche und als Abonnent der Kuh mit zwei Ärschen. Wogegen ihm die Heiligbrücker Zeitung zu obrigkeitshörig war. In Heiligbrück hätte er ein paar Kunden, erzählte er mir. Mich interessierte Adonis und dessen Pimmelvorlage. Klar erinnerte er sich. Eineinhalb Wochen nach Evas Abgang aus dem Salon hatte Vorndran das erste Vorgespräch für den Adonisbrunnen geführt, rechnete ich seine Zeitangabe nach. Ja, klar, der Haarschneider hätt für einen Gipsabdruck tatsächlich selber mit seinem Gemächt posiert und es sich am Adonis in Marmor hauen lassen. Das wäre seine einzige bildhauerische Arbeit gewesen. Den Adonisbrunnen hätte

Vorndran aus einem Katalog für nachgemachten antiken Schnickschnack bestellt und ihm an den Chiemsee schicken lassen. Er hätte dem Adonis bloß die Juwelen abgehackt und durch Vorndrans ersetzt.

Ja, klar hätt er ihn gfragt warum.

„Ich möcht die Götter grüßen."

Der Haarschneider hätt komisch grinst, aber nicht mehr dazu sagen wollen. Die Göttin war zur Einweihung da gewesen, erzählte ich ihm. Die Kohns wären seine besten Kunden, erzählte er mir, er würd den ganzen Venustempel mit seinen Skulpturen ausfüllen. Kohn hätte sogar erst Botticellis Geburt der Venus bei ihm bestellt, an seinem Sechzigsten. Am siebzehnten Juli. Er kaute mir ein Ohr ab mit der Schilderung seiner Geburtstagsfeier. Bis ich ganz herzlich nachträglich gratulierte. Dann wurde er plötzlich zugeknöpfter. Mit Kohns wollte er es sich nicht verderben. Seine Aphrodite läge in Trümmern, erzählte ich ihm. Die mutwillige Zerstörung eines seiner Werke lockte ihn etwas aus der Reserve. Das wär jetzt vertraulich. Er hätt Kohns bei einem Besuch in seinem Atelier den schon fertigen Adonis zeigt, als sie mal wieder zur Planung des Venustempels da gwesen wären. Eva Kohn hätt betont uninteressiert drein gschaut, aber der Gatte hätt gmeint er sollt es sich vielleicht überlegen, einer Einladung vom Vorndran nachzukommen. Er hätt den Wink verstanden und dem Vorndran dann abgsagt, vorgschoben er wär kränkelnd.

Kohn hatte seine Göttin vom Olymp geschmissen. Bis jetzt nur symbolisch. Mein Bauchgefühl sagte mir, es war erst der Anfang der Götterdämmerung auf Elysion.

217

M hatte die Besucherin schnell taxiert. Brünette Pony-
frisur. dezent geschminkt, Figur nicht überquellend weib-
lich betont, konnte mit dem gängigen Schönheitsideal gut
mithalten. Halskette mit roten Granaten über hellgrüner
Bluse, altmodisch, vermutlich Familienerbstück. Dunkel-
blaues Kostüm, farblich abgestimmte halbhohe Pumps,
auf seriös geschulter Geschmack von einer, die aus der
Business-Class in die erste wollte.

„Sie kennen mich nicht..."

Begann die Besucherin und M hätte ihr fast ins Gesicht
gelacht. Dann würde sie ihren Job nicht beherrschen.

„Emma Rensenbrinck, vierundzwanzig, ledig, Wahl-
kreis im Wedding, gerade abgeschlossenes Studium in
Mediendesign, Frischling im Bundestag, mit Fachkompe-
tenz in Digitalisierung."

M sah den ängstlichen Respekt in Rensenbrincks braunen Augen. Gut so.

„Mein Freund ist ein hohes Tier im bayerischen Justizministerium, und Verbindungsmann zum Generalstaatsanwalt."

„Schön für ihn."

„Ich glaube ich sollte Ihnen mitteilen, was ich erfahren
habe. Es gibt eine Kleinstadt in Bayern. Heiligbrück wird
Ihnen jetzt nichts sagen..."

„Setzen Sie sich doch."

Emma Rensenbrinck schlug die Beine übereinander und zog den Rocksaum Richtung Knie.

Die nächsten zehn Minuten wurde M immer hellhöriger.

„Sie haben die richtige Entscheidung getroffen, Emma, ich darf doch Emma sagen?"

„Natürlich."

„Nur aus Neugier. Wieso sind Sie zu mir gekommen?"

„Ehrlich, ich weiß nicht was ich tun soll. Es heißt Sie wären die Frau für heikle Fälle mit dem kurzen Draht zur Kanzlerin."

Schlaues Mäuschen, dachte M. Du willst dich nach oben schleimen.

„Ich möchte durch mein Schweigen nicht mitschuldig daran werden, dass Anis Amri wieder passiert, weil eine Behörde der anderen verheimlicht was sie weiß."

„Und was sagt Ihr Freund dazu?"

„Er weiß natürlich nicht, dass ich hier bin."

„Sie sollten ihm helfen das Richtige zu tun, Emma. Wie leben sie eigentlich mit Ihrem Freund zusammen? Sie hier, er in Bayern."

Emma Rensenbrincks Gesicht überzog eine leichte Röte. Wie niedlich, dachte M.

219

„Eigentlich leben wir nicht so richtig zusammen. Er hat Familie."

Ein guter Ansatz ihn über Kooperation nachdenken zu lassen, dachte M.

„Ich bin keine Sittenwächterin, Emma. Aber Sie wissen, dass Sie sich mit ihm in Coronazeiten gar nicht so ohne weiteres treffen dürften. Schon gar nicht intim."

„Ich bin inzwischen immun."

M schob ihre Maske nach oben und beugte sich vor, verschränkte die Hände auf ihrem Schreibtisch.

„Emma, was Sie mir berichtet haben ist eine ernste Sache. Sehr ernst. So ernst, dass ich überlegen müsste die Angelegenheit vor das Parlament zu bringen. Ich müsste dann Ross und Reiter nennen, auch Ihren Freund und Sie."

„Ich weiß nicht...So habe ich mir unser Gespräch nicht vorgestellt."

„Wie haben Sie es sich vorgestellt?"

„Weiß nicht."

„Unser Gespräch könnte nie stattgefunden haben. Vorausgesetzt Sie sind bereit, Ihrem Freund ins Gewissen zu reden uns zu helfen. Überzeugen Sie ihn! Ich brauche den USB-Stick, Emma. Oder eine Kopie."

Emma Rensenbrinck presste die hellroten Lippen zusammen.

„Schlafen Sie eine Nacht darüber, Emma."

M wartete, bis die Informantin die Tür hinter sich geschlossen hatte. Es bewahrheitete sich wieder. Die gefährlichsten Feinde waren die eigenen Parteifreunde. Und Freundinnen wie die kleine Rensenbrinck. Ehrgeizig, skrupellos und intrigant. Beste Voraussetzung für eine politische Karriere, gab M zu.

„Heiligbrück wird Ihnen nichts sagen."

Die kleine Emma hatte keine Ahnung. Ms Albtraum hatte sich dort angesiedelt und trieb dort jetzt sein Unwesen als Liebesvermittlerin.

M googelte die Heiligbrücker Zeitung. Offensichtlich war das Lokalblatt nicht gerade engagiert in Sachen Jane Doe. Es erwähnte die Tote kaum. Der ehemalige Kriminalreporter gab in Heiligbrück ein online-Magazin mit einem absurden Namen heraus, schien sich aber leidenschaftlich mit dem Oberbürgermeister und seiner Amigoclique anzulegen, wie sie an den auf der Homepage präsentierten Titelseiten feststellte. Der konnte interessant für sie werden. M googelte Sepp Teufel. Anfang der 90er hatte Teufel einst enge Beziehungen von FJS zu Saddam Hussein aufgedeckt, wie der bayerische Ministerpräsident dem Diktator auf dem Rollfeld des Münchener Flughafens antike Waffen zum privaten Geschenk gemacht hatte. Teufel hatte auch einen von FJS unterschriebenen Brief an „Lieber Friedrich" rausgetaucht, den damaligen Bundesinnenminister und später des Meineids überführten Friedrich „Old Schwurhand" Zimmermann. Worin

FJS befürwortete, dass ausgediente GSG9-Veteranen für Saddam Eliteeinheiten im Irak aufbauten. Sofern Saddam ihnen im Irak untergetauchte RAF-Terroristen preisgab. Später hatten Teufels Recherchen bei der Überführung eines Frauenserienkillers geholfen, danach hatte er den Drogensumpf der Schickimicki-Society aufgewühlt. Auch schon Jahre her und nicht karrierefördernd. In hohen politischen Kreisen und in der feinen Gesellschaft war Teufel schnell als Nestbeschmutzer verrufen.

Die Tage ihrer Chefin als Kanzlerin waren gezählt. Damit auch ihre. Diesbezüglich gab M sich keinen Illusionen hin. Emma Rensenbrinck erschien ihr hereingeschneit wie ein vorgezogenes Weihnachtsgeschenk.

Soso, der Generalstaatsanwalt in Bayern vergrub also Leichen in seinem Keller.

 Oh ja, sie hatte noch offene Rechnungen mit den Bayern.

Gott vergab, M nie.

Der Stachel saß tief. Seit damals, als der bayerische Horst ihre Chefin auf dem CSU-Parteitag öffentlich tief gedemütigt hatte, sie während seiner Rede in der Ecke hatte stehen lassen wie ein ungezogenes Schulmädel.

Sie dachte an die unsäglichen GroKo-Sondierungen als letzte Chance der Chefin, eine stabile Regierung auf die Beine zu stellen, ausgerechnet mit Horst auf Gedeih und Verderb schicksalhaft verbunden. Für beide war die GroKo politisch überlebensnotwendig gewesen. Als Bayernkönig hatte Horst abdanken müssen, brauchte Asyl in Berlin. Bei den Sondierungen stand Horst mittendrin und neben sich. Im Streit um Familiennachzug musste er die Alttestamentarier der eigenen Partei bedienen, und für die Roten gleichzeitig Jesuskreide fressen. Als sollte Belzebub die Bergpredigt halten. Die Vorzeichen für den Spagat hatten dann nicht ganz schlecht gestanden. Das oberste Verwaltungsgericht hatte die Blockade im Familiennachzug in einem Fall gerade gekippt, die katholischen wie die evangelischen Kirchenoberen sich für Familiennachzug ausgesprochen. Argumente, den Roten auf einem weicheren Kurs entgegenzukommen, ohne das Gesicht zu verlieren. Dann war der Eifersuchtsmord an einer Fünfzehnjährigen im Pfälzischen den Hardcorern mit perfektem Timing rein geschneit, wieder den Teufel Flüchtling an die Wand zu malen, sich vehement gegen Familiennachzug aufzustellen. Das Mädchen war in einem Drogeriemarkt der Kleinstadt von ihrem Exfreund erstochen worden. Dummerweise war der Exfreund afghanischer Flüchtling. Die kleine schwarze Schwester haute mächtig aufs Blech. Sie ließen sich nicht von einem Einzelfallurteil und schönen Bischofsworten beeindrucken. Die Roten fühlten sich bis zum Anschlag provoziert. Scheiterte die GroKo, fiel auch die Kanzlerin. Die Geier auch aus der eigenen Partei kreisten schon.

Letztendlich war die GroKo zustande gekommen. Aber welche Kröte die Kanzlerin hatte schlucken müssen: Ausgerechnet Horst als Bundesinnenminister. Thronräuber Markus und seine Söldner hatten ihn zuhause aus dem Land gejagt und ihrer Chefin ins Nest gesetzt. Auch mit dem Kalkül der Unberechenbare würde krachend scheitern und die Kanzlerin mitreißen. Daraus war nichts geworden, aber die Chefin hatte auch den Bayern nicht loswerden können. Mit Annegret als Wunschnachfolgerin hatte sie dazu erst eine herbe Niederlage in der Kanzlerfrage einstecken müssen. Mit Friedrich war dann auch noch ein böser Geist aus der Vergangenheit wieder erschienen, den sie längst gebannt glaubte.

Bis zum Parteitag im Dezember konnten Virusentwicklung und der Wind sich wieder zugunsten Armins drehen. Aber die Dinge nach dem Prinzip Hoffnung einfach laufen zu lassen war nicht ihre Art. Sie war entschlossen, den Miasanmia-Einzug bayerischen Größenwahns ins Kanzlerbüro schon im Ansatz zu verhindern, Markus` Himmelfahrt zu stoppen!

Emma Rensenberinck hatte ihr gerade aus heiterem Himmel Starthilfe gegeben, womit M den Bierzeltfürsten in die Parade fahren und ihnen endlich die Demütigungen der Kanzlerin heimzahlen konnte.

Sie musste nur noch die ganze Munition einsammeln und ihren Agenten an der Front positionieren. Ihren besten Mann für alle Fälle. Der glückliche Zufall wollte es, dass seine perfekte Tarnung sich von selbst ergab.

M kontaktierte Gideon Maria Sonnenschein über den sicheren Videokanal.

„Wie ich sie kenne wird das kein zwangloser Plausch, M."

Seit London vor zehn Jahren nannte er sie M. Sie nahm es längst kommentarlos hin. Er glaubte es schmeichelte ihr. Er hielt sie für eitel, aber weit weg von selbstgefällig. Davor schützte sie ihr messerscharfer analytischer Verstand.

Sie checkte ihn ab, während er die Flasche und einen Cognacschwenker aus der antiken Standuhr holte und mit drei Fingerbreit im Glas zurückkam. Er zog leicht sein linkes Bein nach. Ansonsten war er noch bestens in Form, stellte sie zufrieden fest. Mit 93 Kilo auf Einssechsundachtzig war er kein durchtrainiertes Muskelpaket, ein kompakter wuchtiger Kerl von 47. Keine Tränensäcke und keine roten Äderchen im Weiß um seine klaren braunen Pupillen, Der Doppelkinnansatz war nicht nennenswert. Geheimratsecken im welligen graublonden Haar machten erst den Ansatz sich zu entwickeln.

„Sie besuchen Ihre Ex, Sonnenschein!"

Sagte sie ansatzlos, nachdem er einen Schluck genommen hatte.

Sie erwischte ihn eiskalt. Er brauchte noch einen Schluck.

„Trudi? Sie hat sich auf ihr bayerisches Altenteil zurückgezogen."

„Zurückgezogen würde ich das nicht nennen. Sie betreibt eine Liebesagentur. Das ist, als würde man Satan einsame Seelen zum Spielen schenken."

„Sie sind gut informiert."

„Womit glauben Sie vertreibe ich mir die Zeit? Mit Tupperparties bei Müller-Riebesehls? Ihre damals Nochfrau hat uns um ein Haar in einen kalten Krieg mit dem United Kingdom gevögelt. Ihre Ex ist eine schmutzige

Östrogenbombe. Gnade uns Gott, wenn sie wieder scharf wird."

„Meine Ex mag eine gewisse hormonelle Unbe-schwertheit besessen haben, ging aber bei ihren Affaires d´Amour stets diskret vor. Sie konnte nicht ahnen, dass die Hotelsuite im Hyatt mit einer Kamera verwanzt war, weil Missis Shoemaker einen Privatdetektiv auf ihren Mann angesetzt hatte."

Hatte sie aber. Und wer weiß was sie damit noch an-gestellt hätte, außer Ihnen eine DVD zu schicken. Und wenn Sie darauf nicht so professionell reagiert hätten, weil Sie erkannt hatten welche diplomatische Zeitbombe da in Händen einer betrogenen und rachedurstigen Frau tickte."

Er hatte sich seiner Botschafterin anvertraut.

„Das ist zehn Jahre her. Warum schicken Sie mich jetzt zu meiner Ex?"

„Ich schicke Sie nie irgendwohin, Sonnenschein. Sie reisen in spannenden Ländern herum, schreiben span-nende Bücher darüber und liefern mir ab und zu Erleb-nisse am Rande. Vergessen Sie das nicht, Sonnenschein. Operativ gibt es Sie nicht. Sie handeln weder in meinem Auftrag noch beziehen Sie Honorare aus irgendeinem of-fiziellen Etat des Hauses."

Weshalb Gideon Maria Sonnenschein für keinen Kon-trollausschuss geheimdienstlicher Tätigkeiten existierte.

M informierte ihn über Lage und Aufgabe.

„Es gibt dort unten einen für uns interessanten Journalisten."

„Inwiefern interessant?"

„Weil eine Clique um den Oberbürgermeister in Heiligbrück mit Hilfe der bayerischen Staatsmacht Leichen verschwinden lässt. Der einzige Journalist in Heiligbrück, der die Bezeichnung verdient heißt Teufel und gibt ein online-Magazin heraus. Die Kuh mit zwei Ärschen. Ziemlich schräg, aber mit recht beachtlichem Erfolg im Netz. Früher war Teufel ein beachteter Enthüllungsreporter. Inzwischen ist er verkrachte Existenz, mit Obrigkeit allgemein im Unreinen, und im Dauerclinch mit dem Oberbürgermeister von Heiligbrück und dessen Amigos. Deshalb für uns interessant. Wieso grinsen Sie, Sonnenschein?"

„Passt zu Ihnen. Ein Pakt mit dem Teufel."

„Ein Pakt, den er nicht als solchen durchschauen darf. Er liegt nicht auf unserer Parteilinie, Sonnenschein."

„Ich denke dieser Teufel mag Leute wie uns nicht, M. Und ich sehe weniger umständliche Möglichkeiten, Medien Material zuzuspielen."

Zweifellos gab es Möglichkeiten, ohne Umwege bedeutendere Medien zu bedienen. Was M nicht in Betracht zog.

„Es würde nach gezielter Schmutzkampagne riechen, Sonnenschein. Die Journaille würde viel Zeit daran verschwenden, rauszufinden wem die nützt und dazu die

Quelle des Materials recherchieren. Zeit, die wir nicht haben, Sonnenschein."

„Die Sie nicht haben, M. Ich frage mich wieso."

„Es ist nicht ihr Job mir Fragen zu stellen, Sonnenschein. Ich will Sie vor Ort. Sie beobachten, kontrollieren und regulieren, falls nötig."

„Regulieren, falls nötig?"

Die nächste Ausgabe von Teufels Magazin erschien am 1. August. In sieben Tagen ab morgen Samstag gerechnet.

„Sollte sich dann zeigen, dass Teufel nur im Trüben fischt, müssen wir den Hund zur Jagd tragen, Sonnenschein. Weil es der Wahrheitsfindung dient."

„Weil die Wahrheitsfindung Ihnen dient, nehme ich an."

M überging das.

„Ich erwarte, dass Sie in Kürze bei Ihrer Ex an der Tür kratzen, Sonnenschein."

Gideon Maria Sonnenschein starrte auf den Monitor, wovon M grußlos verschwunden war. Seit London hatte sie ihn am Haken. Damals war er Attaché an der Deutschen Botschaft in London gewesen. Und dann hatte eine Mrs. Shoemaker die DVD zu seinen Händen geschickt. Er sollte wissen, was seine Frau mit ihrem Mann triebe. Er sah Trudi mit einer Queenmaske, während Mr. Shoemaker Prinz Philip gab. Buckingham wäre not amused gewesen. Über eine Hardcore-Pornosoap mit den naked Royals in den Hauptrollen, die mit schwitzenden Körpern den Windsor-Knoten nachstellten. Der Knoten stand nicht mal im Kamasutra. Ein Wunder, dass Lizzy und Philip nach dieser menschlichen Kernschmelze mit heilen Gliedern wieder auseinandergekommen waren. Leider hatten sie danach vor der versteckten Kamera noch keuchend die Masken abgenommen, und die Queen-Darstellerin war als Ehefrau eines deutschen Botschaftsattachés entlarvt.

Er hatte sich seiner Botschafterin anvertraut, die kühl seinen Auftrag zur Schadensregulierung formuliert.

„Sie werden sich Missis Shoemaker nähern. Wunden lecken von Gehörntem zu Gehörnter. Legen Sie Mrs. Shoemaker flach, Sonnenschein! Es geht um nationale Sicherheit."

Missis Shoemaker hatte ihre Gekränktheit an der Hotelbar vom Excelsior in Bourbon ertränkt, war jetzt selbst anfällig für erotische Fallensteller. Und durchaus auch filmreif, hatte Sonnenschein ihr vorgeführt, nachdem er sie flachgelegt hatte. Im inzwischen verwanzten Zimmer, das Missis Shoemaker seit dem dokumentierten Fehltritt ihres Gatten belegte. Sie stammte aus einem US-Städtchen mit sehr puritanischer Gesinnung. Dort kamen zwar Kids leicht an Pumpguns, aber Mom und Dad konnten vor Gericht landen, wenn sie es in der Hundestellung trieben oder sich nur gemischt in einer Sauna zeigten. Er hatte Missis Shoemaker überzeugt, von weiterer Verbreitung des Windsor-Knotenpornos Abstand zu nehmen.

Die antike Duellpistole auf dem Schreibtisch seines Arbeitszimmers war dummerweise geladen, als Trudi sie sich gegriffen hatte. Sie hatte höher mittig gezielt, ihn dabei aber ins Knie getroffen, nachdem er ihr seine Scheidungsabsichten und seinen Abschied vom diplomatischen Dienst mitgeteilt hatte.

Seine Botschafterin war zu besonderen Aufgaben ins Kanzleramt berufen worden. Bald darauf war an ihn das Angebot gekommen, künftig für sie zu arbeiten. Ein zugegeben damals reizvolles Angebot, das er sowieso nicht hatte ablehnen können.

Seitdem nannte er sie nur noch M. Sie hatte ihm mal eines seiner Bücher mit Widmung ihrer Chefin geschenkt. Persönlich hatte er sie bis heute nicht kennengelernt. Wieder kam ihm der Verdacht die Kanzlerin selbst könnte gar nichts von ihrem Mann für alle Fälle wissen. Libyen fiel ihm dazu ein, sein heimliches Video von einem Sklavenmarkt, auf dem afrikanische Flüchtlinge aus einem Lager verkauft wurden. Für 1.000 Dollar und mehr „das Stück". Er hatte M das Video per USB-Stick zukommen lassen, sie sich auf Nachfrage dumm gestellt.

„Ich weiß nicht wovon Sie reden, Sonnenschein."

So hautnah wollte man es nicht wissen, hatte er deutlich verstanden. Man bezahlte libysche Verbrechermilizen und lieferte ihnen bewaffnete Schnellboote, um Flüchtlinge vom Meer in die Sklavenlager zurückzutreiben. Immerhin bauten und bestückten Deutsche KZs nicht mehr selbst, ließen von dort Geflohene nur wieder zurück verschleppen.

Die Dateien auf dem USB-Stick, die Emma ihr hoffentlich besorgen würde waren inzwischen unter Verschluss. M hätte sich mühelos einloggen und sie öffnen können. Es gab keine Vertraulichkeitsstufe in einer Behördendatei, die ihr den Zugang verwehren konnte. Aber damit hätte sie eine digitale Spur zu sich gelegt. M hatte nicht vor, Spuren zu sich zu legen, geschweige denn einen offiziellen Vorgang zu starten. Sie dachte über Sonnenschein nach. Er war nicht ihr Verbündeter im Herzen, eher zwangsläufig im buchstäblichen Sinn. Inwieweit konnte sie ihm trauen konnte, wenn es ins Persönliche ging? Die Zuneigung zu seiner Ex war immer noch warm. Eine für M unerklärliche Zuneigung, bei dem was sie Sonnenschein in der Ehe zugemutet hatte. Inklusive einer Kugel ins Knie zur lebenslangen Erinnerung. Dann überlegte sie, ob Bayernregent Markus von den Sprengsätzen unter seinem Thronsaal wusste. Freiwillig würde sicher keiner aus seinem Hofstaat ihn zum Mitwisser machen wollen und ihn damit später vor einem immer drohenden Untersuchungsausschuss zum Lügen zu zwingen. Weshalb auch sie ihre Chefin nicht in all ihre Operationen einweihte. Und weil sie die im Gegensatz zum Bayern für zu anständig hielt. Ihre Grabenkämpfe führte sie im Dunkeln. Entscheidend war allein ein Ergebnis im Sinne der Kanzlerin. Der Gedanke, dass sie den Bayern hochgehen lassen könnte, und der bis jetzt noch nicht mal Ahnung von der Existenz des Sprengstoffs haben dürfte zauberte ein böses Lächeln auf Ms Lippen.

10

Kumpel Gottlieb krank? Corona-Verwirrung bei Stadlbauers Charity.

Stadlbauers Charity war ohne Schlachtszenen verlaufen, schloss ich aus *Fannys Leute* in der Wochenendausgabe vom Samstag. Dafür gab´s eine Tombola mit von Heiligbrücker Firmen gespendeten Preisen. Die Einnahmen aus dem Losverkauf kamen Flüchtlingskindern zugute. Ich stellte mir die im Geiste zusammengebissenen Zähne mancher Gäste vor. Claudia Schmelzer hatte das Motorrad gewonnen. Der Teufel schiss immer auf den größten Haufen. Manchmal konnte ich selbst Wortspiele mit meinem Namen nicht vermeiden. Verwirrung hatte es um Stadlbauers Kumpel Gottlieb gegeben. Der hatte sich unpässlich abgemeldet und Titus den Gästen mitgeteilt, dass er sich am Montag auf Corona testen lassen würde. Was einige Unruhe ausgelöst hatte, weil Gottliebs spektakuläre Brunneneinweihung auch die meisten der jetzt Anwesenden miterlebt hatten. Inklusive Tantchen und mir, fiel mir dazu ein. Sollte Vorndran postitiv getestet werden, drohte uns wie allen anderen in jedem Fall mindestens Quarantäne. Eigentlich hatten Gottlieb und Titus ihre geplante Stiftung für Flüchtlingskinder bekannt geben wollen, hatte der Gastgeber erklärt und angekündigt, dass sie alle bei einem späteren Event dann die schon offizielle Gründung feiern würden.

„Und machen Sie sich keine Sorgen. Mein Freund Gottlieb ist nur verschnupft wegen meines Auftritts gestern in seinem Salon."

Die angespannte Stimmung hatte sich schnell gelockert.

Ich frühstückte spät, dafür ausgiebig um elf, zwei Schinkensemmeln, zwei Butterbrezen, die zwei Eier gelangen mir perfekt weichgekocht. Ein gutes Omen. Dazu zwei Haferl Kaffee, und die verfluchte Lust auf eine Zigarette.

Draußen konnte der Himmel sich noch nicht entscheiden, ob er Wasser lassen wollte, oder noch zur Sonnenseite wechseln.

Todtenhaupt stand mit rauchender Pfeife im Mund vor der Haustür, paffte ein Wölkchen in den grauen Morgen, während er auf ein Taxi wartete. Ich schaute auf den Seesack am Boden.

„Hast auf einem Seelenverkäufer angeheuert?"

„Es wird ernst, min Jung. Meine Senkniere. Ist keine große Sache, min Jung. Und ich wünsche keine Besuche!"

Ich machte mich im Frosch auf den Weg zu Heiligbrücks berüchtigtem Hochhaus.

Die eigene Hässlichkeit anklagend reckte der 15stöckigeMöchtegern-Wolkenkratzer aus Wirtschaftswunder-

zeiten sich gen Himmel. Inzwischen war er als Sprungturm zum makabren Wahrzeichen verkommen, weil er
am Leben Verzweifelte magisch hoch lockte. Anfang Juni
hatte er weitere traurige Berühmtheit als Corona-Hotspot
erlangt. Von 196 Bewohnern hatten sich 87 infiziert, drei
waren inzwischen gestorben. Bärlochhauser hatte das Gebäude einzäunen lassen, vom Samariterdienst mit Le-
bensmitteln und sonstigem Nötigen versorgen, und das
Hochhaus hinterfotzig als sozialen Brennpunkt gebrand-
markt. Die von der Zeitung gedruckten Leserbriefe waren
dementsprechend gehässig ausgefallen. Während der
Quarantäne hatte es hausinterne Schlägereien gegeben,
einschreitende Polizei war angegriffen und mit Flaschen
attackiert worden. Frust und Wut hatten sich Bahn gebrochen. Die in Wohnbatterien zusammengepfercht leben
mussten waren ein weiches Ziel für Covis-19, wurden
dann auch noch zusätzlich stigmatisiert und massiv von
denen angefeindet, die in Häuschen mit Garten frei atmen
und ihr Dasein weiterhin mehr oder weniger genießen
konnten. Eine im Hochhaus alleinlebende Frau hatte sich
vom Dach zu Tode gestürzt. Wie ich jetzt erst wusste
Vorndrans Haushaltshilfe. Vorher war der Vorfall öffentlich untergegangen, auch an mir vorbeigelaufen, weder
im Pressebericht der Polizeidirektion noch in der Zeitung
erwähnt, was ich im Nachhinein getrost merkwürdig finden durfte und nicht für einen Zufall halten. Es brauchte
Vertuschungswillen, Anweisungen und Maulkörbe, um
so ein Ding inmitten aufgeheizter Aufregung geräuschlos
über die Bühne zu bringen. Noch merkwürdiger war,
dass Forster die angebliche Selbstmörderin nie zur Obduktion gehabt hatte. Wie er mir inzwischen bestätigt

hatte. Eine Leiche aus einem Corona-Hotspot hätte in jedem Fall bei ihm landen müssen. Selbstmord warum auch immer hin oder her.

Der Hausmeister war ein vierschrötiger Kerl in den Fünfzigern, in schwarzen Schaftstiefeln, schwarzen Jeans, mal weiß gewesenem T-Shirt unter der dicken Jacke, und mit einer Statur wie Shrek, Quasimodofrisur und Brokkoliohr rechts. Der Zerberus bleckte die Zähne hinter der Maske, als ich mich ihm vorstellte.

„Ja, dann, willkommen dahoam in der Hölle."

„Gleich lach ich mir ein zweites Loch in Arsch."

„Holla. Ned pampig wern."

Fünf Kids lungerten an und auf der Treppe herum und soffen grünes Zeug aus Plastikflaschen. Selbstgepanschter Rausch, vermutete ich. An Pillen war hier leichter ran zu kommen als an frisches Brot. Kids warfen sie ein wie Tic Tacs und ließen sich überraschen wohin die Reise ging. Dass sie auch alle Masken trugen verblüffte mich. Brokkoli musste eine Respektsperson sein. Meine Einschätzung relativierte sich schnell. Ein bis auf eine grünrote Strähne von der linken Schläfe bis zur Schulter kahl geschorenes Mädel hing weiter oben über dem Geländer und gab nach unten durch, was ihr Magen nicht behalten wollte. Die speckig glänzende schwarze Hose war ihm dabei fast zur Hälfte über den Arsch gerutscht und gab den Riemen ihres knallroten Strings auf der marmorweißen Haut frei. Und ein Tattoo über der Arschfalte: Totenkopf mit roten Augenhöhlen.

„Das wischt ihr selber weg, Pack."

„Ey, ey, Knacker, die Tusse hat bloß nen Bogenhusten."

„Ey, mädel nich rum, Opa."

Es folgten uns Stinkefinger. Der Aufzug war vielfarbig mit Sprühkunst zugekifft. Gute Wünsche begleiteten uns nach oben. Die abenteuerliche Rechtschreibung dokumentierte den Untergang des Bildungssystems.

Verrekt! Fikt euch! Schmorrt in der Hölle!

Der Lift endete im 21. Stock. Wir mussten einen langen dunkelbraun gestrichenen Gang entlang, vorbei an hellbraunen Wohnungstüren. Hinter einer tobte der Krieg. Irgendwas krachte von innen dagegen. Eine Frauenstimme kreischte. Brokkoli legte den linken Arm als Schranke vor mich.

„Hinter mir bleim!"

Er klopfte nicht, er hämmerte nicht dagegen. Er wartete, bis das Kreischen Pause machte, und sperrte auf. Ein dürrer Kerl stand in gelben Unterhosen und Unterhemd gleich hinter der Tür. Auf wackeligen dürren Stachelbeinen neben einem massiven grünen Glasaschenbecher auf dem Boden. Der Aschenbecher hatte es überstanden. Das Männlein hatte mehr abgekriegt. Eine Platzwunde an der rechten Augenbraue blutete wie's Böse. Sie tropfte rot auf die graue Auslegware. Drei Meter weiter hinten stand ein keuchendes weibliches Schwergewicht im glänzenden orangefarbenen Trainingsanzug aus Fallschirmseide. Es holte gerade Luft und musterte uns angriffslustig. Brokkoli seufzte.

„Wischts de Sauerei weg. Nächstsmoi fliagts raus."

Wieder raus. Tür zu. Wir mussten noch zweimal Treppen hoch bis aufs Dach.

„Ihr Läufer is do gleng. Auf dem muass kniat hom und ihren Allah angrufen."

Ihr Gebetsteppich, hatte „der Grünspecht" gemeint, der mit ihm rauf war.

„I kenn mi ned aus mit dem Allah."

„Hats öfter auf dem Dach betet?"

„Öfter am Freitag ab fünfe. Vialleicht, weils dort ihrem Allah am nächsten gwesen is."

Angehörige hatten sich nie gemeldet. Die Wohnung im dritten Stock war wieder belegt. Im Fenster hing ein großer Strohstern.

Unten schaute Brokkoli fluchend auf die grüne Suffkotze des Mädels. Ich machte einen Bogen um den Seuchenherd und ließ mir draußen die Stelle zeigen, wo die Tote gelegen hatte. Brokkoli hatte zum ersten Mal ihre braunen Locken gesehen.

„Weil ihr Kopftuch verrutscht war. Do hods gflackt. Mitten drin im Rhododendron."

Tatsächlich stürzten Frauen sich selten zu Tode. Weil sie nicht wollten, dass es ihnen das Gesicht zerdepperte. Sie warfen Tabletten ein, oder schnitten sich die Pulsadern auf, oder beides.

„Und d`Aung hods weit aufgrissn."

Sibel Kamal war auf den Rücken gefallen, mit den Füßen zur Hauswand hin.

„Hats wer springen sehen?"

„De Grünspecht ham sich durchs ganze Haus gfragt und koan gfundn."

Er selbst hatte die Tote gefunden.

„Ich war bloß ums Eck, ich habs schreien ghört, dann hod´s a scho grauscht in meim Rhododendron."

Papiere hatten sie alle mitgenommen. Fotos in einer Schachtel, und ihr Handy. Selbstmörder schrieben in der Regel Abschiedsbriefe, um wenigstens ihren Schmerz zu hinterlassen. Wenn da einer gewesen war, hätten ihn auch die Bullen mitgenommen.

„Ich dürft überhaupt ned mit Eana quatschen. Und ich möcht auch nix gsagt ham!"

Sein plötzliches Mitgefühl überraschte mich wie ein Platzregen.

„War a guade Frau, die Kamal."

238

Auf der Rückfahrt dachte ich über eine tiefgläubige Muslima nach, die nach dem Gebet auf dem Dach aufstand und runtersprang. Rückwärts, so wie sie unten gelandet war. Und seit wann schrien Selbstmörder, die sich entschlossen zu Tode stürzten, als hätten sie es sich unterwegs anders überlegt?

Im Büro der Städtischen Bestattung traf ich eine freundliche Brünette mit Maske am Computer, die keinen Mund brauchte, um mich anzulächeln. Das besorgten ihre Augen, was mir sagte, dass sie zum Tod rein geschäftliche Beziehung pflegte, und sich mehr am Leben freute. Ich schätzte sie Mitte 50. Witwe von zuletzt trister Ehe mit altem Grantler befreit, vermutete ich. Bis, dass der Tod euch scheidet, manche erwarteten es mit den Jahren immer sehnlicher. Meine freundliche Brünette war wahrscheinlich aufgeblüht, nachdem der Sensenmann seine Arbeit am Gatten getan hatte. Ich hoffte er hatte den auf natürliche Weise erledigt. Inzwischen traute ich Heiligbrückern und -innen alles zu.

Ich hatte Namen und Todesdatum. Sie blätterte bereitwillig in ihren Dateien.

„Da haben wir´s. Sibel Kamal. Abgeholt am Fundort und hier angekommen am 22. Mai"

Sie blätterte weiter.

„Das ist jetzt komisch."

Sie fand keinen Namen von wem und keinen von einer Beerdigung, oder dass Kamal irgendwann irgendwohin überführt worden war.

„Wissens, ich bin bloß zweimal die Woche da.“

Sie suchte noch, als ich schon aus der Tür war, davon überzeugt sie würde nichts finden. Vorndrans tote Haushaltshilfe war spurlos verschwunden. Und das sicher nicht aus Schlamperei oder durch Verkettung unglücklicher Umstände.

Ich hielt Ayala die Haustür auf, weil sie gerade ihr Feuerwehrradl ins rosa Haus schieben wollte, als ich dort ankam.

„Mal theoretisch. Ich red jetzt nicht von den Idioten, die sich für Märtyrer halten, wenns sich und andere ins Jenseits sprengen. Aber wenn du mit deinem Allah redest, was würd der sagen, wennst dran denken würdest dich umzubringen?“

„Mache dir keine Hoffnungen, Blödmann. Und Allah würde dasselbe dazu sagen wie dein Gott, an den du nicht glaubst. Selbstmord ist eine Todsünde und versperrt dir den Weg ins Paradies.“

Ich stellte das mit meinem Gottglauben wieder mal richtig.

„Ich glaub bloß nicht, dass ein göttliches Wesen religiös denkt. Wahrscheinlich wundert´s sich über Menschen auf einem Winzplaneten in seinen Universen, weil die´s anbeten. Ich glaub es ist ihm sogar peinlich.“

„Wenn du ihn anbeten würdest, wäre es jedem Gott peinlich."

In einer kleinen Jagdhütte im Berchtesgadener Land fand diesen Samstagabend eine konspirative Übergabe statt.

„Du bist doch das Hinterhältigste, das ich je gevögelt habe."

Sagte Ministerialdirigent Rufus Hinterdobler wütend, als er Emma Rensenbrinck den USB-Stick gab.

„So redest du nicht mit mir, Rufus! Ich habe keine Wahl. Und du auch nicht."

„Ein paar Mal mit dir im Bett, und schon liegt mein ganzes Leben in Trümmern. Wenn das hier raus kommt…Du verschwindest jetzt besser, sofort!"

„Ja, und du solltest nach Hause fahren, Rufus. Nicht dass deine Frau und die Kinder sich noch um dich sorgen."

Über allen Wipfeln war Ruh. Emma Rensenbrinck atmete ganz tief durch, als sie draußen in ihren Mietwagen stieg.

Ich kochte Gulasch. Früher war ich während des Beischlafs im Kopf mein Rezept durchgegangen, um die Sache rauszuzögern. Inzwischen fand ich mein Gulasch erotischer als Geschlechtsverkehr. Gulasch konnte länger und wurde dabei immer besser. Zwei Stunden später hatte Gulasch fertig. Ich hielt es heiß und drehte Semmelknödel in Salzwasser. Issi hatte immer höchstens einen gegessen und den vorher seziert, als wollte sie nach der Todesursache der Semmel suchen. Ich schob mir gierig nacheinander drei mit sauscharfer Sosse rein und spülte mit zwei Weißbier nach.

Statt Apfelstrudel bei gab es am Nachmittag mit Tantchen bloß ein langes Telefonat. Reine Vorsichtsmaßnahme, meinte Tantchen.

„Wenn es nur um mein Risiko ginge, würde ich es sofort annehmen, Neffe, weil ich lieber in aller Würde uneingeschränkt kürzer lebe, als unbedingt länger. Dagegen möchte ich nicht eine Minute in dem Bewusstsein leben müssen, dass ich dich angesteckt hätte, weil ich meine eigenen Freiheiten um jeden Preis rigoros ausgelebt habe."

Wobei sie sich wenig Sorgen um uns und die anderen machte, die Donnerstag bei Vorndrans Adonisspektakel gewesen waren.

„Niemand von uns wird sich von Gottlieb angesteckt haben oder jemand dort ihn, Neffe. Wir alle haben die AHA-Regeln eingehalten."

Sogar während der Schlacht am Buffet, von den beiden Kontrahentinnen mal abgesehen. Wenn bei Gottlieb tatsächlich jetzt Symptome aufgetreten sein sollten, müsste er sich selbst, Inkubationszeit eingerechnet schon Tage vorher infiziert haben, meinte Tantchen und folgte Stadlbauers Begründung für Gottliebs kurzfristige wie dramatische Absage.

„Er ist beleidigt, weil Titus ihm die Show stehlen wollte."

Auch ihr war nicht entgangen, dass es Donnerstagabend zwischen den Kumpels gekriselt hatte. Titus hätte seinen Gästen nur wegen Gottliebs fadenscheiniger Unpässlichkeit nicht mit dem Virus Angst machen dürfen, ärgerte sich Tantchen.

„Er kann es nicht lassen und nützt jede Gelegenheit zu einer Bühnenshow."

Damit war für Tantchen das Thema erledigt.

„Wie geht es Edwina?"

Erkundigte Tantchen sich nach ihrer Schwester, meine Mutter. Die war vor acht Jahren nicht zur Beerdigung von Marthas Lebensgefährten gekommen. Je katholischer Muttern wurde, umso weniger christlich, fand ich. Und andererseits, dass die zur Schau getragene Heiligkeit der Kirche ohne Frauen, die sich in ihr unermüdlich ehrenamtlich aufopferten krachend in sich zusammenfallen würde. In einer Männerkirche, die Frauen bis heute als Menschen zweiter Klasse behandelte. Aber ich war kein Frauenversteher.

Es herrschte Funkstille zwischen den Schwestern. Marthas Scheidung von ihrem katholischen Mann vor vierundzwanzig Jahren war schon ein harter Brocken, ihre wilde Ehe danach mit einem gottlosen Nachfolger zu viel für Muttern. Ein aus der Kirche Getretener, der dabei auch noch fröhlich war, alle gern glauben ließ was sie wollten und sich mit Tantchen am Leben freute. Muttern betete für ihre Schwester. Die zeigte ihr den Vogel. Dazu hatte ich mich prächtig mit Tantchens Neuem verstanden, was Muttern zur Weißglut getrieben hatte. Tief Gläubige wie sie neigten nicht zu toleranter Weltanschauung mit sonnigem Gemüt, egal welcher Religion, egal wie ihr Gott hieß, ausnahmslos saugrantige alte Männer. Dazu allmächtig. Das verhieß ein beschissenes Leben nach dem Tod für alle anderen Geschöpfe. Vom Regen in die Traufe. Wie Tantchens Liebster wollte ich auch keinen von den humorlosen alten Chauvis posthum am Hals haben, schon gar nicht auf ewig. Lustfeindliche Grattler, die mir unendlich den Rest Lebensfreude versauten. Das wäre die Hölle. Da zog ich die ewige Ruhe vor. Mir war keine Bibelstelle in Erinnerung, wo Gott sich mal auf die Schenkel haute und herzhaft lachte. Er war auch kein lieber, hatte den Erdplaneten mal absaufen lassen, bloß weil ihm gerade die Bewohner gestunken hatten. Je näher fromme Kirchgänger sich ihrem Gott glaubten, umso mehr nahmen sie sein griesgrämiges Wesen an. Jedenfalls sah ich da einen direkten Zusammenhang. Muttern hatte sich in ihrer düsteren Frömmigkeit einen Sohn zurechtgebastelt, weswegen sie leiden konnte. Was mir schon deshalb auf den Sack ging, weil ich nicht erkennen konnte, welch furchtbares Schicksal Muttern mit mir durchmachte, das sie glaubte Gott und dazu auch noch mir klagen zu müssen. Ich hatte echtes Leid gesehen, Mordopfer, Drogentote, zerstückelte Leichen nach Flugzeug- und Seilbahnabstürzen und Zugunglücken. Das Elend der Angehörigen machte demütig fürs eigene Schicksal, und an meinem hatte ich wenig auszusetzen. Ich mochte meinen Beruf in all seinen Facetten. Gut, ich war hie und da mal pleite gegangen. Für mich banale Vorkommnisse in der freien Wirtschaft. Geld kam, Geld ging. War´s bei mir mal wieder gegangen, hatte ich mich mit dem verbliebenen Rest ein paar Tage besoffen, danach Mund abgeputzt und weitergemacht. Muttern verbitterte, dass ich nicht wie sie mühselig und beladen durch mein Leben latschte. Ich genoss sogar was in einer verrückt gewordenen Welt davon übrig war, galgenhumorig wie Monty Pythons Brian im Angesicht des Todes.

Always look on the bright side of life.

Tantchens Frage nach Edwinas Befinden war leicht zu beantworten.

„Seit ich das Magazin hab geht Muttern wieder ihrer Lieblingsbeschäftigung nach und leidet meinetwegen."

Für Muttern war die Heiligbrücker Zeitung ein Silberstreif am Horizont im bis dahin anarchistischen Lebenslauf ihres Buam gewesen. Dass ich nicht Pfarrer, oder Arzt, ausgerechnet auch noch Journalist geworden war, für Muttern ein Schockerlebnis. Druckerzeugnisse außer Bistumsblatt und Heimatzeitung galten dahoam als Schmierblätter. Andere Mütter hätten stolz erzählt, ihr Sohn schreibe für große Zeitungen und Zeitschriften. Meiner war´s peinlich. Schrieb ich über Drogen, kriegte sie finstere Visionen.

„Gell, Bub, du nimmst es auch."

Ich hatte ihr erklärt ich würde auch über Morde schreiben, aber nicht selber nächtens durch Parks streifen und Frauen würgen. Sie hatte es mehr glauben wollen, als geglaubt. Und ihre Gedanken kreisten ständig darum was die Leute sagen mochten. In ihren Kirchgängerkreisen galt ich als halbseiden. Auch, weil nicht verheiratet, oder schon gottgefällig verwitwet. Immer noch nicht einmal im Bund der Ehe, mit Edwina Teufels Junior stimmte was nicht. Zur Not hätte geschieden gereicht, auch wenn´s katholisch korrekt war, dass erst der Tod das gnädig erledigte, nachdem zwei sich das Leben zur Hölle gemacht hatten. Weshalb dem Tod manchmal nachgeholfen wurde, wenn der zu lange auf sich warten ließ. Was mich in meinem Beruf gut mit ernährte.

Im Logo kühn als unabhängig und überparteilich deklariert, wehte durch die Heiligbrücker Zeitung der Geist von Franz Josef Strauß, posthum Mitherausgeber honoris causa. Ein Bild von FJS hing in Mutterns Küche neben der heiligen Jungfrau Maria. Mir war ein rustikaler unfrommer Brüller rausgerutscht.

„A scharfe New Yorker Nuttn hätt er wahrscheinlich lieber neben sich.“

Muttern hatte mir kein Weißbier mehr eingeschenkt. Als ich auch noch erwähnte, dass ich für ein Magazin die einst fragwürdige Beziehung zwischen FJS und Saddam Hussein recherchierte, hatte Muttern sich bekreuzigt und später bestimmt einen ganzen Rosenkranz für mein Seelenheil gebetet. FJS am Zeug flicken war ganz nahe an Gotteslästerung. Meine Story sollte Titel auf dem Stern werden, war dann stark geschrumpft von wem oder was auch immer nach hinten ins Blatt verdrängt worden. Für

Muttern stand ich endgültig im Vorhof zur Hölle. Wann immer danach unser Pfarrer wie vorher schon gerne von der Kanzel predigte Spiegel und Stern wären Teufelswerk, bezog Muttern das jetzt buchstäblich auf mich.

„Wann hast du sie das letzte Mal besucht?"

Wollte Tantchen jetzt wissen und erinnerte mich an Weihnachten. Muttern hatte mir wieder einen finsteren Vortrag gehalten, dass ich Gottloser gar nicht mehr wüsste was Weihnachten wär. Ich hätte ihr sagen können, dass es auf die Wintersonnwende der alten Kelten zurückging, die Kirche Jesus Geburt vom Sommer in den Dezember verlegt hatte, um die Heiden besser missionieren zu können. Wintersonnwende und Christkindl wurden einfach zusammengelegt. Wie jedes Jahr hatte ich darauf verzichtet Muttern aufzuklären. Sonst hätte ich kein Weißbier mehr gekriegt. Sie hatte mir einen schwarzweiß gescheckten dicken Wollpulli geschenkt. Den ich gleich anprobieren musste und ausschaute wie eine schwangere Kuh mit Lesebrille. Muttern hatte von mir einen silbernen Füller gekriegt.

„Weilst noch alles mit der Hand und Tinte schreibst."

Ansonsten war es the same procedure as every year gewesen. Ich lobte Mutterns Tännchen mit den Strohsternen, den bunten Kugeln und dem Silberlametta. Nach Kartoffelsalat mit Wienern in der Küche hockte ich mich im Wohnzimmer auf die Couch und zappte die Glotze an. Weihnachten bei Hoppenstedts. Ich konnte jedes Jahr drüber lachen, Muttern zog es die Mundwinkel runter auf Kanzlerinniveau. Lachen hielt sie für Plasphemie, vor allem, wenn es von mir kam.

„Wennst bloß zum Fernsehschaun kumma bist, konnst glei wieda hoamfahrn."

Opa Hoppenstedt kaufte ein Atomkraftwerk zum Selberbasteln für seinen Enkel. Was Muttern wieder daran erinnerte, dass für sie der Enkel-Zug abgefahren war. Ich wäre mit Geschwistern zufrieden gewesen, dann hätte ich Mutterns Verbitterung nicht dauernd allein abgekriegt.

Opa Hoppenstedts Atomkraftwerk machte Krawumm!

Wie jedes Jahr wehrte ich mich erfolgreich gegen die Christmette. Weil trotzdem Weihnachten war versteckte sie mir nicht das Weißbier.

Ich hatte wieder ein Fest mit Muttern überstanden. Mit den üblichen Scharmützeln, aber den totalen Krieg vermieden. Sie hatte mich wie immer angegrantelt, weil ich „ned amoi mehr gscheit boarisch" redete, ich dazu angemerkt ich hätte mein Geld die letzten dreißig Jahre nicht im Bauerntheater verdient und mich in flachen Gegenden verständigen müssen, wo einem keine Berge den Horizont zumüllten, wo der See die See hieß und man das andere Ufer nicht sehen konnte. Und man Hackfleisch kriegte, wenn man Mettwurscht verlangte. Außerdem war Mutterns Liebe zum Dialekt nur einseitig. Von Issi hätte sie kein Wort verstanden, hätte die sich ihren nicht an der Uni abgewöhnt. Wofür ich beim Kopulieren dankbar war, es ansonsten bedauerte. Ich fand Sächsisch lustig. Außer, wenn die Montagssachsen in Issis Geburtsstadt Dresden unterwegs waren. Muttern meinte bitter, sie würde mich nicht wiedererkennen. Immerhin meine Geburt musste ein freudiges Ereignis gewesen sein, sogar für mich selbst. Muttern hatte gerne erzählt, wenn sie mich im Park im Kinderwagen unter einen Baum gestellt hätte, hätte ich die sich im Wind bewegenden Blätter beobachtet und laut gelacht. Auch Muttern war mal ein lustiges Haus gewesen. Selbst wenn sie mich mit dem Kochlöffel in der Hand um den Küchentisch jagte, hatte sie irgendwann gelacht und keine Kraft mehr mich zu verdreschen, sobald sie mich endlich erwischt hatte. Muttern war längst mehr katholisch als lustig. Das irdische Dasein war ein Jammertal, das gottgefällig, also ständig büßend für ein besseres Leben danach durchschritten werden musste. Ich lebte das Diesseits nach dem Motto ein bisschen Spaß muss sein. Wobei ich mir keine Gedanken darüber machte, ob das gerade irgendeinem Gott gefallen würde, oder nicht. Mit Muttern vermied ich nach Möglichkeit Gespräche über Gott, weil ich es für unwahrscheinlich hielt, dass ein allwissendes Wesen in der Unendlichkeit unzähliger Universen sich für Religionen auf einem Winzplaneten interessierte. Für wahrscheinlicher hielt ich, dass solch ein Wesen sich über Menschen dort wunderte, die ihn anbeteten. Vermutlich war ihm das sogar unangenehm. Außer er wäre eine Zweifaltigkeit mit Donald, was ich weder glaubte noch glauben wollte. Mir gefiel die Vorstellung das Universum selber wär das göttliche ES, und der Urknall seine Geburt. Dass das All sich ausdehnte sagte mir, dass ES nach vierzehn Milliarden Jahren immer noch im Wachstum war. Nach kosmischen Zeiträumen noch in der Pubertät. Weshalb ES seinen Geschöpfen bösartige Streiche spielte. Einfach, weil ES das konnte. Unzählige Universen, jedes davon ES selbst, und vielleicht wurde ES gerade jetzt irgendwo in den unendlichen Weiten neu geboren, während ES woanders verging. ES klonte sich selbst. Zwar stellte sich auch mir die Frage, wie ES mal aus nichts hatte explodieren können und sich seitdem immer wieder selbst gebären. Schon war ich wieder am Rätsel allen Anfangs. Aber die Weißwurscht hatte auch keinen, bloß zwei Enden. Muttern war noch nicht bereit für die göttliche Weißwurscht. Issi auch nicht. Sie halte sich an keinen Gott, sondern an Darwin, hatte sie gemeint und mich wild gemacht. Ich hatte ihr klarmachen müssen, dass auch im tiefsten katholischen Bayern die Bibel nicht die Naturwissenschaften im Schulunterricht ersetzte, man dort durchaus auch von der Evolutionstheorie hörte, die sich übrigens mit Gottglauben nicht biss, weshalb sogar Darwin selber an einen geglaubt hätte, wie übrigens auch Einstein, wenn er das Universum betrachtete, das er nicht für zufällig hielt.

„Gott würfelt nicht."

Zum Abschied hatte Muttern mir wieder ihren saublöden Standardspruch mit auf den Weg gegeben.

„Du bist immer noch mein Sohn."

Als wäre ich ein verurteilter Schwerkrimineller und hätte Gottweißwas verbrochen. Mir war davon nichts bekannt. Wenn Muttern glaubte ich wäre ihr auf dem Weg zum Paradies von Gott als irdische Prüfung auferlegt, sollte sie das mit dem ausdiskutieren. Ich hatte mit dem Sohn, den sich ihr finsteres bigottes Hirn zurechtgebastelt hatte nichts zu tun.

Während meiner Rückfahrt schneite es tatsächlich dicke Flocken. Womit ich zu Weihnachten rechnete wie mit einem Lottosechser, dem ich keine Chance gab, weil ich nicht spielte. Schnee in Stadt verweste schnell zu braunem Matsch. Autos, Menschen und Streugut ermordeten seine Jungfräulichkeit. Ich versenkte den Kuhpullover im Müllcontainer vor dem rosa Haus. Dahinter auf der Wiese leuchtete eine blütenweiße Schneedecke durch den Abend. Meine Blase drückte. Ich konnte nicht widerstehen, ging hinüber, holte ihn aus der Hose und unterschrieb die weiße Pracht an der kahlen Wildkirsche mit einem Weißbier und einem Schuss Glühwein.

Stolz hatte ich mein Werk betrachtet.

            kam gut auf der weiß verharschten Schreibunterlage. Wer ko, der ko, hatte ich als überzeugter Stehsoacher gedacht und triumphierend den Reißverschluss meiner Hose zugezogen, als es von oben kam.

„Du Sau!"

Ayala und die fette Psychokatze hatten mich vom Balkon aus im Auge gehabt.

Am frühen Abend kriegte ich unerwarteten Besuch.

Ich zog Maske auf und schaute über der meines Gegenübers in rotgeränderte Augen. Die Weyer hätte ich nicht mal zuletzt erwartet.

„Nur Kaffee, wenn du hast."

Ich registrierte, dass sie mich duzte und ersparte ihr eine süffisante Bemerkung von mir.

Ich ließ nochmal Kaffee durchlaufen. Ich hatte schon gehabt, vertrug aber jederzeit mehr davon.

„Ich muss mit jemandem reden. In der Redaktion habe ich niemanden mehr."

Hinrichs war ihr vertrauter Ansprechpartner gewesen. Kasper schnitt sie, sagte sie. Und, dass er als Journalist eine opportunistische Niete auf dem Schoss vom Oberbürgermeister wäre.

Ich meinte, zwischen uns sollte es beim Du bleiben. Sie nickte geistesabwesend und schob mir ihr Smartphone über den Tisch.

Stadlbauer hockte im Hermelin selig schlummernd zurückgelehnt auf der Marmorbank in seinem Pavillon, sein glänzendes Storchennest auf dem Schädel immer noch nicht wieder akkurat gebaut. Die Hände mit seinem Zepter friedlich im Schoß vereint. Auf ihn schaute ein gegipster Blasius von einer Säule hinter der Bank. Der Schutzpatron der Schneider und einer der vierzehn Nothelfer.

„Titus ist tot."

Sagte Fanny. Ihre Augen wurden feucht. Das Foto zeigte den Tod live!

Sankt Blasius hatte seine Hilfe versagt. Titus schlummerte nicht, er war entschlummert. Friedlich, majestätisch. Titus hätte das Foto wahrscheinlich gefallen.

„Ich habe die Polizei angerufen und dann einfach Fotos von Titus gemacht, als stünde ich neben mir."

„Einfach war´s bestimmt nicht für dich."

Meinte ich sanft und schenkte uns Kaffee ein. Die Weyer hatte ihre erste Leiche gefunden.

„Titus war exzentrisch und rechthaberisch, aber ein feiner Mensch."

Er hätte ihr auf seiner Charity wörtlich eine brisante Kolumne versprochen, wollte sie heute halb vier im Pavillon treffen. Sie hatte immer noch keine Ahnung worum es ging. Titus hätte auch gern mal übertrieben, hatte sich vielleicht nur über Gottlieb, oder sonst wen im Förderkreis auslassen wollen. Das musste nicht wirklich brisant sein. Titus wäre schnell in seiner Eitelkeit gekränkt und beleidigt gewesen.

Der Kaffee brachte langsam gesunde Farbe in ihren Teint, während sie erzählte.

Sie waren mit großem Aufgebot angerauscht: Honigmann, zwei Streifenwagen, Forster, Spusi. Die stellte schon Stadlbauers Villa auf den Kopf, als Hubert mit dem Rolls einbog. Hubert Bacherl, Stadlbauers Vertrauter für alle Fälle, Chauffeur, Assistent, Haushälter, Freund. Sein Boss hatte ihn zu Frieda Finkeldey nach Fangoerde geschickt. Und um frisches Hämorrhoidenöl.

„Dem Kini hat also der Auspuff brennt."

Hatte Honigmann feinfühlig sinniert.

„Und wohin wollt er sich die Fangoerde aus der Hexenküch schmiern, Herr Bacherl?"

Stadlbauer hatte auch unter empfindlicher Magen-
schleimhaut gelitten, die sich meldete, wenn er unter
Stress stand. Friedas Mixtur aus Schwefel, Elektrolyten,
Mineralien, Spurenelementen, Gerstengras und Kräute-
ressenzen sollten Magen und Darm beruhigen. Heute
früh hatte er über Magenkrämpfe geklagt, über Schmerzen beim Wasserlassen und beim Stuhlgang, nur Zwie-
back zum Frühstück gegessen. Was Forster sicher nicht
gern gehört hatte.

„Hätt er einen Doktor konsultieren sollen, statt einer
Hex."

Hatte Honigmann gemeint und Hubert nochmal laut
aufgeschluchzt.

11

Ich war Augenzeuge: Titus starb im Königsmantel!

Wie Fanny das Drama ausweidete, da konnte Rosamunde Pilcher noch was lernen. Heiligbrück würde heut
früh zum Wochenanfang ein paar mehr Rotztücher brauchen als sonst. Das Totenfoto hatten sie nicht gedruckt,
dafür eines aus dem Archiv genommen. Stadlbauer im
Hermelin am Ende einer seiner Modenschauen im Pavillon. Inmitten seiner Männermodels. Zur Todesursache
hatte Fanny nichts mitzuteilen.

Zu meinem Frühstückskaffee dachte ich an Pizza mit Käse, Pilzen und Pepperoni, die Reste in Jane Does Magen, die Forster mir verraten und einen Schalter in meinem Hirn angeklickt hatte.

Das Rialto war Heiligbrücks erste Adresse für die veganen eierlosen Teigteller, direkt gegenüber Vorndrans Salon. Friseure hatten montags dicht. Weshalb ich es auf morgen verschoben hatte, bei Vorndran wegen Sibel Kamal reinzuschauen und an seinem Ruhetag nicht in seiner Wohnung über dem Salon anzuklingeln. Vielleicht kränkelte er tatsächlich ein bisschen und wollte den Ruhetag nutzen sich auszukurieren. Der alte Todesfall seiner Haushaltshilfe konnte jetzt auch noch einen Tag warten.

Eine fatale Fehleinschätzung, wie sich jetzt herausstellte.

Der schwarze Leichenwagen stand in einer Parkbucht am Kaiserplatz direkt vor Hair & Beauty. Ich fand einen Parkplatz zwei Buchten weiter rechts. Erst nach dem Aussteigen fiel mir auch der Streifenwagen weiter hinten auf. Und das mir bekannte Nummernschild am schwarzen Audi direkt neben meinem Frosch. Frau Kommissarin war da. Während mein Hirn das noch verarbeitete, wurde die Salontür aufgerissen, und Frau Kommissarin stampfte auf mich zu.

„Was zum Teufel…!"

Sie baute sich so nahe vor mir auf, dass ich sie durch die Maske riechen konnte. Viel Moschus. Ich war nicht sicher, ob es robustes Parfum oder angesichts der Umstände natürliche Ausdünstung war.

„Habe die Ehre, Frau Hauptkommissarin. Einen Schönheitssalon hast doch echt nicht nötig."

Frau Kommissarin hatte die zweite Promileiche aus Oberbürgermeisterumfeld in weniger als 24 Stunden. Ihr sowieso magerer Vorrat an zivilisiertem Umgangston war restlos aufgebracht.

„Scher dich zu deinem höllischen Namensvetter, bevor ich dich in eine Zelle sperr!"

„Ich steh auf einem öffentlichen Platz, ich seh keine Absperrung, und ich erreg kein öffentliches Ärgernis."

„Du erregst mein Ärgernis. Hau ab!"

Sie bahnte sich ihren Weg zurück in den Salon.

Das Stadtpalais war ein großes feines Haus mit feinen Geschäften, feinen Wohnungen und feinen Leuten, die auch vom Tod vornehme Diskretion erwarteten. Die hatte sich mit dem achtlos zur Schau hin gestellten Leichenwagen erledigt. Die Leichenträger scherten sich nicht um Diskretion. Sie dachten praktisch, nicht vornehm, wollten eine Leich nicht weiter schleppen als nötig. Der saubere breite Bürgersteig vor dem Salon war schon voll erwartungsvoller Neugieriger, manche mit, viele ohne Masken, die minütlich mehr anlockten. In Coronazeiten war man sowieso für jedes geschenkte Event dankbar. Dieses hier hatte nicht verboten werden können, weil spontan ohne Anmeldung. Der Tod gönnte sich sowas. Jetzt fehlten noch eine Fress- und Bierbude, und ein Straßenmusiker. Ein vorbeikommendes Pärchen drückte sich die Nasen am Schaufenster platt und verzog sich dann enttäuscht zu den anderen in hintere Reihen. Hair & Beauty hatte Spezialglas. Rausschauen, aber nicht reinschauen lassen. Vorndrans Kundschaft wollte die Verpackung zeigen, nicht beim Verpacken beglotzt werden.

Zwei in städtischen Bestattungsuniformen kamen aus dem Salon. Einer rechts vorne am Henkel der finalen schwarzen Reisetasche, einer links hinten. Der tote Arsch hing locker durch. Noch keine Leichenstarre, oder sie hatte sich schon wieder aufgelöst. Ich war einer von denen, die synchron ihre Handykamera bedienten. Himmelarsch war das peinlich. Verfluchte Kamerahandys. Bevor es die gab, konnte man bei solchen Anlässen noch unterscheiden wer beruflich knipste, und wer Gaffer war.

Honigmann war wieder im Salon verschwunden. Um sie nicht übertrieben zu reizen schlenderte ich um die Ecke. In der Seitenstraße glänzte in Silbermetallic der Mercedes SUV von Forster. Davor parkte der blaue Bulli der Spusi. Ich bezog am SUV Stellung und musste nur zehn Minuten warten, bis Forster auftauchte. Stirnrunzelnd, als er mich sah. Er verstaute den bulligen Metallkoffer hinten im SUV.

„Dass Sie mich stalken ist neu."

„Ich freu mich auch Sie zu sehen. Gebens mir ein Nunja wer gstorben ist?"

Forster kam mir gerne in Rätseln. Das folgende war leicht.

„Nun ja. Vorndran auf eine kalte Platte wird man mir eine frische Leiche legen."

„Fremdverschulden?“

„Nun ja. Abwarten und Tee trinken. Beziehungsweise in diesem Fall vorsichtshalber besser nicht.“

Bei der Erwähnung von Tee meldete meine Magengegend Unwohlsein, weil mir sofort einfiel wie Vorndran sich bei Tantchen mit spirituellem Tee eingedeckt hatte. Den er täglich saufen sollte, soviel ich nebenbei mitgekriegt hatte.“

„Wer hat ihn gfunden?“

„Nun ja, ein Fall von Selbstfindung, würde ich sagen.“

Er war am Einsteigen, und ich schlug das Thema an weswegen ich eigentlich da war, bevor er mir abhaute.

„Sie haben noch eine von der Welt und Ihnen vergessene Jane Doe in einem ihrer Kühlfächer.“

„Nun ja, Jane Doe hat sich meinem Zugriff entzogen.“

„Wie jetzt? Ist sie aufgstanden und gangen?“

„Nun ja. Was mein Institut betrifft ist Jane Doe ad acta. Einvernehmlich mit Staatsanwältin Minkin.“

„Sinds Forensiker, oder Twiggys Pressesprecher?“

Er ließ mich stehen, ohne weiteres Nunja.“

Die Sonne blinzelte schüchtern durch die Wolkendecke, die noch wie schmutziggraue Zuckerwatte am Himmel pappte.

Toni fand spannender was sich gegenüber abspielte.

„Wasn da drüben los, Teufel? Die von der Rettung sind dagwesen, sind rein und nach ein paar Minuten wieder raus und abdüst. Dann ist die Kavallerie kommen."

„Wie´s ausschaut hat der Vorndran den Lockenstab abgeben."

Erst Stadlbauer, unmittelbar danach sein bester Kumpel Vorndran. Ich glaubte so wenig an Zufälle wie Drehbuchschreiber für Filmschnüffler. Und ich ärgerte mich. Nach Fannys Besuch gestern bei mir hatte ich Blödmann nicht geschaltet und einen möglichen Zusammenhang mit Vorndrans Unpässlichkeit nicht einmal in Betracht gezogen. Wäre ich hingefahren, wäre er vielleicht sogar noch zu retten gewesen. Fanny hatte auch nicht geschaltet. Aber die war wegen Titus durch den Wind und musste außerdem ihren Kopf bei ihrer Kolumne über seinen Tod haben. Frau Kommissarin als geschulte Ermittlerin hätte eigentlich schalten und sofort nach dem besten Freund des Verblichenen schauen müssen. Vielleicht hatte ihr bei all der Aufregung an Stadlbauers Leichenfundort niemand von Vorndrans seltsamer Absage an Stadlbauer erzählt, oder niemand hatte wegen ihrer Ruppigkeit Lust auf mehr Konversation als unbedingt nötig gehabt, und Fannys Kolumne von Samstag hatte Frau Kommissarin vielleicht schlicht nicht gelesen.

Drüben scherte ein roter Alfa Romeo in die Parkbucht, die vorher vom Leichenwagen besetzt war. Ein junger Typ stieg geschmeidig aus. Unverkennbar Deutschwadel. Er hielt dem Streifenpolizisten an der Salontür seinen Presseausweis unter die Nase, was der zur Kenntnis nahm, ohne sich vom Fleck zu rühren. Deutschwadel fuchtelte eine Weile mit den Armen. Der Uniformierte blieb ungerührt. Deutschwadel eilte zu seinem roten Flitzer, der offene Kamelhaarmantel wehte leicht über der Khakihose und dem hellblauen Kaschmirpulli. Berufssohn ist Journalist geworden, weil´s schick ist, dachte ich. Er stieg in seinen Alfa, und weg war er, hinterließ einen Hauch von very important und very busy. Nur zeitraubende Fußarbeit bei Recherchen schien mir nicht sein Ding. Wer immer ihn mit Infos fütterte, ich hatte nicht Polizei im Verdacht, schon gar nicht Honigmann. Ich war sicher die meisten Interna in Deutschwadels Artikel landeten bei ihm auf der Schiene de Mille – Bärlochhauser – Kasperl – Deutschwadel. Der elegante Jungdynamiker war bloß Erfüllungsgehilfe.

Ich hatte einen guten Draht zur Rettungsleitstelle.

„De Hex hod mi vagift."

Vorndrans letzte und rätselhafte Worte laut meinem Kontakt. Die Hilfe war zu spät gekommen. Die Tür zum Salon war aufgeschlossen gewesen, der Schlüssel hatte von innen gesteckt. Augenscheinlich hatte Vorndran die Tür noch selber aufgeschlossen und war auf halbem Weg zurück in sein Büro zusammengebrochen. Vom dortigen Festnetzanschluss hatte er zwölf nach zwölf 112 angerufen. In seinem Büro sah es danach aus, als hätte er gerade noch Tee getrunken. Das ausgekochte Kräutersäckchen hing noch nass im Teekessel. Das flaue Gefühl in meinem Magen dachte ein Geschwür an.

Drüben kam Honigmann aus dem Salon und ging nebenan in die Apotheke St. Irmingard. Nach ein paar Minuten kam sie wieder raus und fuhr weg.

Eine Streifenpolizistin kam aus dem Salon und verscheuchte die letzten Gaffer. Mit ihrem Kollegen nahm sie Kurs aufs Rialto.

„Merk dir was sie wissen wollen!"

Sagte ich zu Toni und stand auf. Ich schlenderte in einem Bogen um die Uniformierten rüber zur Apotheke.

Kein Namensschildchen wie die ihrer zwei Mitarbeiterinnen störte das blendende Weiß von Hermine Glaubtreus stramm gestärktem Kittel. Man hatte zu wissen, wen man vor sich hatte. Sie trug das Haar pechschwarz gefärbt und akkurat kurz geschnitten wie der Rasenteppich in Wimbledon. Ihr Nasenrücken war scharf wie eine Messerklinge und ihre Lippen so schmal wie nur mit dem blutroten Lippenstift gezogen. Die beiden anderen waren erheblich jünger, beide einen Kopf größer als ihre Chefin und bedienten gerade einen mit Rollator und eine ohne und unterhielten sich über Leiden, von denen ich nie gehört hatte. Erstaunlich, wie stolz Menschen mit ihren Rezepten vorzeigten, dass ihres schon anderes Kaliber war, als der Kleckerkram vom anderen vorher. Geschwätzig erläuterten sie ihren Darmausstoß, als lägen sie im Wettstreit gegeneinander, wer mehr an unappetitlichen Gebrechen aufzuweisen hatte. Hermines graublaue Augen nahmen mich ins Visier.

„Was kann ich für Sie tun?"

„Kann ich Sie allein sprechen?"

Sie verzog keine Miene, gab mir einen knappen geschäftsmäßigen Wink.

„Kommen Sie."

Ihre beiden Mitarbeiterinnen wechselten einen schnellen Blick. Ich sah ein flüchtiges Grinsen unter ihren Masken. Wahrscheinlich dachten sie mir gerade die guten alten Filzläuse an, oder eine heftige Geschlechtskrankheit. Ich folgte der Apothekerin. Mit halbhohen Absätzen war sie noch fast einen halben Kopf kleiner als ich. Der Kittel endete an den Kniekehlen, und ich bewunderte die definierten Wadenmuskel.

Sie musste Bescheid wissen, weil Honigmann schon bei ihr gewesen war. In ihrem Büro besetzte sie den Drehstuhl an ihrem Schreibtisch und ließ mich stehen. Dass sie mir keinen Platz anbot mochte daran liegen, dass sie wusste wer ich war.

„Ich mag Ihr Schundmagazin nicht!"

Ich war nicht hier, um Sympathiepunkte zu sammeln.

„Der Verblichene war ihr Coiffeur. Die Kommissarin, die vorhin da war hat sicher gmeint, dass man sich bei so vertrautem Umgang leicht noch näherkommen könnt."

„Geht´s noch? Gottlieb ist gerade gestorben."

„Aber vorher war er sehr lebendig. Und hinter den Weibern her. Hinter Ihnen doch ganz bestimmt."

Das war sehr nett von mir, wenn ich mich daran erinnerte wie sie Gottlieb schöne Augen gemacht hatte. Angschwanzelt, hatte Ilse es beschrieben. Sie verstand meine freundliche Umkehrung nicht als Kompliment.

„Wenn Sie den Stadttratsch wissen wollen, den können Sie in *Fannys Leute* nachlesen. Auf Wiedersehen, Herr Teufel."

Drüben war die Polizeistreife weitergezogen und klapperte die Läden rund um den Kaiserplatz ab. Toni sagte sie suchten nur nach Zeugen, die heute am Ruhetag vielleicht wen in Gottliebs Salon hätten gehen sehen oder gesehen, ob sich davor jemand auffällig verhalten hätte. Toni hatte ehrlich verneint.

Ich musste Tantchen anrufen und ihr was schonend beibringen.

„Jetzt ist Vorndran auch tot. Wie´s ausschaut hat ihn dein Tee killt."

Sie musste sich von Schnappatmung erholen.

„Du spinnst, Neffe. Gottlieb war nicht mal mein Friseur."

Als wäre das andernfalls ein starkes Motiv gewesen.

„Und wie du schon weißt hat der Stadlbauer das Zepter aus der Hand geben. Wie ich stark vermut auch vergift. Und er hat sich bei deiner Hexenschwester Frieda mit Fangoerde und Arschlochöl bedient."

„Neffe, hörst du dir selber zu, wie verrückt das klingt. Als wäre unser Kräuterzirkel eine Bande von Giftmischerinnen."

Frau Kommissar würde das schon ins kriminalistische Auge gefasst haben. Und ich selber fand den Verdacht unter gegebenen Umständen auch nicht von so ganz weit hergeholt. Von Tantchen natürlich abgesehen.

„Sehr gnädig von dir Neffe. Ich bin nicht Malefiz, mein Tee vergiftet nicht, er entgiftet und befreit von negativen Energien."

Das hatte hingehauen. Vorndran war von allen Energien befreit.

Zuhause machte ich gerade Wurschtsalat fürs Abendessen in meinem Biergarten an, als Tantchen sich auf meinem Handy meldete.

„Die Kommissarin hat Ilse schlimm zugesetzt. Tu was."

Ilse Müller-Vorndran! Vorndrans Ex und Hexenmeisterin der nimmermüden Libido. Eine Flasche Liebeszauber hatte sie dem Ex zur Brunneneinweihung geschenkt. Also doch mit finsteren Absichten. Und Vorndran war mit dem letzten Schnaufer auch sein letztes Licht aufgegangen. De Hex hod mi vagift. Er hatte nicht Tantchen gemeint, sondern Hexenschwester Ilse.

Starcoiffeur Vorndran mit Hexentee vergiftet!

Von Sven Deutschwadel

Die Schlagzeile sprang mich auf der Kloschüssel an. Laut toxikologischem Befund des Instituts für Rechtsmedizin waren Rückstände von Atropa Belladonna, der Schwarzen Tollkirsche in Vorndrans kleinem Kupferteekessel, in der frisch gebrauchten Teetasse und am Teelöffel gefunden worden. Die Teerückstände stammten zweifelsfrei von dem Kräutertee, den Vorndran von Martha Abel bezog, Mitglied des berüchtigten Hexenzirkels um Frieda Finkeldey, zusammen mit Vorndrans Ex-Frau Ilse. Schwarze Magie mitten in Heiligbrück. Die Hintergründe des heimtückischen Giftmordes fett angekündigt auf Seite 5. Dort erschien Tantchen im Hochformat, lächelnd ihre Kräutersäckchen präsentierend. Ein Heidifoto von vor über einem Jahr aus *Fannys Leute*. Die einzig gute Nachricht in Deutschwadels Machwerk war der negative Test auf Covid-19 an Vorndrans Leiche.

Schwarze Tollkirsche war ein krautiger Nachtschatten mit giftigen Früchten, bis zu eineinhalb Metern hoch, sonderte ölige Substanzen ab und enthielt neben anderen hauptsächlich Gifte wie Atropin und Scopolamin, googelte ich, während der Frühstückskaffee durch die Maschine lief. Sowohl Gift- wie Arzneipflanze. Dr. Jekyll und Mr. Hyde wie meisten Pflanzengifte, je nach Dosierung lindernd oder schädigend bis sogar tödlich. Ich kramte in meinem Wissen über Scopolamin. Eine Vergewaltigungsdroge, die willenlos machte. Bis zum Aufkommen von Natrium-Pentothal in den Fünfzigern auch als Wahrheitsserum eingesetzt, sagte mir Wikipedia. Mit Koordinations- und Sehstörungen im Gefolge, Halluzinationen,

Delirium, Apathie bis hin zu Willenlosigkeit und Gedächtnisverlust, sobald die Wirkung nachließ. Die Dosierung war unberechenbarer als russisches Roulette. Auch das Manko bei medizinischer Anwendung. Gegen Magen- und Darmkrämpfe, bei Frauen auch gegen Menstruationskrämpfe wurden inzwischen effektivere Mittel eingesetzt wie Butylscopolamin, ein pharmazeutisch weiterentwickeltes Derivat des natürlichen Scopolamins. Es entspannte die glatte Muskulatur mit so geringen Nebenwirkungen, dass Apotheken es rezeptfrei verkaufen durften. Atropin ließ ein zu langsames Herz schneller schlagen, aber eine gesunde Pumpe ungesund rasen, interpretierte ich Wikipedia. Etliche Etliche Nachtschatten gehörten zum guten Ton in fast jedem Gärtchen, las ich jetzt leicht beunruhigt. Und Schwarze Tollkirsche hatte ich selbst schon in den Flussauen gesehen.

Beim Frühstück schlug mein Laptop mit dem Pressebericht der Polizeidirektion an. Laut Pressegesetz hatte die PD auch unsere Kuh in ihren Presseverteiler aufnehmen müssen. Dreiviertel acht war Polizei mit mir früh dran an diesem Dienstag.

>Heute Dienstag, 28. Juli wurde Martha A. im Zusammenhang mit dem Todesfall Gottlieb Vorndran vorläufig festgenommen. Während einer Hausdurchsuchung ab 7 Uhr früh hat Martha A. eine Ermittlungsbeamtin mit einem Küchenwerkzeug tätlich angegriffen und an einem Auge verletzt.<

„Scheiße!"

Fluchte ich naheliegend wo ich gerade hockte. Hexenschwester Ilse musste warten. Tantchen hatte Priorität.

Ich wechselte die Shorts, zog R2-D2 und C-3PO aus, den Todesstern an, rief Forster an. Er ließ das Nunja weg.

„Sensationsjournalismus aus unterster Schublade, Teufel. Im Namen meines Instituts! Ich werde gegen die Zeitung vorgehen!"

„Da wär ich gern behilflich. Es geht um meine Tante, Mark. Die Hexenjagd ist anblasen. Habens beim Vorndran überhaupt Kräuterzeug und Tee im Magen gfunden?"

„Nun ja, wir arbeiten uns durch einen Kräutergarten in Rum und ansonsten gähnende Leere."

Kein Schmankerl für Forsters nächstes Kochbuch. Vorndran hatte nicht vorgehabt ihn zu beehren. Sonst hätte er vorher sicher noch exquisit gespeist.

„Was für Kräuter, Mark? Die Teekräuter von meiner Tante?"

„Nun ja,."

„Himmelarsch! Stimmt jetzt was in der Zeitung steht, oder nicht!

„Nun ja."

Ein Dementi kam anders daher. Treffer, dachte ich bitter. Tante versenkt.

„Nun ja, Auch Liebe geht durch den Magen."

„Sie bringen mich zur Weißglut Mark. Habens den Gewürzladen in Vorndrans Magen jetzt schon sortiert, oder nicht?"

„Nun ja. Vitex agnus castus. Eine Heilpflanze, hilft gegen Menstruationsbeschwerden.

Das würde Forster als Insasse jeder Psychiatrie berühmt machen. Sollte er in irgendeinem Wissenschaftsblatt veröffentlichen, dass Vorndran unter Menstruationsbeschwerden gelitten hatte. Meine Tante würde das nicht vor dem Knast retten.

„Nun ja. Vitex agnus castus, im Volksmund Mönchspfeffer, seit dem Mittelalter verbindet man damit auch Keuschheit, wegen der dämpfenden Wirkung auf die Libido. Normalerweise nicht Bestandteil eines Liebestranks, in unserem speziellen Fall aber geradezu verschwenderisch beigemengt."

Tantchens Hexenschwester Ilse! Doch keine so blöde Kuh. Dafür schön hinterfotzig. Hängolin im Liebeszauber für den Ex! Ich sah einen Lichtblick für Tantchen. Ein paar Sekunden lang.

„Nun ja, bezüglich Vorndrans Ableben ist Vitex agnus castus nicht relevant."

„Also doch Tollkirsche im Tee?"

„Nun ja."

Tantchen war erledigt. Auf ihrem Handy meldete sich nur die Mailbox.

In Ilse Müller-Vorndrans weißem Reihenhäuschen am Riesterweg 14 schluckte mich ein braunes Brokatmonster mit silbern eingestickten Blüten und Blättern, das ihr als Sofa diente. Ihr silbern glänzender Hausanzug verschmolz mit den Stickereien, als hockte eine Fee im Zauberwald. Sie saß mir gegenüber in einem der zwei Sessel. Auch die waren mit dem Brokat überzogen, schwerer Stoff, der bis zum Boden reichte. In den Regalfächern des wuchtigen dunkelbraunen Schranks zählte ich alle zehn Bände von Angelique. Ilse hatte einen Hang zum Liebesdramatischen.

„Sie dürfen mich gern Ilse nennen."

„Dann nennens mich Sepp."

Frau Kommissarin hatte sie schon gestern Nachmittag abholen lassen. Nachdem die Spusi eine angetrunkene Flasche mit Liebestrank auf dem Küchentisch gefunden hatte. Mit Ilses Etikett drauf.

„Die Kommissarin hat mir Speichel und meine Fingerabdrücke abnehmen lassen. Alle zehn."

Soviel brachte man mit, wenn man nicht im Sägewerk arbeitete, fand ich letzteres wenig empörend.

„Gottliebs letzte Worte sollen gewesen sein, dass ich ihn vergift hätt."

„Nicht ganz, aber schön wär´s. Ich würd Sie als dringend Mordverdächtige gern gegen meine Tante austauschen."

„Martha hat schon gsagt, dass ein grober Lackl sind."

„Grober Lackl!?"

Sie war der Einladung des Ex nachkommen, weil neugierig gwesen was er enthüllen wollt. Sie hatte keine Ahnung ghabt. Der Liebestrank mit Mönchspfeffer war eine spontane Idee gewesen. Es wär ja bekannt gwesen, wie die Salonweiber um Gottlieb rumgscharwenzelt sind. Hermine dem schwanzgeilen Schlampen hab ich dann zeigt wo der Bartl den Most holt."

Und ich war der grobe Lackl.

„War großes Kino."

Sagte ich respektvoll. Sie strich mit der Hand wieder hinten über ihren Dutt.

„Ich war stinkblau, aber bereuen tu ich´s nicht. Schon nicht, weil uns der Schlampen bei jeder Gelegenheit als Quacksalberinnen beleidigt."

Rezeptmedizin gegen Naturheilkunde. Die Apothekerin und die Kräuterhexen verband eine innige Feindschaft. Nach der Enthüllung und ihrem Ausruf hatte Ilse sich grimmig über das Getuschel der Salonweiber amüsiert. Zu denen sie ebenso wenig gehörte wie Tantchen. Sie ließ sich die Haare woanders machen, nicht beim Ex.

„Ich bin ja nicht masochistisch, dass ich mir jede Woch anschauen wollt wie die Weiber ihm schöne Augen machen. Ich hab glaubt mich trifft der Schlag, als ich den Schwengel von dem Adonis gsehen hab. Ist ja nicht so, dass ich damals ein Foto fürs Ehe-Album gmacht hätt. Aber vergessen wie gut mein Gottlieb ausgrüst war, hab ich auch nicht."

Frau Kommissarin hatte sie in die Mangel genommen. Sex mit Ex sollte nicht selten vorkommen. Sie hatte die Erinnerung auffrischen wollen, Gottlieb selber mit dem Liebestrank auf Touren bringen, weil sie ihm zeigen wollte was sie noch draufhatte, und was er versäumte. Bevor sie ihn ins Jenseits beförderte.

Ilses Erinnerung wanderte Jahre zurück, als ihr Gottlieb mit seinem Friseurladen vom Eck unten an der Straße ins Stadtpalais umgezogen war, dann privat in die Wohnung darüber. Ilse knetete ihren braunen Dutt und seufzte von ganz tief unten.

„Männer sollen ja auch in die Wechseljahre kommen. Gottlieb wollt auf einmal hoch hinaus, und ich war ihm plötzlich zu bodenständig. Als der Saukerl mich sitzen lassen hat, war ich ein Haufen Elend. Ich hab bloß noch gheult, mal aus Selbstmitleid, mal aus Wut. Ich hab überlegt, ob ich mich umbring oder ihn. Ich hab eine schlimme Zeit durch, glaubens mir."

Im Kräuterzirkel hatte Ilse ihr Leben danach gefunden.

„Frieda, Martha und ich sind Freundinnen geworden, und ich Libido-Expertin. Jetzt haltens mich für eine durchdrahte Esotherikerin."

271

„Ja. Wie lang warens verheirat?“

„Siebzehn bis zur Trennung, zwanzig bis zur Scheidung.“

„Kinder?“

„Keine. Machens jetzt eine Volkszählung? Martha sagt auch Sie sind ein schräger Vogel, aber...“

„Schräger Vogel?!“

„Jetzt wiederholens mich nicht dauernd! Martha hat auch gsagt als Reporter habens schon Fälle aufdeckt. Keine von uns bringt Menschen um, und wir sind keine spinnerten Quacksalberinnen. Die Gräfin hat sich zwanzig Flaschen von meinem Liebestrank zum Animieren ihrer Kundschaft kommen lassen. Das hat sogar in *Fannys Leute* gstanden.“

Ilse kriegte feuchte Augen.

Draußen legte sich der Mittag über die Häuser und ihre Vorgärtchen. Ich erreichte Tantchen immer noch nicht und überlegte zur PD zu fahren, ließ es dann sein. Wenn ich dort auftauchte und Remmidemmi veranstaltete konnte ihr das mehr schaden als nützen. Ich war kein Anwalt, durfte davon ausgehen, dass die Hexen schnell einen guten an der Hand hatten, wenn´s richtig brannte.

Ich hatte Tantchen die Mailbox voll gequatscht und Fannys Anruf zum dritten Mal weggedrückt. Ich fuhr nach Hause und beschloss, noch abzuwarten.

Halb zwei meldete Tantchen sich.

„Was willst du, Neffe? Hast du die arme Ilse so grob angehen müssen?"

Sagte die, die angeblich eine Hauptkommissarin tätlich angegriffen hatte.

„Schön, dass du wieder frei bist, Tantchen."

Sie sollte gerade dem Haftrichter vorgeführt werden, als Frau Kommissarin sie aus heiterem Himmel hatte gehen lassen, ohne ihr den Grund zu nennen.

„Hast du gwusst, dass deine Hexenschwester ihrem Ex Hängolin in den Liebestrank gmischt hat?"

„Hab ich und ihr gesagt, dass ich den Scherz für zu rabiat halte."

„Ein Richter könnt einen solchen Jux als vorsätzliche Körperverletzung sehen."

„Wo kein Kläger, da kein Richter, Neffe."

„Der Kläger ist vergift worden, Tantchen."

„Und Ilse ist so wenig eine Giftmischerin wie ich, Neffe. Die Kommissarin spinnt. Und du auch."

Was hatte ich verbrochen, dass sie auf meinem zarten Gemüt rumtrampelte? Ich hatte niemandem ein Küchenwerkzeug aufs Auge gehauen. Ich war nicht dazu gekommen, sie zu fragen was eigentlich genau passiert war.

Es klingelte. Das nächste streitlustige Weib stand an.

Fanny machte es sich nicht gemütlich, zog nicht den Mantel über dem türkisfarbenen Hosenanzug und der weißen Kragenbluse aus. Sie blieb mitten in meinem Wohnzimmer stehen. Ich hockte mich auf meine butterblumengelbe Couch.

„Drücke mich nicht weg, wenn ich dich anrufe. Ich hasse das."

„Mmh. Würdest dich bittschön hinhocken."

Sie setzte sich in einen Sessel, schlug die Beine übereinander, unangestrengt, lässig, in einer einzigen fließenden eleganten Bewegung. Wie Frauen das konnten. Meine Haxen waren dafür zu kurz, zu ungelenk, und ich hätte mir schon beim Versuch eine Hüfte ausgerenkt, oder mir die Eier quetscht.

Sie hatte keine Ahnung davon gehabt was Kasper und Deutschwadel gegen mein Tante vorhatten. Sonst hätte sie mich vorgewarnt.

„Der Chefpathologe macht jetzt richtig Terror. Kasper ist gerade ganz klein mit Hut."

Ich reimte mir zusammen Tantchens plötzliche Freilassung hatte was mit einem wütenden Anruf Forsters bei Frau Kommissarin zu tun, oder noch weiter oben.

„Und wie hätte ich in der Redaktion etwas darüber erzählen können, dass der Tee deiner Tante eine giftige

Rolle spielte. Wenn du etwas darüber gewusst hast, hast du es mir nicht gesagt."

Das stimmte.

Sie stand auf.

„Ich wollte das nur klarstellen. Jetzt treffe ich mich im Rialto mit deiner Tante."

Das klang schon nach Verschwörung. Die Weiber hatten mich heute für ihre miese Launen ausgeguckt, und ich war mir keiner Schuld bewusst. Es war keiner der Tage, an denen ich geliebt wurde. Aber wann gab es die schon. Ich streichelte meinen Magen mit Wurschtsalat. Dann rief ich im Säufertempel an. Der Häuptling hatte Schicht bis Mitternacht, und ich Lust, mich besinnlich vollaufen zu lassen, während ich in meinem Kopf Leichen sortierte. Ich bestellte ein Taxi. Mit Tram hatte ich schlechte Erfahrungen im Finstern.

Heiligbrücks Weltschmerzsäufer holten gerade Luft. Es hockten nur ein paar an den Tischen. Den Tresen hatte ich noch für mich allein.

Geronimo hatte wie befürchtet nichts über organisierte Orgien hinter Heiligbrücks feinen Fassaden, oder weniger feinen rausfinden können. Er tippte auf sein Tattoo.

„Der alte Sack hat Marie nicht zum Jubeln bracht. Sie ist wieder bei mir! Ich Apache!"

„Schön, dass du deine Squaw wieder im Tipi hast, Häuptling. Ich nicht Apache, ich alter Sack. Und du bist auch kein Indianer, sondern Iraner."

Sein wieder aufgewärmtes Beziehungsglück ging mir jetzt schon auf den Sack.

„Halb Iraner. Väterlich. Mama ist von hier. Wie bist mit der Deinen eigentlich erotisch so klarkommen? Ich mein, weils einen guten Zwanziger jünger ist als du."

Exakt waren es 23 Jahre. Und der Häuptling wollte für sein Ego traurige Sexgeschichten alter Sack mit junger Frau. Ich servierte ihm ein anderes Schmankerl.

„In der Früh hats mich gern durch die Scheißhaustür unterhalten."

Issis Ritual mit immer demselben Ende.

„Ich mache mich los."

Sie machte sich immer los. Als ob sie gefesselt wäre. Hätte sie nicht wenigstens sagen können „ich mach mich vom Acker", oder leise „servus", oder gar nix, mit Rücksicht auf meine Intimsphäre. Eine Studie, wonach exzessiver Biergenuss auch gesund war kam aus England. Wenn´s ums Saufen ging, war auf die Briten Verlass. Aber sie brauten kein Weißbier, kannten nicht die treibende Nachwirkung von Hefeweizen. Ich hätte die explosive Erleichterung damals schon gerne ohne Zwischenrufe genossen.

Im Gesicht des Häuptlings sah ich sein Resthirn an Nachfragen arbeiten. Harte Maloche. Aber ein Apache gab nicht auf. Er versuchte es durch die Hintertür.

„Wie wars sonst so, die Deine?"

„Gscheit."

„Schlau sinds alle, die Weiber, Teufel."

„Ich red von intelligent."

„Oha. Das ist blöd."

„Dankschön, und jetzt lass mich in Ruh, ich muss nachdenken. Bis ich abwink gibst mir eine Wildsau zu jedem Weißbier."

Der Hexentrank in Vorndrans Magen war zwar ein Highlight für Forsters nächstes morbides Rezeptbuch, konnte wie´s ausschaute aber nicht als Mordwaffe dienen. Ich ging im Kopf in Ilses Erzählung bis dahin zurück wo Frau Kommissarin sie scharf angegangen war.

„Nach der Brunneneinweihung habens sich mit Vorndran drüber in seiner Wohnung in einen Liebes-rausch gsoffen, Sex mit dem Ex ghabt, den Mordplan schon im Kopf. Sie haben gwart, bis er einpennt ist, haben ihm die Schlüssel klaut, sind zum Salon runter und haben aus einem schon mitbrachten Flascherl ein Kräutersackl in seinem Büro mit Belladonna vergift. Wo er sich immer seinen Tee braut hat."

Möglich, dachte ich. Vögeln hatte auf Mann die Wirkung von Ko-Tropfen. Es machte ihn schlagartig müde. Weil es ihm danach die Hormone zusammenhaute. Dazu gezuckerten Rum im Blut. Gute Nacht, Gottlieb. Ich hatte erotisch schlechte Erfahrungen mit hochprozentigen Sauräuschen, war mordsmäßig geil im Kopf gewesen, hatte aber unten nur Rohrkrepierer. Trotz aller Bemühungen der jeweiligen Beischläferin. Aber die konnten alle nicht zaubern. Je nachdem wie ehrgeizig sie ihr Repertoire abspulten, um meinen Mann in den Stand zu bringen, glühte dessen Kappe nach erfolgloser Bearbeitung schon mal wie die Nase eines Spaceshuttles beim Eintritt in die Erdatmosphäre. Ich lernte dabei zwei Kategorien Enttäuschter kennen. Die Naiven fragten: „Mach ich was falsch?" Die anderen sagten „tschüs."

Ilse hätte nicht mal außen rum müssen, bloß eine Etage die Treppe runter. Wo es auch eine Tür in den Salon gab. Frau Kommissarin meinte es wär ihr wurscht gewesen, ob Vorndran das vergiftete Teesackerl schon in der Früh erwischte, oder am Tag danach, oder in einer Woche. Sie wusste inzwischen natürlich von Ilses wildem Auftritt bei Vorndrans Brunneneinweihung. Sie war ein vor Eifersucht und Mordlust schäumendes Hexenweib. Ilse hatte das empört zurückgewiesen. Sie kriegte monatlich zweitausend Euro vom Ex und hatte das Häuschen.

„Ich schäum seit Jahren nicht mehr! Ich war besoffen!"

Frau Kommissarin war bei Ilse die Fantasie durchgegangen.

„Sinds nach der Brunnenvergiftung gleich gangen, oder habens sich noch bis in der Früh zum Ahnungslosen ins Bett glegt und sich ausgmalt, wie er sterben würd?"

Und dann hatte sie die Korbflasche stehen lassen, die direkt auf sie zielte? Saudämlich für eine, die mit einem ausgeklügelten perfiden Mordplan zum Ex gekommen war. Aus Ilse war es herausgebrochen.

„Himmel, wenns den Liebestrank untersuchen, werdens Mönchspfeffer drin finden. Da steigt ihr Ding auf keinen Berg mehr. Ich wollt Gottlieb bloß einen Dämpfer versetzen, wenn er´s mit andern Weibern treibt. Wenn ich das selber mit ihm gwollt hätt, wieso hätt ich ihn dann vorher impotent machen sollen? Und wenn ich ihn hätt umbringen wollen, wieso dann vorher überhaupt der ganze Zauber?"

Durch Ilses Hinweis hatte Forster so schnell Vitex Agnus Castus in Vorndrans Magen finden können. Und um Tantchens Teekräuter aus dem Kräutergarten zu filtern, dafür hatte er die Säckchen mit den aufgedruckten Zutaten: Süsswasseralgen, Lavendel, Koriander, Rosmarin, und andere Zutaten, die niemanden umbrachten. Forster war tatsächlich bloß Pathologe, kein Magier.

 Fakt war, Vorndran hatte Liebestrank intus. Und Ilses fauler Zauber war Pärchentreibstoff. Wenn Mann sich gemütlich einen runterholen wollte, ging Mann ins Kopfkino und brauchte vorher keine Stimulanzen. Wenn eine andere sich mit Vorndran Hexenzauber und Bett geteilt hatte, war ihr Ilses Flasche mit dem Etikett sehr gelegen gekommen. Für die Polizei ein Wink mit dem Zaunpfahl in die falsche Richtung. Aber welche mörderische Beischläferin auch immer. Pärchensex hinterließ deftige Hinweise. Zervögeltes Bettzeug. Körperflüssigkeiten, Haare, Hautzellen. Spusis Traum. Dann mussten da noch gebrauchte Gläser gewesen sein. Eigentlich. Gläser konnte man spülen, Fingerabdrücke abwischen. Auch ein Bett konnte man frisch beziehen, die gebrauchte Wäsche ganz verschwinden lassen. Trotzdem würden Profis bei gezielter Suche immer noch am Bettgestell und drumrum fündig werden. Allerdings dauerten DNA-Abgleiche. Hier war Heiligbrück, nicht CSI. Zu Ilse hatten sie jetzt schon Vergleichsmaterial. Oberflächliche eventuelle Spuren der Leidenschaft am Opfer selbst, falls vorhanden gewesen waren weg. Hygienisch sagte man Vorndran das Schweinderl nicht nach. Was immer er sich vom Körper geduscht hatte, er hatte nicht dran denken können, dass er damit der forensischen Pathologie keinen Gefallen tat.

Auch Liebe ging durch den Magen, hatte Forster mich kryptisch auf den Liebestrank hingewiesen. In Vorndrans Fall durch einen sonst gähnend leeren Magen, kam es mit dem zweiten Weißbier und der zweiten Wildsau in meine Erinnerung zurück. Hieß er hatte seit mindestens zwei Tagen schon nichts mehr gegessen.

Weil es ihm tatsächlich schon das ganze Wochenende über dreckig gegangen war? Vorndran hatte eine Heidenangst vor Ärzten, wusste ich von Fanny, weil die negative Energien verbreiteten. Dass ein mieser Zustand ausgerechnet vom Heiltee seiner Haushexe Martha herrühren könnte, daran hatte Vorndran bestimmt nicht gedacht. Und ihn wahrscheinlich gesoffen, bis seine letzte Stunde schlug.

War er Tage vorher vergiftet worden, gab es plötzlich gut zwei Dutzend Verdächtige bei seiner Brunnenenthüllung. Was jetzt weder Ilse noch Tantchen entlasten würde, weil die auch dort waren. Einschließlich Fanny und mir.

Auch Stadlbauer war es schlecht gegangen, bevor er gestorben war. Er hatte Hubsi zu seiner Haushexe Frieda Finkeldey geschickt. Auch er hatte vor dem Wochenende Leute eingeladen. Wieder rund zwei Dutzend Verdächtige, fast identisch. Inklusive Ilse und Tantchen, die bei einer Charity zugunsten von Flüchtlingskindern nicht fehlen wollte. Frieda, die dritte im Hexenbunde besuchte grundsätzlich keinerlei Veranstaltungen, gab nicht mal Fanny Interviews.

Ich schaltete meine Synapsen zurück auf Anfang und zählte die Leichen durch. Sibel Kamal, die sich höchstwahrscheinlich nicht freiwillig zu Tode gestürzt hatte. Jane Doe, die sicher nicht freiwillig ins Wasser gegangen war. Gottlieb Vorndran, vergiftet. Titus Stadlbauer, vermutlich vergiftet.

Sibel Kamal war Vorndrans Haushaltshilfe gewesen. Ihr Tod hätte ein paar Fragen an Vorndran nachgezogen, vielleicht an die anderen im Förderkreisvorstand, vielleicht an Vorndrans Kundschaft. Na und? Reine Routine.

Aber irgendwer hatte den Hausmeister eingeschüchtert und ihm einen Maulkorb verpasst.

Wer konnte einem Kerl wie Broccoli drohen?

Jemand von einer Behörde. Ermittlungsbehörde.

Polizei hatte nicht wirklich ermittelt, den Fall schnell abgeschlossen. Auf ausdrückliche Anweisung? Von wie weit oben?

Jemand hatte großes Interesse, dass Sibel Kamals Tod totgeschwiegen wurde und es auch durchgesetzt.

Wer konnte sowas?

Am ehesten die weisungsbefugte Behörde, Herrin des Verfahrens.

Was steckte hinter Forsters Bemerkung Jane Doe hätte sich seinem Zugriff entzogen?

Vier Leichen. Wie hing das alles zusammen? Hing überhaupt irgendwas davon zusammen?

Ich brachte weder Opfer noch Tathergänge unter einen Hut. Selbst wenn ich berücksichtigte, dass Serienkiller ihren modus operandi ändern konnten. Einem Sadisten ging es um die Qualen seiner Opfer für seine ultimative Befriedigung. Weil er die nie erreichte, steigerte er das Leiden, wenn nötig auch mit unterschiedlichen Mitteln. Es ging ihm primär um das Ziel, nicht um den Weg dorthin. Das Ziel änderte sich nie, war die Handschrift, die man lesen musste. Die blieb zwanghaft dieselbe.

Wo war die Handschrift? Übersah ich den Wald vor lauter Bäumen, oder sah ich den richtigen Baum nicht vor lauter Wald?

Die Antwort fand ich auch nicht im vierten Weißbier mit Wildsau. Mit der fünften Staffel hörte mein Hirn mit Nachdenken auf.

12

Tschingdarassabumm! Die Kapelle in meinem Kopf war Mittwoch schon früh gut ihn Form. Ich fragte mich für wie lange ich die wofür mit ein und demselben Stück engagiert hatte. Ich schluckte zwei Aspirin. Die Schlagzeile der Zeitung tat auch gut.

Falscher Mordverdacht! Martha Abel entlastet!

Von Agathon Kasper und Sven Deutschwadel

>…Laut Dr. Johannes Beutelschneider, Chefpathologe des Instituts für Rechtsmedizin hat Staatsanwältin Xenia Minkin sich von einem jungen Toxikologen des Kreiskrankenhauses über seine Untersuchungsergebnisse im Mordfall Vorndran informieren lassen, noch bevor diese insgesamt dem Institutsleiter übergeben waren. Minkin ordnete Hausdurchsuchung bei Martha Abel und deren Festnahme an. Dr. Johannes Beutelschneider: „Wer letztendlich Täterwissen an die Heiligbrücker Zeitung verraten hat, weiß ich nicht. Sicher ist: Die Untersuchungsergebnisse wurden verstümmelt veröffentlicht, sodass der Eindruck entstand, die Teebeutel, bzw. einer davon sei mit Belladonna kontaminiert gewesen.

Dies ist falsch!"

Tatsächlich war Vorndrans Kräutertee mit Atropa Belladonna vergiftet. Wie der endgültige toxikologische Befund beweist, befand sich das Gift aber in keinem der Kräutersäckchen, die Vorndran von Abel bezog. Dr. Mark Forster bestätigte, dass dagegen die Auswertung einer Wasserprobe zweifelsfrei ergeben hat, dass das Wasser im Becken des Adonisbrunnen kontaminiert war, wie auch Teekessel und die von Vorndran benutzte Teetasse.<

Vorndran hatte das Brunnenwasser auch als Teewasser benutzt. Die Pumpe bediente den geschlossenen Kreislauf vom Becken hoch in den Adonisschwengel und zurück. Weil Vorndran selber für die Kronjuwelen des Brunnenadonis posiert hatte, war er quasi mit seinem eigenen Schwanz vergiftet worden. Die so böse wie feinsinnige Symbolik roch mir stark nach Rache eines betrogenen, oder verschmähten Weibes. Hatte Gottlieb einer der Salonweiber zu viel mit dem fleischlichen Original zugewedelt, was bei einer anderen rasende Eifersucht geweckt hatte, oder einer zu wenig, die sich vernachlässigt und deshalb gedemütigt gefühlt hatte. Oder war eine erst über die zur Schau gestellte Marmorkopie zur mörderischen Furie geworden? Was mich wieder zu Aphrodite führte. Genau genommen war sie die einzige Verdächtige, die sich mir immer mehr aufdrängte.

Das Gift der Schwarzen Tollkirsche trug man gewöhnlich nicht mit Hausschlüssel und Papiertaschentüchern im Ausgehtascherl spazieren. War Vorndrans Brunnen während der Einweihung vergiftet worden, musste wer mit schon mörderischem Vorsatz Belladonna mitgebracht haben. Es gab nach meinem Wissensstand nur drei relevante Personen, die wussten was enthüllt werden sollte: Brunnenbauer Rauschmeier, Vorndran selbst, und Eva-Aphrodite Kohn.

Grau ist alle Theorie, und meine hatte mächtige Haken. Hatte Aphrodite, als solche gewandet war sie erschienen, Belladonna mitgebracht, wild entschlossen Gottlieb den Garaus zu machen, wieso dann vorher noch die kryptische Drohung mit roten Anemonen? Zu viel der Umstände. Andererseits war ich kein Frauenversteher.

„Nun ja, wussten Sie, dass Belladonna in die Augen geträufelt die Pupillen erweitert. Bei Frauen während der Renaissance galt dieser feurige Blick als erotisch und…"

„Erotisches Augenblinkern von Renaissance-Weibern geht mir im Moment voll am Arsch vorbei, Mark."

„Nun ja, ihre Umgangsformen tauchen immer tiefer auf das Niveau der Kommissarin ab, Teufel."

Belladonna überstand kochendes Wasser. Unmöglich aber hatte Aphrodite, oder wer auch immer wissen können, dass Vorndran sein Teewasser aus dem Brunnen abschöpfen würde. Und das vergiftete Brunnenwasser hätte rein zufällig auch völlig willkürlich eine der Salonweiber oder eine der beiden Mitarbeiterinnen erwischen können. Wen immer es vielleicht auf die Schnelle nach einem Schluck Wasser verlangte und wer sich dann aus dem Strahl am Adonis bediente.

Von wem auch immer, nach einem bis zum Ende gedachten Mordplan schaute mir das nicht aus. Auch nicht nach einem dringenden Zeitplan, weder bei Vorndran noch beim Stadlbauer. Bei rechtzeitiger Hilfe hätten theoretisch beide sogar gerettet werden können.

Die tödliche Dosis Belladonna für einen Menschen lag bei etwa 100 Milligramm. Aber wie viele Tassen Tee und Tage ließ die schöne Frau einen stark verdünnt am Leben? Fünf, sechs Tassen, drei Tage, vier? Donnerstag, Freitag, Samstag, Sonntag? Gut möglich bis sogar wahrscheinlich, Vorndran hatte nach der Enthüllung selbst angekündigt, ein tägliches Ritual daraus zu machen, sich seinen Teekessel aus dem Adonisstrahl zu füllen. Er hätte sich dabei täglich elender gefühlt, mit Übelkeit, Erbrechen, Durchfall, Krämpfen. Scharf auf Beischlaf war da niemand mehr. Frau Kommissarins Angriff auf Ilse war reines Buschklopfen gewesen. Sie hatten kein zervögeltes Bettzeug, noch sonst Handfestes, das für traute Zweisamkeit, oder auch nur für eine gelegentliche Beischläferin sprach.

In Vorndrans Zustand, wenn ich den jetzt annahm war keiner mehr geil. Trotzdem hatte er noch Montagmorgen Liebestrank im Magen. Es passte nicht zusammen… außer…

Vorndran hatte sich Ilses Liebestrank bis zuletzt nicht zwecks der Libido reingezogen, sondern als Verstärker zu Tantchens Tee, um seine Schmerzen mit hochprozentigem Alkohol zu betäuben.

Je intensiver ich nachdachte, umso unklarer erschien mir alles. Die Fäden liefen mir ums Verrecken nicht zusammen, gerade wieder weiter auseinander. Sobald ich eine Lösung deutlich zu sehen glaubte, verschwand sie schon wieder im Nebel.

Schließe das Unmögliche aus, was übrigbleibt ist die Wahrheit. So löste Sherlock Holmes seine Fälle. Ich war nicht Sherlock Holmes. Ich war bloß Sepp Teufel mit einem Kater.

Der Kasperl hatte eine persönliche Stellungnahme drangehängt, die ihm vor Wut sicher sogar noch das Arschwasser hatte kochen lassen.

>Ich entschuldige mich bei Dr. Mark Forster und Martha Abel für die fehlerhafte und in ihren Auswirkungen fatale Berichterstattung unserer Zeitung!

Ich konstruierte zur Musik in meinem Schädel die Informationsschiene: Twiggy hatte de Mille über die toxikologischen Ergebnisse informiert, der den Bürgermeister. Dem musste bei der Gelegenheit Martha Abel einen Mord anzuhängen der Geifer aus dem Maul getropft sein. Er fütterte seinen Hofberichterstatter Agathon mit den zurechtgestutzten Infos, und die Intrigenmaschine nahm ihren Lauf.

Diesmal hatten die Amigos sich vergriffen und einen Bumerang geworfen.

Auf Seite 7 durfte ich aus Fannys Kolumne endlich auch Details über Tantchens heroischen Kampf gegen Frau Kommissarin erfahren.

Das ging aufs Auge! Hauptkommissarin Honigmann von Martha Abels Hexenhammer getroffen.

>Hauptkommissarin Karola Honigmann hat sich bei seiner Festnahme von Martha Abel ein dickes Auge geholt, als es Bekanntschaft mit Marthas Suppenkelle machen musste. „Die hätte nicht sein müssen", erzählte mir Martha Abel gestern, „die war halt gerade zur Hand. Ich vertreibe Tee und Marmelade, keine Schierlingsbecher. Und der Erlös geht an Unicef." Die Kommissarin wollte mir zu seiner Hexenjagd nichts sagen. „Kein Kommentar." Auf ihrer Jagd nach schwarzer Magie und satanischen Mächten hat sie neben Marthas gesamtem Teevorrat ihr Notebook beschlagnahmen lassen. Auch das Notebook ist wieder frei. Was bei Marthas Kundschaft für Erleichterung sorgen wird, kennt sie doch ihre intimsten Wehwehchen.<

Am Ende ließ Fanny noch die Überlebenden im Förderkreis sich über den unersetzlichen Verlust zweier bester Freunde ausweinen.

Seine Premiere in *Fannys Leute* hatte Frau Kommissarin sich bestimmt anders vorgestellt. Oder bis jetzt gar nicht.

Die Musiker in meinem Schädel packten langsam ihre Instrumente ein. Ich rief Forster an.

„Habens die Nacht am Stadlbauer durchgmacht, Mark?"

„Nun ja..."

Die Backgroundmusik im Totenreich verriet mir einiges.

„Kommens. Sie haben sich Iron Butterfly eingeschmissen. Ich erkenn das Schlagzeugsolo von In a gadda da vida, wenn ich´s hör. Sie sind high. Gebens mir ein Nunja und hängens Speck dran.“

„Nun ja. Ungeduld ist Gift in Rätsels Lösung. Aber Arbor vitae occidentalis hat mir seine verborgene dunkle Seite offenbart. Wussten Sie, dass er den ollen Griechen das Opferholz geliefert hat. Die Antwort darauf wie Herrn Stadlbauers Lebensbaum gefällt wurde erschien mir allerdings nicht durch die Vordertür.“

Er kicherte albern. Und die alten Griechen hatte er salopp abgehandelt. „Die ollen“ war sonst nicht Forsters Sprache. Offensichtlich war er tatsächlich mit Muntermachern vollgedröhnt bis unter die Schädeldecke.

Arbor vitae occidentalis, oder Thuja gehörte zu den Zypressen und kam aus dem Osten Nordamerikas, verriet mir danach Wikipedia. Zweigspitzen und Zapfen waren hochgiftig. Schon Berührungen konnten Hautentzündungen auslösen. Oraler Aufnahme folgten Magen- und Darmentzündungen, Krämpfe, Nieren- und Leberschädigungen, bis hin zu Organversagen und Herzstillstand.

Iron Butterfly hatte fertig. Totenstille, wie es sich für einen Leichenkeller gehörte.

Nicht durch die Vordertür, hatte Forster gemeint. Stadlbauer hatte es hinten gejuckt.

„Ich hab mal ghört Thujonsalbe wär ein wirksames Mittel gegen Hämorrhoiden, und Öl wär noch besser."

Forster kam jetzt schläfrig rüber.

„Teufel, Sie sind ein Schelm. Jetzt kommen Sie mir durch die Hintertür. Nun ja, wirksam wäre beides. Sofern Sie es darauf anlegen, dass Ihre Harnflüssigkeit zu Sirup eindickt, bevor Ihre Pumpe einem Nierenschock erliegt."

Als ich noch wegen Jane Doe nachhaken wollte, hatte er schon aufgelegt.

Irgendwer hatte Stadlbauers das Öl vergiftet, womit er sich seine Rosette einschmierte und ihn so heimtückisch durch den Hintereingang erledigt. Es schaute nicht gut aus für Frieda Finkeldey. Als heißen Kandidaten sah ich auch Stadlbauers Hausmann Hubsi, der, wie Fanny annahm wahrscheinlich das gesamte Vermögen seines Herrn erbte. Die Kohle, das Grundstück mit Villa, und den Rolls.

Wuchernde Rosenstöcke entlang des Terracottawegs zum Hexenhaus, an dem wilder Wein sich um zwei Erker hochrankte. Schaurig, wenn man dazu fantasierte, dass die berüchtigte Oberhexe es bewohnte. Friedas Erscheinung erschien als Enttäuschung für Gruselfans, vermittelte keine Magie, schon gar keine schwarze. Im hellblauen Kittelkleid, das zu ihren Augen passte. Ihr braunes Haar mit grauen Strähnen war achtlos hochgesteckt. Ihre Füße steckten in dicken blauen Wollsocken und Filzpantoffeln. Sie war mit mir auf Augenhöhe, mit gut dreißig Kilo weniger auf den Rippen. Sie trug wenig Schminke, nichts, um Falten zu vertuschen, nur zartes Rouge auf den Wangen. Heiligbrücks Oberhexe hatte kein Problem mit natürlichem Altern.

„Damit das klar ist. Das wird kein Interview! Sie kommen nur rein, weil Sie Marthas Neffe sind."

Frieda Finkeldey wies mir einen Sessel der hellbraunen Ledergarnitur zu und setzte sich auf die Couch. In den Ecken hinter ihr standen zweistöckige Servierwägelchen mit alten Petroleumlampen aus bauchigem Porzellan mit hellblau bemalten Verzierungen, Püppchen auf Stühlchen vor Tischchen, eingedeckt mit weißem Miniporzellan und dreiarmigen vergoldeten Kerzenleuchterchen. Und hinter Glastüren zweier Vitrinen hatten Ramses, Ali Baba und Shaka Zulu ihre Krimskramskisten entrümpelt.

Ich versuchte es mit augenzwinkernder Heiterkeit.

„Wo ist der Rabe?"

Der falsche Einstieg.

„Der beobachtet die Gegend und gibt mir Bescheid wer kommt. Und wenn Sie die Hexenküche suchen, wo ich das Fledermausblut und das Schlangengift aufbewahre, die ist im Keller."

Ich ruderte zurück.

„Ich weiß von Ihrer Website, dass Sie eine Meisterin des Ayurveda sind. Und das aus dem Sanskrit kommt und Wissen des Lebens bedeutet."

Ich amüsierte sie.

„Das haben Sie richtig behalten."

291

„Ja, auch, dass dabei um die elftausend Pflanzen die Grundlage für Tinkturen, Pasten und Salben bilden."

„Wollen Sie einen Kurs in Kräuterkunde?"

„Hat Ayurveda auch Thujon im Sortiment?"

Sie war nicht mehr amüsiert.

„Sie stellen mir hier dumme Fallen. Thujon kann schon schwere Allergien auslösen, wenn man zum Einreiben Handschuhe vergisst. Schon deshalb verwende ich es nicht."

Mit Einreibungen behandelte man immer noch Warzen, Gicht und Rheuma, Magenkatarrh, Neuralgien sowie Augen- und Ohrenentzündungen. Früher war eine aus Zweigspitzen von Thuja bereitete Essenz in der Homöopathie als Wurmmittel und zur Abtreibung verwendet worden.

„Ich glaub nicht, dass Sie´s waren."

„Weil Sie denken ich brächte das nicht hin?"

Sie war wieder amüsiert. Ich hatte keine Zweifel, dass sie das locker hinkriegen würde.

„Habens einen Verdacht? Jemand, der dem Hexenzirkel was anhängen will?"

Sie verstand das als Brücke zur Apothekerin, was sie süffisant lächeln ließ.

„Ich muss jetzt einen Giftkessel ansetzen."

Vor dem Haus schaute ich nach oben, ob dort ein Rabe kreiste. Sicherheitshalber.

Immergrüne Nadelträger säumten hochnäsig die Kiesauffahrt. Ob als Hecken, oder in die Höhe wachsend, Thujen waren im Villenviertel verbreitet wie Scheißhausfliegen in einem Dixiklo. Dahinter glänzte spiegelglatt ein Minisee. Vier Porzellanschwäne zogen eine Barke mit dem lebensgroßen Märchenkönig. Aus vollem Ornat schaute er auf einen Pavillon mit weißblauem Rautenmosaikboden am Ufer. Zwei Laternen vor dem Treppenaufgang zum Hauseingang hoben Stadlbauers Domizil nicht wirklich hell aus der Dämmerung. Ich war noch nie hier gewesen, sah es zum ersten Mal direkt vor mir. Im diffusen Licht gen finsteren Himmel und aufgehender totenbleicher Mondsichel ragen. Kalter Horror überfuhr die schwülstige Märchenkönigromantik. Aus mir fuhr der Schreck raus.

„Ja, leck mich doch am Arsch."

Unwillkürlich schaute ich nach oben, ob da ein Schild >Bates Motel< hing. Stadlbauers Elternhaus. In dem Moment traute ich ihm alles zu, bis zu mumifizierten hässlich grinsenden Leichen im tiefen feuchten Keller. Ich wusste, dass Heiligbrücks Modezar dort unten seine Werkstatt hatte, in der er noch selber schneiderte. Klamotten für sich selber, wenn seine gespaltene Persönlichkeit sich in Mutter verwandelte.

Ich hatte mich telefonisch angekündigt. Hubsi musste hinter einem der Fenster gelauert haben und hatte mich kommen sehen. Er erschien über den Treppenstufen an der hohen massiven Tür. Auch die Zeit war stehen geblieben für Hubert Bacherl, in grüner Livree an der dürren Gestalt immer noch Diener seines Herrn, auch über dessen Tod hinaus. Und wahrscheinlicher Erbe von Stadlbauers Grundstück, Haus, Rolls Royce und Millionenvermögen. Letzteres hatte schon sein Herr und Meister Titus von den Eltern geerbt. Hätte der sich von seiner Herrenschneiderei selbst ernähren müssen, wäre er verhungert, lange bevor man ihn vergiftet hatte wie seinen Kumpel Vorndran.

Steif stakste er die Stufen runter. Sein Rasierwasser erinnerte meine Nase an Mückenspray. Er wies mich wortlos mit einer ausholenden Geste an, ihm ums Haus rum zu folgen. Als würde er mich zum Hausherrn geleiten. Erleichtert registrierte ich, dass nicht Stadlbauers Mumie auf einem der drei Gartenstühle hockte.

„Ein Weißbier wär nett."

Meinte ich mit Blick auf die leere Tischplatte, von der die grüne Farbe blätterte. Huberts nickte und machte nochmal kehrt.

Nur 20 Meter vor mir flanierte der Fluss des Bösen vorbei, als könnte er kein Wässerchen trüben. Knapp 200 Meter flussabwärts hatte er Jane Doe ausgespuckt. In meinem Kopf murmelten Stadlbauer und Heuschrecke Hubert unten im Keller bei Kerzenschein Beschwörungsformeln über einem wehr- und willenlosen nackten Mädel, während sie ihm hauchzarte weiße Dessous und ein Negligé anzogen, besessen vom bösen Geist der Weißen Frau, die aus ihrem nassen Grab ein junges Opfer forderte. Dann trugen sie die Betäubte zum Fluss hinter dem Haus und übergaben sie den gierig schäumenden Fluten. Im Geiste sah ich Stadlbauers mumifizierte vergilbte Mutter oben im Haus sitzen. Und unten vom Fluss her wehte eine Mundharmonika das Lied vom Tod zu mir.

Hubert kam mit offener Weißbierflasche und Glas zurück. Ich schenkte mir selber ein. Er hockte mir gegenüber und fixierte mich trübe wie das Hefeweizen. Mit zum Anrühren feuchten mörtelgrauen Augen. Ich hatte einen todunglücklichen Millionär in spe und in tiefer Trauer vor mir.

Titus hatte seine Ölfläschchen im Bad aufbewahrt. Hubert wusste natürlich von allen Leiden seines Herrn und Meisters, und wo er seine Mittelchen aufbewahrte. Und in Stadlbauers Park wuchsen hohe Thujen wie´s Böse.

„Sie finden den Killer. Ich knips ihm das Licht aus."

Hubsi stand auf alte amerikanische Gangsterfilme.

„Ich bin kein Privatdetektiv."

Stellte ich klar.

„Mag Sie nich, trau aber keinem Bullen."

Was ich ihm nachempfinden konnte. Logisch war Frau Kommissarin auch Stadlbauers Alleinerben stramm angegangen. Auf die Frage wem der Tod seines Herrn und Meisters nützte stand Hubert finanziell gesehen einsam oben auf der Liste.

Sonntagvormittag, am Tag vor seinem Ableben hatte Stadlbauer noch geistlichen Beistand gesucht, Hubert ihn zu seinem Beichtvater gefahren.

Die kleine Klosterkirche stand im ältesten Viertel der Stadt, gelegen zwischen dem Fluss und dem großen Stadtpark. Dass es mehr als drei Jahrhunderte Zuflucht für alle die gewesen war, denen man wegen ihrer Armut die Niederlassung im Stadtgebiet verweigert hatte, bis es dem 1724 einverleibt wurde, sah man ihm heute nicht mehr an. Bis nach der Jahrtausendwende hatte es auch im Kloster Armenspeisung gegeben, und Trost und Zuflucht für Verzweifelte und innere Einkehr Suchende. „Maria hat geholfen." Kleinanzeigen, die fromme Leute aufgaben, wenn sie glaubten, ihre Gebete seien erhört worden. Zum Kloster hatte auch eine Realschule für Buben gehört.

Inzwischen war das Kloster aufgelöst und verkauft, und die Brüder in alle Winde zerstreut worden. Perfektes Timing, dachte Teufel. Zu der Zeit war der erste Tsunami von Kindesmissbrauch öffentlich über Kirche und Klöster geschwappt.

Anstelle von auch Bildung und Mildtätigkeit gab es jetzt 123 Eigentumswohnungen.

Franziskaner lebten in Armut und auch betteln gehörte zum Handwerk, wie soziale, pastorale und pädagogische Arbeit. Bruder Antonius war der letzte Aufrechte, der das Rokoko-Kirchlein wartete und in seiner braunen Kutte die Fahne der Armut hochhielt, während um ihn herum die Haie den Mammon jagten.

Eine Menge Himmelblau, mit Blattgold wuchernde Engelchen, Rähmchen und Säulchen. Die Klosterkirche war der heiligen Anna geweiht, der Mutter Marias und Schutzpatronin der Mütter und Kinder. Auf einem Altarbild unterrichtete sie ihre Tochter in der Heiligen Schrift.

Daneben gab es eine Darstellung von Maria mit Jesuskind. Ein Gewölbefresko über der Orgel zeigte die heilige Anna auf dem Sterbebett, auf einem anderen wurde sie in den Himmel aufgenommen.

Antonius war ein zarter alter Mann mit grauem Stoppelbart, der sich nicht mehr umpflanzen lassen wollte. So hatte man ihn dagelassen. Gerade drapierte er frische Blumen in eine Vase. Rosen, Lilien und Maiglöckchen im Dezember. Bruder Antonius hatte einen heißen Draht zur Schöpfung.

„Die Marienblumen sind Zeichen der unbefleckten Keuschheit der Muttergottes."

Er bat mich auf eine Bank und setzte sich in Corona-Abstand neben mich.

„Es ist schrecklich mit Gottlieb und Titus. Und die armen toten Mädchen. Satans Nektar sind Gottes Tränen."

„Manche haben Poppy und ihre sexy Darstellung als Weiße Frau als sündhaft verteufelt."

Brachte ich das Wortspielchen mit meinem Namen und meinte, dass wir jetzt schon zwei tote Weiße Frauen hatten, buchstäblich ausgestellt in ihrer sündhaften Weiblichkeit. Das Weib als Verführerin der Ursprung allen Übels. Der Schmarrn war so alt wie Adam und Eva und nicht auszurotten. Ich dachte an Schaffler. Vielleicht fühlte sich da doch einer in Gottes Namen unterwegs, der sich die Heuchler und ihr wollüstiges Werk vornahm.

Und nicht nur das sündige Spiel der Weißen Frau, sondern auch die Verantwortlichen dafür verdammte. Und Gottlieb und Titus waren erst der Anfang.

Der alte Haudegen Gottes kramte in seinen Erinnerungen. Bis zum Abschluss der mittleren Reife hatte er Gottlieb und Titus in Deutsch und Englisch unterrichtet.

„Hat Titus wegen seiner Homosexualität Probleme mit anderen Jungs oder Lehrkräften gehabt?"

Eine naheliegende Vermutung, fand ich. Bruder Antonius schüttelte heftig das Haupt.

„Davon weiß ich nichts. Titus hat sich auch später nie geoutet. Belassen wir es dabei. Leider ist er prunksüchtig geworden."

Bei zwanzig Mio, für die er die Lederfabrik seiner Eltern verkauft hatte, konnte er sich Prunksucht leisten. Und das Schneidern von Herrenklamotten mit Puffärmeln und Rüschen.

„Titus ist immer noch zur Beichte gekommen."

Im Gegensatz zu Vorndran. Weshalb Bruder Antonius über dessen plötzliches Erscheinen vor ein paar Wochen überrascht war.

„Gottlieb war sehr bedrückt über den Tod seiner Haushaltshilfe und hat mich gefragt, ob ich sie beerdigen würde, sollten sich keine Angehörigen finden. Er würde alle Kosten übernehmen. Ich habe ihm gesagt, dass nach seiner Schilderung der Umstände die Dinge nicht so einfach lägen."

Für ihn als katholischer Bruder schwierig, aber nicht unmöglich eine Selbstmörderin in geweihter Erde zu bestatten. Er wäre bereit dafür. Aber die Verstorbene war strenggläubige Muslima gewesen. Gewiss hätte sie gewollt nach Ihrer Religion bestattet zu werden. Ich fragte ihn, ob Gottlieb in seine Haushaltshilfe verliebt gewesen war.

„Sie erwarten hoffentlich nicht, dass ich dem Teufel Beichtgeheimnisse verrate."

Er lächelte über seinen Scherz.

„Aber ich kann Ihnen sagen sie hat seine Sicht auf Flüchtlinge verändert und ihn sie als Menschen sehen lassen, statt als Zahlen."

Ist Gottlieb dann nochmal zu Ihnen kommen?"

„Nein. Ich gehe davon aus, dass sich Angehörige gefunden haben."

Zuhause skypete ich mit Franzi und Fritz. Die Bad old Boys hatten ihre Beiträge geliefert, Schlampenschorsch das Horoskop, Tantchen ihre esoterische Kräutertee-Kolumne und Marmeladrezepte, Issi die Steuertipps. Die weltweite Corona-Situation bestimmte unseren globalen Politik- und Wirtschaftsteil. Franzi passte gerade noch die letzten Leserkommentare zur letzten Ausgabe ins Layout, Fritz bastelte den Titel. Wir hatten uns die Köpfe darüber heiß geredet, ob wir eines meiner Fotos von der toten Jane

Doe bringen sollten, die ich natürlich am Fundort mit meinem Handy gemacht hatte, bevor die Kavallerie eingetroffen war. Franzi war dagegen, Fritz unter den gegebenen Umständen dafür, aber nicht so richtig, weil Franzi dagegen war. Ich entschied dafür, mit allem was wir hatten gegen die Vertuschungsversuche der Amigos anzugehen. Zur Aufklärung aller bisherigen Todesfälle hatte ich in meinem Text unterm Strich nicht viel Substantielles zu bieten, musste ich zugeben.

Ich machte ich es mir in Shorts und T-Shirt auf der Couch bequem und ließ die Glotze laufen.

Ein Hellseher konnte die Zukunft an Arschbacken greifen. Eine Daily-Soap-Darstellerin hielt ihm ihr Hinterteil hin. Der Seher nahm sich Zeit, es abzugreifen. Er las aus beiden Backen eine steile Karriere. Ich sah bloß einen weißen Arsch, geteilt von einem blauen String. Und ein schlecht überschminktes rotes Wimmerl auf der linken Hälfte. Ärsche waren Topthema im Zeitgeist. Früher war ich in Konzerte von den Stones und Tina Turner gegangen. Mick hatte nicht mal einen Arsch in der Hose, Tinas war ansehnlich, sie wackelte auch gerne damit, benutzte ihn aber nicht als Top-Act. Muttigirlies wie Shakira hatten als Trendsetterinnen dann versucht, sich ihren Arsch auszukugeln und ins Publikum zu schleudern. Die Welt war voll geil.

13

Die Kuh mit zwei Ärschen. Online-Ausgabe Samstag, 1. August.

Jane Doe und die Angst vor der Weißen Frau! Götterdämmerung auf dem Beautyolymp! Die Toten von Heiligbrück und die mörderische Schnitzeljagd durch Götter- und Heldensagen!

Fritz hatte das Titelfoto Jane Does so wenig aufreisserisch wie möglich hinbearbeitet. Meine Fotos von den Trümmern der Aphrodite, der Adonisenthüllung mit Vorndran plus eines von der Schlacht am Buffet brachten wir weiter hinten im Text. Dazu eine lockere Einführung in den blutigen Mythos der sagenumwobenen Aphrodite. Die war mit Hephaistos, den Gott des Feuers verheiratet, vögelte sich nebenbei munter durchs Universum, nahm Unsterbliche wie Sterbliche. Ein Gschpusi mit Adonis hatte der nicht überlebt. Der Schönling war Kriegsgott Ares in die Quere gekommen. Der hatte vor Eifersucht geschäumt, sich bei einer Jagd in einen wilden Eber verwandelt und den Nebenbuhler aufgespießt. Weil Adonis bloß ein Halbgott war, also sterblich, war ihm der Lebenssaft ausgelaufen. Der Sage nach waren aus seinem Blut rote Anemonen erblüht. Die mythische Göttin hatte beim sterbenden Adonis bitterlich geweint. Aus ihren Tränen waren weiße Rosen erblüht, weniger bekannt auch als Tränen der Aphrodite. Sollte unsere was mit Gottlieb gehabt haben, hatte die ihm keine Träne nachgeweint. Sie hatte ihm nicht eine weiße Rose geschenkt, dafür einen ganzen

301

Strauß roter Anemonen. Ansonsten waren die Götter der ollen Griechen eine mörderische Sippschaft, aus der über Umwege auch Aphrodite hervorgekommen war. Da war erstmal Uranos. Der hatte seine Kinder gehasst und verbannt, seine Frau Gaia ihre weiteren heimlich geboren und versteckt. Und dann ihren Sohn Kronos dazu angestiftet, Papa Uranos mit einer Sichel zu entmannen. Der hatte dem Alten das Gemächt abgehackt und es ins Meer geschmissen. Das ringsum von Blut und Samen aufschäumte und daraus Aphrodite gebar, die dann vom milden Westwindgott Zephyros zunächst nach Kythera geleitet wurde und dann an der Küste von Zypern an Land ging. Kronos wurde so zum Herrscher der Welt, heiratete seine Schwester Rhea und fraß seine eigenen Kinder, aus Schiss, würden später ihn entmachten, wie er seinen Papa. Den jüngsten, Zeus, versteckte Rhea in einer Höhle auf Kreta. Der machte später tatsächlich seinen Papa nieder, wobei der alle anderen Kinder wieder ausspucken musste. Zeus brachte Kronos auf die Elysischen Gefilde am Rand der Welt, wo der unsterblich rumflackte. Auf der Insel der Seligen, umflossen vom Okeanos. Nektar aus einer Quelle der Lethe ließ früheres irdisches Leid vergessen. Im ewigen Frühling, inmitten grüner Wiesen mit blühenden Rosen und Weihrauchbäumen lebten die Helden nach ihrem Tod, die von den Göttern geliebt wurden, denen sie die Unsterblichkeit schenkten. Darüber herrschte Rhadamanthys als Grüßgottaugust, der die Ankömmlinge einwies. Auf Heiligbrücks Elysion gab's nichts geschenkt, schon gar nicht die Unsterblichkeit. Wer's zahlen konnte und wollte schaute im letzten Hemd bloß jünger aus als unbearbeitete Verblichene, nicht zwangsläufig besser.

Ich spannte den Bogen zur ausgebrochenen Mordlust in Heiligbrück und der mörderischen Schnitzeljagd durch die griechischen Götter- und Heldensagen. Weiße Rosen gleich die Tränen der Aphrodite für Poppy, versetzt mit Riesenbärenklau, auch Herkuleskraut genannt, weil Herakles ihm auch Heilkräfte zuschrieb. Ein Mythos wie der Halbgott selbst. Herkuleskraut genannt, weil Herakles ihm auch Heilkräfte zuschrieb. Ein Mythos wie der Halbgott selbst. Herkuleskraut war nur giftig. Ich beschrieb rote Anemonen gleich Adonisröschen zu Gottliebs Enthüllungsevent und Atropa Belladonna im Adonisbrunnen. Im ersten Teil des biologisch korrekten Namens abgeleitet von Atropos, eine der drei Moiren, Schicksalsgöttinnen der griechischen Mythologie. Atropos bestimmte die Todesart eines Menschen und schnitt seinen Lebensfaden durch. Thujon, das Gift aus dem Lebensbaum, der den alten Griechen ihr Opferholz lieferte, hatte Stadlbauer den Garaus gemacht hatte.

Ilsebill salzte nach. Dass ihm jetzt >Der Butt< einfiel. In Wer wird Millionär hatte er es gehört: >Ilsebill salzte nach< war zum schönsten ersten Satz der deutschen Romanliteratur gewählt worden. Der Kandidat, ein Germanistikstudent, hatte keine Ahnung gehabt, seine Joker schon verbraten, war aber trotz falscher Antwort von 32.000 nur auf 16.000 Euro gefallen, weil er auf einen vierten Risikojoker verzichtet hatte. Hildes Kopf war auf der Couch an seine rechte Schulter gesunken. Wie immer war sie beim Fernsehen eingenickt und schnarchte. Er hatte ihr mit Daumen und Zeigefinger die Nase zugehalten und dabei die sich lichtende Stelle oben zwischen ihren offenen schulterlangen weißblonden Haaren entdeckt. Die Kopfhaut schimmerte rosa durch. Er fragte sich ob Frauen einfach so auch Glatzen kriegen konnten. Hilde hatte tief aus der Kehle gegrunzt und den Mund weit aufgerissen, ihn wieder zugeklappt, als er ihre Nasenlöcher freigab und hatte weitergeschlafen.

Es war Hildes und sein silberner Hochzeitstag. Er hatte eingekauft, stundenlang in der Küche verbracht, selber 3 Gänge gekocht, gegen 18 Uhr den Tisch in der Bauernstube mit dem Nymphenburger Porzellan und Hildes geerbtem Tafelsilber eingedeckt. Weil er vor seinem Hildchen mit Kreativität glänzen wollt. Weil sie ihm das sicher nicht zutraute. Schon nach der Wurzelsuppe mit Rindfleischstreifen hatte er auf verdienten Beifall gehofft. Der war nicht gekommen.

Dafür pökelte Hilde jetzt den Hauptgang ein. Wildlachs im geflochtenen Lauchzopf mit Auberginenpüree.

„Ist kein Butt."

Versuchte er irritiert die Stirn runzelnd einen linkischen Scherz, ohne sich zu fragen, wie sie ihn verstehen sollte. Hilde hatte die Frage nach Ilsebill bei Jauch nicht mehr mitgekriegt. Günter Grass hatte sie wie er nie gelesen. Hilde las Rosamunde Pilcher. Er war kein Bücherwurm. Was er regelmäßig las stand in der Heiligbrücker Zeitung, in seinen Fallakten über Tötungsdelikte, und jeden Mittwoch und Samstag auf seinem Lottoschein. Er verglich die Zahlen darauf akribisch mit jeder Ziehung, obwohl er sie seit 19 Jahren auswendig kannte. Nie hatte er andere eingesetzt und war damit nie über vier Richtige hinausgekommen. Sie hatte dem Roten zur Wurzelsuppe mit Rindfleischstreifen schon kräftig zugesprochen und jetzt das Glas mit dem weißen Burgunder zum Fisch in einem Zug geleert. Hilde hatte beschlossen, sich einen anzusaufen. Das war ihm neu an ihr. Sie hockte da in einer beigen Hose, mit einem ausgewaschenen hellroten Schlabberpulli, während er seinen dunkelblauen Anzug sogar mit der Fusselrolle bearbeitet, ein fast neues weißes Hemd dazu angezogen, und sogar seine blaue Krawatte mit Silberstreifen gefunden hatte. Seine schwarzen Schuhe hatte er selbst auf Hochglanz gewichst. Sie hatte immerhin auf ihre Hausschlappen verzichtet und trug schwarze Pumps. Die glänzten nicht und waren an den Spitzen abgewetzt. Er war es von Berufs wegen gewohnt auf Details zu achten.

Sie schielte schon leicht. Eine dünne Strähne vom straff nach hintengekämmten aschblonden Haar hatte sich aus der schmucklosen roten Spange gelöst und fiel ihr lange halb seitlich über die Stirn bis unters Kinn. Hilde zog einen schiefen Mund gezogen und machte Pfft . Die Strähne flatterte müde ein paar Millimeter auf und landete wieder.

„Jetzt ist er tot."

„Warum hast ihn umbracht, Hilde."

Sie schaute ihn aus trüben Augen an.

„Wen umbracht?"

„Den Lachs. Jetzt ist er ungenießbar."

„Ich red von Gottlieb, Lothar. Den hams umbracht."

Den dürren Haarschneider. Wieso interessierte sie das. Er war seit Jahren nicht mal mehr ihr Haarschneider.

„Ich hab mit ihm gschlafen, Lothar. Und jetzt ist er tot."

„Wassis?"

„Ich hab mich von ihm bumsen lassen, Lothar. In einer Schießscharten auf der Burgruine. Nach der Premierenfeier. Es ist vier Jahre her. Hast dich nie gfragt warum ich den Friseur gwechselt hab?"

Wer interessierte sich dafür, bei welchem Haarschneider seine Frau hockte.

„Und jetzt ist er tot."

Ja, verdammt. Aber nicht an den Spätfolgen, weil er Hilde gebumst hatte. Letzteres ließ sein Weltbild platzen. Jetzt hatte sie einen sitzen, hockte halb verwahrlost vor ihm, nach 25 Jahren Ehe. In denen er mit ihr ein gemeinsames Leben organisiert, das Häuschen und das gemeinsame Konto in Ordnung gehalten, pünktlich die Versicherungen für alle Fälle bezahlt hatte. Manchmal schliefen sie sogar auch noch routiniert miteinander. Er war damit zufrieden und hatte sich nie Gedanken gemacht, dass Hilde es nicht sein könnte. Leidenschaft war was für Verliebte, nicht für Eheleute. Da zählte Zuverlässigkeit. Vor vier Jahren hatte sie die Herzoginmutter im Schauspiel gegeben, ihn vorher tagelang genervt, wenn sie im Wohnzimmer ihr Sterben einübte, mit tiefen Seufzern, während er in die Glotze schauen wollte.

„Du hast mich damals bei der Premierenfeier einfach sitzen lassen Gottlieb."

Ja, er war früher gegangen, hatte diese blasierte Laienspieltruppe nicht mehr ertragen, mit ihrem Getue, als hätten sie alle gerade den Oscar gewonnen.

„Da ist es halt passiert mit dem Gottlieb."

Halt passiert. In einer Schießscharte! Mein Gott! Die Honigmann suchte sich einen Wolf nach Bumsgespielinnen vom Vorndran. Und jetzt hockte die einzige Geständige bei ihm dahoam. Sein Eheweib. Warum erzählte sie ihm das überhaupt, jetzt nach vier Jahren?

„Ich hab das Kochbuch gsehen, Lothar!"

Das von 31.80 auf 5.30 Euro runter gesetzte vorletzte Kochbuch vom Schaffler.

„Du verdammter Pfennigfuchser! Kochst mir ein Menue aus einem Ramschbuch. Ich bin dir nix wert, Lothar. Da kann ich mich auch billig für dich zurechtmachen, was meinst?"

„Bist total deppert worn, Hilde? Der Wildlachs ist nicht billiger worn, weils das Rezeptbuch runtergsetzt haben."

„Pfft. Dein blöder Fisch, ja, ja."

„Den blöden Fisch kannst jetzt wegschmeißen, Hilde."

„Ja und?"

„Es war eine Schweinearbeit, Hilde."

„Jaja. Weilst einmal in fünfundzwanzig Jahren jetzt ein Menue kocht hast und mal was gmacht dahoam. Ansonsten siehst meinen Lebenssinn darin, dass ich es dir bis an mein Ende dahoam kommod und deine Wäsch mach. Aber wenn ich mit dir reden möchte, kriegst das Maul nicht auf. Es muss sich was ändern zwischen uns, Lothar."

„Das hat sich grad, Hilde."

Hilde salzte nochmal nach und mordete auch den Lachs auf der Vorlegeplatte. Er stand wortlos auf, ging ins Wohnzimmer und hockte sich vor die Glotze. Es muss sich was ändern, hatte sie gesagt, als hätt er mit seinem Friseur bumst. Er war auf der Couch eingeschlafen, als sein Handy auf dem Wohnzimmertisch Alarm machte. Honigmann.

„Wir haben eine brisante Leiche, Herr Kriminalrat."

Forster hatte seine Lebersonde gerade wieder eingepackt und spulte sein Programm ab.

„Nun ja, Totenflecke nicht mehr wegdrückbar...Starre ausgeprägt…, Körpertemperatur…, Exitus vor zehn bis zwölf Stunden, würde ich sagen."

Er untersuchte den Kopf der Toten.

„Nun ja, links an der Schläfe Spuren von scharfer schwarz lackierter Holzkante. Rechts seitlich von hinten ein harter Schlag mit Glasigem."

„Nun ja, Frau Hauptkommissarin. Damit sind wohl unser Oberbürgermeister und der gesamte Förderkreisvorstand unmittelbar involviert. Inklusive Leitender Oberstaatsanwalt. Ich würde sagen Sie stecken in einem Dilemma."

„Wo ich steck lassens meine Sorge sein. Ist noch was?"

Honigmann bemerkte Forsters zögern, als müsste er sich zu irgendwas durchringen. Was er dann tat.

„Ich muss mit Ihnen reden. Inoffiziell vertraulich."

Sonntag. 2. August

„Es war richtig, dass Sie mich noch vom Tatort angerufen haben, Frau Hauptkommissarin."

Die Wahl zwischen Pest und Cholera, die Forster milde als Dilemma bezeichnet hatte. Honigmann hatte schon während des Anrufs gewusst, dass der ein Fehler war.

„Sie halten jetzt erstmal die Füße still, Frau Hauptkommissarin, bevor Sie durch Heiligbrücks honorige Society trampeln."

Hatte Liebling sie zurechtgestutzt und in sein Büro bestellt.

Auf meiner Biergartenterrasse sog ich die angenehm feuchtkalte Abendluft in die Lunge. Mit Katzenmusik dazu. Oben hockte der verrückte Klößchen auf seinem Sitzpfahl auf Frauchens Balkon und maunzte den Sonnenuntergang an. Unten leuchtete ein rotes Hosenhinterteil aus Ballonseide zwischen zwei Büschen wie ein Lampion am Kindergeburtstag. Der Rest steckte in einem gelben Zeltiglu.

Schlampenschorsch!

Es schien ein bunter Abend zu werden im rosaroten Haus. Ich zog meinen Parka über den schwarzen Pulli, schlenderte rüber zur grünen Wiese. Vor dem Iglu waren zwei Holzstangen in den Boden getrieben. Dazwischen hing ein weißes Transparent mit in schwarzen Versalien gepinselten Worten.

J. LO. IST EINE SAU!

Ich kriegte Gesellschaft. Ayala mit hellblauem unten gefranstem Kopftuch, die Hände in den Taschen einer knielangen grauen Jacke.

„Blödmänner. Was treibt ihr da?"

„Schlampenschorsch treibt. Ich bin beunruhigt."

Als nächster tauchte Hans unter seiner Lotsenmütze auf, mit rauchender Pfeife im Mund, in brauner langer Lederjacke über dunkelblauem Rollkragenpullover. Ganz Seebär auf Landgang. Ich hoffte ich kriegte es neben einem durchgeknallten Sterngucker nicht auch noch mit einem bekifften Ex-Seemann zu tun, bei dem Zeug, das er dauernd rauchte. Ich hatte ihn noch im Kreiskrankenhaus vermutet. Offenbar hing seine Senkniere wieder oben, und seine sexuellen Störungen waren behoben. Was Ayala nicht freuen dürfte.

Stumm beobachteten wir das emsige Rumoren.

Schlampenschorsch rollte einen blauen Schlafsack platt. Er war dabei, sich kuschelig im Zelt einzurichten und nahm keine Notiz von uns. Bis Ayala mit einer weißen Turnschuhspitze grob eine rote Arschbacke trat.

„Komm hoch, Blödmann!"

Ich trat zurück, weil das aufgeschreckte Hinterteil sich auf mich zu bewegte, während der Rest sich auf Knien rückwärts aus dem Iglu stemmte, sich dann aufrichtete und umdrehte. Die Ballonseide kam in voller Größe zum Vorschein.

„Ach, ihr seid es."

Hans schaute einer Rauchfahne aus seiner Pfeife nach.

„Ay, min Jung. Wir wissen, wer wir sind. Aber was treibst du da?"

„Ich protestiere."

Hans richtete sich sanft an den Demonstranten.

„Min Jung, hier ist niemand außer uns, und auch niemand zu deiner Demo zu erwarten. Danke Gott dafür. Andere würden sich nämlich fragen, wer du bist, wo entsprungen, und wieso du Jennifer Lopez für eine Sau hältst."

„Ich halte die Lopez nicht für eine Sau."

Ich brachte ihm den Ernst der Lage näher.

„Es kommt für Nichtinsider anders rüber, aber dein Tschälo wird wissen, dass du ihn meinst, wenn er das sieht. Es wird ihn ärgern. Er wird dich aus der Wohnung schmeißen."

„Er will nicht mit mir zusammenziehen. Auch meine biologische Uhr tickt, Josef."

Damit hatte Schlampenschorsch bei Ayala den Hauptpreis als heutiger Hausirrer gewonnen. Sie wandte sich an mich.

„Man muss ihn wegsperren."

Es klingelte Sturm. Halb zwei früh an der Wohnungstür. Vor mir tauchte ein Höhlenforscher in roter Ballonseide mit Helm und Lampe auf. Was bei mir Fragen aufwarf.

„Ist das ein Experiment? Wie lang du mir ins Gesicht leuchten kannst, bevor ich dich erwürg?"

Schlampenschorsch griff sich an den Kopf. Ich hoffte er suchte seinen Verstand und würde ihn finden. Aber er schaltete nur die Lampe aus. Sein Gesicht war jetzt ein bleicher Fleck im finsteren Flur.

„Hans. Er sitzt im Iglu."

„Hu. Hans sitzt in deinem Iglu? Und? Will er dir keine Miete zahlen?"

„Er ist explodiert."

Das hörte sich irr, aber nicht gut an.

„Ich zieh mich an. Und hör auf zu flüstern. Ich bin jetzt wach."

„Ich hole Ayala."

Flüsterte Schlampenschorsch.

Er hatte nichts davon erwähnt, dass dort unten eine in kalter Nacht stand, barfuß in roten Pantoffeln, im langen blauen Wollnachthemd, den Dutt aufgelöst wie die ganze Erscheinung. Ilse Müller-Vorndran! Vom Donner gerührt, wie ich bei ihrem Anblick. Hans hatte sich eine Hexe geangelt. Ayala kam aus dem Iglu gekrochen. Sichtlich erschüttert. Sie ließ den Blödmann weg.

„Er hat noch seine Eier gekrault. Und sein Schwanz ist winzig."

Unter den gegebenen Umständen verständlich, aber aufgrund der massiven Störungen in der Vergangenheit hatte Ayala größeres Kaliber erwartet. Ich kroch in den Iglu und schaltete die Taschenlampe ein, die ich mitgenommen hatte. Hans lag mit weit hoch geschobenem weißen Nachthemd auf dem Schlafsack, die Lotsenmütze hinter seinem Kopf. Der machte dem Todtenhaupt alle Ehre. Sein Haarkranz war nur noch von hinten bis über die Ohren weiß und komplett, und er hatte keine Augenbrauen mehr. Seine Leiche glotzte mich aus angebratenem Gesicht an, als wäre sie noch verblüfft über das Geschehene. Die Pfeife war Todtenhaupt in den Schoß gefallen. Daneben lag eine Schachtel mit den langen Streichhölzern, die er zum Anzünden benutzte, und ein abgebranntes Streichholz. Er hatte eine Pfote auf den Eiern, als galt es bis zuletzt noch die Juwelen zu schützen. In seinem Schoß lag ein locker verkorktes Fläschchen ohne Etikett, noch fast voll. Fast. Ohne zu überlegen steckte ich es ein. Und stupste dabei den Toten an.

So schnell mein gequältes Kreuz es zuließ war ich wieder draußen.

„Er blinzelt."

Tote blinzelten nicht!

Niemand hatte daran gedacht die Rettung zu rufen. Nur Ayala hatte ihr Handy dabei.

Von Schlampenschorschs Helmlampe angelockt flatterte eine Nebelkrähe heran und landete auf dem Iglu. Sie beäugte uns mit schräg geneigtem Kopf.

„Der Totenvogel. Ein böses Omen."

Flüsterte Schlampenschorsch und zerrte an meinen Nerven.

„Hans ist nicht tot, und hör auf den armen unschuldigen Vogel anzuleuchten. Wennst einen Haufen in Form der Titanic scheißt, das ist ein böses Omen. Dann spül den Dampfer runter. Er ist untergehen gwohnt."

Ayala hielt es für eine gute Idee das Transparent zu entfernen, bevor die Sanis eintrafen.

Schlampenschorsch schaute mir tatenlos dabei zu und erzählte lieber, dass er genau das hätte tun wollen.

„Ihr habt mir Angst gemacht wegen Tschälo. Dass er mich aus der Wohnung werfen könnte."

Da hatte es drinnen gepufft, erinnerte Schlampenschorsch sich schaudernd und zeigte vorwurfsvoll auf Salzsäule Ilse.

„Als die hinter meinen Iglu gepinkelt hat. Sie hat unseren Hans verhext und meinen Iglu mit ihrer Orgie verflucht."

In Ilse erwachte ein todunglücklicher Lebensgeist. Mit einem Hauch in windstiller Nacht.

„Ich hab meinen Hans gsprengt."

Ein Sterngucker und eine gescheiterte Liebeszauberin. Zwei fertige Esotheriker im Mondschein, und ein bocksteifer Angesengter in einem Igluzelt. Das rosa Haus stand heute unter keinem guten Stern.

„Ihr seid alle irre."

Giftete Ayala. Die Krähe ergriff die Flucht. Sirene und Blaulicht näherten sich…

Die zwei Sanis trabten mit dem steifen Hans auf der Rollbahre zum Krankenwagen, wo Ilse schon drin hockte. Die Krähe hatte einen Baum verlassen und nahm Luftfahrt auf. Sie peilte Hans unter sich an und war schneller als die Träger, was Ayla zufrieden bemerkte.

„Sie hat den Blödmann angeschissen."

„Scheintote Schockstarre."

Meinte der Notarzt, während die Sanis ihre Fracht an den Tropf hängten.

„Die Frau nehmen wir auch mit. Sicher ist sicher. Mindestens ist sie hochgradig verwirrt."

Der Doktor war es angesichts der Umstände auch. Er fragte sich und mich was im Iglu abgegangen war.

„Eine Idee, warum die Frau nach fauligem Heu duftet, und er nach abgebranntem Gewürzladen?"

„Sie hat´s mit Liebeskräutern, und er stopft in seine Pfeife, was sich anzünden lasst."

Bei der Gelegenheit erinnerte ich mich an das Fläschchen und gab es dem Doktor.

„Vielleicht ist die schnelle Analyse lebenswichtig."

„Eigentlich müsste ich die Polizei verständigen."

Eigentlich nicht, überredete ich ihn.

Einer der Sanis hatte Schlüssel im Iglu aufgeklaubt.

„Die Frau braucht ihre Klamotten. Ich geh mit ihr rauf und lass sie was anziehen."

Montag, 3. August

Dreiviertel neun ließ ich Kaffee durch die Maschine laufen.

An meiner Haustür hielt wer einen Finger auf die Klingel.

Frau Kommissarin mit Hund bei Fuß.

Oben hängte Frauchen Hut und Mantel an einen Garderobenhaken und machte es sich ungeniert in meiner Küche bequem. Hund schnüffelte in den meinen unteren offenen Küchenregalen die Tiegel und Pfannen entlang und legte sich dann uninteressiert unter den Tisch.

„Maske auf!"

Forderte ich von Frauchen und zog meine auf.

„Die Popp ist tot, Teufel. Mit einer Schampusflasche erschlagen"

Poppy.

Als der Kaffee vor uns auf dem Tisch dampfte kriegte ich die plastische Schilderung der Nacht und konnte mich in Poppys Wohnung versetzen. Zweifellos der Tatort. Neben ihrer Leiche lagen achtlos hingeworfen ein weißer Slip und ein weißes T-Shirt, offensichtlich Poppys Bettwäsche, die sie schon angehabt hatte. Ich sah etwas Blut, dort wo Poppy mit offener Schädelwunde am Boden aufgeschlagen war. Das Trauma an Poppys linker Schläfe und blutige Haar- und Hautpartikel an einer Tischecke sagten, dass sie nach dem Schlag beim Fallen noch dagegen geknallt war. Die Literflasche war beim mit voller Wucht geführten Schlag seitlich von hinten gegen Poppys Schädel am Flaschenhals abgebrochen. Der intakte Verschluss und die riesige Schampuslache am Boden sagten die Flasche war voll gewesen. Blut und Haare klebten am Flaschenkörper. Fingerabdrücke waren auf keinen Flaschenteilen zu finden. Mörder oder Mörderin hatte die Flasche mitbracht, vorher abgewischt und beim Mord schon Handschuh angehabt. Seine oder ihre Klamotten mussten nicht unbedingt Blutspritzer, sicher aber welche vom Schampus abgekriegt haben.

„Wer´s war, hat ihr Gesicht nicht leiden können. Das schaut nach purer Raserei und Zerstörungswut aus."

Meinte Frau Kommissarin. Poppys Gesicht war mit dem abgebrochenen Flaschenhals postmortem zerschnitten worden, von Forster zweifelsfrei festgestellt. Es gab keine Einbruchspuren, keine Zeugen in und um Poppys Haus. Gegen zwei Uhr früh hatte der mörderische Besuch einen toten Winkel im Zeitfenster erwischt, oder sich sogar so ausgerechnet.

Noch Samstagabend bis ein paar Stunden vorher hatte Poppy bei Schaffler bedient. Geschlossene Gesellschaft. Vorstandssitzung. Alle waren gut drauf gewesen, allen voran der Vorsitzende.

„Dass du ihn in deiner Kuh anpisst ist er gewöhnt. Scheinbar hat er diesmal Schlimmeres erwartet."

Dass ich nach seiner Wahrnehmung alle mörderischen Spuren nach Elysion gelegt hatte, hatte Bärlochhauser und den gesamten Vorstand euphorisiert.

„Klassischer Fall von Applaus von der falschen Seite."

Bemerkte Frau Kommissarin süffisant.

„Aber du kannst noch nachlegen und unserem Oberbürgermeister die Suppe noch versalzen. Der Leichenschänder ist mich um ein vertrauliches Gespräch angangen."

„Vertraulich? Forster und Du?"

„Jane Doe stammt aus Syrien."

Das musste ich erst schlucken und verdauen.

 Was ist? Lädst mich jetzt in deinen Biergarten ein? Mir wär nach Weißwürscht."

Hatte ich da. Und kalte Wiener für Hund.

Wir kauten alles durch, Weißwürscht, Leichen und Verdächtige. Was die tödliche Hirnblutung bei Poppy ausgelöst hatte, Schlag, oder erst Sturz gegen die Tischkante, darauf hatte Forster sich noch nicht endgültig festlegen wollen. War für die Tätersuche auch nebensächlich. Wir blieben am überfrommen Chefkoch hängen und an der Frage wie weit Schaffler biblisch übermotiviert gehen würde, um Poppy für ihre Sünden büßen zu lassen. Die Mordwaffe Roederer Cristal Brut war mit 476 Euro der teuerste Stoff auf Schafflers Getränkekarte. Honigmann hatte Schafflers Bestand mit seiner Buchführung vergleichen lassen. Demnach gab es keinen Fehlbestand. Aber Gastronomiebuchhaltung konnte man glauben, oder auch nicht. Und ein Profikoch kannte sich auch mit Giftkräutern aus.

Bei der Vorstandssitzung war es zum Eklat gekommen, als Bärlochhauser Poppys Arsch tätschelte.

„Kannst stecken lassen, du mieses Schwein.“

Hatte Poppy gefaucht und war zwei Schritte zurückgewichen.

„Ihr seid alle Schweine. Ich weiß alles über euch!“

Bevor die so unvermittelt Angefeindeten ihre Sprache wiederfanden, hatte Poppy schon die Schürze auf den Boden geschmissen und war zur Tür raus.

Inzwischen hatten Honigmann, Felix und Hund alle noch lebenden Vorstandsmitglieder abgeklappert, ohne Durchsuchungsbeschlüsse und bei ausdrücklichem Verbot von Kriminalrat Liebling, sie als dringend Verdächtige vorzuladen, geschweige denn einen von ihnen vorläufig festzunehmen. Der Oberstaatsanwalt hatte Polizei-direktor Schwammerl gnädig wissen lassen er hätte die Ermittlungsleitung an Xenia Minkin abgegeben, da er als Vorstandsmitglied zwangsläufig persönlich involviert sei.

„Ich weiß alles über euch."

Selbst wenn das in ihrer Wut nur ein Schuss ins Blaue gewesen sein sollte, irgendwer der Anwesenden hatte sich vielleicht davon derart bedroht gefühlt, dass er handelte. Vielleicht hatte Poppy aber schon allen im Vorstand hinterher geschnüffelt, war auf Leichen im Keller gesto-ßen. So oder so könnte ihr der Satz das Leben gekostet haben. Einzig Schafflers Souschefin Auguste hatte sich so-fort an Poppys frühzeitigen und drohenden Abgang von der Vorstandssitzung erinnert, die anderen hatten es vor-her gegenüber der Hauptkommissarin vergessen, und nachträglich dazu sichtlich angestrengt in ihrem Gedächt-nis kramen müssen.

Im Zeitfenster des Mordes an Poppy konnten den alle begangen haben. Poppy war zwischen eins und halb zwei erschlagen worden, alle von Schafflers Gästen waren vor-her zuhause. Was inzwischen alle Taxler bestätigt hatten. Trotzdem Alibis mit Löchern. Alle hatten auch die Mög-lichkeit gehabt mit eigenem Wagen wieder loszufahren. Christine Bärlochhauser hatte schon in ihrem Bett gelegen, der Junior war auf seinem Zimmer gewesen, sie bestätig-ten weder ein Alibi des Oberbürgermeisters, noch wider-legten sie es.

Ich fragte mich warum Frau Kommissarin mir eine sol-che Menge an Ermittlungsergebnissen und Täterwissen auf dem Silbertablett servierte. Ganz gegen ihre Natur.

„Warum fütterst mich so bereitwillig?"

„Teufel nochmal, du bist mitschuld, dass der Liebling mich jetzt den verdammten Burgberg rauf und runter hetzt. Ich hab für morgen die Kohns vorladen müssen, und Liebling erwartet von mir danach mindestens eine wasserdichte Festnahme. Teufel, Jane Doe haben sie einfach verschwinden lassen. Jetzt wollen sie Vorndran, Stadlbauer und dazu auch noch Poppy in einem Aufwasch erledigt wissen. Obwohl du in der Kuh bloß rumspekulierst, und ich gegen Kohns nix in der Hand hab, was nicht jeder Anwaltsanfänger in der Luft zerreißen könnt. Und Kohns haben eine ganze Armee der besten Rechtsverdreher."

Da löste sich gerade ein ganzer Haufen Aufgestautes. Frau Kommissarin war stur wie ein Bock. Aber sie war nicht korrupt. Bei Mordermittlungen ging sie ab wie eine Dampfwalze, ohne Ansehen der Person.

„Die oben bremsen mich aus, Teufel, weil der ganze verdammte Geistervorstand mit drinhängt, mit unserm Oberbürgermeister ganz vorn dran."

Von der Vorstandssitzung war Bärlochhauser als letzter Gast gegangen. Schaffler hatte Auguste nach Hause geschickt und war noch im Restaurant geblieben, um aufzuräumen.

Vor Mitternacht hatten sich alle Taxis rufen lassen, alle waren nacheinander raus.

Sie waren alle längst vorgewarnt, auf Fragen vorbereitet gewesen. Vorher hätte es nur Poppys mörderischer Besuch wissen können, aber bevor Honigmann zu Einzelvernehmungen überhaupt ansetzen konnte, war Poppys Ermordung schon im gesamten Vorstand durch. Noch bevor die Sonne aufging.

Die Amigos hatten Frau Kommissar sauber auflaufen lassen.

„Teufel, ich lass mich von der intriganten Saubande nicht als Hausdepp vorführn. Was weißt du? Was läuft für eine Scheiße?"

Frau Kommissarin suchte Verbündete.

„Ich bin nicht dein V-Mann. Und du hockst viel näher an der stinkenden Odelquelle, als ich.."

„Teufel, ich steck dir jetzt was.

„Jane Doe stammt aus Syrien, und der Staatsschutz hat ihre Leiche kassiert."

Hund hatte die Wiener neben Frauchens Füßen gefressen, kam um den Tisch, legte seine Schnauze auf mein linkes Knie und schaute mir sanft in die Augen. Ich kraulte ihn hinter den Ohren.

Nachdem Frauchen und Hund weg waren, skypete ich Forster. Den ich gern gewürgt hätte.

„Ihre verdammte Obrigheitshörigkeit. Man sollt Sie aus Ihrem Amt schmeissen, Sie Schandfleck für die Rechtsmedizin."

„Nun ja…"

„Haar wie Höllenfeuer bis an ihre sündigen Lenden lodernd."

Forster hatte Jane Docs Gesicht plus Haarpracht für ein druckbares Foto wunderbar hinbekommen.

Twiggy war einen Moment zur Salzsäule erstarrt, erinnerte Forster sich jetzt, war aber an jenem Sonntag nicht darüber ins Grübeln gekommen warum, ihm angeblich nicht der Gedanke gekommen, die Staatsanwältin hätte die Tote in dem Moment vielleicht wiedererkannt.

„Nun ja…"

„Defensive Ermittlungen, Forster. Kein Foto an die Öffentlichkeit."

Hatte Twiggy ihm unmissverständlich klargemacht. Meiner laienhaften kriminalistischen Erfahrung nach erleichterte es Todesermittlungen, wenn man wusste wer die Leiche war.

„Bei unbekannten Toten nimmt man dazu häufig und gerne die Hilfe der Öffentlichkeit in Anspruch, Mark."

„Nun ja…"

Schon Montagabend waren zwei Männer in schwarzen Anzügen in einem silbergrauen SUV mit Staatskennzeichen gekommen, ohne Buchstaben in der Mitte, nur mit großem M und fünfstelliger Zahl, hatten Forster einen Beschluss des Generalstaatsanwalts gezeigt, Jane Doe zur Verschlusssache erklärt, sich Forsters Falldatei runtergeladen und danach gelöscht, und die Leiche samt Asservaten in Kühlbehältern mitgenommen. Organe und den Mageninhalt mit den veganen Pizzaresten.

„Da habens sich dann richtig die Hosen voll gschissen, gebens es zu, Feigling."

Nun ja…

Das schlechte Gewissen, Komplize bei einer Riesensauerei zu sein musste dann doch gewonnen haben, wenn er sich sogar Intimfeindin Honigmann anvertraute. Und sich jetzt mir mittteilte, ohne das übliche Rätselraten.

„Nun ja, das Vorgehen quasi bei Nacht und Nebel erscheint mir inzwischen doch mehr als ungewöhnlich."

„Wie sinds überhaupt draufkommen, dass Jane Doe aus Syrien stammt?"

Die Men in Black hatten eine Haarprobe übersehen, die zur Untersuchung noch in einem Tütchen in Forster Labormantel gesteckt hatte.

„Nun ja, Gaschromatographie und Isotopenbestimmung lassen Erstaunliches allein aus dem Haarwuchs herauslesen. Wie man eine kilometerlange Stange aus dem arktischen Eisen bohren und chronologisch die Ablagerungen von Jahrhunderttausenden daraus lesen kann. Man kann sagen wie dort das Wetter war, als es uns auf Erden noch längst nicht gegeben hat."

Er schaffte es, mich von meiner Grantigkeit abzulenken.

„Dann könntens bei mir rausfinden, dass ich vor einem halben Jahr mal ausnahmsweis Fisch gessen hab. Und dass Lachs war?"

„Nun ja, bei Ausschöpfung aller Möglichkeiten der Kriminaltechnik sogar welche Lachsart."

„Irischer Wildlachs."

„Nun ja. Irischer Wildlachs tummelt sich an der dortigen wilden Atlantikküste und hat spezifisches festes und fettarmes Fleisch."

Aus Jane Does Haarprobe hatte er heraus lesen können, dass aus der Gegend von Idlib stammte, so ab vor gut einem Jahr bis vor einem maximal halben mediterran gelebt hatte. Wahrscheinlich auf einer griechischen Insel.

„Nun ja, danach war sie wohl einige Monate durchs östliche Europa bis zu uns unterwegs. Ein Wunder, dass sie es überhaupt bis hierher geschafft hat. Bei der europäischen Flüchtlingsabwehr, und dann auch noch während härtester Corona-Lockdowns."

„Da fütterns die Amigos mit Ihren Erkenntnissen und lassen sich von der korrupten Bande als Vertuscher einspannen."

„Nun ja, ich habe lediglich Jane Does Herkunft festgestellt, nicht ihre Identität."

Er hatte einigen Aufwand investiert, Jane Doe noch brauchbare Fingerabdrücke abnehmen zu können. Die er dann zu seiner Enttäuschung in keiner ihm zugänglichen Datei fand. Ich sah plötzlich einen Umweg, Jane Does Identität zu enthüllen.

„Fragens mal das BAMF nach Sibel Kamal ab, Mark."

In der Datei vom abgelehnten Familiennachzug mussten Namen und wahrscheinlich sogar Fotos dazu von den beantragten Familienmitgliedern sein.

Er wurde schnell fündig, und auch nicht.

„Nun ja, die Datei Kamal ist verschlossen. Weit über meiner Zugangsberechtigung."

Scheiße fluchte ich innerlich.

„Nun ja, meine Fotos von Jane Doe habe ich noch auf meinem Handy."

Die Staatsanwältin hätte ihm nur Veröffentlichung untersagt.

„Nun ja. Ich habe keine Verwendung dafür."

Ich schon. Und in der nächsten Minute auf meinem Handy. Einen Namen für Jane Doe hatten wir immer noch nicht.

14

Ich fand Brokkoli am Eingang mit einer kaputten Milchglaskugel von einer Leiter runtersteigen.

„Hab die Lampen auswechseln müssen, irgendein Hirni hats wieder mal eingeschmissen. Was gibt´s noch?"

„Sie haben letztes Mal gsagt Sie dürften überhaupt nicht mir quatschen."

Normalerweise, sobald sie Zeitung hörten rieben Zeugen Daumen und Zeigefinger aneinander und fragten wieviel für sie rausspring, wenn sie plauderten. Aber Brokkoli hatte plötzlich dicht gemacht. Im selben Atemzug hatte er mir den Tipp mit Mannis Bude gegeben. Als hätte er gewollt, dass ich weiterstocherte. Ich hakte jetzt nach.

„Sie wollten mir was sagen, haben aber Schiss ghabt. Einen Kerl wie Sie kann höchstens die Obrigkeit einschüchtern."

„Will keinen Ärger."

„Mit wem?"

„Sie habens ned von mir!"

„Versprochen."

„Die jungsche Staatsanwältin, die daherkommt wie ihr eigenes Skelett war damals da und hat gsagt, wenn wer Fragen stellt soll ich nix sagen. Sie hat meine Vorstrafe gwusst. A bsoffene Kleinigkeit, ewig her. Aber ich könnt meine Arbeit loswerden, wenn´s raus käm."

Er war wegen einer Wirtshausschlägerei vorbestraft, hatte für seine Einstellung ein polizeiliches Führungs-zeugnis umgehen können. Ich verklickerte ihm, dass die Staatsanwältin bald genug mit sich selber zu tun haben würde.

„Ich glaub ned, dass die Kamal gsprungen ist."

„Wie kommens drauf?"

„Ist auf dem Rücken in meinem Rhododendron gflackt. Mit den Haxen zur Hauswand hin. Hab schon Springer flacken sehn. Aber noch keinen der rückwärts runter ist. Und vorher ist wegen einer Selbstmörderin auch noch keine von der Staatsanwaltschaft bei mir auftaucht und hat mir das Maul verboten."

Brokkoli war nicht auf den Kopf gefallen. Ich schoss ihn ohne Vorwarnung an.

„Ein Mädel war hier und hat sich nach Sibel Kamal er-kundigt. Es muss so gwesen sein."

„Sie habens ned von mir?"

329

„Hab nie mit Ihnen gredet."

„Ein Mädel war da. Mit Kopftuch. Ansonsten ganz normal anzogen."

Rote Jeans, schwarzes T-Shirt blauer großer Rucksack, so einer mit Gestell wie zum richtig Wandern, oder Bergkraxeln.

„Schlecht Deutsch hats konnt, und ich kein Arabisch und kein Englisch. Hab aber verstanden, dass die Kamal eine Verwandte war. Hab ihr gsagt, dass dod ist, sonst nix, und bei wems putzt hat. Hab ihr Namen und Adress vom Friseur aufgschriebn und ihr den Weg in die Stadt zeichnet."

Er hatte sie nicht mehr gesehen.

„Möcht mir die Totenkopfstaatsanwältin vom Leib halten. Hab der nix vom Kopftuchmädel gsagt. Dem Kripomann mit dem Wolfshund hab ich vorhin auch nix gsteckt."

Felix und Hund. Ich musste mit Frau Kommissarin über koordiniertes Teamwork reden.

„Ich trau keinem Bullen."

Was ich ihm voll nachempfinden konnte. Und ich hatte Toni im Rialto die falsche Frage gestellt. Ich fuhr nochmal hin und fand einen leeren Tisch, den Toni gerade abräumte. Keine Golden Girls. Vielleicht hatte ich sie heute verpasst. Ich bestellte das braune Glibberzeug.

„Einmal Kakaogelee."

Kriegte ich serviert, hielt Toni am Tisch auf.

„Vergiss die langen roten Haare. Denk an eine schlanke Siebzehnjährige in roten Jeans, mit blauem Wanderrucksack und Kopftuch. Sie muss da gwesen sein und die vegane Pizza hier gessen haben. Und rübergschaut haben zum Salon. Vielleicht hats dich sogar nach dem Vorndran gfragt. Auf Englisch."

Auf den genauen Tag hatte Brokkoli nicht schwören wollen, Mittwoch, Donnerstag, vielleicht sogar erst Freitag, aber ich war mir nach Forsters Todeszeitberechnung und der Pizza als letzte Mahlzeit mit Donnerstag sicher, an dem sie im Rialto aufgetaucht sein musste.

„Teufel, das hab ich alles vor zwei Stunden schon dem Kriponesen mit Hund gsagt."

Ich musste echt mit Frau Kommissarin reden. Das Kakaogelee schmeckte wie hingeschissen. Ich schob es weg.

Toni hatte sich erinnert. Abgesehen vom Kopftuch war sie angezogen wie eben ein hiesiger Teenie bei Sommerwetter. Rote Turnschuhe, rote dünne Stoffhose, schwarzes ärmelloses Top. Und einen blauen Rucksack hatte sie neben sich abgestellt. Der Beschreibung nach das, was sie am Haus ihrer toten Tante angehabt hatte, bis auf den Hosenstoff. Zwei Zeugen, zwei Wahrnehmungen. Normal, in diesem Fall sogar verblüffend genau übereinstimmend. Auch wegen der Klamotten, Razan dürfte nicht viel zu wechseln bei sich gehabt haben, dachte ich. Sie sprach gut

Englisch, hatte vegane Käsepizza mit Pepperoni und tatsächlich dauernd auf den Salon gegenüber geschaut, als hätte sie gewartet, bis der zumachte. Was Toni sich allerdings erst jetzt im Nachhinein so zusammenreimte. Gefragt hatte sie ihn nichts zum Vorndran.

„Ja genau, Teufel. Vorndran hat pünktlich um sechs abgsperrt. Zehn Minuten später ist das Mädel aufgstanden und übern Platz gangen."

Er hatte ihr nicht weiter nachgeschaut, weil Salvatore ihn abgelenkt hatte.

„Donnerstag der sechzehnte war´s."

Salvatore hatte ihn angesprochen, weil er seiner Frau für den nächsten Tag noch was zum Geburtstag kaufen musste und immer noch keine Idee gehabt hatte.

„Die Betty hat am siebzehnten ihren Fuchzger gfeiert. Das war der Freitag."

Und Jane Does Todestag im Fluss, wenn ich Forsters Erkenntnisse im Zeitfenster zusammenfügte. Die vegane Pizza Donnerstagspätnachmittags im Rialto war ihre Henkersmahlzeit gewesen. Ich rechnete zurück, Forster nach. Ich hatte sie Samstag frühen Mittag gefunden. Frühaufsteher Hotzenplotz vor mir. Bestätigt von der Dobmeierin. Gegen sechs Uhr früh plus minus. Laut Forster 24 Stunden plus minus im Wasser, wo sie mehr oder weniger zeitgleich auch ertrunken war. Freitag früh zwischen fünf und sieben.

Zwölf Stunden plus minus. Zwölf Stunden von Donnerstag 18 Uhr bis Freitag sechs Uhr. Von hier im Rialto bis zu ihrem Tod im Fluss.

Ich schaute im Geiste dem Mädchen nach wie sie über den Kaiserplatz ging, drüben in der Passage verschwand, an Vorndrans Haustür klingelte…

Nach allem was ich bis jetzt über Vorndrans Verhältnis zu Kamal wusste, wie sie seine Einstellung gegenüber Flüchtlingen ins Positive gedreht hatte, wie er ihren Tod betrauert, Selbstmord angezweifelt hatte…Ich hatte ihn vor mir wie er Kamals Nichte mit Tränen in den Augen umarmte, ihr hoch und heilig versprach ihr zu helfen, die Wahrheit über den Tod ihrer Tante herauszufinden…

Warum hätte er sie umbringen sollen?

Er hatte sie sicher nicht in einem Hotel unterbringen wollen. Sie war illegal im Land. Am nächsten Morgen war sie nicht mehr da. Am Mittag darauf lag ein Mädchen tot am Fluss. Warum hatte er nicht sofort eins und eins zusammengezählt und war spätestens jetzt zur Polizei?

Zwölf Stunden! Zwischen Razans Auftauchen bei Vorndran und ihrem Tod im Fluss. Was war mit Razan Tabia passiert?

„Neunachtzig."

Verlangte Toni für das hingeschissene Gelee.

Fast hätte ich Hans und Ilse vergessen.

Eine Stationsschwester verband mich zu einem Arzt weiter.

„Die Frau haben wir wieder entlassen. Der Zustand von Ihrem Freund ist stabil."

„Wie, stabil? Steif wie ein gfrorens Fischstäbchen?"

Der Doktor ließ mich diesbezüglich im Unklaren. Dafür hatte er pikante Neuigkeiten zum Inhalt des Fläschchens, das ich im Iglu aufgeklaubt hatte und Spaß dran.

„Ihr Freund hat den erotischen Urknall erlebt und überlebt."

Es handelte sich um Poppers. Das wurde auch unter fantasievollen Namen wie >Jungle Juice<, >Rush< oder >Push< in Internet-Sexshops oder auch in Bars verkauft, früher gegen Angina Pectoris inhaliert. Da Poppers leicht brennbar war und mit der Luft zu einem explosiven Gemisch wurde, mussten Kettenraucher ihre Sucht bremsen, damit die Behandlung nicht verpuffte. Die medizinische Wirkung war nur kurz. Deshalb wurde Poppers durch andere Medikamente ersetzt und eroberte als Psychotrip den Drogenmarkt und die Discoszene. Und als Sexdroge, getarnt als Tonkopfreiniger, Zimmerduft oder Putzmittel. Ein lebensgefährlicher Etikettenschwindel, wie mir der Doktor vergnügt erläuterte.

„Poppers erweitert vorübergehend Gefäße im Gehirn."

Verschlucken oder Eindringen in die Nase konnte zu Verätzungen und Vergiftungen, zu Herzrhythmusstörungen, Nerven- und Gehirnschäden führen, und zu Leber- und Nierenfunktionsstörungen. Die flüchtige, gelblich braune Flüssigkeit wurde aus den Flaschen heraus oder von einem Tuch inhaliert und sollte beide Geschlechter so richtig auf Trab bringen. Poppers entspannte Muskulatur, die nicht bewusst gesteuert werden konnte, wie Muskeln in den Geschlechtsorganen und verlängerte die Wahrnehmung des Orgasmus. Die Duftstoffe wirkten entspannend auf die glatte Muskulatur des Körpers, wodurch beispielsweise das Eindringen beim Analverkehr erleichtert wurde. Der Effekt trat nahezu sofort ein und dauerte verschieden lang. Probanden sprachen von einem verlängerten und intensiveren Orgasmus. Männer und Frauen, Heteros und Schwule verwendeten Poppers, um den Orgasmus und Analsex zu verbessern, bei der Masturbation und um einen tranceähnlichen Zustand beim Tanzen zu erzeugen. Viele berichteten, dass sie nach dem Konsum extrem geil und hemmungslos wurden.

Poppers wurden auch einfach nur als Raumdüfte in der Form von flüssigen Aromen verwendet. Vor Trinken wurde wegen lebensgefährlicher Verätzungen eindringlich gewarnt, was ein schlichter Geist bei der Etikettierung Juice leicht missverständlich finden konnte. In der original verschlossenen Verpackung war Poppers mehrere Jahre haltbar, wenn man es im Dunkeln aufbewahrte. Wurde die Flasche angebrochen und brauchte man sie nicht binnen sechs bis acht Wochen auf, konnte man sie dicht verschlossen im Kühlfach oder Tiefkühler aufbewahren. Nach dem Herausnehmen aus dem Kühlfach oder aus dem Tiefkühler sollte man nicht sofort die eiskalte

Flasche öffnen! Kaltes Poppers kondensierte Wasser aus der Luftfeuchtigkeit in die Flasche hinein, der Bierglas-Effekt. Das Wasser zersetzte die Poppers-Aromaduftstoffe binnen weniger Wochen zu einer stinkenden braunen Brühe. Geilheit zurückhalten bis die Flasche warm war, aber nicht erhitzen, sonst BUMM!!!

„Er hat versucht, es in seiner Pfeife zu rauchen. Und hat vorher nach seinen Angaben Viagra geschluckt."

Verdeutlichte mir der Doktor das Zusammentreffen aller nur möglichen widrigen Umstände. Ungut, wenn Viagra Poppers traf. Kamen die beiden zusammen, knallte der Blutdruck abwärts wie ein abstürzender Fahrstuhl. Der Schreck bei der schlagartigen Verpuffung hat ein Übriges getan. Es war einiges zusammengekommen, was Hans das Herz stehen ließ.

„Viagra oder andere PDE-5-Hemmer wie Levitra oder Cialis können sich mit Drogen wie Poppers auf den Tod nicht ausstehen. Nehmen Sie das getrost wörtlich."

Dienstag. 4. August

Der Oberbürgermeister nickte Boris zu, dass er verschwinden sollte, nachdem der den Kaffee serviert hatte. Leitender Oberstaatsanwalt de Mille kam direkt zur Sache.

„Die Honigmann wird nicht aufgeben, Majo. Sie mag Leute wie uns nicht."

„Leute wie uns?"

„Leute, die unserem Land loyal an Schalthebeln sitzen und es am Laufen halten. Genau genommen hat keiner von uns ein Alibi für die Tatzeit."

Bärlochhauser beugte sich vor und dämpfte die Stimme.

„Jeder von uns könnte es gewesen sein, Rigobert. Auch du. Wir alle haben Poppy fallen lassen, uns einig im gesamten Vorstand. Was ist, wenn sie mit Gottlieb und Titus angefangen hat unseren Vorstand auszurotten? Sag nicht, dass dir der Gedanke nicht auch schon gekommen ist, Rigobert."

„Der Gedanke ist mir gekommen. Und, dass du dann eigentlich erste Wahl gewesen wärst."

„Vielleicht hat sie mit Gottlieb und Titus nur die erstbesten Gelegenheiten genutzt, oder sie wollt mich bewusst für ihren wahnsinnigen Schlussakt aufheben."

„Du lieferst mir gerade dein perfektes Mordmotiv, Majo."

„Ein perfektes Mordmotiv für uns alle, Rigobert. Und rede nicht mit mir wie ein verdammter Staatsanwalt."

„Ich bin Staatsanwalt, Majo."

PHK Peter kam über Handy.

337

„Teifi, der Herrscher über Elysion ist von seinem Olymp gstürzt."

„Elysion ist nicht auf dem Olymp, sondern am Rand der Welt."

„Jessas, Teifi. Von mir aus. Dann ist er halt vom Rand der Welt gfallen. Die Göttin höchstpersönlich hat uns angrufen."

„Tot?"

„Das Gegenteil. Er hat sich uns als Radmantis vorgstellt, wer immer das sein soll, jedenfalls sagt er er wär unsterblich."

„Nicht Radmantis, Rhadamanthys. Der Grüßgottaugust im mythischen Elysion und unsterblicher Hüter. Er macht anderen Unsterblichen und Helden ihr paradiesisches Quartier."

„Jedenfalls hat er bloß ein langes Nachthemd anghabt und war barfuß. Erstmal haben wir ihn ins Kreiskrankenhaus bracht."

„Von einer Klinik zur anderen?"

„Wenn´s kein Unfall war und ihn wer gschubst hat, ist er dort oben nicht sicher. Und wenns ein Selbstmordversuch war, sinds im Kreiskrankenhaus auch mit psychologischer Betreuung drauf eingricht. Die Göttergattin hat gsagt, dass er sich schon länger wahnsinnig benimmt."

Ich hatte einen guten Vorwand meine Nase ins Kreiskrankenhaus zu stecken. Hans lag dort.

Das Kreiskrankenhaus war das größte Gebäude der Stadt. Ein siebenstöckiges Hufeisen mit zwei flacheren Nebengebäuden.

Den Professor musste ich vorerst abhaken. Ein Uniformierter hockte vor Kohns Zimmer auf einem Stuhl.

Der Zwiebelschäler lag wach und schwach in seinen Verbänden, mit zugepflasterten Infusionsnadeln in den Handrücken. Er hing am Tropf, verkabelt mit Monitoren, und bekam Sauerstoff durch eine Nasenbrille. So ein Ding, das in der Mitte zwei Zapfen hatte, die einem in die Atemlöcher gesteckt wurden, und dann in dünnen Schläuchen links und rechts über die Ohrwaschl führte. Er erklärte die Blumengrüße in den Vasen auf dem Nachttisch.

„Die Gemischten sind von Georg, der Kaktus von der Nachbarin."

Laut Doktor waren seine Verbrennungen oberflächlich, aber seine Pumpe arbeitete stotternd und bedurfte Beobachtung und einer Reihe von Untersuchungen.

„Ich könnte aufstehen. Aber sie lassen mich nicht aufs Klo. Aus Haftungsgründen sagen sie. Ich habe Schwester Laura gesagt, dass ich nicht in eine Schüssel kacke und kneife seitdem die Arschbacken zusammen."

„Den Machtkampf wirst verlieren."

Vermutete ich.

„Sie haben mir gleich den Magen ausgepumpt. Das verschafft mir Zeit."

„Was habens rausgholt? Zwiebelsuppe?"

„Labskaus. Mit echtem Pökelfleisch."

Tief unter ihnen im Keller hätte sich da jetzt vielleicht einer gefreut, wenn Hans richtig tot gewesen wäre.

„Ich habe in meiner Kombüse aufgekocht. Nach dem Essen haben wir Liebestrank genossen. Ich kann dir sagen, wir waren trunken vor Lust und…"

„Ich kenn das Rezept. Ihr wart besoffen."

„Ay, Ilse hat mich dann noch mit Muskatellersalbei, Koriander und Liebstöckel eingerieben und ich sie mit Waldmeister. Sie wird dann eins mit den Waldgeistern."

Wenn die auch noch mitmischten waren die multiplen Orgasmen kein Wunder, die das rosarote Haus schon in seinen Grundfesten erschüttert hatten.

„Unter uns gesagt, Ilses Gewürze wirken nicht besonders stabilisierend. Bei mir verfliegt die Euphorie da unten spätestens nach der Pflicht wie ein Blatt im Wind. Bestand hat nur der Geruch nach Heuernte und nassem Hund. Für die Kür brauche ich Viagra, sonst kommt Ilse nicht auf ihre Kosten. Sie verlangt dem Manne mehr als alles ab. Du verstehst?"

„Was gibt's da nicht zu verstehen? Ihr wälzt euch in Gewürzen, und dann fallt ihr übereinander her wie be-kiffte Blattläus. Machen Leute andauernd."

„Du meinst das jetzt nicht ironisch? Wir haben den Iglu gesehen, und Ilse fand es antörnend sich auch dort zu vereinen. Ich habe Georg gefragt. Meine Sinne waren schon benebelt."

Bei Poppers in der Pfeife waren Hansens Sinne explo-diert.

„Ay. Ich war überrascht von der Wirkung. Anders als bei Spice."

„Du hast noch überrascht ausgschaut, als wir dich gfunden haben."

„Erwähne Ilse gegenüber mein Viagra nicht. Damit würde ich ihre Hexenkünste beleidigen."

„Wo hast sie eigentlich kennenglernt? Beim Hexentanz in der Walpurgisnacht?"

„Bei glückliche Liebe"

„Großer Gott!"

„Ay. Die Weiber fallen mir nicht vom Himmel, min Jung. Aber ich kann sagen ich bin recht erfolgreich tätig. Ich beglücke für die Gräfin einsame Damen ü 50 aus Heiligbrück und Umland, damit sie bei der Stange blei-ben, sozusagen."

Er ließ mich in die Abgründe seiner Seele schauen. Vor eineinhalb Jahren war er Glückliche Liebe mit ernsten Absichten beigetreten, dort mit seemännisch übertriebenem aber im Kern realem Profil unterwegs. Bald so beliebt auch in den Chatrooms der echten weiblichen Klientel, dass die Gräfin ihm ein unmoralisches Angebot gemacht hatte.

Seitdem graste Hans006 der Gräfin unzufriedene Ladenhüterinnen im Schaufenster von Glückliche Liebe ab wie Schafe eine Wiese. Als Auftrags-Ladykiller mit Lizenz zum Vögeln. Für zehn Prozent Erfolgshonorar an seinem Chatumsatz plus Spesen. Selbst nur eingeschränkt mobil, ließ er seine Dates per Bahn oder Auto anreisen und nahm sie mit nach Hause, da die Gräfin ihm nur in Ausnahmefällen Hotelkosten ersetzte. Und die sonst schwer Vermittelbaren blieben Glückliche Liebe treu, auf der unendlichen Suche nach selbiger. Und chatteten sich irgendwann um Haus und Hof. Hans hauste schlimmer unter einsamen Herzen als die Dobmeierin.

Und dann hatte es bei Hans selber gefunkt. Sollte Ilse von seinen bezahlten Umtrieben erfahren, sie kannte eine Menge Kräuter. Hans006 steckte in einem Dilemma, was ich ihm verdeutlichte. Ich fuhr mit einem Zeigefinger quer über meine Kehle.

„Du bist tot. Wenn Ilse nicht das Gifthaferl anrührt, sind da noch die anderen. Wie viele sind´s, die du bis jetzt persönlich beglückt hast?"

„Mit Ilse dreizehn."

Corona spülte der Gräfin noch mehr Kohle in die Kasse als vorher. Ihre Chatrooms boomten. Was auch Hans noch eine Galgenfrist verschaffte, die ultimative Ausrede, keine persönlich treffen zu müssen. Aber Corona würde nicht ewig helfen…

Ich wiederholte meine Geste mit dem Zeigefinger.

„Die wilde Dreizehn kennt deinen Namen und weiß wo du wohnst."

„Heiliger Nikolaus, Schutzpatron der Seefahrer."

Zurzeit war sie nicht gut bestrahlt die Glückliche Liebe, fiel mir dazu ein. Ihr bester Hengst war angebrannt, und seine Zuhälterin hinkte.

„Ay. Sie ist vollgedopt im Nachthemd aus Elysion ausgebüxt und draußen den Hang zur Ruine runter abgestürzt. Ein paar Weißkittel sind mit Taschenlampen los. Sie war bewusstlos, ist aber mit bösen Prellungen davongekommen."

Die Geistergeschichte vom Hotzenplotz. Meine heiße Spur von Jane Doe zu Elysion landete gerade im Eiskübel

„Das hat sie dir alles erzählt? Einfach so, weilst ihr Liebesdiener bist?"

„Wo denkst du hin. Die Gräfin konnte sich an nichts erinnern. Sie haben ihr eingeredet sie wäre unter der Dusche ausgerutscht. Hat mir alles Doreen geflüstert."

„Doreen?"

„Die Schwester, die mein wundes Heck gepflegt hat. Wenigstens hat es mir meinen neuen Arsch nicht angekokelt. Das bleibt aber auch unter uns, min Jung. Habe dir ja als einzigem erzählt, dass ich mir in Elysion das Heck neu trimmen und anheben habe lassen. Die Götter dort oben verstehen ihr Handwerk. Aber es sollen auch merkwürdige Dinge vor sich gehen.“

„Ja. Dort lassen sich lebende Menschen ausstopfen.“

„Ay. Es wird auch gemunkelt der Professor sei nicht mehr Herr seiner Sinne. Die Unsterblichkeit macht ihn kirre. Angeblich kriegt man ihn kaum noch zu Gesicht, weil er sich Tag und Nacht in seinem Labor einsperrt und nach ihr sucht.“

„Unsterblich ist der Tod, sonst nix.“

„Ay. Macht den Professor tüddelich im Kopf. Er wurde gesehen wie er gewandet wie Zeus durch die Gänge huschte.“

Mythisch gesehen orientierungslos, dachte ich. Zeus trieb sich nicht in Elysion rum, sondern herrschte auf dem Olymp. Hatte auch nie Aphrodite als Göttin an seiner Seite, sondern war mit Hera verheiratet. Mit Aphrodite hatte Zeus nur gemeinsam, dass er sich durchs Universum vögelte.

„Es wird geflüstert, dass er mit den göttlichen Pflanzen der Aphrodite experimentiert. Und dass er sich Nacktmullezellen im Selbstversuch spritzt.“

Nacktmulle waren große blinde afrikanische Nager, die gegen Krebs resistent waren, steinalt wurden und mit einer Königin in Kolonien unter der Erde hausten, hatte Doreen ihm schaudernd geflüstert. Nacktmulle waren die vielleicht greißlichsten Viecher der Schöpfung. Manche Wissenschaftler glaubten mit ihren Zellen den Alterungsprozess stoppen zu können.

Hans war schon weiter im Text.

„Die Göttin bescheißt ihren Gatten übrigens im Nobeltempel mit einem Sterblichen, während der im tiefen Keller nach dem ewigen Leben sucht."

Vor zwei Wochen war er mit Ilse auf Shoppingtour durch die Hauptstadt gewesen und hatte sie danach an die Bar im Kempinski eingeladen.

„Min Jung, ich habe mit eigenen Augen gesehen, wie sich eine gierige Pfote auf Aphrodites göttlichen Arsch gelegt hat."

Vor einem Aufzug zu den Zimmern.

„Wennst mir jetzt noch sagen kannst wem die Hand ghört."

„Ay. Ich lese *Fannys Leute.*"

Sein neuer Arsch verdiente sich gerade einen Orden.

„Was mache ich jetzt? Wegen Ilse? Das Sophoklesschwert über mir hängt am seidenen Faden."

„Es heißt Damoklesschwert und hängt an einem Pferdehaar. Red mit der Gräfin und muster ab."

Mein Handy. Wenn man vom Teufel spricht. Die Gräfin war dran. Sie hätte mir Wichtiges zu sagen.

15

Auf mein Klingeln öffnete ein Summer das massiv schmiedeeiserne Tor, das wartete, bis der Frosch durch war und sich hinter ihm lautlos wieder schloss. Wild- und Parkrosensträucher links und rechts der gut 15 Meter langen Kieszufahrt hin zum gelb verputzten Liebestempel. Ein Graubärtiger mit blauem Schlapphut und blauen Latzhosen über weißem Unterhemd wischte sich gerade mit der Rechten über die Stirn, als ich im Schritttempo an ihm vorbeifuhr. Im Rückspiegel sah ich seinen Blick mir folgen und deutete ihn nicht freundlich. Auf verwesenden Leichen gedieh Flora besonders prächtig. Hatte ich mal gehört, oder gelesen.

Mein Empfänger stellte sich als Gideon Maria Sonnenschein vor und begrüßte mich, als könnte der Dienstagnachmittag ihm keine größere Freude machen als mein Besuch.

„Schön Sie kennenzulernen. Ich freue mich."

Für einen Butler war das einen Tick zu persönlich. Ein kompakter wuchtiger Kerl. Ich schätzte ihn auf Ende Vierzig. Er war gut in Form unter seinem grauen Anzug mit leger offenem Kragen am hellblauen Hemd. Keine Tränensäcke und keine roten Äderchen im Weiß um seine klaren braunen Pupillen. Der Doppelkinnansatz war nicht nennenswert, was mich ärgerte. Geheimratsecken im welligen graublonden Haar machten erst den schüchternen Ansatz sich zu entwickeln.

„Ich darf voraus gehen."

Der Gehstock mit einem silbernen Löwenkopf als Knauf war nicht nur vornehmes Accessoire. Er zog das linke Bein steif nach. Er führte mich unten an der mit rotem Teppich ausgelegten Treppe vorbei. Eine stämmige Frau in hellblauem Kittel stand auf einer Aluminium-Klappleiter. Ich konnte sie nur von hinten sehen. Sie tauchte einen braunen Lappen in einen grünen Eimer auf der kleinen Stellfläche vor sich und fing an die Fensterscheibe zu bewischen. Sie hatte auch Wasser in den Beinen. Dick geschwollen kamen sie aus den weißen Turnschuhen von den Knöcheln aufwärts bis in die Kniekehlen.

Die Gräfin empfing mich ganz die erfolgreiche Geschäftsfrau in ihrem Büro. Im schwarzen Ledersessel, die Brille mit feinem Goldkettchen an den Bügeln und im Nacken gesichert. Der orangefarbene Hosenanzug demonstrierte modisch aktuelle gleichzeitig seriöse Eleganz. Dementsprechend war ihre üppige Oberweite so dezent wie möglich hinter der hochgeschlossenen weißen Bluse verbarrikadiert.

Während ich mich auf einen der zwei Sessel ihr gegenüber hockte, bezog Sonnenschein hinter Stellung und legte seine Hände sanft auf ihre Schlüsselbeine. Mich frontal im Blick. Was mir sagte, hier herrschte ein vertrauliches Verhältnis, und er war bereit sie gegen Angriffe zu schützen, jederzeit auf dem Sprung.

Schaumermal, dachte ich und ging ohne Umweg in die Offensive.

„Ich bin kein Frauenrechtler. Aber Ihren Umgang mit Geschlechtsgenossinnen find ich unter aller Sau. Wenn Ihre Dateileichen erfahren, dass Sie ihnen als Zuhälterin eines alten Loverboys mit falschen Hoffnungen das Geld aus der Tasche zogen haben, wird´s der Glücklichen Liebe das Licht ausblasen.“

„Ich finde Ihren Ton höchst despektierlich.“

„Sie haben Ihrem Undercoverlover sogar noch das Viagra auf Spesen laufen lassen.“

Ich vermutete, dass in Kürze eine neue Faltenweginjektion fällig sein würde, weil sie die Stirn runzeln konnte. Für einen Moment verlor sie die angeheiratete vornehme Contenance und wurde ganz Trudi.

„Eiern Sie nicht rum. Wieviel wollen Sie?“

Das lief in die falsche Richtung.

„Ich will kein Geld von Ihnen erpressen. Mein Freund wird sich von den Damen auf Weltreise oder ins klösterliche Zölibat verabschieden, und Sie lassen ihn geräuschlos vom Haken.“

„Einverstanden.“

„Dann sollten wir über Ihren angeblichen Ausrutscher unter der Dusche in Elysion reden.“

Tatsächlich konnte sie sich nur daran erinnern wie sie mit Verbänden über Prellungen und Abschürfungen aufgewacht war. Ich kam auf das letzte Freiluftschauspiel. Sie fand das mit der Einspielung der Todesmelodie aus Sergio Leones Kultwestern zur Ertränkungsszene eine feine Idee.

„Wie die Mundharmonika ihr Spiel über den Fluss weht, das hat was. Meine Allegorie darauf, weil auch unsere Weiße Frau als Rächerin zurückkommt."

Weit hergeholt zu Charles Bronsons Auftauchen im Film, fand ich, wollte aber nicht weiter drauf rumreiten.

„Sie waren die Regisseurin…"

Sie unterbrach mich.

„Ich bin die Regisseurin. Ich hab Schauspielerfahrung.

In jungen Jahren hatte sie am Stadttheater gespielt, sogar die Julia vom Romeo. Das Stadttheater war zur Jahrtausendwende pleite gegangen, konnte inzwischen vom Kulturreferat für alle möglichen Anlässe gemietet werden, vom Yogakurs bis zur Hochzeitsgesellschaft.

„Ich zeig Ihnen was…"

Sie verließ das Zimmer und kam mit einem Foto zurück.

„Ich war siebzehn als Julia. Bis heute hat es sonst niemand gesehen, außer Gideon, und jetzt Sie. Meine Eltern hätten mich aus dem Haus gejagt."

Ihr Romeo hatte das Foto gemacht und ihr geschenkt.

„Und Ihr Romeo war…?"

„Das sollten Sie aber wissen."

Meinte sie indigniert.

Es gab noch jemand mit Schauspielerfahrung im Geisterclub. Als Romeo hätte ich den am wenigsten erwartet.

Ich sah an Sonnenscheins Fingerknöcheln wie er den Druck auf der Gräfin Schlüsselbeinen sanft verstärkte.

„Eigentlich wolltest du Herrn Teufel in anderer Sache sprechen, Trudi."

„Ach ja, das hätte ich jetzt fast vergessen. Das Video."

Und er hatte dazu noch einen DIN A 4-Umschlag für mich.

Die bis auf das Gesicht schwarz verhüllte alt aussehende Frau hockte auf einem Felsbrocken im weißen Schnee. Die Großaufnahme gab keinen Hinweis auf viel mehr Landschaft um sie herum, darauf, wie viele Menschen noch mit ihr unterwegs waren. Sie hockte da wie selbst versteinert und redete. Monoton, kraftlos. Das Gesicht unter dem Kopftuch war bleich wie der frisch gefallene Schnee und ausgezehrt um die dunklen tief liegenden Augen. Die alte Frau im Schnee hörte mit Leben auf, irgendwo im Nirgendwo, entkräftet und krank von der auszehrenden Flucht. Sie hatte sich zum Sterben auf den Felsbrocken gehockt und schickte letzte Grüße an Tochter Sibel. Das Video hatte Datums- und Zeitstempel vom 13. April, 14.36 Uhr.

Die Unterlagen aus dem Umschlag kamen zweifellos aus dem BAMF, Außenstelle München. Sibel Kamals Antrag auf Familiennachzug mit späterem Bescheid. Es gab Fotos von Kamals letzten Angehörigen. Mutter Ayeesha und Nichte Razan. Bei Behördenanträgen waren Fotos mit Kopftuch, sonstigen Bedeckungen oder Verhüllungen nicht zulässig. Die 17jährige Razan war abgebildet mit langem roten Haar.

Wie Höllenfeuer...

Sibel Kamal, ihre Mutter Ayeesha, und ihre Nichte Razan waren die letzten drei Überlebenden einer 13köpfigen syrischen Familie aus der Gegend von Idlib, die elf anderen umgekommen in Bombenhagel, oder vom IS ermordet, auch Kamals Ehemann, ihre zwei Töchter und der Sohn. Mutter Ayeesha und Nichte Razan befanden sich zur Zeit des Antrags im Lager Moria auf Lesbos. Das bayerische BAMF hatte am 11. März Kamals Antrag >aufgrund der coronaträchtigen Hochrisikolage in griechischen Lagern endgültig noch unbeschieden auf unbestimmte Zeit zurückgestellt.< Formaljuristisch nicht wirklich eine Ablehnung, in der Lebenswirklichkeit der Betroffenen aber gleichbedeutend. Die Begründung war milde ausgedrückt missverständlich. Deutlicher wurde ein Memo des Amtsleiters vom 5. März an alle Mitarbeiter/Innen: >Es ist davon auszugehen, dass Covid-19 während der nächsten Monate sich in Flüchtlingslagern auf den griechischen Inseln ungestört und so auch überproportional tödlich ausbreitet. Nach politischer Lage-Einschätzung empfiehlt es sich daher, Anträge auf Familiennachzug bis auf weiteres abwartend mit äußerster Zurückhaltung zu bescheiden.<

Das Memo war bei den Ausdrucken, die Sonnenschein mir in die Hand gedrückt hatte, zu dem Video vom Handy der Gräfin, von deren hanebüchener Story dazu ich kein Wort glaubte. Es müsste Mitte April gewesen sein, als Sibel sie um Hilfe gebeten hatte. Die Gräfin hätte ihr mal erzählt, das ihr Ex viel im Nahen Osten herum käme und gute Drähte zu Flüchtlingsorganisationen hätte, und für seine Buchrecherchen auch Verbindungen zu Schlepperbanden. Sibel hatte gehofft Gideon könnte vielleicht herausfinden wo sich ihre Mutter befunden hatte, als das Video aufgenommen wurde.

Wer sich die Mühe machte rauszufinden wo es an diesen Tagen im April im Niemandsland noch geschneit hatte, konnte vielleicht die letzte Rast der Sterbenden einkreisen. Wehte als Gedanke durch meinen Kopf. Flüchtig, weil die Gräfin weiter meine Aufmerksamkeit forderte.

Sibel hätte ihr das Video von ihrem Handy überspielt. Sie hatte es dann vergessen. Und sich wieder daran erinnert, als Gideon zu Besuch aufgetaucht war. Inzwischen war ihr das alles unheimlich. Erst Sibels Tod, und jetzt auch Gottlieb tot, dem sie den Haushalt geführt hatte. Und sein bester Freund Titus. Und vorher das tote Mädel am Fluss. Nicht auszudenken, sollte wer vom Vorstand da die Finger mit im Spiel haben.

Ich hatte das Gefühl, dass sie mich gerade mit der Nase auf genau diese Möglichkeit stoßen wollte.

„Gottlieb hat Titus dafür gewonnen, eine Stiftung für Flüchtlingskinder zu gründen. Unser Vorsitzender war dagegen."

Ich stand auf der Leitung. Der Oberbürgermeister hatte unter dem Deckmäntelchen der Wohltätigkeit eine

Schleimspur zum Vatikan gelegt. Eine Stiftung für Flüchtlingskinder musste ihm gut in den Kram passen. Die Gräfin klärte mich auf.

„Ja und nein. Für den Papst ja, für seine Stammwähler nein. Gottlieb und Titus sollten ihre Stiftung nicht offiziell unter Flagge des Fördervereins laufen lassen, hätten lediglich damit hausieren gehen dürfen und sollen, dass sie auch dort dem Vorstand angehörten, die Stiftung aber ihr persönliches Ding war."

Jedenfalls konnte sie dem gesamten Vorstand nicht trauen, der Zeitung auch nicht, weil die mit dem Oberbürgermeister immer unter einer Decke steckte. Da war ich ihr eingefallen. Gideon hatte einen heißen Draht zum BAMF angezapft und noch Unterlagen über Sibel besorgt.

Und mir auch gleich die Übersetzung zum Video geliefert.

„Durch meine Reisen bin ich des Arabischen mächtig und habe auch einige gute Drähte zu Asylbehörden."

Ich fragte mich was Sonnenscheins eigentlicher Beruf war. Das waren keine Infos auf dem Silbertablett. Sie wurden mir auf einem goldenen serviert.

Ich googlete Gideon Maria Sonnenschein. Globetrotter und Reiseschriftsteller. Vorher bis 2008 Attaché an der Deutschen Botschaft in London, verheiratet mit Trudi Hornacher, geschieden seit 2009. Seitdem keine offiziellen politischen Tätigkeiten. Aber Sonnenschein war viel rumgekommen, vorzugsweise im arabischen Raum. Ich hatte das ungute Gefühl, dass ich fremdgesteuert wurde, nur keinen Schimmer wem genau ich zu welchem Zweck dienen sollte.

„Sie werden sich fragen, wer das Video aufgenommen hat. Sie werden schnell darauf kommen."

Hatte Sonnenschein mit einem sonnigen Lächeln gesagt.

Ayeesha hatte auf dem Video nur Tochter Sibel gegrüßt, nicht Enkelin Razan. Es konnte nur einen Grund dafür geben. Razan war bei ihr, hatte dieses letzte Video aufgenommen und ihrer Tante Sibel durch den Darkroom geschickt. Dann hatte sie ihre Großmutter beim Sterben begleitet, sie vermutlich irgendwo im Nirgendwo bestattet und betrauert, bevor sie sich weiter auf den Weg gemacht hatte, zu ihrer Tante Sibel nach Heiligbrück, ab 22. Mai voller Sorge, weil der Handykontakt zu ihr abgerissen war. Und dann hatte sie selbst den Tod im bayerischen Hinterland gefunden. Bittere Ironie, dass vielleicht gerade die Corona-Begründung im BAMF-Bescheid und die Angst sich im Lager Moria zu infizieren Großmutter Ayeesha und Enkelin Razan letztendlich in die Flucht getrieben hatten. Flüchtlingslager als Hotspots waren elende Realität. Aufgrund der menschenunwürdigen engen Unterbringung ohne ausreichende Hygienemöglichkeiten fraß das Virus sich durch wie im Schlaraffenland.

Ich hielt Skype-Konferenz mit Franzi und Fritz.

„Wir legen eine Nachtschicht ein und hauen raus was wir haben. Wenn nötig aktualisieren wir die Kuh jeden Tag ohne Aufpreis."

Ich hatte auch meine Drähte. Ich wärmte einen zum BKA auf.

„Hey Teufel! Du lebst noch?"

Begrüßte mich Kriminaloberrätin Elke munter am Telefon. Bei ihr lief alles super. Job gut, Mann glücklich, Kinder glücklich, Elke glücklich. Leben auf Erden aus einer anderen Welt. Das gab´s auch. Ich fasste ihr die Leichen von Heiligbrück zusammen und was ich darüber wusste. Was Elke erheiterte.

„Teufel, das hört sich an als würde der Bundesverband der Mörder/Innen bei euch im Hinterland seine Jahreshauptversammlung abhalten, inklusive Trainingscamp."

Elke glaubte nicht an einen Killer oder eine Killerin.

„Du vielleicht? Ich bitt dich, Teufel. Eine wie auch immer zu Tode gestürzte Frau, ein ertränktes und ein erschlagenes Mädel, dazwischen zwei vergiftete ausgewachsene Kerle. Zu viel Durcheinander für eine saubere Serie."

Bezüglich des Videos auf Sibel Kamals Handy fand Elke Darkroom übertrieben. Für Ermittler war die App, über die sich Flüchtlinge kontaktierten, auch illegale kalter Kaffee und im Griff, keinerlei Grund in Aktionismus zu verfallen. Dass Generalstaatsanwalt oder sogar Generalbundesanwalt Ermittlungen übernahmen und auch Leichen in ihre rechtsmedizinische Zuständigkeit überführen ließen, war kein aufregender Vorgang und wurde üblicherweise in Pressekonferenzen bekanntgegeben.

Bisher gab es weder bezüglich Kamal noch Jane Doe ein offizielles Statement zu einer solchen Übernahme. Bei

Nacht und Nebel Leichen zu kassieren wäre nicht die übliche Verhaltensweise von Ermittlungsbehörden, meinte Elke. Das roch nach Panikreaktionen, und die wären Handschrift von Politik, wenn Scheiße an Eigeninteressen hochdampfte.

Ich las ihr das Memo vor und konnte durch die Leitung spüren wie sie eine Augenbraue hochzog.

„Teufel, da könnt im Klartext auch stehen können lasst sie in dem Elend sterben, wo sie sind! Dann erledigt sich das Problem Zuzug für uns zu einem Großteil vorher schon durch natürliche Auslese des Virus. Entweder ist der Amtsleiter nicht bei Trost, oder er fühlte sich dazu gedrängt, ein solch zynisches Memo durch seine Behörde zu schicken. Klingt wie aus einem ganz üblen Saufgelage an einem Ministeriums-Stammtisch im höheren Dienst geboren."

Im Vollsuff geboren, oder nicht. Bei der Tageszeitangabe 8.46 Uhr war höchstens noch Restalkohol mit im Spiel gewesen, als der Amtsleiter auf >senden< gedrückt hatte. >Nach politischer Lage-Einschätzung< stank nach lauten Überlegungen von weit oben in Richtung BAMF. Wenn wer den Amtsleiter in die menschenverachtende Richtung schubsen wollte sicher nicht mit der Absicht, dass der das in einem Memo festhielt und quer durch seine Behörde jagte. Es widersprach allen Vereinbarungen im Koalitionsvertrag. Allen Menschenrechten sowieso. Noch mehr, als Kamals Mutter und Nichte sogar schon als schutzwürdig eingestuft gewesen waren.

„Corona sei Dank sehen wir kaum noch Bilder vom Elend, Teufel. Und was man uns nicht zeigt, existiert nicht, außer Gott. So mag es Volk, Teufel. Was es nicht mag ist zum Mitwisser gemacht zu werden, wenn seine von ihm gewählten Vertreter sich die Hände dreckig oder gar blutig machen."

Meinte Elke und, dass jede Regierung ihre dreckigen Deals fürs Volk in Geschenkpapier packte. Damit es das Grauen ertragen wollte und konnte. Am besten fürs kollektive gute Wähler-Gewissen war eben, Volk bekam es erst gar nicht zu sehen.

„Hast du dich schon mal gefragt, Teufel, wer die Kanzlerin wirklich ist, ständig als Hütchenspielerin mit den eigenen Überzeugungen unterwegs. Die empathische vom Herbst 2015, oder die, die sich mit der jeweils gefühlten Mehrheit im Volk dreht, oder die, wie sie bei Erdogan, Orban und Konsorten hausieren gehen muss?"

Was sollte ich mir jetzt einen Kopf wegen der Kanzlerin und großer Politik machen? Ich hatte bloß mein lokales Feuerchen in der bayerischen Walachei am Knistern.

„Mit Potential zum Flächenbrand, Teufel. Und du hast den Brandbeschleuniger in der Hand. Du legst dich mit Politik an. Hast du mal darüber nachgedacht, warum deine Karriere als Enthüllungsreporter abwärts raste, nachdem du es das letzte Mal getan hast?"

Wozu? Es war, wie´s war.

Sibel Kamal war weder vom Dach gestolpert noch gesprungen. Für einen unglücklichen Fall hatte sie unten zu weit weg vom Haus gelegen und für einen Sprung die verkehrte Lage. Beides war beim ersten Augenschein offensichtlich, schon gar für geschulte Polizisten. In beiden Fällen hätte laut Elke ein Generalstaatsanwalt vielleicht das Video auf Kamals Handy unter Verschluss genommen, hätte er davonerfahren, aber keinen staatsgefährdenden Hintergrund gesehen und sich nicht veranlasst, Todesermittlungen inklusive Obduktion in seine Verantwortung zu übernehmen. Meinte Elke. Während der Oberbürgermeister und sein Kumpel der Oberstaatsanwalt genau solche Ermittlungen im eigenen Stall verhindern wollten, weil sie für den Vorstand des Förderkreises mindestens peinliche Enthüllungen fürchteten, wenn nicht mörderisch schlimmere, einen Täter in eigenen Reihen. De Mille hatte dem General das Arschwasser mit der Selbstmordtheorie aus brisantem politischem Motiv kochen lassen, das die eigenen Parteigranden wuschig machen würde. So hatten sie Kamal und das Mädel in der Staatsraison versenkt und an lästigen lokalen Ermittlungen Forsters und Honigmanns vorbeigeschleust. Und dabei alle da oben übern Tisch gezogen und vor den Karren gespannt.

Schlau eingefädelt von der Saubande, das musste ich ihr lassen.

„Auch wenn bei den Landeskriminalämtern angesiedelt, Staatsschutz ist Politik pur, Teufel. Du weckst schlafende Hunde. Du wirst Alphatiere sauer machen."

Das Virus hatte das Elend in Flüchtlingslagern aus den Medien geschossen. Ironischerweise obwohl gerade die Menschen dort mit am schlimmsten von Covid-19 bedroht waren. Aber wen interessierten die Ärmsten der

Armen, wenn die eigene Wohlstandgesellschaft und deren Wachstum angegriffen wurde.

Das Video war zweifellos echt, und Sonnenscheins Übersetzung der alten Frau stimmte aufs Wort. Das hatte ich schnell verifiziert. Ich hatte noch Kontaktdaten zu einer Übersetzerin aus dem Flüchtlingscamp. Die Gräfin hatte mir was vom Pferd erzählt. Hätte Kamal ihr das Video von ihrem Handy überspielt war das auf ihrem leicht nachvollziehbar. In dem Fall hätte die Gräfin längst unangenehmen Besuch gehabt, die ihr das Video gelöscht und sie zum Schweigen verdonnert hätten, meinte Elke. Um den Generalstaatsanwalt in vorauseilenden Gehorsam gegenüber der Staatsraison zu treiben, hatte das Video im Kontext mit der Mär von Kamals Suizid wegen der fragwürdigen Zuzugs-Ablehnung den Ausschlag gegeben, schätzte Elke. Danach hatte er die BAMF-Datei Sibel Kamal für Anfrager ohne höchste Freigabestufe verschlossen.

Das BAMF-Memo in Sonnenscheins Unterlagen erzählte einen anderen Teil der Geschichte.

„Das raus zu tauchen war ein Insiderjob."

Lag für Elke auf der Hand und, dass meine Veröffentlichung Teile der Bevölkerung verunsichern könnte, um de Maiziere aus der Mottenkiste zu zitieren. Und hinter verschlossenen Türen bis ganz nach oben in Parteienapparate brisante Emotionen freisetzen dürfte. Vorsichtig formuliert.

Cui bono? Wem nützte es?

„Teufel, wenn du es bis oben denkst, kann der Funkenflug eines solchen Feuers bis auf deinen Ministerpräsidenten als obersten bayerischen Dienstherren überschlagen, egal, ob oder was und was nicht er derzeit weiß. Jeder der ihm in seine vielleicht angerührte Kanzlersuppe spucken möchte könnte sich was von einer Veröffentlichung versprechen. Von deiner Veröffentlichung!"

Ich wurde fremdgesteuert. Rein im Sinne der Wahrheitsfindung? Ich glaubte so wenig an solch hehres Motiv wie Elke. Nicht, wenn was politisch war. Wer benutzte mich als Laufburschen, war für mich die Frage.

Sonnenschein kam aus Berlin, der Machtzentrale der Republik. Aber wenn, von welcher Seite war er geschickt?

Da kam jede in Frage, eigene Parteifreunde unseres Ministerpräsidenten nicht ausgeschlossen.

Bis zu Sibel Kamals Todestag mussten etliche Mitteilungen zwischen ihr und Nichte Razan im Chatroom auf den Handys hin- und hergegangen sein. Trauer, Schmerz, Hoffnung, dass die Nichte es bis zur Tante schaffte, Zweifel, vielleicht auch Wut auf Europa, auf das reiche Deutschland. Ausdrucke davon waren nicht bei dem Material, das Sonnenschein mir zugespielt hatte.

„Wahrscheinlich hat die Tante die jedes Mal sofort gelöscht."

Vermutete Elke naheliegend, sah sie damit aber nicht aus der Welt.

„Geh davon aus, dass sie in deiner Hauptstadt die Chats längst wiederhergestellt haben, Teufel. Wenn sich aus eventuell verzweifelten Äußerungen gegen Europa, oder Deutschland auch nur entfernt Gefahr im Verzug, eine mögliche Terrorabsicht stricken lässt, werden sie vermutlich damit auf deine Veröffentlichung reagieren und so alle ihre Vertuschungsaktionen rechtfertigen. Ich würde es so machen."

Dann hatte ich die Arschkarte hoch zwei.

„Zieh dir eine Rüstung an, bevor du Rosinante die Sporen gibst und gegen die Windmühlen reitest, Don Quichotte."

Verabschiedete Elke sich.

Ich musste kein Hellseher sein. Der BAMF-Amtsleiter würde gehen müssen, und sie ihm seinen Abgang versüßen, damit er den Mund darüber hielt, von wie weit oben er zu dem Memo geschubst worden war. Für unseren Oberbürgermeister würde es parteikarrieremäßig eng werden. Und der Herr Oberstaatsanwalt würde seine Berufung zum Richter vergessen müssen. Wenn alles normal lief. Nur lief bei uns in Bayern nix normal, außer über Amigoschienen. Wir waren nicht korrupter, als überall. Bloß dass bei uns das strafrechtliche Bewusstsein fehlte, wenn was aufflog. Weil die ehrenwerte Gesellschaft an den Schalthebeln ihr Unwesen als über Generationen vererbte Freundschaft sah, Männerwirtschaft zum Wohle des Volkes. Volksmehrheit sah das genauso, weshalb Freunderl und Nachkommen an der Macht blieben. Und Mütter ihren Töchtern immer noch kochen beibrachten, falls Heirat sie im heimatlichen Lande halten sollte.

Fanny war ich was schuldig. Ich rief sie an und sagte ihr, dass die Gräfin einen interessanten Gast hatte.

Mittwoch 5. August

„Flüchtlingspolitik in Zeiten von Corona! Lasst sie sterben wo sie sind!"

Die Moderatorin des Morgenmagazins ging in Elkes Gedankengängen spazieren, als sie halb neun böse das Video und das Memo des BAMF-Behördenleiters kommentierte. Mit Hinweis auf das online-Magazin aus Heiligbrück Die Kuh mit zwei Ärschen.

Um neun kam unsere Story als Aufmacher in den heute-Nachrichten. Mit einem Kommentar.

„Müssen wir dieses unsägliche Memo aus Bayern so verstehen wir hoffen, dass in Flüchtlingslagern möglichst viele Menschen von Covid-19 dahingerafft werden? Dass Corona so ein Zuzugsproblem für uns löst? Müssen wir das wirklich so verstehen? Die zynische Antwort ist: Ja, so müssen wir das verstehen. Weil Unmenschlichkeit politische Strategie ist. Ein bayerischer Behördenleiter hat sie uns diesmal unüberlegt, vielleicht sogar überlegt wieder vor Augen geführt, was immer er sich dabei gedacht, oder nicht gedacht hat. Aber Unmenschlichkeit ist Europäische Strategie. Nicht erst seit Corona. Wir alle müssen uns schämen! Schon lange!"

Um zehn gab der Amtsleiter der BAMF-Außenstelle München in einer Pressekonferenz seinen sofortigen

Rücktritt bekannt. Er übernehme die alleinige Verantwortung für das Memo, die furchtbar unglückliche Formulierung und deren Folgen, menschlich wie politisch.

Den Unterschied hatte er immerhin selbst noch herausgearbeitet. Anschließend gaben der Innenminister und der Generalstaatsanwalt eine gemeinsame Pressekonferenz. Der Innenminister verwies Spekulationen der bedauerliche Einzelfall einer missratenen Entscheidung über einen Antrag auf Familiennachzug sei Teil politischer Strategie ins Reich der Märchen. Er würde die Sache nicht höher hängen als wo sie gewachsen war. In einer Behörden-Außenstelle. Zu dem unsäglichen Memo hätte der Leiter vor ihm alles gesagt und die richtigen Konsequenzen gezogen. Außerdem handele es sich hier um eine Bundesbehörde und nicht um eine bayerische. Der Ball läge also gar nicht in seinem Spielfeld. Er säße hier außerhalb seiner Zuständigkeit nur, um das klarzustellen. Der Generalstaatsanwalt erklärte zu Sibel Kamal und Razan Tabia die Ermittlungen seinerseits stünden vor dem Abschluss, vorher könne er dazu weiter nichts sagen. Man müsse dazu aber auch noch in jedem Fall prüfen ob von Heiligbrücker Seite möglicherweise mit gezinkten Karten und wider besseren Wissens auch mit dem Verdacht islamistischen Terrors gespielt worden war, um lästige Mordermittlungen gegen sich selbst loszuwerden.

Ich hatte ein Treffen mit der Gräfin, sie gebeten mich zu einem Besuch bei ihrem Romeo zu begleiten.

Sie hatte ihre rechte Hand auf seine Linke gelegt, hielt sie fest umklammert. Ich starrte auf den Klunker an ihrem Ringfinger, ein walnussgroßer roter Funkelstein umringt von kleinen Diamanten. In der Küche hörte ich Souschefin Auguste räumen. Boris Schaffler heulte. Er weinte nicht, er heulte, schluchzte, rotzte. Während er vor sich auf dem Tisch auf das Nacktfoto starrte, das er als Romeo vor langer Zeit von seiner Julia gemacht hatte. In der gleichen Pose wie Poppy, auf derselben Chaiselongue!

Ja, er war schwach geworden!

Beim Aufräumen in der Küche, Auguste war schon gegangen, war Poppy ihn schamlos angegangen.

Für tausend Euro dürfte er sie nackt sehen!

Ja, er war schwach geworden, hatte für so viel Geld auf Fotos bestanden, die er sich ansehen konnte, wann er wollte.

Poppy hatte mir einen versteckten Hinweis auf den Fotografen gegeben, dämmerte mir erst jetzt.

„Aber wenn er mich anschaut, zieht er mich nackert aus."

Vielleicht hatte sie sich innerlich über mich totgelacht. Inzwischen war sie tot.

Die Gräfin drückte fester Schafflers Hand.

„Unsere Chaiselongue, Boris. Steht sie immer noch in der alten Requisite vom Stadttheater?"

Er schaute sie nass und traurig an.

„Ich hab sie mit nach Hause genommen, als das Theater zumachen hat müssen, Trudchen."

„Er hat sie auf unsere Chaiselongue gelegt, ich fasse es nicht."

Die Gräfin war leicht indigniert. Draußen schlug es halb elf vom Dom. Ich glaubte nicht, dass Schaffler sein Restaurant heute aufmachen würde. Die Gräfin war jetzt angefasst. Feuchte Augen. Ich bemerkte sie, obwohl die breite Krempe ihres mächtigen Hutes Schatten darüberlegte.

„Es ist jammerschade um Boris. Seit dem Tod seiner Frau hat er´s bloß noch mit Gott, und die ganze Welt ist ein Sündenpfuhl für ihn. Teufel, glauben Sie er hat Poppy erschlagen?"

Der Fromme und das Biest. Die Sünderin, die er selbst begehrte, die ihn ihren gottesfürchtigen Chef aber verschmähte, sich dafür schamlos berechnend dem Oberbürgermeister zuwandte. Biblischer Übereifer im Kampf gegen eigene sündige Fleischeslust, dazu Zurückweisung durch die Begehrte, die ihre Weiblichkeit öffentlich in gotteslästernder Verlockung auf der Bühne präsentierte, da konnt´s einen moralischen Eiferer innerlich zerreißen.

So, oder so, Poppy war raus. Auch wenn sie den Kampf um die Ruine gegen Kohn gewinnen sollten und Schauspiel inklusive mittelalterliche Spiele ab nächstem Jahr aufführen dürften. Sexy Weiße Frau kam nicht mehr in Frage. Poppy auch nicht in züchtigeren Klamotten oder anderer Rolle. Und wenn sie in einem Leinensack auftreten würde, alle hätten sie wieder in Banini im Kopf. Poppy war als Darstellerin verbrannt. Hatte der Vorstand mit einer Gegenstimme bei der Junisitzung beschlossen. Die war zu aller Verblüffung von Boris gekommen.

„Stimmt, so war es."

Hatte die Gräfin bestätigt. Sie hätte schon gar nicht mehr daran gedacht. Was ich für Bullshit hielt. Die saublöde Bemerkung des Oberbürgermeisters war ihr wie allen anderen sicher im Gedächtnis geblieben.

„Ah, unser frommer Koch will sich in Poppys Höschen schleimen."

„Da könnt ihr euch dann ja treffen."

Hatte Gottlieb lakonisch dazu gemeint, während Boris mit hochrotem Kopf dahockte.

Poppy hatte sich das Foto für sich reserviert, das ich großformatig gerahmt an der Wand über ihrem Bett gesehen hatte. Für Schaffler nicht auszudenken hätte sie ihn den keuschen Gottesfurcht Predigenden als Fotografen verraten und als Lüstling entlarvt. Sie hatte ihn in der Hand, seine Stimme für sie beim Vorstand ihr trotzdem nichts genützt. Er hatte Poppy alles erzählt. Nachvollziehbar, dass sie richtig ausgerastet war, als Bärlochhauser ihr bei der letzten Sitzung scheinheilig den Arsch getätschelt hatte.

„Ich weiß alles über euch!"

Wer hatte keine Leichen im Keller? Poppys Drohung hatte sicher alle alarmiert, und alle hatten wahrscheinlich daran gedacht, dass Gottlieb und Titus jetzt tot waren. Vergiftet. Ein Frauending.

„Sie glauben doch nicht…dass Poppy…"

Die Gräfin war schockiert.

Der Gedanke war mir gekommen, dass Poppy angefangen hatte, den Vorstand zu dezimieren. Vielleicht bei Gottlieb und Stadlbauer nur deshalb angefangen, weil die Gelegenheiten gerade günstig reingekommen waren. Man, in dem Fall Frau musste die Feste feiern wie sie fielen, auch die mörderischen. Der Gedanke konnte auch anderen im Vorstand gekommen sein. Ein gutes Motiv für alle, dem zuvorzukommen, selbst Poppys nächstes Opfer zu sein.

„Damit wärens auch schön verdächtig, Gräfin."

Die Gräfin stoppte abrupt, jetzt richtig schockiert.

„Behalten Sie Contenance, Teufel."

Während wir weiter zu unseren Autos gingen spulte sie zurück auf Anfang, schwelgte weiter in ihrer Rolle als Julia und über ihren Romeo.

„Wir waren jung mit unserer noch unerforschten Leidenschaft. Es konnt nicht ausbleiben, dass Spiel und Wirklichkeit sich vermischen."

Junge Liebe und deren Tragödien waren nicht meine Kernkompetenz. Aber was wäre wenn…

„Teufel, Sie sind doch Single…"

Sie plapperte, und der Gedanke, der mir gerade kommen wollte, machte kehrt und ging wieder.

„Ich würde Ihnen in Nullkommanichts eine Lebenspartnerin besorgen. An Ihrem Outfit müssten wir natürlich arbeiten…"

Himmelarsch!

„Sie sind im besten Mannesalter und doch eine recht gute Partie. Für einen Teil der weiblichen Klientel jedenfalls, für einen anderen haben sie wegen Ihres Magazins natürlich nicht den besten Ruf…"

Verdammt! Konnte sie nicht mit Labern aufhören. Ich wollte meinen flüchtigen Gedanken wieder einfangen.

Was wäre wenn…

Romeo und Julia, gespielt von zwei jungen Laiendarstellern, weil die Ensemblemitglieder zu alt für die Rollen der jungen Liebe waren. Sie spielten ihre Rollen leidenschaftlich. Gefühle, die sie backstage nicht umschalten konnten.

Die Backstage-Liebe damals hatte wenig dramatisch geendet, war nach der letzten Aufführung einfach ausgekühlt wie eine kurz aufgeflackerte Urlaubsromanze.

Ich hatte meinen Gedanken wieder.

Was wäre wenn die Tragödie junger Liebe sich Jahre später nochmal von der Bühne in die Wirklichkeit übertragen hatte, diesmal mit dramatischen Folgen…

Die Darstellerin der jungen Herzogin war gerade sehr real erschlagen worden. Der junge Ritter erschien mir erstmalig auf dem Schirm!

Wir waren angekommen. Sie war schon am Einsteigen in ihren roten Lexus Hybrid. Ich hielt sie auf, weil ich sie noch im Ohr hatte.

„Es konnt nicht ausbleiben, dass Spiel und Wirklichkeit sich vermischen."

„Ist da auch backstage was glaufen zwischen der Herzogin und dem Ritter?"

Fragte ich und schaute zu wie die Botoxstirn der Gräfin vergeblich versuchte sich in Falten zu legen.

„Teufel, Sie meinen…nein, nein, da sind sie auf dem Holzweg. Das wäre mir aufgefallen. Das wäre uns doch allen aufgefallen."

Schaffler hatte uns aus nachvollziehbaren Gründen kein Gourmetmahl aufgetischt. Zuhause hatte ich noch Kartoffelsalat mit Gurke im Kühlschrank und im Gefrierfach Kabeljau im Panademantel, gepresst in goldfarbene kleine Barren. Grob gesagt Fischstäbchen. Während die in der Pfanne knusprig brutzelten, rief ich Fritz an und setzte ihn auf die Spuren des jungen Ritters im Netz an. Ich verzog mich mit Mittagessen und Weißbier in meinen Biergarten. Den Nachmittag legte ich die Füße auf meiner butterblumengelben Couch hoch und genoss auf den Nachrichtensendern unsere Story. Unsere Kuh war im Moment das angesagteste Magazin der Republik.

16

Die Donnerstagausgabe der Zeitung vom 6. August hatte notgedrungen nachgezogen.

Vertuschte Morde, verschwundene Leichen!

Familiennachzug nach Bayernplan? Letzte Grüße einer sterbenden Großmutter – Tante Sibel und Nichte Razan: die letzten Zwei einer 13köpfigen Flüchtlingsfamilie aus Syrien, und wie ihre Leichen einfach verschwanden!

Fannys Leute **Der Oberbürgermeister und der Oberstaatsanwalt – eine Amigogeschichte.**

Das große C steht schief!

Ein Kommentar von Dr. Renate Liebeknecht

Der syrische Name im Absender auf dem DIN-4 Umschlag in meinem Briefkasten war mir geläufig und machte es spannend. Ich fand eine beglaubigte Abschrift der vereidigten deutsch-syrischen Dolmetscherin. Und eine handschriftliche Notiz dazu.

„Missbrauchen Sie mein Vertrauen nicht!"

Viereinhalb Seiten ins Deutsche übersetzte Chats zwischen Razan Tabia und Sibel Kamal aus der Abteilung Staatsschutz im Bayerischen LKA. Darin kein einziges böses Wort über Deutschland. Nur Kamals anrührendes

Loblied auf das wunderbare Land mit wunderbaren Menschen, die ihr eine neue Heimat gegeben hatten. Und sie wünschte sich nichts mehr, als dass auch Razan dieses Glück erfahren dürfte. Die Seiten waren korrekt durchpaginiert, mit Briefkopf am Anfang und Stempel mit Unterschrift am Ende. Ich verpackte die Chats allgemeiner, verzichtete auf die Datumsangaben, brachte sie nicht streng chronologisch und zitierte nichts wörtlich. Beweisbar war mein Artikel nicht auf das offizielle Dokument als Quelle zurück zu verfolgen.

Bis kurz nach fünf hatte ich Fritz alles für unsere Kuh nachgelegt.

Eine Menge Menschen im Land würden morgen wieder mehr Taschentücher brauchen als sonst.

Twiggy, de Mille und Bärlochhauser hatten die Chats nicht gesehen, nur das Video. Das ausreichte, sich auszumalen, dass Razan auf dem Weg war. Ob, wenn ja wann sie ankommen würde konnten die Amigos nicht voraussehen. Ihre Anlaufstellen schon. Ich versuchte mir vorzustellen was dann derart grauenhaft abgelaufen war. Aber immer, wenn ein neues Puzzleteil ins Bild passte, fiel ein anderes dafür raus.

„Das iss krasser Bullshit was da in der Zeitung steht und jetzt alle drüber quatschen."

Sagte das zugedröhnte Mädel genau 18.34 Uhr auf der Wache in der PI 5.

„Dass jetzt Geheimdienst und so hinter uns her ist. Das mit der Allahbitch, das war bloß ein krasser Unfall."

So löste sich an diesem frühen Abend das Rätsel um Sibel Kamals Tod auf diese unerwartet simple wie erschreckende Weise. Das Mädel mit dem Bogenhusten im Sprungturm hatte sich gestellt. Die Dimensionen, die das alles angenommen hatte machten ihr und ihren Kumpel Panik. Sie und vier Boys der Clique hätten auf dem Dach bloß chillen und saufen wollen, als die Allahbitch gerade von ihrem Teppich aufgestanden war. Sie hätten sie bloß angemacht, um sie zu vertreiben. Sie wäre zurückgewichen, und auf einmal wär sie weg gewesen, rücklings vom Dach gefallen. Die Polizistin vom Fünfer war eine von denen gewesen, die an Kamals Fundort gerufen worden waren. Sie dachte daran was die Tote schon hinter sich hatte und in ihrem Leben bewältigt. Den Tod der Eltern, des Ehemanns, der Kinder, Zurückweisung ihres Antrags auf Familiennachzug, die letzten Grüße ihrer sterbenden Großmutter aus dem Niemandsland. Sie konnte nicht an sich halten und gab dem Mädel eine Watschn für die Allahbitch, und aus Frust. Weil sie wusste die minderjährige Clique hatte eine lächerliche Strafe dafür zu erwarten, dass sie den Tod eines Menschen verursacht hatte. Die Polizistin musste jetzt mit einem Disziplinarverfahren rechnen. Mindestens.

Eines der Fotos, die Fritz mir aufs Handy schickte zeigte den Darsteller des jungen Ritters auf Klassenausflug im Botanischen Garten der Hauptstadt am 19. April 2019. Er machte Faxen, hielt sich eine Hand an die Gurgel und verdrehte die Augen. Ich konnte gut lesen was auf groß auf dem Warnschild hinter ihm stand.

Freitag 7. August

Die Bärlochhauserin empfing halb elf noch im Morgenmantel. Das Prunkstück hätte Fleurop Ehre gemacht. Die Gladiolen klappten vorne auseinander, als sie sich auf die Couch setzte. Immerhin trug sie die nötigste Wäsche unter der bunten Blumenwiese. Sie erwartete gleichgültig, was wir von ihr wollten und gönnte sich einen ordentlichen Hieb aus einem Glas mit goldbraunem Whisky. Ich wollte mit Ronnie reden.

„Der Bub lebt in seiner Hölle, ich in meiner."

Ronnie war oben in seinem Zimmer. Derzeit waren reguläre Schulferien. Ich wusste er war in der 12. am hiesigen Gymnasium. Er war 17 und schon ein langer Schlaks von nahe Einsachtzig. Er hockte barfüßig in schwarzen Jeans und blauem T-Shirt drüber hängen an seinem PC. Ich sah bloß das ungemachte Bett, aber keinen zweiten Stuhl. Ich stellte mich dicht neben ihn und beugte mich noch dichter an den PC. Ronnie zuckte mit keiner Wimper.

„Geiles Spiel."

Sagte ich.

Ronnie knallte mit einer Halbautomatik virtuell wahllos Menschen in einer Einkaufspassage ab.

„Citykiller. Ich bin Dark Knight."

Erklärte er mir leidenschaftslos den Sinn des Spiels und seinen Killernamen., ohne sich dafür zu interessieren wer ich war und warum da. Er hatte Augen wie Paul Newman im blassen schmalen Gesicht unter dem strohblonden Haarschopf. Dass man mit solchen Augen so tot dreinschauen konnte. Hirnforscher hatten rausgefunden, dass häufige Computernutzung das Sprachzentrum schrumpfen ließ. Das Gehirn entwickelte eine reaktionsschnelle, aber einseitige kalte Intelligenz. Dagegen verkümmerten andere komplizierte Abläufe in den Nervenbahnen, die das soziale Empfinden bestimmten. Ronnies soziales Empfinden schien mit der Körpergröße nicht mitgewachsen.

„Läuft nicht gut mit deinen Eltern."

„Mam ist durch."

Ich hatte Poppys halb lebensgroßes Poster in der halboffenen Schranktür gleich gesehen. Poppy im Schlussakt auf der Bühne als Weiße Frau. Im Banini-Nightset. Die Kameralinse durchleuchtete das Negligé. Poppys Gesicht war kreuz und quer mit was Messerscharfem zerfetzt.

„Hast dich beim Burgschauspiel in Poppy verknallt, und sie hat dich abblitzen lassen?"

„Poppy is ne Nutte."

„Weils sich mit deinem Papa einglassen hat, damits die Rolle im Schauspiel kriegt?"

„Dad is ne Sau."

Damit hatte er das bärlochhausersche Familienbild aus seiner Sicht kurz und prägnant beschrieben. In seiner

Welt war so vielleicht alles gesagt. Für mich fühlte der Dialog sich bedürftig an. Er war reif. Ich sagte ihm, dass ich von dem Klassenausflug in den Botanischen Garten wusste.

„Du warst es. Du hast Poppy letztes Jahr nach der Schlussaufführung den vergiften Rosenstrauß hingstellt."

Er versuchte nicht mal es abzustreiten. Nach der dritten Aufführung hatte Poppy gegen seine linkischen Annäherungsversuche grobe Geschütze aufgefahren, als sie ihr zu aufdringlich geworden waren. Sie hatte Ronnie ausgelacht, gemeint er wär ein dummes Kind. Und sie hatte ihm ins Gesicht geschleudert, dass sie mit seinem Dad poppte. Ronnie war mörderisch verletzt. Er hatte keinen Schimmer von Pflanzen, weder von giftigen noch von sonstigen. Aber er hatte sich an die Klassenfahrt in den Botanischen Garten erinnert. An das Schild, worauf die Giftigkeit der nur salopp gesicherten Staude anschaulich beschrieben war. Er hatte sich Schutzhandschuhe besorgt, war mit der Bahn in die Hauptstadt und hatte in einem unbeobachteten Moment schnell ein paar Blätter Herkuleskraut aus der Botanik geklaut und sie in eine Plastiktüte gesteckt. In Heiligbrück hatte er Rosen gekauft, zuhause das Herkuleskraut zerkleinert und im Grünzeug zu den Rosen verteilt.

„Wieso weiße Rosen?"

„Waren im Angebot."

Reiner Zufall. Aphrodite als Verdächtige konnte ich knicken.

„Der Bub hat sie nicht umbracht. Ich hab das Flitscherl erschlagen."

Die Bärlochhauserin stand plötzlich hinter mir in der offenen Tür.

Unten auf der Couch erzählte sie mir wie die Katastrophe sich aufgebaut und ihren Lauf genommen hatte. Der ganze Scheißverein hätt gwusst, dass unser Oberbürgermeister das Flitscherl besteigt, dass sich ihm verkauft hat für ihre Rolle als ihr lächerliches Stadtgspenst. Aber der verliebte Bub hätt nicht loslassen können. Aber der eigene Vater hätt sie gvögelt.

„Sie hat dem Buben das Herz brochen, und der eigene Vater hat´s ihm aus dem Leib grissen Es hat ein End haben müssen. Ich hab´s getan, bevor der Bub irgendwann eine Dummheit macht."

Mir blieb bloß noch ein Anruf bei Honigmann, während die Bärlochhauserin sich für ihre Festnahme Klamotten anzog und eine Reisetasche packte.

„Der Bub hat nichts damit zu tun. Er weiß nichts."

Ronnie kam die Treppe runter, mit einem weißen Bündel auf den halb ausgestreckten Armen vor sich hertragend. Er musste von oben an der Treppe mitgehört haben.

„Mam hat´s für mich gmacht. Wenn sie inn Knast geht, geh ich mit."

Er hielt mir das Bündel hin. Mit ausdruckslosen blauen Augen. Ich sah die Kapuze mit den Augenschlitzen obenauf jetzt erst.

Draußen fuhr ein Streifenwagen vor.

„Machens ein Foto wenns mich abführen. Der Scheißkerl soll´s überall im Internet sehen."

Sagte die Bärlochhauserin, als es an der Tür klingelte und schluckte ihren vorerst letzten Cognac.

„Es hat ein End haben müssen."

Als betrogene gekränkte Ehefrau hatte sie einen Fulltimejob gehabt. Er hielt sich an junge Luder, sie sich an alten Whisky. Und sie blieb seine Frau, weil sie aus der Nähe erleben wollte, wenn ihm sein Dreckscharakter das Genick brach. Leider war ein solcher in der Politik mehr förderlich als hinderlich. Am Ende hatte sie es nicht mehr ausgehalten. Ihr Leben ging gerade den Bach runter, während er weiter in seinem Oberbürgermeistersessel hockte.

Ihrem Buben half es auch nicht, dass seine Mam zur Mörderin geworden war. Ich dachte an Poppys Foto mit dem zerschnittenen Gesicht an Ronnies Schranktür. Er hatte es nach ihrem Tod nicht abgenommen.

„Poppy is ne Nutte"

In seiner Gefühlswelt war Poppy immer noch präsent. Seine Wut auf sie auch.

Ich schnaufte erst mal durch. Bei den Munsters war´s heimeliger.

Halb zwei gab Verlegerin Dr. Renate Liebeknecht ein Interview im ZDF-Mittagsmagazin.

„Es geht um Menschen. Über ihre Schicksale zu berichten hat Priorität. Und aufzudecken, wenn Verbrechen aus welchen Gründen und von wem auch immer vertuscht werden sollen. Ich bin stolz auf meine Redaktion in Heiligbrück."

Hans hatte den Kampf um seine Würde verloren.

„Ich habe die Tabletten nachgezählt, aber Schwester Laura hat mir das Abführmittel durch den Tropf gejagt. Dann hat sie mir die Pfanne unter den Arsch geschoben und gemeint, es wäre für alle besser, ich würde sie dort lassen. Das war keine leere Drohung, das kann ich dir flüstern."

„Lieber nicht."

„Warum sind Krankenschwestern böse?"

„Das werdens bloß, wenns sich auch noch mit renitenten Patienten rum schlagen müssen. Weils so schon einen Haufen Arbeit haben, einen Haufen Verantwortung und dafür sauschlecht zahlt werden. Wie alle, die Dienst an Menschen tun. Weil uns der andere Mensch nix wert ist."

Das Geständnis der Bärlochhauserin schilderte Frau Kommissarin mir anständigerweise ausführlich noch am Abend in meinem Biergarten beim Weißbier.

„Das Flitscherl hat sich die ganze Zeit von meinem Ehemann, unserem sauberen Herrn Oberbürgermeister besteigen lassen."

Sie hatte im Wohnzimmer ghockt und sich den ersten Whisky reinzogen. Dann den zweiten. Bei ihrem dritten war er heim kommen, hatte ins Wohnzimmer schaut, war dann wortlos in sein Schlafzimmer verschwunden, nicht sicher auf den Beinen. Abgfüllt mit Schampus.

Und wieder mit diesem blöden Grinsen im Gsicht. Sie hatte sich vorgestellt wie er´s noch schnell mit seinem Flitscherl trieben hatte und hatte an Ronnie dacht. Da war ihr richtig die Wut hochkommen. Und mit dem Whisky die fixe Idee, ihren Buben zu schützen, indem sie ihm mörderisch zuvorkam, bevor er selbst Dummheiten machte. Er hat einfach nicht loslassen können von dem Flitscherl.

Ja, es hatte ein End haben müssen!

Während Majo in seinem Zimmer schnarchte, war in ihrem Kopf ein Film abglaufen. Die Flasche Roederer Cristal, Schafflers letztes Geburtstagsgeschenk an Majo. Das sie spontan auf die Idee brachte, sie gleichzeitig als Eintrittskarte und Waffe zu nutzen. Bevor der teure Stoff Staub ansetzte. Sie hatte etwa gleiche Körpergröße wie ihr Mann, hatte Majos Mantel angezogen und seinen Hut aufgesetzt, seine Autoschlüssel von der Garderobenkommode genommen und sich ans Steuer seines Wagens gesetzt. Falls sie in eine Verkehrsüberwachungskamera geraten sollte, wurde sie vielleicht für den Oberbürgermeister ghalten. So richtig durchdenkt hatte sie das alles nicht, mehr improvisiert. Sie war leicht bedudelt, aber eine

Menge Whisky gwohnt. Sie war selber überrascht gwesen wie leicht ihr dann alles von der Hand gangen war. Poppy hatte die Tür aufgmacht, selber auch angschickert. Friedensangebot hatte sie zum Flitscherl gsagt, den Schampus zeigt und Poppy gleich hinter der Tür die Flasche über den Schädel zogen. Poppy war in die Knie gangen und die paar Meter in ihr Zimmer krochen. Der zweite Schlag von hinten hatte sie total umghauen, und dabei war die Flasche am Hals abbrochen. Sie war überrascht gwesen, dass Poppy schon als Leich vor ihr lag, hatte damit grechnet, dass sie ihr Opfer mit der Flasche bloß kampfunfähig kriegen würd. Wie sie ihr den Rest geben wollt, darüber hatte sie sich nicht groß Gedanken gmacht, es hätt sich was gfunden. Dann hat sie ihr mit dem abbrochenen Flaschenhals die schöne Larven zerschnitten. Im Haus war alles ruhig blieben, auch unten auf der Straße niemand zu sehen gwesen. Seit sie wieder dahoam war hatte sie sich gwundert, warum eine Kommissarin vorbeikommen, aber bloß routinemäßig nach Majos Alibi gfragt hat. Bloß, um ihn als Verdächtigen auszuschließen. Sie hätt sich selber schon in Handschellen gsehn. Am End hätts mehr Angst vor dem großen schwarzen Hund der Kommissarin ghabt, als vorm Frauchen. Aber der Hund war ein ganz braver. Er hatte bloß zweimal gnießt. Vielleicht war ihm ihre Whiskyfahne in die Nasn gstiegen.

Samstag 8. August

Familientragödie um unseren Oberbürgermeister

Christine Bärlochhauser unter Mordverdacht in Haft!

Deutschwadel verzichtete auf eine Erwähnung meiner Mitwirkung an der Festnahme der Bärlochhauserin, kam aber nicht um Schlagzeile und Berichterstattung herum. Das Wort Geständnis kam allerdings nur einmal vor, dafür achtmal mutmaßlich. Als Leser/In konnte man den Eindruck gewinnen die grantige Kommissarin mit dem großen schwarzen Hund hätte die Falsche eingesperrt, vielleicht sogar in böser Absicht, um dem Oberbürgermeister eins auszuwischen. Die schmutzigen Details um Poppy und Majo, welche die Bärlochhauserin bereitwillig ausgepackt hatte, blieben im NebelDeutschwadel hatte sogar eine Neuigkeit, die ich noch nicht wusste. Ronnie war wieder zuhause. Überrascht war ich nicht. Körperverletzung durch Herkuleskraut reichte nicht zur U-Haft. Poppy war damals nie in Lebensgefahr gewesen. Der Brandanschlag auf mein Auto war nur Sachbeschädigung. Er war einer von den beiden Tätern gewesen, hatte Ronnie zugegeben. Auch damals beim brennenden Holzkreuz war er dabei gewesen. Beim Überfall auf den Türkenladen nicht. Was nicht hieß er wäre nicht gern dabei gewesen. Und er wäre lieber im Knast gehockt, als wieder zuhause bei seinem Dad. Aber seine Kumpel nannte er nicht. Er wär kein Verräter. Die KT arbeitete noch an seinem Computer.

Sonnenschein und die Gräfin hatten Fanny eine nette Schmonzette für ihre Kolumne geliefert.

Gegen ihr Naturell zeigte M sich ihrem besten Mann an diesem Vormittag in vergnügter Stimmung. Im Politbarometer war der Bayer um einen Punkt gefallen. Irgendwas blieb immer hängen.

„Gute Arbeit, Sonnenschein, gute Arbeit. Und unser Teufel ist heute mit seiner Nachdrehe in der komischen Kuh zur Höchstform aufgelaufen. Mir sind beinahe selbst Tränen in die Augen geschossen."

„Das würde ich zu gerne mal erleben, M. Aber Teufel wäre nicht froh darüber, dass Sie ihn unseren nennen."

„Er wird es hoffentlich nie erfahren. Ihre romantische Räuberpistole für die dortige Klatschspalte hätten sie sich übrigens sparen können, mehr noch Ihre überflüssige Info die Kanzlerin hätte eines Ihrer Bücher für Sie signiert. „Ich bin darüber etwas übellaunig."

„Zu meinem größten Bedauern."

„Warum grinsen Sie dann. Soll ich annehmen, dass Sie Spielchen mit mir getrieben haben, um mir nach zehn Jahren vom Haken zu kommen?"

„Nichts wäre mir unangenehmer als Ihre Feindschaft."

„Dann sollten Sie immer einen Cognac für mich bereithalten. Und aufhören zu grinsen."

„Trudi hat geholfen Morde aufzuklären, M."

„Wie? Hat sie die gestanden?"

„Sie sind eine giftige Viper, M."

„Jede Viper ist giftig, Sonnenschein. Wieso sind Sie eigentlich immer noch dort unten? Das schwülstige Gesülze mit Ihrer Ex heute in der Tratschkolumne muss ich wohl nicht ernst nehmen."

Wie auch immer, sie hatte auch schon die Heiligbrücker Zeitung gelesen.

„Machen Sie flinke Füße, Sonnenschein, kommen Sie nach Hause."

„Vielleicht verlege ich mich bald mit Hab und Gut hierhin ins schöne Bayern."

„Herr im Himmel! Zu Ihrer Trudi? Gott helfe Ihnen, Sonnenschein. Sie werden ihn brauchen."

„Ich frage mich noch woher Sie das Video hatten, M."

„ Sie sind draußen Sonnenschein."

Die Maxime hieß nicht Frauen und Kinder zuerst. Jetzt hieß es rette sich wer kann. Die schnelle Kooperation aus der Hauptstadt kam deshalb nicht überraschend, auch nicht, dass sie dort längst Obduktionen durchgeführt hatten. Bei Sibel Kamal ohne eindeutige Ergebnisse. Da keine Nachfragen von Angehörigen zu befürchten waren, hatten sie Kamals Leiche einäschern lassen. Bei Nichte Razan hatten sie eine Wunde am Hinterkopf näher untersucht, weil pränatal. Und eindeutig nicht von einem Ast oder scharfkantigen Felsen, oder anderes im Fluss, da dort nichts auch noch so winzigen Abrieb von Teflon erklärte. Inzwischen hatte Forster Leiche und Obduktionsbericht auf dem Tisch.

„Abrieb von Teflon, Mark?"

„Nun ja, ich sagte winzig."

Was er natürlich auch gesehen hätte, hätte man ihm Zeit gegeben, betonte er mit einem Nunja.

Pfannen hatten Teflonbeschichtung, fiel mir spontan Schafflers Küche ein. Forster bremste mich.

„Nun ja, in einem Gourmetrestaurant würde ich eher Pfannen aus Edelstahl und Gusseisen vermuten. Wie auch immer, ich sagte pränatal, ein sehr harter, aber nicht tödlicher Schlag."

„Also bewusstlos in den Fluss gschmissen, wie ich schon gsagt hab."

Stellte ich selbstzufrieden fest.

17

Sonntag 9. August

Der Oberbürgermeister und der Leitende Oberstaatsanwalt telefonierten. Keiner von ihnen hatte verärgerte Nachfragen, Bärlochhauser nicht aus der Parteizentrale, de Mille nicht aus dem Justizministerium. Diese Funkstille war beunruhigend. Sie waren sich einig, was die zu bedeuten hatte. Sie hatten Leichengeruch, und die oben Angst sich anzustecken. Man nahm den größtmöglichen Abstand. Der Oberbürgermeister ließ sich von der Moserin den Polizeidirektor geben.

„Du hast von nichts gewusst, Schwammerl. Suspendier den Liebling, bevor dein Polizeipräsident in der Hauptstadt auf den Gedanken kommt, oder darauf gebracht wird, sich an dir zu reiben. Gib den rückhaltlosen Aufklärer und der Honigmann Ermittlungsvollmacht im Fall Razan. Der Teufel kann schreiben was er will, wirf ihm den Liebling zum Fraß vor. An dich kommt er nicht ran, wenn der den Mund hält."

„Du meinst an uns, Bürgermeister. Wenn ich den Mund halt. Aber warum sollte mein Kriminalrat den Mund halten, wenn ich ihn fallen lass?"

„Weil du ihn unter vier Augen davon überzeugen wirst, dass er sich keine Sorgen machen muss, solange er sich ruhig verhält."

Drinnen dachte Bärlochhauser über Kasper nach, der für ihn abgetaucht war, sich in der Redaktion am Telefon verleugnen ließ, ihn am Handy wegdrückte. Was ging da in der Zeitung vor?

Montag 10. August

Heut bist aber kasig ums Näschen, dachte Honigmann, als sie dem Kriminalrat an diesem Vormittag gegenüber saß.

„Der Polizeidirektor hat mich angwiesen ich soll Mordermittlungen im Fall Sibel Kamal und Jane Doe aufnehmen."

„Machens was wollen, Frau Hauptkommissarin. Der PD hat mich bis auf weiteres suspendiert."

„Reine Vorsichtsmaßnahme. Bei der hochsensiblen Lage können wir uns nichts nachsagen lassen. Sie sollten sich keine Sorgen machen, Liebling."

Hatte Schwammerl ihm eröffnet, und er sich seinen Teil dabei gedacht. Weil du dir Sorgen machen musst, sobald ich mir welche mache. Ihr Scheißkerle! Aber er steckte zu tief drin. Ja, er musste mit den Wölfen heulen, oder den Mund halten, was auch immer gerade von ihm erwartet wurde. Und alle würden kriegen was sie wollten. Der Oberbürgermeister würde wiedergewählt, de Mille Richter werden, Schwammerl übernächstes Jahr seine schöne Pension einsacken, Xenia einen fetten Deal kriegen, damit sie den Mund hielt. Liebling fragte sich was er kriegen würde.

Die Pressestelle der PD gab an diesem Montagmittag 10. August raus, dass Kriminalrat Lothar Liebling von Polizeidirektor Dr. Hubertus Schwammerl bis auf weiteres vom Dienst suspendiert war. Das Justizministerium über Presseverteiler Leitender Oberstaatsanwalt Dr. Rigobert de Mille in Heiligbrück sei angewiesen Staatsanwältin Xenia Minkin zu beurlauben. Gegen sie würde die Einleitung eines Verfahrens wegen Strafvereitelung im Amt geprüft. Es war eine Presseerklärung des Innenministeriums gefolgt, dass der Minister wegen der Vorfälle in Heiligbrück polizeiliche Ermittlungen angeordnet hatte.

Die Jagd auf Sündenböcke aus der zweiten Reihe war eröffnet.

Wie´s bis jetzt ausschaute hatte Professor Dr. Barnabas Kohn ein Oneway-Ticket ins verwirrte Land gelöst. Die Insel der Seligen war ein Pulverfass voller erbitterter und wahnsinniger Emotionen, die zum Showdown zwischen Barnabas und Eva hochgegangen waren.

Ich hatte drei bis vier Bedienstete im Chalet erwartet.

„Während Corona umgeht, beschäftige ich nur einmal im Monat eine Reinigungskraft. Und ich weiß durchaus selbst wie man eine Waschmaschine bedient."

Aphrodite lächelte, während sie maskenlos Kaffee servierte. Mir dann gegenübersitzend gebührend Abstand hielt.

„Ihr Magazintitel diesen Monat ist recht unterhaltsam. Ich hätte bestimmt Spaß an solch einer Schnitzeljagd gehabt, wenn ich sie veranstaltet hätte. Ich könnte Ihnen die Hosen ausziehen und Sie wegen Rufmords verklagen."

Sie schenkte mir ein maliziöses Lächeln. Das ich ihr aus dem Gesicht wischte.

„Ich weiß wer ihr heimlicher Lover ist und wofür Sie ihn benützen."

Ich hatte hinten keine Augen, spürte auch nichts kommen. Dafür wie etwas auf meinem Schädel zu Bruch ging und den stechenden Schmerz.

„Das war eine Gallévase, du Idiot."

Hörte ich sie noch sagen, als ich im Sessel umkippte. Dann gingen die Lichter aus.

Bruder Antonius hatte seit langer Zeit sein Klosterkirchlein wieder gut gefüllt. Wofür er zwei ehemalige Schüler in die Ewigkeit verabschieden musste. Nebeneinander lagen sie vor dem Altar in ihren Särgen. Mit sichtbaren Standesunterschieden. Gottliebs Sarg war geschlossen. Ilse, inzwischen notariell bestätigte Haupterbin hatte das so verfügt. Ihr Gottlieb sollte im Tod nicht zur Schau

388

gestellt werden. Er selber hätte das möglicherweise anders gesehen. Aber er hatte nicht mehr das Sagen.

Stadlbauer hatte seinen letzten Gang nicht dem Zufall oder sonst wem überlassen, das Procedere detailliert in seinem letzten Willen aufgeschrieben. Er lag in seinem Königsmantel aufgebahrt im gläsernen Sarg, umgeben von weißen Lilien und roten Nelken. Die mächtige Frisur glänzte schwarz über seinem bleichen Gesicht mit den geschlossenen Augen. Die Arbeit der Präparatoren hatte vier Stunden gedauert und sechstausend Euro gekostet. War heute schon in *Fannys Leute* zu lesen. Dem Toten waren Formalin gespritzt und Küchenkräuter wie Thymian und Rosmarin in die Bauchhöhle gestopft worden. Als hätten sie Titus mit Ilses Liebeskräutern ausgestopft. In der ersten Bankreihe links hockten die im Vorstand noch übrig waren, in der ersten rechts Ilse, Vorndrans Angestellte Monique und Adele, Fanny Weyer und Stadlbauers Mann für alle Fälle und Alleinerbe Hubert Bacherl, den man auf der Vorstandsseite erwarten hätte können, hätte er den nicht für eine Mörderbande gehalten.

Fanny hatte alle Stationen der Bestattung, Interieur und Ambiente beschrieben. Das moderne Orgelgehäuse in der Klosterkirche war passend zur Dachkonstruktion in Fichtenholz gebaut. Das Werk dagegen in einer klassischen Orgelbauweise des 18. Jahrhunderts erstellt. Mit Stechermechanik und beweglichem Wind.

Nach der Totenmesse trennten sich die Wege der ungleichen Kumpel endgültig. Titus wurde noch eineinhalb Stunden lang in der Aussegnungshalle auf dem Waldfriedhof im Villenviertel fürs Volk ausgestellt. Und, um Begleitern von Gottliebs letztem Gang Zeit zu geben, rechtzeitig auch noch zu Stadlbauers Bestattung zu kommen. Was sich als unnötig erwies. Ilse ließ Gottlieb im engsten Kreis verbrennen, nur noch mit Adele und Monique im städtischen Krematorium.

Auf dem Waldfriedhof im Villenviertel fanden sich nach und nach rund dreihundert Trauergäste ein.

In den Mosaiken der Aussegnungshalle dominierten weiße und grüne Steine. Weiß, die Farbe der Freude und der Trauer, Grün, die Farbe der Hoffnung. Die Stille und der Ernst dieser Räume sollten durch keine lauten Farben und Formen beeinträchtigt werden. Hatte Fanny es beschrieben.

Das Tor der Aussegnungshalle zierte ein Mosaik aus Lilien, die auserwählten Blumen für diesen Bau, seit Jahrhunderten Symbol der Reinheit und Demut. Sie wurden deshalb mit den Heiligen und dem Paradies in Verbindung gebracht. Für die französischen Könige galten sie als Symbol der Gotteskindschaft.

Der Trauerzug bewegte sich zum Mausoleum, flankiert von schlanken Zypressenartigen am Wegesrand. Das Symbol vieler antiker Gottheiten für die Unterwelt, seit jeher mit Tod und Trauer verbunden. Wie viele immergrüne Pflanzen wurden sie als Ausdruck der Trauer auch zur Friedhofsbepflanzung verwendet. Den Sarg flankierten Hubert Bacherl, Beichtvater Bruder Antonius, und die zwei Verkäufer aus Stadlbauers Boutique. Den noch Fünfen vom Vorstand inklusive Gräfin hatte Bacherl einzeln zugeflüstert er würde ihnen das Hirn rausblasen, sollten sie es wagen…

Stadlbauer hatte sich Moshammers Mausoleum kopieren lassen. Dass er es sich zu Lebzeiten gegen den Widerstand alteingesessener Villenviertler hatte hinstellen lassen dürfen, verdankte er seiner Spende von hunderttausend Euro für die neue Aussegnungshalle, hatten Fannys Leser auch schon erfahren.

Ein überlebensgroßer Marmorengel mit Flammenschwert vor dem Säuleneingang bewachte Titus Stadlbauers letzte Ruhestätte.

Am Friedhofsausgang passten zwei Men in Black den Oberbürgermeister ab und baten höflich darum, ihn für ein paar Fragen in sein Rathausbüro begleiten zu dürfen. Der hatte der Moserin frei gegeben, und bedauerte, den Herren keinen Kaffee anbieten zu können. Cognac lehnten die Herren ab.

„Meine Herren. Natürlich weiß ich nichts über interne Ermittlungsvorgänge im Polizei- und Justizapparat. Ich bin nur Bürgermeister. Aber irgendwie ist ja alles Politik, oder?"

Sie waren ganz Ohr.

„Tiefes Nachbohren könnte gefühlt dem einen oder anderen oben auf die Füße treten. Ganz oben. Wo die Staatsraison dahoam ist, Sie verstehen."

Er hatte ihre volle Aufmerksamkeit.

Eine tote Syrerin, der man indisponiert Familiennachzug abgelehnt hatte. Ein Video aus einem Flüchtlingsdarkroom mit der auf einer geheimen Schlepperroute im

Niemandsland sterbenden Oma. Die Enkelin aus Syrien bei uns dahoam im schönen Bayern ertränkt. Wer wusste noch am Ende des Tages wer wie weit oben was wusste, geheim gehalten, oder gar vertuscht hatte?

„ Sind Sie sicher, dass Sie das alles raus finden wollen oder sollen, meine Herren?"

Ihre Gesichter waren sich nicht sicher. Er hatte sie wo er sie haben wollte und ihnen und sich selber eine Brücke gebaut, von der er nebenbei elegant den Liebling runterfallen ließ. Die Motive hinter Hauptkommissarin Honigmanns Alleingängen gegen ihre Vorgesetzten sollte man so interpretieren, dass sie nicht wusste wem sie trauen konnte. Einem Großteil der Wähler war derzeit nicht vermittelbar, die Hauptkommissarin abzustufen, oder gar zu sanktionieren. Dagegen wäre der Kriminalrat als direkter Vorgesetzter der Hauptkommissarin bereit, Verantwortung zu übernehmen und seiner frühzeitigen Pensionierung sicher nicht abgeneigt. Ohne, dass dies in irgendeiner Weise als Schuldeingeständnis zu bewerten wäre. Warum also ohne Not ein Fass aufmachen, worin man höchstens ein bisschen Dreck fände, aus dem andere dann einen Berg bauten? In so sensibler politischer Gemengelage. Abgesehen davon, dass ein kürzlich für vierzigjährige Parteimitgliedschaft geehrter Mann wie der Kriminalrat keine Ehrabschneidung verdient hätte. Eine Frau würde seiner Nachfolge gut anstehen, im Sinne des momentanen politischen Mainstreams. Hauptkommissarin Honigmann hatte sich diese Sporen verdient, jedenfalls nach derzeit mehrheitlich öffentlicher Meinung. Die sich ständig änderte, wie man wusste. Sobald Gras über die Sache gewachsen war konnte man immer noch überlegen,

sich Honigmanns in dann vielleicht anderem und unver-
dächtigem Zusammenhang zu entledigen.

Die Herren hatten sich höflich verabschiedet. Er hatte
ihnen zum Nachdenken mitgegeben was bei tieferen Gra-
bungen passieren könnte. Max-Josef Bärlochhauser legte
Krawatte und Manschettenknöpfe ab und krempelte die
Hemdsärmel hoch. Er goss sich Cognac ein und prostete
FJS über sich zu.

18

So friedlich fühlte sich also tot sein an. Ich lag wunderbar entspannt im Paradies. Umgeben von zypressenartigen Bäumen an einem Feuchtbiotop, eingerahmt von
Ziersteinen. Tschingtschingdarassa, bummbummbumm.
Die Paradies-Kapelle musste aber noch üben, wollte sie
einen himmlischen Musikpreis gewinnen. Sie spielte un-
terirdisch falsch und laut. Vielleicht trugen die Musiker
hier Pistolen, um Zuhörer vor Angriffen abzuschrecken.
Ein Griff ragte aus einem Halfter an einem Gürtel und
war plötzlich ganz nah vor meinem Gesicht.

„Endlich wieder unter den Lebenden."

Sagte die Pistole. Ihre Halterin, verbesserte ich mich,
als sich mir nach und nach mehr aus dem Nebel lichtete.
Ab Karos Wespentaille aufwärts. Mein Hirn nannte sie
wieder Karo, als würde ich sie noch mögen. Mir ging es
nicht gut.

Ich war nicht im Paradies. Ich lag im Krankenhaus. Immerhin Einzelzimmer. Hatte Frau Kommissarin verfügt. Zu meiner Sicherheit als wichtiger Zeuge. Als wäre halb Heiligbrück mordlustig hinter mir her.

„Was ist passiert, Teufel?"

Ich flüsterte es ihr, und warum ich im Chalet gewesen war. Eva Kohn hatte selbst den Notarzt gerufen, erfuhr ich. Der Versuch, sie bei der Vernehmung in der PD richtig in die Mangel zu nehmen war im Ansatz gescheitert, weil Eva stumm vor ihr gehockt und das Duell ihrem Anwalt aus der Hauptstadt überlassen hatte. Der hatte die Nebelscheinwerfer angeworfen. Seine Mandantin hätte nichts getan und Polizei sollte sich besser auf deren Gatten konzentrieren, statt den Ruf einer Unschuldigen zu zerstören. Was noch Konsequenzen haben würde.

Unterm Strich war der Göttergatte der Irre, nicht sie. Er hatte sich immer öfter in sein Labor verkrochen, war auf der Suche nach Unsterblichkeit immer unberechenbarer geworden. Seine Mandantin hatte das Labor des Gatten bereitwillig geöffnet.

Sehr bereitwillig. Die Spusi hatte ein Sammelsurium aus Gewächsen gesichert, die der mythischen Aphrodite zugeschrieben wurden und mir harmlos klangen: Granatäpfel, Rosen, Anemonen, Linde und Myrte. Die eingetopften Lebensbäumchen, wie man sie in jeder Gärtnerei kaufen konnte, klangen schon nicht mehr harmlos, wenn wer wusste was man mit ihrem Gift Thujon anstellen konnte. Kohn wusste es. Die Spusi hatte ein Fläschchen davon gefunden. Die kleinen Trees of Life waren nach Aphrodite benannt. Die Spusi hatte auch Nachtschatten wie Stechapfel, Bilsenkraut, Alraune und Engelstrompete gesichert. Wer´s konnte, konnte daraus Scopolamin herstellen. Kohn konnte es. In seinem Labor hatte die Spusi eine Ampulle mit der Droge gefunden. Die Ärzte im Kreiskrankenhaus hatten eine Menge davon aus ihm selbst heraus gespült.

Eine Weißkittel kam rein. Schwester Laura las ich auf dem Schildchen über ihrer rechten Brust. Laura sagte mir was aus Hansens Erzählungen. Sie entsprach weder altersmäßig noch figürlich meiner Vorstellung von einer Laura. Eher einer Brunhilde.

„Ich scheiß in keine Pfanne."

Klärte ich präventiv die Fronten. Schwester Laura fixierte mich mit einem milden Lächeln, das keine Worte brauchte, um mir zu sagen wie der Hase lief.

„Armer Tor. Wie kannst du glauben du triffst hier Entscheidungen."

Ich sah Schwester Laura im Geiste mir intravenös Abführmittel zuführen.

„Wenns kacken müssen könnens aufs Klo."

Hörte ich zu meiner Überraschung.

„Wir behalten Sie über Nacht zur Beobachtung da. Wenn´s gut läuft könnens morgen Mittag raus."

Sie wandte sich barsch an Frau Kommissarin.

„Und Sie machens kurz. Der Patient braucht Ruhe."

„Ich mach solang ich brauch."

„Sie machen bis ich sag Schluss is. Was wollens dann? Mich erschießen?"

„Gute Idee."

Unter Ruhe stellte ich mir was anderes vor, als zwei Hyäninnen, die drohten sich abzuschlachten.

„Zehn Minuten!"

Schnarrte Schwester Laura beim Hinausgehen und zeigte Frau Kommissarin einen Mittelfinger.

Für Kohns exzessive Drogenräusche hatten wir unterm Strich eigentlich nur Gerüchte mit Eva als Quelle.

„Sie hat sich angstrengt, dass jeder erfährt wie irr Barnabas ist. Sonst hätts nicht die Polizei grufen, nachdem er den Hang runter ist. Sie hätt ihn aufklauben lassen, im Turm eingsperrt und dort behandelt, damits ja keinen Skandal für die Klinik gibt."

Flüsterte ich. Die Pistolenfrau nickte zufrieden.

„Dein Hirnkastl kommt langsam wieder in Schwung, Teufel. Die Göttin hat nach deiner Veröffentlichung die Flucht nach vorne angetreten und möchte ihm jetzt alles anhängen was geht. Was hätt ihn aus seinem Labor raus zum Hang treiben sollen?"

Da war was dran. Hätte Kohn warum auch immer zur Ruine runter gewollt, hätt er das bequem von drinnen können. Vorausgesetzt mit klarem Kopf. Für Frau Kommissarin war klar Aphrodite wollte den Göttergatten endgültig loswerden und verarschte sie. Sie hatte sich nach Belieben aus der Drogenküche vom Göttergatten bedienen können, ihn selber mit seinem Scopolamin unter Droge setzen, zum Hang führen und ihn runter schubsen.

„Und sie hat auch Vorndrans Brunnenwasser und Stadlbauers Arschöl vergift. Teufel, kannst mir folgen?"

„Am Zierteich ist ein Stein zwenig."

Sagte ich müde. Dann fielen mir die Augen zu.

Dienstag 11. August

Hund schlabberte Wasser aus einer Schüssel. Frauchen und ich hockten beim Weißbier in meinem Biergarten. Weit hinten über der großen Wiese ging feuerrot die Sonne unter. Wie ich mir es mal vorgestellt hatte, als ich Frau Kommissarin noch Karo genannt hatte.

Seine Mandantin hatte alles gesagt. Hatte Evas Anwalt gemeint, und Honigmann kalt über die Maske geschaut.

Hatte sie nicht. Ihr Mann und sie haben ihre Hausbank in der Hauptstadt. Aber seine Mandantin hat mit dem Venustempel ihr eigenes Süppchen angerührt, dafür einen eigenen Finanzier gebraucht und sich den hiesigen Bankier Lemming zugeritten.

Sexistische Beleidigungen gegen seine Mandantin führten lediglich zu einer Dienstaufsichtsbeschwerde.

Dann waren sie gegangen.

Lemming hatte bei seiner Vernehmung geschwitzt ohne Ende. Nicht bloß wegen seiner Hyperhydrosis, worüber Aphrodite auf Vorndrans Gedenkfeier so genau Bescheid gewusst hatte. Und über seine Angst vor Nadeln. Fast schon intime Kenntnisse, was mich schon auf Gottliebs Gedenkfeier hätte noch stutziger werden lassen können. Bewusst hatte ich mich wieder daran erinnert, als Hans mir Lemming als Aphrodites Arschgrabscher im Kempinski nannte.

Fünf Minuten nach Poppys wütendem Abgang von der Vorstandssitzung hatte Lemmings Handy Kontakt mit Eva Kohns. Genau drei Minuten und zwölf Sekunden lang.

Daran konnte sein Mandant sich nicht erinnern.

„Ich weiß alles über euch!"

Poppys Drohung hatte seinen Mandanten in Panik versetzt sie könnte auch über seine Beziehung zu Eva Kohn Bescheid wissen. Er hatte seine Geliebte und Geschäftspartnerin angerufen und gewarnt.

Unsinn.

Immerhin bewies der Anruf Kontakt seines Mandanten zu Eva Kohn kurz nach Poppys Drohung und vor ihrem gewaltsamen Tod.

Hatte Honigmann im Verhör an Lemming gearbeitet, und der Herr Anwalt müde gelächelt. Poppys gewaltsamer Tod war seines Wissens inzwischen anderweitig geklärt. Und Kontakt zu Frau Kohn pflegten fast alle Vorstandsmitglieder mehr oder weniger regelmäßig. Weil einige die Dienste der Schönheitsklinik nach wie vor in Anspruch nahmen. Und sie für alle die quasi Verbündete in Sachen Ruine war, die ihrem Mann um des lieben Friedens willen dessen Venuspläne ausreden wollte.

Während sie die ganze Zeit ihre eigenen Pläne mit der Ruine verfolgte. Mit Hilfe eines Verräters aus den Vorstandsreihen.

„Strafrechtlich nicht relevant, Frau Kommissarin. Mein Mandant und ich möchten jetzt gehen."

Frau Kommissarin hatte mit den Augen über ihrer Maske kalt gelächelt.

Der Herr Anwalt könnte gehen, sein Mandant würde über Nacht Gast der PD bleiben und morgen dem Haftrichter vorgeführt, der sicher U-Haft anordnen würde. Wegen Verdunklungsgefahr durch mögliche Absprachen mit seiner Geschäfts- und Bettpartnerin. Hinzu kam Fluchtgefahr. Er hatte keine familiären Bindungen in Heiligbrück und die Schlüssel für eine ganze Bank zum Ausrauben. Ganz zu schweigen von versuchtem Totschlag, mindestens vorsätzlicher Körperverletzung.

Eine Panikreaktion seines Mandanten.

Panik weswegen? Weil Teufel ins Schwarze getroffen hatte? Wieso war sein Mandant überhaupt im Chalet bei Frau Kohn?

Ein zwangloser Besuch bei einer geschätzten Kundin.

Aber Frau Kohn und ihr Ehemann hatten ihre Hausbank in der Hauptstadt.

Für Lemmings Privatwohnung und Büro hatten sie einen Durchsuchungsbeschluss. Die Spusi war jetzt gerade dabei. Hatte Honigmann dem Anwalt verdeutlicht. Wenn sie mit Computer, Handy, Bank- und Privatunterlagen durch waren, würden sie auch den einen oder anderen Hinweis auf ein Techtelmechtel, Geschäftsabsprachen und Tempelpläne mit Eva Kohn finden. Und natürlich würden dann auch sämtliche Verbindungsdaten, Dateien und Papierkram seiner Geliebten abgeklopft.

„Wer zuerst kommt, mahlt zuerst. Ein guter Zeitpunkt für die Wahrheit."

Worauf Lemmings Anwalt seinem Mandanten zu einer Aussage geraten hatte.

Ja, er und Eva hatten gemeinsame Pläne mit dem Venustempel, er hatte dabei nur die Rolle ihn für sie zu finanzieren. Was nicht strafbar sei.

Mittwoch 12. August

Widerwillig fing ich an, mich beim abendlichen Zusammenhocken mit Hund und Frauchen in meinem Biergarten wohlzufühlen.

Lemming war Banker und Korinthenkacker, und ein Banker und Korinthenkacker hob jede Quittung auf.

In diesem Fall den Lieferschein einer Internetbestellung vom 11. April 2020 bei Banini. Für ein Nightset Kurtisane in Liebesweiß über 449 Euro. Mit BH, Größe 90 C. Die entsprechende Abbuchung fand sich auf Lemmings Privatkonto. Keines der Teile aber in seiner Wohnung. Er erinnerte sich zögernd. Das Nighset hatte er Eva zu ihrem Geburtstag am 3. Mai geschenkt. Sie hatten es in seinem Schlafzimmer eingeweiht, später auch öfter mal im Chalet, wenn Ehemann und Personal abwesend waren. Was oft der Fall war. Die Geisternummer war für beide einfach ein erotischer Kick gewesen. Aber irgendwann war die Lust auf Geistersex bei Eva eingeschlafen.

Vor, oder nachdem das tote Mädchen am Fluss gefunden worden war?

Das könne er nicht genau sagen.

Er sollte sich gefälligst daran erinnern. Solange wäre das nicht her.

Erst seit etwa zwei Wochen. Ja, vielleicht erst, nachdem man das tote Mädchen am Fluss gefunden hatte.

Evas Anwalt hatte Lemmings Einlassung mit einem Lächeln weggewedelt. Seine Mandantin hatte das arme Mädchen vom Fluss nie gesehen, weder lebend noch tot, sollte Frau Kommissarin darauf hinauswollen. Und ihre Kleidung erstand sie nicht aus dem Internet, sondern auf der Maximilianstraße in der Hauptstadt. Auch ihre Dessous. Vielleicht trug Herr Lemming selbst gerne Damenreizwäsche.

Dafür gab es keine Anhaltspunkte, weder in Lemmings Wäscheschrank noch in seinen Dateien.

Dann musste Frau Kommissarin beweisen, dass seine Mandantin das Nightset je angehabt hatte, oder auch nur in Händen.

Der Ball lag wieder in Lemmings Spielfeld.

„Jetzt kommt Mord an Razan Tabia dazu, aus der Nummer kommens nimmer raus."

Der Herr Anwalt hatte tief Luft geholt.

Sein Mandant hatte Jane Doe bzw, Razan Tabia nie gesehen und auch anfangs keine Ahnung davon, dass es sich bei der Toten am Fluss um die Nichte von Vorndrans Haushaltshilfe handelte. Der Bürgermeister und der Leitende Oberstaatsanwalt hatten bei einer Vorstandssitzung Hinweise darauf angedeutet, dass Sibel Kamal Mitglied einer islamistischen Terrorzelle gewesen sein könnte und alle zum Schweigen verdonnert, wegen der nationalen Sicherheit und der eigenen. Weil Gottlieb keine Ruhe gegeben hatte und sich unbedingt um Kamals Beerdigung kümmern wollte. Außerdem glaubte er nicht an Selbstmord. Aber niemand im Vorstand wollte in Terrorgeschichten mit reingezogen werden. Nur Vorndran hatte damals schon gemeint, dass das alles Unsinn war, hatte aber dann auch nicht mehr nachgehakt. Auch nicht nach der Leiche am Fluss. Die war für alle nur eine Jane Doe. Dass und wie der Bürgermeister und der Staatsanwalt das gedreht hatten, hatten sich alle erst zusammengereimt, nachdem Teufel die Vertuschung aufgedeckt hatte. Sein Mandant wollte damit sagen, dass der Bürgermeister und der Leitende Oberstaatsanwalt in erster Reihe Motive hatten, Vorndran und dessen Vertrauten Stadlbauer ruhig zu stellen. Nicht zu vergessen Liliane Popp in ihrem Hass auf alle. Die sich als Hilfsköchin auch mit Giftpflanzen auskennen musste.

Eva blieb ein harter Brocken, so heftig Frau Kommissarin auch versuchte, sie über ihren Anwalt hinweg weichzuklopfen.

Ihre Mandantin war mit Mordabsicht und Giftfläschchen zur Brunneneinweihung bei Vorndran.

Warum sollte seine Mandantin das?

Aphrodite war tief gekränkt, hatte den Adonisbrunnen als Gotteslästerung empfunden.

Seine Mandantin war sich ihrer Menschlichkeit durchaus bewusst und hatte wie alle anderen Eingeladenen nicht gewusst worum es bei der Enthüllung ging.

Doch hatte sie. Brunnenbauer Rauschmeier wusste es und hatte es beiden Kohns erzählt. Da hatte seine Mandantin beschlossen den Brunnen zu vergiften.

Zu welchem Zweck? Wie hätte seine Mandantin darauf kommen sollen, dass Vorndran aus dem Brunnen sein Teewasser abschöpfte?

Honigmann berichtigte sich kalt. Seine Mandantin war mit Tötungsabsicht gekommen, hatte noch nach einer Möglichkeit gesucht. Die Idee, Belladonna ins Brunnenwasser zu schütten war ihr gekommen, nachdem Vorndran demonstrativ seinen Teekessel daraus abgefüllt und dies zu seinem täglichen Ritual erklärt hatte.

Spekulation.

Seine Mandantin hatte Blumen mitgebracht. Rote Anemonen, auch bekannt als Adonisröschen. Die in der griechischen Mythologie aus dem Blut des sterbenden Adonis gewachsen sind. Was Herr Vorndran durch die Blume gesagt als Aphrodites Warnung, wenn nicht gar als Mordrohung verstehen konnte und sollte.

Oder als scherzhafte Versöhnungsgeste seiner Mandantin, die als Aphrodite zu dem Event gekommen war. Frau Kommissarin musste sich mal entscheiden, ob seine Mandantin nun drohen oder morden wollte. Beides gleichzeitig war wohl Unsinn. Frau Kommissarin war auf dem völlig falschen Gleis. Seine Mandantin war mit Herr Vorndran genauso wenig verfeindet wie mit allen anderen Vorstandsmitgliedern.

Wie jetzt? Mit einem Mal alles nur Show?

Wenn nötig würde seine Mandantin alles vor Gericht aufklären. Wozu Frau Kommissarin offensichtlich unfähig war. Nebenbei gesagt hatte seine Mandantin nie ein sexuelles Verhältnis mit Herrn Vorndran. Er war nichts weiter als früher einmal ihr Coiffeur gewesen. Seine Mandantin ließe sich nicht mit ihren Dienstleistern ein.

Dann waren sie gegangen.

Mochte glauben wer wollte, oder auch nicht welche Art von Dienstleistungen Aphrodite von ihrem Friseur zusätzlich genossen hatte, oder nicht. In meinem Hirn klickte ein Schalter.

„Nicht Aphrodite. Der Knackpunkt ist Venus!"

„Spielst Rätselraten mit mir, Teufel?"

Kohn hatte die Geburt der Venus beim Rauschmeier bestellt! Berauscht von ihr seit einem Besuch in den Uffizien von Florenz, wie er ihm erzählt hatte. Kohns hatten ein Haus in der Toscana. In den Uffizien hing das Original von Botticellis weltberühmtem Gemälde von der nackten Venus in einer Muschel stehend. Rauschmeier sollte nach dem Vorbild schon mal mit ersten Skizzen anfangen. Ich hatte alles mehr oder weniger an mir vorbeirauschen lassen, erinnerte mich aber noch genau an ein Datum, weil es auch Rauschmeiers 60. Geburtstag war, womit er mich so lange zutextete, bis ich ihm nachträglich gratulierte.

Frau Kommissarin konnte mir immer noch nicht folgen. Hund schaute gelangweilt.

„Kohn hat Rauschmeier am Freitagvormittag an seinem Geburtstag angrufen, am siebzehnten Juli. Und hat sich für Rauschmeier so euphorisch anghört, als wäre er seiner Venus gerade leibhaftig begegnet."

„Du hast schon im Krankenhaus in Rätseln gredet."

„Genau. Am Zierteich ist ein Stein zwenig."

Mein Unterbewusstsein hatte warum auch immer eine Szene aus der live-Homestory über Kohns in TV1 hochgespült. Ich hatte mich in Kohns Privatpark am Zierteich befunden.

„Die Live-Homestory kam am Samstag. An dem Tag hat der Fluss Jane Doe angschwemmt. Ohne ihre Sachen."

Am Zierteich in Kohns Park war eine Lücke in den Steinen drumherum.

Ich konnte aus dem Gesicht von Frau Kommissarin den Geistesblitz lesen.

In meinem Wohnzimmer schauten wir aus der Mediathek den Anfang von Menschen live dahoam vom 18. Juli. Um den Zierteich mit den Kois fehlte ein Stein. Ich googelte Botticellis Geburt der Venus. Eigentlich zeigte das weltberühmte Gemälde nicht die Geburt der Venus, sondern die Ankunft der Schaumgeborenen auf Zypern, im Original als Aphrodite durch die griechische Mythologie unterwegs. Die alten Römer hatten den Griechen ihre Kultur geklaut und auch deren Olymp geplündert, deren Götter umbenannt und zu den ihren gemacht. In Elysions Empfangshalle grüßte Eva als Aphrodite, auf den Plänen von Kohns römischem Wellness-Beautytempel als Venus im Säuleneingang. Eva Kohn war eine Athletin mit einem Kreuz wie ein Flugzeugträger. Botticellis Venus war jung, zart und von ätherischer Schönheit, nur die Scham bedeckt von schenkellangem rotgoldenem Haar.

Wir mussten uns dazu nur in gleicher Pose Razan Tabia nackt und in voller Haarpracht vorstellen und hatten
zwei junge Frauen von zarter ätherischer Schönheit.

Vielleicht war Kohn früh am Freitag den 17. Juli tatsächlich seiner Venus begegnet, hatte danach euphorisch
Rauschmeier angerufen. Frau Kommissarin und mir fiel
sofort wer ein, die darüber in göttlichen Zorn geraten sein
dürfte.

„Meinst, du kriegst Taucher?"

Fragte ich danach überflüssigerweise. Sie hätte auch
ein U-Boot gekriegt, wenn´s gegen den Beautyolymp ging
sowieso. Aber sie hatte inzwischen generell Narrenfrei-
heit bei ihren Ermittlungen. Die Amigos waren nur noch
damit beschäftigt, die eigene Haut zu retten.

19

Donnerstag 13. August

In ihren wiesengrünen Augen weideten keine Kühe.
Hasen sprangen darin rum und schlugen lustige Purzel-
bäume. Und sie hatte eine Flasche Birnenschnaps aus der
Produktion vom Hotzenplotz mitgebracht.

„Lass uns jetzt gepflegt besaufen, mein Bester."

Ich war nicht ihr Bester.

„Ich hab sie geknackt, Teufel. Ich hab die eiskalte Göttin geknackt."

„Wir haben sie geknackt, Frau Kommissarin."

Soviel Zeit sollte schon sein.

Sie hatte es nachgeprüft. Um das Biotop in Kohns Park fehlte ein großer Zierstein. Die Lücke war immer noch da.

Honigmann hatte jede Sekunde der Vernehmung ausgekostet, die Göttin zappeln lassen, sich demonstrativ nur an ihren Anwalt gewandt, als wäre sie Luft.

Donnerstag 16. Juli, achtzehnsiebenunddreißig abends. Ein Telefonat zwischen Vorndrans Handy und dem Ihrer Mandantin, zwei Minuten sechzehn Sekunden.

Das könnte das Telefonat gewesen sein, in dem Herr Vorndran seine Mandantin von dem anstehenden Brunnenevent am 23. Juli erzählt und sich für den dummen Scherz entschuldigt hatte, den er inzwischen bedaure, aber nicht mehr zurücknehmen könne, weil schon groß als geheimnisvolle Enthüllung angekündigt.

Was für eine Geschichte. Wieso Vorndrans plötzlicher Kreuzgang kurz vor seiner Enthüllung?

Herr Vorndran wollte seine Mandantin für seine Stiftung zugunsten von Flüchtlingskindern gewinnen. Die war ihm wichtiger als alles andere. Für die gute Sache hatte seine Mandantin gute Miene zum bösen Spiel gemacht und war Herrn Vorndrans Einladung gefolgt.

Honigmann hatte eine andere Geschichte und wechselte damit abrupt das Opfer.

„Kurz nach sechs am Abend des 16. Juli ist Razan Tabia vom Rialto über den Kaiserplatz Richtung Stadtpalais gegangen. Dafür gibt es mindestens einen sehr glaubhaften Zeugen. Wir können sicher davon ausgehen, dass sie Gottlieb Vorndran besucht hat, um mehr über Leben und Tod ihrer Tante zu erfahren.

Für seine Mandantin irrelevant.

„Als Gottlieb Ihre Mandantin kaum eine halbe Stunde später angerufen hat, dürfte das Mädchen noch bei ihm in der Wohnung gewesen sein. Also ging es bei dem Anruf um Razan Tabia.“

„Spekulation.“

Das war vom Anwalt gekommen. Honigmann hatte kurz den Raum verlassen und war mit Begleitung wiedergekommen.

„Nicht irrelevant. Keine Spekulation!“

Sie ließ den großen durchsichtigen Plastiksack mit dem großen blauen Wanderrucksack auf den Tisch fallen, Kriminalmeister Felix dazu wortlos einen durchsichtig eingepackten fünf Fäuste großen glatten grauen Stein.

Honigmann hatte zwei Taucher einsetzen lassen.

Jackpot!

Auf den Flussgrund abgesunken hatten sie den großen blauen Wanderrucksack gefunden. Razan Tabias Rucksack. Mit ihrer Kleidung inklusive zwei Kopftüchern, ihrem I-Pod und ihrem syrischen Pass. Und einer Teflonpfanne mit winzigem Abrieb aus der Küche im Chalet. Und ein Stein, nachweisbar von der Umrandung des Zierteichs im Chaletpark. Womit Razans Habseligkeiten samt Rucksack versenkt waren. Warum eigentlich so, dazu im Fluss noch auf Höhe des Privatgrundgrundstücks? Warum nicht anders auf todsicheres Nimmerwiedersehen verschwinden lassen?

„Ja, das war ein verdammter Fehler."

Es war das erste, das Eva-Aphrodite Kohn sagte.

Danach waren alle Dämme gebrochen. Ihr verzweifelter Anwalt hatte sie nicht mehr bremsen können. Honigmann genoss ihr Schlusswort.

„Eva Kohn, ich habe einen richterlichen Haftbefehl gegen Sie, wegen des dringenden Tatverdachts, Razan Tabia vorsätzlich und heimtückisch ermordet zu haben. Außerdem wegen des dringenden Verdachts, Gottlieb Vorndran und Titus Stadlbauer vorsätzlich und heimtückisch ermordet zu haben."

„Sind Sie blöd? Das war ich nicht!"

Freitag, 14. August

Unser Biergartenabend verlief wieder gesittet ohne Obstler. Hund schlabberte sein Wasser aus der Schüssel neben Frauchens Füßen.

Evas Geständnis schmeckte uns zum Weißbier.

Der Anruf von Gottlieb an dem Donnerstagabend 16. Juli. Ja, das Mädchen aus Syrien war bei ihm, er wild entschlossen ihr zu helfen, die Wahrheit über den Tod ihrer Tante rauszufinden. Er glaubte nicht an Selbstmord, traute außer Titus dem übrigen Vorstand nicht über den Weg, am allerwenigsten Majo und Rigobert. Er wollte auf keinen Fall, dass die von der Anwesenheit von Sibels Nichte erfuhren. Er hatte keine Ahnung wie sie deren Ankunft hatten schon voraussehen können. Nach der Vorstandssitzung mit ihrem Terrorgefasel bezüglich Kamal hatten sie ihn beiseite genommen und ihm geflüstert es könnte irgendwann eine junge Muslima bei ihm auftauchen und sich nach Kamal erkundigen. Er sollte ihnen sofort Bescheid geben, sie würden das im Sinne der nationalen Sicherheit geräuschlos regeln. Was immer das heißen sollte. Gottlieb hatte Angst vor den beiden, nicht vor dem Mädchen. Wo sie unterbringen? Dort, wo sie niemand vermuten würde. Insofern fiel Titus weg. Gottlieb hatte ihr die Kleine noch an diesem Donnerstagnachmittag ins Chalet gebracht. Natürlich hatte sie zugestimmt, sie aufzunehmen. Sie hatte die Gräfin und Titus als regelmäßige Patienten, Lemming im Bett, und der vierte und störrischste von sieben im Förderkreis war ihr jetzt verpflichtet. Und wer weiß was bei Gottliebs Recherchen um den Tod von Razans Tante an dreckiger Wäsche hochkochen würde. Näher konnte sie nicht an der Quelle sitzen.

411

Im rechtlich immer noch offenen Rennen um die Ruine und für ihre eigenen heimlichen Pläne damit konnte auch das ungemein von Nutzen für sie sein.

Sie blieb dabei, dass sie nie Sex mit Vorndran gehabt hatte. Was Blödsinn war. Aber eher gab die Göttin einen Mord zu, als dass ihr Haarschneider sie flachgelegt hatte.

Mit Lemming dagegen hatte sie auch eine sexuelle Beziehung gepflegt, er ihr das Banini-Nightset zum Geburtstag geschenkt. Es machte ihn an, sie als Weiße Frau zu sehen, und sie hatte ihm den Gefallen getan.

Mit einem Bankier die Bettwäsche zu zerwühlen war scheinbar gerade noch mit ihrer göttlichen Würde vereinbar. Schließlich hatte sich auch die mythische Aphrodite hie und da einen Sterblichen genommen.

Aber wenn sie sich mit Gottlieb nicht vergnügt hatte, wozu dann dessen aufwendiger Zinnober mit dem Adonis und der persönliche Pimmelgruß an Aphrodite?

Wegen des dauernden Hickhacks um die Ruine. Und er wollte sie ärgern, weil sie den Coiffeur gewechselt hatte. Und ihren Mann wütend auf sie machen, wenn der sich wegen dem Adonisbrunnen eine Affäre zwischen ihnen beiden zusammenreimte.

Was so abwegig nicht klang. Kohn hätte es als Gotteslästerung empfunden, hätte ein Sterblicher aus dem Tal seine von ihm geschaffene Göttin geschändet.

Aber er hatte schon bei Rauschmeier in der Richtung nichts geschnallt, als der ihnen den Adonis gezeigt hatte, war sowieso meist im Drogennebel. Nebenbei, sie hatte ihn nicht unter Scopolamin gesetzt und den Hang runter gestoßen. Das hatte er selbst besorgt, in ihrem seidenen Himation. Er musste in seinem hallizunierenden Drogenwahn ihr Appartement durchwühlt, sich ihr Aphrodite-Outfit übergezogen, nach unten und nach draußen getaumelt sein. Nachdem sie ihn gefunden hatten, hatte sie wegen des Titels auf dem Kuh-Magazin nur die günstige Gelegenheit genützt, die Flucht nach vorne angetreten, versucht Barnabas öffentlich als Drogenirren zu demaskieren und ihn so endgültig loszuwerden. Er war tatsächlich eine Gefahr für sich und inzwischen auch für die VIPs im Turm geworden. In seiner Besessenheit vom Elixier ewiger Jugend hatte er auch der Gräfin irgendwelche Extrakte aus seinen Nachtschatten gespritzt. Worauf die orientierungslos nach draußen und auch den Hang runter gestürzt war. Zum Glück mit nur Prellungen davongekommen und ohne Erinnerungsvermögen. Ihre Klage hätte den Ruin von Elysion bedeuten können.

Warum hatte Razan sterben müssen?

Sie waren Freitag früh halb sechs aufgestanden, Razan ins Bad, sie in die Küche, um Frühstück zu machen. Danach hatte sie die Kleine in ihrem Appartement im VIP-Turm unterbringen wollen. Ins Chalet kam doch hie und da wer vom Personal. Plötzlich hörte sie einen spitzen Schrei von Razan aus dem Bad, und Barnabas kam in die Küche gestürmt. Sie hatte ihn über Nacht in Elysion vermutet, nicht gehört wie er irgendwann ins Chalet gekommen war. Sie schliefen in getrennten Zimmern. Wie oft war er wie von Sinnen.

„Meine Göttin! Ich habe meine Venus gesehen!"

413

Dann war er aus dem Chalet gestürmt, sie ins Bad geeilt.

Razan war splitternackt, hatte noch trocken und zitternd vor Angst in der Dusche gestanden. In ihrer ganzen jungen natürlichen Schönheit. Die Barnabas unabsichtlich so erschreckt hatte.

„Meine Göttin! Ich habe meine Venus gesehen!"

In ihr war alles ausgerastet. Sie sah plötzlich deutlich die Wahrheit in ihrer ganzen Grausamkeit, sich neben dieser jungen natürlich blühenden Schönheit verwelken. Barnabas hatte seine neue Göttin gesehen, seine Venus. Und sie Eva-Aphrodite? Eine sterbende Schönheit, die regelmäßig überholt werden musste, der ihr Schöpfer Barnabas Ersatzteile einsetzen musste, um sie künstlich jünger erscheinen zu lassen. Sie war nur noch eine Plastik.

Aber Aphrodite duldete keine fremden Göttinnen neben sich!

Sie hatte die Nackte an den Haaren aus dem Bad gezerrt, die sich losgerissen, sie ihr hinterher, hatte sie in der Küche eingeholt, sich eine Pfanne vom Herd gegriffen und blindlings zugeschlagen, mit voller Wucht.

Wie Razan da zu ihren Füßen gelegen hatte, nackt, mit feuerroter Haarpracht bis an die sündigen Lenden lodernd, das hatte die rasende Göttin letztlich auf ihre mörderische Idee gebracht, der tief Besinnungslosen ihr Banini-Nightset anzuziehen, sie als Weiße Frau im Fluss ertrinken zu lassen. Die Unterströmung würde sie mitnehmen, die Leiche in ein paar Tagen hochkommen, und der Fluss sie anschwemmen. Im besten Fall sogar an den Puppenstrand. Wo auch immer, so oder so würde es nach ihrem Auftauchen mächtigen Wirbel um die Weiße Frau und den Förderkreis geben. Wer sollte einen Zusammenhang mit Elysion oder gar ihr herstellen?

Barnabas! Gottlieb!

Was Barnabas anging hatten sich die Ereignisse an diesem Freitagmorgen noch überschlagen. Erst hatte sie noch Razans Rucksack mit ihren Sachen verschwinden lassen müssen. Ihn dem Mädchen einfach hinterherzuwerfen hatte sie für zu gefährlich gehalten. Er konnte sich aufblähen und oben zu nahe am Chalet irgendwo hängen bleiben. Ihn mit einem Stein vom Zierteich zu beschweren und an Ort und Stelle zu versenken, war eine spontane Eingebung gewesen. Sie war unter Zeitdruck, wollte sich schnell oben in der Klinik zeigen, um für den Fall des Falles ein halbwegs brauchbares Alibi zu haben. Barnabas war in seinem Labor in einer Art von euphorischem Irrsinn. Er hatte Rauschmeier angerufen, eine neue Venus geordert, faselte ihr von seiner Vision der Göttin im Bad vor. Eine Halluzination seines Drogenhirns, hatte sie ihm eingeredet, hinter dem Duschvorhang hatte nur ihre alte Putzhilfe gestanden. Sie war ihn angegangen, dass er Rauschmeier anrufen sollte, den Auftrag zurücknehmen. Sie war Aphrodite, sie war Venus. Sie lasse sich nicht auf den Müll werfen. Es war ein mächtiger Streit gewesen. Am Ende des Tages hatte er den Hausmeister angewiesen, ihre Skulptur aus der Eingangshalle zu entfernen und in die Ruine zu werfen.

Gottlieb hatte sie zwischendurch Freitagmittag angerufen, ihm erzählt, Razan wäre mitten in der Nacht verschwunden, hätte es sich wohl anders überlegt. Es hätte zwangsläufig Staub aufgewirbelt, hätte Gottlieb in den Todesumständen ihrer Tante herumgestochert. Das war Razan wohl bewusst geworden. Bei dem Gedanken hatte sie wohl plötzlich Panik gekriegt, weil sie illegal im Land war. Und ihre Tante würde davon nicht mehr lebendig, wenn die Wahrheit über ihren Tod herauskäme. Wofür es nicht mal eine Garantie gab.

Das hatte Vorndran ihr abgenommen? Noch, nachdem am nächsten Tag schon Jane Doe tot am Flussufer in den Auen gelegen hatte?

Ja, aber in der Zeitung nicht so beschrieben, dass er unbedingt auf Razan hatte schließen müssen. Die fast unwillige Berichterstattung hatte sie erst überrascht. Nur kurz. Es war ein offenes Geheimnis, dass die Zeitung seit Redaktionsleiter Kasper das Sprachrohr des Oberbürgermeisters war. Der hatte offenbar seine Vertuschungsmaschinerie in Gang gesetzt. Gottlieb hatte ihr ihre Razan-Version vielleicht gerne geglaubt. Da war immer noch die Geschichte von Majo und Rigobert über mögliche islamistische Umtriebe Kamals. Terrorverdacht, Staatsraison. Gottlieb hatte nicht daran geglaubt, wenn aber doch was dran war, und die Tote am Fluss Sibels Nichte? Ja, bestimmt hatte Gottlieb lieber geglaubt Razan war einfach abgehauen, bevor er weiter nachbohrte und womöglich selbst Teil finsterer Ermittlungen von Geheimdiensten wurde. Seine Stiftung ging ihm über alles. Und tatsächlich hatte Gottlieb sich für sein anstehendes Brunnenevent mit dem Adonis bei ihr entschuldigt, als er ihr die Kleine ins

Chalet gebracht hatte. Für seine hinterhältige Aktion, die aber nicht mehr zu stoppen war. Sie hatte gute Miene zum bösen Spiel gemacht. Die roten Anemonen wären tatsächlich nur eine ernstgemeinte Aphrodite-Botschaft für den Möchtegern-Adonis gewesen, die Gottlieb daran erinnern sollte, sich künftig mit seinen Scherzen zurückzuhalten.

„Alles Schmarrn, Teufel."

Meinte Frau Kommissarin.

„Gottlieb war für Eva eine tickende Zeitbombe, wie sein bester Kumpel und schon möglicher Mitwisser Titus. Sie hat beide möglichst schnell loswerden müssen und sie bei nächstbester Gelegenheit erledigt."

Möglichst schnell? Und dann plante sie Giftmorde mit Exitustiming pi mal Daumen, sogar ohne Todesgarantie? Wo allein Gottlieb während seiner tagelangen Dahinsterberei zigmal noch ein letztes Licht aufgehen hätte können wer ihn da ins Jenseits schicken wollte.

„De Hex hod mi vagift!"

Wen immer Vorndran mit seinen letzten Worten verdächtigt hatte, irrtümlich, oder nicht, auf Aphrodite hatte er mit Hex nicht hinweisen wollen. An Tantchens Tee hatte er dabei sicher auch nicht gedacht, es wahrscheinlich seiner Ilse mit dem letzten Atemzug noch zugetraut. Ein Glück für die Liebeszauberin, dass ihr Gottlieb sein Testament nicht mehr hatte ändern können.

Bis auf das Detail sie hätte nicht mit Vorndran gevögelt glaubte ich der Göttin ihre Geschichte. Was nichts bedeutete. Sie hatte ausgerechnet den Mord an Razan gestanden, von dem ich sie längst freigesprochen hatte. Mangels persönlicher Beziehung und Motiv. Als Poppys Mörderin akzeptierte ich schweren Herzens die Bärlochhauserin. Eva hatte im Chalet einen halben Kühlschrank voll Roederer Cristal. Tatwaffe und Motiv hätten gepasst. Aber vielleicht hatte die Bärlochhauserin mit Poppy eine Doppelmörderin erschlagen, bevor die zur giftigen Serienkillerin werden konnte. Kriminalistisch korrekt begann eine Serie mit dem dritten Opfer.

Frau Kommissarin zog die rechte Augenbraue hoch.

„Du magst die Bärlochhauserin und hättest gern, dass der Anwalt das vor Gericht zu ihren Gunsten ins Feld führen kann. Dass sie von Poppys Giftmischereien gewusst, oder es zumindest geahnt hat."

Als ihr Anwalt wäre das neben der Mitleidstour Teil meiner Strategie gewesen. Und ja, ich mochte die Bärlochhauserin.

„Unsere Göttin war´s! Und ich werd´s ihr beweisen."

Beharrte Frau Kommissarin. Inzwischen hatte die hochprozentige Birne unsere mal nüchternen gekapert. Frau Kommissarin hing mir an der Wohnungstür am Hals. Hund schaute für seine Verhältnisse fast interessiert.

„Teufel, bester Freund, du bist ein interessanter Mann, büschen grob und stur…"

Das sagte die Richtige.

„…aber interessant. Und jetzt ist mir sooo schlecht…"

Frau Kommissarin kotzte sich auf meinem Klo die Seele aus dem Leib.

20

Samstag 15. August

Ich gehörte nicht zu denen, die ihre Karre mehr pflegten und liebten als ihre Frau, hätte ich eine gehabt. Aber wenn man mein Auto abfackelte, nahm ich das doch irgendwie persönlich. Nach dem Frühstück fragte ich diesen Samstagmorgen bei Dirty Harriette an ob sie Lust hatte Heiligbrücks Möchtegern-KuKluxKlan auszuräuchern. Sie hatte große Lust, ihre ganze Inspektion hätte Lust.

„Aber wieso denkst der Oberbürgermeisterssprössling wird Kontakt zur Bruderschaft aufnehmen. Mit der Abgabe seiner Kluft ist er quasi ausgstiegen."

„Eben, die anderen Kapuzen werden sauer sein. Wenn nicht er zu ihnen, glaub ich werden die Kontakt zu ihm aufnehmen."

Wir hatten nur keine Ahnung wie das abgehen würde. Fritz hatte Ronnie Bärlochhauser noch mal intensiv durch die sozialen Medien verfolgt und keinen einzigen Hinweis auf rechtsradikale Umtriebe bei ihm gefunden. Nichts, gar nichts. Eine Expertin der PD war in Ronnies Computer und Handy genauso wenig fündig geworden. Keine Emails, keinen Chatroom, keine Verbindungen nach Rechtsaußen.

Wir mussten Ronnie rund um die Uhr im Auge haben.

„Inspektion Vierzehn ist mit Mann und Maus dabei, Teifi, inoffiziell."

Ich brauchte nicht Mann und Maus. Ich liebäugelte mit Dillinger und Diewald.

„Ich kann Doppelde Überstunden abfeiern lassen. Jessas, Teifi, die Kapuzen aus unserem Revier sind uns schon lang ein Dorn im Auge.

Meine nächste Anlaufstelle war die Wohnung über mir.

„Schlampenschorsch, lass uns für ein paar Tage die Autos tauschen."

„Wozu, Josef?"

Ich sah das unumstößliche Nein in seinen Augen. Es war nicht mehr unumstößlich, nachdem ich ihm erklärt hatte wozu ich seinen Porsche wollte, dass mein Frosch möglicherweise zu bekannt war.

Ich hatte auf der anderen Seite gut 50 Meter entfernt von der Bärlochhauservilla eine Parklücke gefunden. Die anderen Karossen in der Straße zeigten mir, dass ich mit dem Frosch automobilmäßig underdressed gewesen wäre. Porsche hatte ich mir nicht so unbequem vorgestellt. Nach einer halben Stunde tat mir das Kreuz weh, nach einer Stunde konnte ich kaum noch sitzen, ab dann glaubte ich nicht mehr, dass ich je wieder in die Senkrechte käme und Schlampenschorschs Kiste verlassen könnte. An der Villa tat sich nichts. Kein Ronnie. Papa war ins Paradies gezogen, wusste ich von Frau Kommissarin. Ein Hotel in Rathausnähe. Mit Vater und Sohn unter einem Dach hätte es wahrscheinlich mindestens noch eine Leiche gegeben. In der schmalen feinen Straße war es totenstill am Samstagnachmittag. Ab und zu fuhr das eine oder andere schwere Auto durch. Es war schon nach fünf, als vorne ein Junge in Ronnies Alter zu Fuß um die Ecke einbog und drüben in meine Richtung schlenderte. Lässig, blaue Jeans, blaues T-Shirt locker darüber hängen.

Ich ging nicht davon aus, dass der Typ auf einem Verdauungsspaziergang war. In seinem Alter schlenderte man auch nicht zum Vergnügen durch sein Wohnviertel. Da zog man um andere Häuser. Als er vor der Bärlochhauservilla stoppte und einen Umschlag in den Briefkasten an der Mauer warf. Knipste ich ihn. Nicht mit dem Handy, mit meiner richtigen Kamera und handfestem Teleobjektiv zum Anfassen und Draufschrauben. Es dauerte fünf Minuten, bis Ronnie rauskam, den Umschlag aus dem Briefkasten nahm, aufriss und den Wisch darin las. Er wirkte nicht glücklich. Als er wieder im Haus verschwand rief ich Dillinger an, dass sich vielleicht bald was täte. Um sechs wollten Doppelde mich sowieso ablösen.

So machten die Kapuzen es also. Sie verabredeten sich auf die altmodische Art.

Dillingers blauer Corolla rollte schon zwanzig vor sechs an mir vorbei, reihte sich in eine Parklücke ein paar Wagen vor mir ein. Dillinger stieg aus, Diewald auf der Beifahrerseite, beide in legerem Zivil. Ich ächzte mich aus dem Porsche.

Während wir am Porsche beratschlagten kam Ronnie aus dem Haus und machte sich, ohne sich umzuschauen stramm auf den Weg…

Wir folgten ihm unbemerkt zu Fuss, dreimal um die Ecke. Ronnie stoppte vor einem für ihn bloß hüfthohen schmalen Tor, langte mit der Rechten über das Schmiedeeisen, machte von innen auf und verschwand. Diewald pfiff leise durch die Zähne. Dillinger klärte mich darüber auf, wer Villa und Grundstück bewohnte. Doppelde kannten ihr Revier.

„Schmelzer Immobilien Junior mit Ehefrau. Sie ist im siebten Monat schwanger."

Wir standen ein paar Minuten rum und überdachten unsere Optionen. Bis Dillinger mit Blick auf meine Canon mit dem 400er Tele Diewald mit dem Rücken an die Mauer dirigierte.

„Räuberleiter!"

Flink wie ein Eichhörnchen war sie von Diewalds verschränkten Händen auf seinen Schultern. Ich reichte ihr die Kamera hoch.

„Es wird ernst, Leute!"

Was ihre Bilder auf dem Display bestätigten. Durch ein Fenster sahen wir Ronnie auf einem Stuhl hocken, während ein Kapuzentyp ihm gerade ein Handtuch über Kopf und Gesicht schlang. Weitere Kapuzen standen im Halbkreis dahinter.

„Die nehmen ihn in die Mangel."

Sagte ich was uns allen klar war. Diewald telefonierte schon nach Verstärkung.

„Aber bittschön ohne Musik."

Zumindest bei einer Kapuze wusste ich schon wer drunter steckte. Der geparkte Wagen war mir sofort aufgefallen. Und ich war etwa so überrascht wie Hans gewesen sein musste, als seine Pfeife explodierte.

Es kamen zwei Streifenwagen mit drei Mann und einer Frau in Uniform. Die hatte vier silberne Sterne einer Polizeihauptkommissarin auf der Schulter.

„Du hältst dich raus, Teifi. Das ist jetzt offizielle Polizeiarbeit."

Sagte PHK Henriette Peter zu mir und wies die Truppe ein.

„Doppelde gehen rein und klingeln als harmloses Pärchen. Sobald wer die Tür aufmacht, sind wir dran. Das muss ruckzuck gehen."

Es ging nicht ruckzuck, aber reibungslos. Doppelde mussten zweimal klingeln. Die schwangere Hausherrin öffnete die Haustüre, Doppelde hielt sie sanft im Griff, Diewald den Weg nach drinnen frei, und Dirty Harriette voraus kam die Verstärkung schon angelaufen. Mit gezückten Waffen.

Sonntag, 16. August

Punkt 8 Uhr ließ Kriminalhauptkommissarin Karola Honigmann sich von einem Streifenbeamten die Verdächtige aus der Haftzelle in den Verhörraum vorführen. Sie bat sie höflich sich zu setzen. Bevor sie das Aufnahmegerät einschaltete, nahm sie eine Mundharmonika aus einer ihrer Hosentaschen, setzte sie an die Lippen…

KHK Karola Honigmann spielte Edeltrudis Walburga Gräfin Falckenfels-Bernburg das Lied vom Tod.

Nacheinander kamen nach Mittag Hans, Ayala und Schlampenschorsch in meinen Biergarten. Zur Brotzeit mit Leberkäs und Brezen. Danach gaben wir uns bis nach neun gepflegt die Kante mit Weißbier, Wein und Küstennebel, auch Ayala. Ich sagte Schlampenschorsch nochmal danke für den Porsche und, dass ich ihn ab sofort bloß noch Schorsch nennen würde.

„Lieber wäre mir Georg, Josef.“

„Zwei Finger, nicht die ganze Hand, Schorsch. Und ich heiß Sepp, nicht Josef.“

Der Kommentar von dritter Seite kam erwartet.

„Wie wär´s mit Blödmänner?"

Montag, 17. August

Ich duschte, drehte zwei Runden am Schuffelbaum und entschloss mich nach eingehender Betrachtung meiner Zehennägel, mit dem Schneiden nicht bis morgen zu warten.

Die Gräfin schwieg sich aus, sagte mir die Zeitung. Schmelzer Junior mit schwangerer Frau, dazu der Senior eines Notariats, ein Vermögensberater, und der Berufssohn einer sinnigerweise im Dritten Reich reichgewordenen Unternehmerfamilie hüllten sich in Schweigen. Nur Ronnie nicht, erfuhr ich in einem ausführlichen Telefonat zum Frühstück von Frau Kommissarin. Ronnie hatte Schnauze voll von Bruderschaft einschließlich der beiden Kapuzenschwestern, nachdem sie ihm alle an den Kragen gewollt hatten und es ihm schon nass reingegangen war. Sie hatten mit Waterboarding angefangen, als Dirty Harriette mit ihrer Truppe ihn rettete.

Laut Ronnie war die Gräfin sehr wein- und redselig gewesen, als sie mit den anderen Kapuzen Vorndrans und Stadlbauers Ableben gefeiert hatte.

Ja, die Gräfin hatte bei einem Treffen das Gespräch auf die Stiftung für Flüchtlingskinder von Vorndran und Stadlbauer gebracht, die geplante Umvolkung durch den Austausch heimischer Kinder in fremde Bastarde. Das musste mit allen Mitteln verhindert werden. Die Bruderschaft war sich im Urteil einig gewesen die Volksverräter zur Rechenschaft zu ziehen. Er Ronnie hatte sowieso einen Hass auf den ganzen Förderkreisvorstand mit seinem Dadschwein vorne dran. Die Gräfin kannte sich mit Giftplanzen super aus, und er war nicht schlecht in Chemie. Im Keller der Liebesvilla hatten sie dann Belladonna und Thujon hergestellt. War nicht schwer gewesen.

Die Spusi hatte dort einiges an Laborgerätschaften sichergestellt, die Ronnies Aussage untermauerten. Und die KTU würde sicher auch noch Giftspuren ans Licht bringen.

Die Gräfin hatte dann den mörderischen Job erledigt. Sie hatte ein paar Tage gezittert, weil sie sich nicht sicher sein konnte, wann und ob überhaupt Vorndran und Stadlbauer tatsächlich sterben würden. Es war so eine Sache mit der Dosierung, vor allem im Brunnenwasser. Die Idee war ihr spontan gekommen, weil so kinderleicht.

Mit meiner Schnitzeljagd zu Elysion hatte ich sogar richtig gelegen, nur falsch damit wer sie ausgelegt hatte. Aphrodite würde mich sicher nicht mehr wegen Rufmords auf Entschädigung verklagen. Tatsächlich hatte die Gräfin sich für ihre Anschläge auf Gottlieb und Titus Atropa Belladonna und Thujon gezielt nach der giftigen Flora in Kohns Labor ausgesucht, um Spuren nach Elysion zu legen. Sie war die Regisseurin des Burgschauspiels, das würde sie sich von denen da oben nicht nehmen lassen. Schon mit dem Plan sich in Kohns Labor umzuschauen hatte sie sich in Elysion angemeldet, zum Rundumcheck für neue Schönheitskorrekturen. Fast wäre sie in Kohns Labor erwischt worden, während der die letzte Nacht-Visite bei den VIP-Patienten machte. Bis dahin hielt er sich immer möglichst clean. Danach war er ganze Nächte lang in seinem Wahn zugange, je nachdem wie heftig musste die Vormittagsvisite schon öfter mal ohne ihn stattfinden. Seine krassen Selbstversuche waren längst ein offenes Geheimnis bei den VIPs im Turm. Die Gräfin hatte plötzlich draußen Stimmen gehört und war durch eines der ebenerdigen Laborfenster nach draußen und weg vom Bering. Wobei sie in der Dunkelheit den Hang übersehen hatte und abgestürzt war. Gesehen hatte sie genug, nur keine Zeit mehr gehabt nach fertigen Giften zu suchen und welche mitzunehmen. Das wäre perfekt gewesen. Jetzt hatte sie improvisieren müssen, hatte der Bruderschaft triumphierend erzählt wie sie alle da oben ausgetrickst hatte, inklusive der Göttin.

Stimmen, die sie gehört hatte waren von einem Arzt und zwei Schwestern gekommen, die nicht ins Labor gewollt hatten, bloß nach draußen. Einen flotten Dreier hätten sie im Turm bequemer haben können. Wahrscheinlich hatten sie frische Luft schnappen oder eine rauchen wollen, hatten sie beim Absturz schreien gehört und waren zu Hilfe gekommen. Sie hatte sich ohnmächtig gestellt und später vor Eva Kohn die unter Drogen Gesetzte mit Amnesie. Natürlich hatte Eva sofort ihren irre gewordenen Barnabas im Verdacht und ihrerseits der Gräfin das Märchen von ihrem Unfall unter der Dusche aufgetischt, um eine Klage zu vermeiden.

Die Gräfin kannte sich mit Giftpflanzen super aus. Zur zweiten Tasse Kaffee kam mir der Gedanke, dass der alte Graf damals nicht nur wegen der Gräfin Reitkünste beim Vögeln den letzten Schnaufer getan hatte. Sollte sie auf ein großes Erbe aus gewesen sein hatte er ihr noch aus dem Grab den Stinkefinger gezeigt.

Hochmut kam vor dem Fall, dachte ich zufrieden mit mir. Du hast's übertrieben Gräfin!

Sie hatte mich am Nasenring im Kreis rumgeführt, zuletzt mit ihrem Julia-Nacktfoto zu ihrem Romeo, um Schaffler den Mord an Poppy und dazu möglichst noch die Giftmorde anzuhängen. Klar, als Koch kannte er sich auch mit Giftkräutern aus. Ausgerechnet ihre Backstage-Lovestory Julia mit Romeo hatte mich auf den Gedanken mit Poppy und Ronnie gebracht. Der Schreck musste der Gräfin bis in die Knochen gefahren sein.

„Teufel, Sie meinen…nein, nein, da sind sie auf dem Holzweg. Das wäre mir aufgefallen. Das wäre uns doch allen aufgefallen."

„Alle habens gwusst."

Meinte Ronnie. Dad hatte ihn sogar vor der Schlussaufführung mit dem Rosenstrauß aus dem Haus gehen sehen.

Kein Wunder, dass der Förderkreisvorstand allen voran der Oberbürgermeister nicht hartnäckig auf Aufklärung des Anschlags auf Poppy gepocht hatte. Und die auch den Mund gehalten. Sie hätte nur Nachteile davon gehabt, hätte sie Ronnie in Verdacht gebracht. Wissen dagegen war Macht.

Dann hatte Fritz im Netz das Foto von Ronnie vor dem Herkuleskraut im Botanischen Garten rausgetaucht. Das Internet vergaß nie…

Ein Anruf der syrischen Dolmetscherin kam auf mein Handy. Sie würde sich gerne um eine würdige Bestattung von Sibel Kamals Urne und Razan Tabias Leichnam kümmern, wenn möglich sogar in deren ursprünglicher Heimat. Ich dachte es ließe sich bestimmt machen, die beiden in ihre Hände zu geben. Sibel und ihre Nichte hätten sicher nicht in Heiligbrück beerdigt werden wollen, nicht mal in Deutschland. Das ihnen als schützende neue Heimat nicht vergönnt gewesen war. Freundlich ausgedrückt.

Max-Josef Bärlochhauser hockte am Mittag in seinem Rathausbüro. Besser als in seinem jetzt leeren Haus. Christine und Ronnie saßen in U-Haft. Den Vorwurf von Verabredung und Beihilfe zu zwei Morden würde der von ihm für Ronnie bestellte Anwalt pulverisieren. Trotz Ronnies ärgerlichem Geständnis. Die sonstigen rechtsradikalen Umtriebe des Juniors würden ihm bei seinen Stammwählern mehr nützen als schaden. Sogar eine Ehefrau als Mörderin war politisch zu verkraften, wenn er öffentliche Stimmung in Mitgefühl mit ihm dem leidenden Ehemann hindrehen konnte. Den Ursprung der ganzen Tragödie, dass er das Mädel, in das der eigene Sohn verliebt war gebumst hatte, würden sie nach außen hin nicht so leicht übergehen. Der Schein der eigenen Anständigkeit musste moralisch entrüstet gewahrt werden. Rigoberts Problem mit seiner Staatsanwältin erledigte sich gerade. Sie hatte ein Angebot von einer sehr renommierten Anwaltskanzlei, unter der Bedingung die leidige Angelegenheit, von der man gehört und gelesen hätte würde von ihrer Seite aus ohne Nestbeschmutzung geräuschlos über die Bühne gehen. Im Klartext wenn sie den Mund hielt. Seniorpartner der Kanzlei war ein enger Freund des Justizministers. Rigoberts Berufung zum Richter stand nichts im Wege. Liebling würde seine ungekürzte Pension genießen können. Lemming war bis zu seinem Prozess wegen versuchten Totschlags auf freiem Fuß und würde es bleiben, mit Bewährung und seinem ruinierten Ruf als seriöser Banker davonkommen. Er selbst würde auch Federn lassen. Bei den Parteimächtigen hatte er Leichengeruch. Oberbürgermeister von Heiligbrück würde in seiner politischen Karriere das Höchste der Gefühle bleiben, er es nie bis weiter nach oben schaffen. Mit der Ruine würde der Förderkreis formal keine Probleme mehr haben, was deren Nutzung betraf. Was ihnen nichts mehr nützte, jetzt auch noch mit einer zweifachen Giftmörderin im Vorstandsgepäck. Der Förderkreis würde sich demnächst offiziell auflösen, faktisch war er das schon. Wie an Kohns Venustempel hing am Schauspiel zu viel Gestank. Alles gestorben.

Max-Josef Bärlochhauser schaute auf das Gemälde von FJS. Er würde sich selbst in Öl verewigen zu lassen. Inklusive goldener Krawattennadel mit eingraviertem MJB. Er würde sich gut machen neben FJS, hoch oben an der Wand. Oder sollte er sich drunter aufhängen? Warum eigentlich nicht drüber? Es war schließlich sein Amtszimmer. MJB schenkte sich zwei Fingerbreit Cognac ein und schritt zum Erkerfenster seines Büros. Er schaute auf den Rathausplatz, wo Volk unter ihm seinen gewohnten Gang ging. Es vergaß schnell, schon morgen würde vielleicht eine nächste Sau durch die Dörfer getrieben.

Ja, die Stadt war voller Hass hinter ihrer Biedermannfassade. Ja, sie hatte mir ihr mörderisches Gesicht gezeigt.

Ja, ich fuhr misstrauisch durch die Stadt. Aber vielleicht konnte ich sie irgendwann gut aushalten, wegen Menschen wie Schorsch, Hans und Ayala. Und der Dobmeierin. Und Hotzenplotz. Und Frau Kommissarin? Und Hund. Ich steuerte den bis jetzt nur geleasten Smart durch die geteerte Schlucht zwischen den Reihen vierstöckiger in grindige Ockerfarbe getauchte Wohnblöcke mit grünen Fensterläden Richtung Villenviertel und Flussauen. Ich überlegte den Grünen zu behalten.

Im Sumpf mit einem Frosch unterwegs, das hatte was.

Ich habe Sie gewarnt, Sonnenschein. Ihre Trudi ist eine Zeitbombe. M stellte sich vor was sie zu Sonnenschein sagen würde. Er war auf dem Weg nach Berlin. Nach Hause. In Sachsen-Anhalt hatten sie heute am frühen Vormittag die Leiche des Grafen Falckenfels-Bernburg exhumiert, um in seinen verblichenen Knochen nach Giftspuren zu suchen. Nein, sie würde gegenüber Sonnenschein keine dumme Bemerkung machen, schon gar keine hämische. Was er jetzt brauchte war sich in Arbeit stürzen. Noch war die Chefin im Amt, und sie ihr Schutzengel. Es gab noch viel zu tun zum Wohle der Republik.

„Dein Kopfdeckel haut rein, Teifi."

„Ein Borsalino. Italiener."

Erklärte ich dem Hotzenplotz. Sein Zwetschgenschnaps haute auch rein. Er kraulte die feuerrote Putzwolle in seinem durchfurchten Gesicht. Wir schauten der Destille bei der Arbeit am sonnigen Nachmittag zu.

Eine SMS kam rein. Frau Kommissarin.

>Ich lad dich Sonntag zum Essen ein. Hast Lust?<

>Will dir nicht zu nah kommen! Wir sehen uns bei der nächsten Leich.<

„Jetzt schaust grantig drein, Teifi."

Die Zwetschge wirkte schon. Ich erzählte Hotzenplotz die Kurzgeschichte zwischen Karo und mir.

„Teifi, wär´s möglich, dass die Frau dir ned wehtun wollt?"

Möglich? Möglich war vieles. Vielleicht war der Größenwahnsinnige im Weißen Haus ein Hologramm. Ich hatte keinen blassen Schimmer wie Frau Kommissarin wirklich tickte. Nach Schnaps hatte ich sie für einen flüchtigen Moment anlehnungsbedürftig erlebt. Worauf sie gleich gekotzt hatte.

„Wär möglich."

Gab ich zögernd zu.

„Teifi, bist deppert? Wenns dir nix Böses will, wie kannst ihr drum bös sein?"

Mir wurde leicht schwindlig. Ich war kein Frauenversteher.

„Musst sie ned verstehn, wennst sie magst, Teifi."

Unten aus dem Fluss kroch lautlos der Nebel.